2004年4月，作者前往上海浦东某造船厂接船。图为船厂举行“船舶投入营运首航仪式”时作者在新船船尾的留影。

2004年4月底，作者驾驶着新船前往美国西部的洛杉矶港，靠泊在刚竣工的世界第一座环保码头——第100号集装箱码头。

左三张图为印度洋上的景色。（图片拍摄时间依次为早晨、中午、傍晚）

亚丁湾、索马里海域海盗日益猖獗，经常劫持在该海域航行的商船。图左为在亚丁湾航行时，全体海员保持高度警惕，作者在驾驶台坚持瞭望值班，随时准备应对海盗的侵袭；图右为海员密切关注在附近航行的联合国护航舰队，以便随时寻求帮助。

2005年夏，作者驾船通过苏伊士运河时，运河当局为庆祝淡水河开挖成功，向过往的船只送上鲜花。

2006年，海员们在地中海喜迎新春。图为作者与海员弟兄们在船上聚餐时的合影。

图为船舶向欧洲英吉利海峡航行时，途经比斯开湾海域，遭遇了风力八级以上的大风浪天气。船舶左右摇摆超过25度。

通过了比斯开湾大风浪区后，船舶抵达欧洲第一港口——勒哈弗尔港。因海面还是惊涛骇浪，港口当局用直升机将引水员空降到船舶，引领船舶进入勒哈弗尔港。

正值周末，英国的年轻人不顾冬天的寒冷，在菲利克斯托港航道附近海面驾驶帆船。

海员俱乐部的轻松一刻。当时电脑和手机还未普及，来自五湖四海的海员们在俱乐部通过国际长途电话与家人联系。

德国的汉堡港。正值寒潮侵袭汉堡港，整个港口被笼罩在白雪皑皑之中。

德国汉堡易北河口，一轮旭日从海面升起，一群海鸟正目送“厦”轮离开德国汉堡，期待“厦”轮在返航中国的途中一帆风顺。

比利时安特卫普港的引水艇飞驰而来。船舶在德国汉堡港结束装卸作业后，驶往安特卫普港，继续执行装卸任务。

九曲十八弯的斯凯尔特河，风景优美，令值守驾驶台的海员们目不暇接。

“厦”轮终于完成了“一带一路”上中欧航线的航次任务。随后接到公司调度命令，在宁波港外的虾峙门锚地抛锚待命。

胡月祥
著

跟着衣羊船长去航海

中国远洋船长手记

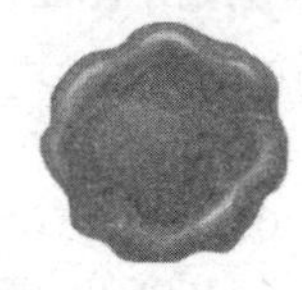

人民日报出版社

图书在版编目（CIP）数据

跟着衣羊船长去航海 / 胡月祥著. -- 北京 : 人民日报出版社, 2019.7
ISBN 978-7-5115-6082-7

Ⅰ. ①跟… Ⅱ. ①胡… Ⅲ. ①游记－中国－当代 Ⅳ. ①I267.4

中国版本图书馆CIP数据核字(2019)第110268号

书　　名：跟着衣羊船长去航海
GENZHE YIYANG CHUANZHANG QU HANGHAI
作　　者：胡月祥

出 版 人：刘华新
责任编辑：林　薇　陈　佳
装帧设计：阮全勇

出版发行：人民日报出版社
社　　址：北京金台西路2号
邮政编码：100733
发行热线：（010）65369509 65369512 65363531 65363528
邮购热线：（010）65369530 65363527
编辑热线：（010）65363486
网　　址：www.peopledailypress.com
经　　销：新华书店
印　　刷：三河市嵩川印刷有限公司
法律顾问：北京科宇律师事务所 010-83622312

开　　本：710mm×1000mm　　1/16
字　　数：320千字
印　　张：23.75
版　　次：2019年7月第1版
印　　次：2019年7月第1次印刷　2022年4月第2次印刷

书　　号：ISBN 978-7-5115-6082-7
定　　价：60.00元

目　录

CONTENTS

第十三章　菲利克斯托港印象

第十四章　风雪易北河

第十五章　风雨鹿特丹

第十六章　安特卫普港

推荐序一：一颗为航海事业跳动的碧海凡心

中远海运首位女轮机长、上海海事职业技术学院副教授张兴芝

他生长在黄浦江畔，对黄浦江万吨巨轮充满好奇。

他是“文化大革命”之后77级大学生。因从小就对海洋有着特殊的情缘，他进入了被誉为“船长的摇篮”的大连海运学院，从此开始了他的航海生涯。

大学毕业之后，一个偶然的机会，他登上了大型集装箱船舶，10年的远洋经历使他从驾驶员成长为大型集装箱船舶的船长。他坚守驾驶台，航行于三大洋五大洲，走遍了全世界主要港口，足迹遍布亚洲、欧洲、非洲、北美洲和南美洲，数次穿越好望角和合恩角。他与大风浪搏斗，与海盗斗智斗勇，安全、准班地完成远洋运输任务，为中国的远洋事业奉献了自己的年华。

他热衷于宣传航海文化。积淀在他身上的使命感和责任感，助推着他身着船长制服，踌躇满志地出现在世博浦西园区的中国船舶馆，为观众们导览、解说，使得船舶文化慢慢浸润观众的心灵。他希望通过自己的讲解，让人们更加了解中国的船舶和航海事业，让更多年轻人投身于这两个行业，使中国从造船大国成为造船强国、从航海大国变为航海强国。

数年过去了，胡月祥离开了船舶岗位。回顾航海历程，翻开自己的航海日记，他的眼前呈现了航海一辈子的风风雨雨、惊涛骇浪、喜怒哀乐和对航海职业无限的怀念。他开始撰写航海游记，笔耕不辍。怀着对大海、

对海船、对航海事业、对海员兄弟们的深厚情感，他用键盘敲击出一篇篇作品，涉及题材之广、记载内容之丰富、描写情节之生动，令人感叹。

他在网络上连续不断地发表游记，累计发表100万字左右。以古老的“海上丝绸之路”航线为题材，他撰写的《跟着衣羊船长去航海》长篇游记受到了社会民众和年轻人的喜爱，也引起了海事院校的大学生们和从事海员职业的人的共鸣。

相信胡船长撰写的《跟着衣羊船长去航海》成书出版，定会成为广大海员兄弟们、未来海员们的良师益友；成为反映中国海员工作、生活难得的航海文化作品。

党的十九大报告中特别提出了“加快建设海洋强国”的战略。我国正在走向繁荣、走向强大。大海，这块蓝色的、绵延无限的水域，是亘古至今的中国人的海洋梦想。

胡月祥船长致力于航海、海员精神的传播难能可贵，相信会有更多的年轻人参与航海。

为理想而奋斗的日子是快乐的，为事业而拼搏的人生是辉煌并值得骄傲的！在胡船长笔下，远洋的生活是那么新奇丰富，充满着挑战；船上的生活是那么色彩斑斓，充满着诗意。因为这是他为之奋斗、为之奉献了青春和热血的地方。

2018年8月26日

推荐序二：一位钟情讲述航海故事的老海员

中海国际上海教培中心教授、远洋船长胡一民

“无心插柳柳成荫”的航海路。

“他是驰骋大海的‘新美洲’轮船长，他是勇斗海盗的海上卫士，他是不遗余力为航海事业振臂高呼的退休外公，他是航海界的网络人气明星，被网友亲切地称为‘衣羊船长’。”

胡月祥——1982年毕业于大连海运学院航海系，后入职上海远洋公司，1993年3月起担任集装箱船舶船长，持有挪威船长证书。年近六旬时才奉调公司，担当起中海国际船舶管理有限公司首席培训师的重任。胡船长从事航海职业（包括退休后返聘航企做保驾船长）长达35年。

“把‘祥’字拆分，再在‘示’上添一撇为‘衣羊’，就有了依‘羊’的属相。‘衣羊’的谐音为‘依洋’，含义为‘依托海洋’，完美体现了其从事的职业特性 。”这是“衣羊船长”的来历，“衣羊船长”的知名度远远超过其姓名。

他的博客名为“航海衣羊”，内容都为赞美大海、讴歌海员的文字。他曾出版《海盗在前，家在后——一位远洋船长的日记》一书。现在，他以“海上丝绸之路”为背景，结合常年的航海日记素材，写成了一本可读性非常强的《跟着衣羊船长去航海》航海游记。

20世纪50年代中期，胡月祥出生在上海浦东黄浦江附近的乡村。父亲是一名造船工人，参与建造了很多巨轮。受此影响，胡月祥从小就对黄

浦江中的船舶百看不厌：长着一只大“翅膀”的宁波帆船、连在一起由小火轮拖带的“一条龙”、撑篙摇橹的木船……他最喜欢的要数烟囱里冒出浓浓黑烟的大铁壳船了。“这个又高又大的铁家伙是怎么浮在水上的呢？要是能亲自开一开就好了。”童年时的胡月祥沉浸在遐想中，航海成了他梦寐以求的愿望。

随着年龄的增长，沉重的现实遮蔽了梦想的光芒，起早贪黑的务农生活让他的航海梦渐渐变得有些渺茫。然而 1977 年“文革”后的第一次高考改变了胡月祥的命运。由于长年在农村开插秧机、拖拉机，胡月祥选择报考农学院的农机专业。

或许是冥冥之中自有定数，命运之神没有忘记那个喜欢船舶的男孩。当胡月祥收到录取通知单时，他兴奋地大叫起来——他被调剂到大连海运学院（现在的大连海事大学）了！

海运学院是航海家和船长的摇篮，而胡月祥被录取的专业，正是航海系！“无心插柳柳成荫”，年少时的夙愿竟然戏剧性地得以实现了！

4 年的航海学习后，胡月祥顺利毕业，踏上了远洋船的甲板，开始了一生的航海事业。经过 10 多年的奋斗，从水手到二副、大副，到驾驶中国最先进的超级远洋集装箱船的船长，胡月祥成长为交通部认可的、改革开放之后新一代的高级船长。

“大国航海工匠”是“衣羊船长”胡月祥提出来的概念。他认为，“工匠精神”就是认真敬业、一丝不苟的精神。海员是非常辛苦的，需要承受寂寞、枯燥的航海环境，接受命运挑战，并始终在海洋上默默耕耘。如果只是把海员当一份职业，一定会有抱怨，且无法坚持到最后。能够孜孜不倦地坚持做下去的叫事业，只有把职业当成事业才是工匠素质的升华。

“我作为一个当了一辈子海员的老船长，有责任和义务告诉更多的人，要关注海员，海员是当之无愧的现代大国航海工匠。”长期以来，衣羊笔耕不辍，撰写了百万航海文字，其中既有海员在险恶环境中搏击风浪的惊心动魄场面，也有宁静港湾边，海员们漫步婆娑树荫下的浪漫脚步。

《跟着衣羊船长去航海》是一部歌颂海员职业的力作。老船长把航海经历化为文字，全景式描绘了海员的浪漫情趣，不乏幽默生动之处。全书更多地再现了惊心动魄的勇者场景。篇篇出彩的故事，使衣羊成为上海世博会明星，在人民大会堂隆重召开的表彰大会上，“衣羊船长”胡月祥作为唯一的海员代表出席了大会。

无论是在航运企业首席培训师的岗位上还是退休之后融入社会，闲不住的他，从此在新的岗位上，干起了航海故事员的新事业。

衣羊船长总是用心地描述航海经历中的每一个故事。他时而抒情，时而比拟，有时他也用严谨的逻辑分析。

在培训课上，他说：“大海是多变的，恬静时，人们能欣赏到天堂般壮美的景色；恼怒时，滔天的巨浪能随时取走人们的性命。在浩瀚无垠的大海上，没有医院，没有救护车，没有消防车，绝大多数时候都要靠海员勇敢自救……”衣羊船长的讲述给听众留下了刻骨铭心的印象，这与他饱经风霜的航海阅历是分不开的。

他对船长的责任、能力与职业精神的弘扬，使社会受众对海员职业有了新的认识，不少青年因此而立志加盟海员行列。

新书临付梓前，衣羊非常真诚地邀请我为其新作写点文字。作序题跋向来是大人物的事，由我来做甚觉不妥。

但衣羊仍不依不饶，非要我这个与其同庚又趣味相投，曾经还同室共事数年的同行充数。好在我熟悉衣羊船长，几年前还以“衣羊船长——一位钟情讲述航海故事的老海员”为题撰文，在《中国海员》杂志发表。姑且用这个题目来讴歌衣羊船长讲述的航海新故事，既完成了老友交办的任务，也是我阅读全书后心迹的真情表露。

佳作墨香刚问世，众士争阅情景欢。海员们读来一定倍感亲切，学生们读后也会从中获益。

我们期待着衣羊船长继续笔耕不辍，撰写更多脍炙人口的航海故事。

2018年8月26日

推荐序三：我也《跟着衣羊船长去航海》

中远海运船长　贾干章

我与老朋友、老同事胡月祥船长是同龄人，在20世纪80年代初期加入了中国远洋公司所属的上海远洋运输公司。当年，我们刚从航海院校毕业，意气风发、满怀豪情壮志，目标是成为能够驾驶远洋船舶的船长。

入职伊始，公司培训人员为我们介绍了上海远洋公司的发展历史和远景规划，并寄希望于我们接好老一辈航海人的接力棒："欢迎你们这样一群有知识、有文化、有航海理想的年轻人加入远洋海员队伍，为我们的远洋事业努力奋斗。"

40年过去了，胡月祥和我都实现了当初的理想，成为远洋船长。

在2016年年初，中国远洋运输有限公司与中国海运集团有限公司合并，成为更具世界航运竞争力的跨国航运企业，其远洋船舶运输吨位已达世界航运业的第2位，船舶门类齐全。飘扬五星红旗、标有COSCO SHIPPING标志的中国船舶遍布全世界的海洋和港口。

作为远洋运输的直接参与者，我们很自豪实现了"强大的海上铁路"梦想。

参与航海的年轻人也在为党和国家"加快建设中国海洋强国"的宏伟目标而努力奋斗。

每位立志成为船长的航海人都应遵守《1978年海员培训、发证和值班标准国际公约》的规定，考试获得证书后还要经过总船长面试，人事部门、组织部门严格政审后方能任命、随带教船长实习。从初级驾驶员到担任船长，需要10年以上的在船资历！成为胡月祥一样的优秀船长，需要在船长岗位上至少磨炼5年，才能成为公司全天候资深船长。

我在挪威海员调配板块里负责海员的调派、培训工作。胡月祥是挪威板块里最优秀的船长之一。要在悬挂挪威国旗的船舶上担任船长职务必须先去"马尼拉挪威海外培训中心"进行一周的强化培训，学习全英文的教材，熟悉挪威海事局关于船舶管理的各种法规、挪威海员管理的各项规定等。英文基础不好的人无法听懂老师的英文授课，看不懂枯燥的英文教材。而胡月祥船长一路过关斩将，通过了培训结束时的笔试以及面试考试，最终获得了世界航运界公认的含金量最高的挪威船长的资格证书。

《跟着衣羊船长去航海》这本书真实地写出了我们这代航海人的酸甜苦辣以及航海人的乐趣。他连载中每一篇故事都凝聚了航海人的传奇经历。

他将复杂、晦涩的航海知识化为简洁的语言，他用诙谐的文字语言向读者娓娓道来航海文化和习俗，真是非常不容易，博得了民众的喜爱。

航海是勇敢者的事业，如果再年轻一次，我依然会选择航海！因为大海太有魅力了。

现在，我们都退休了，有了在家带孙辈、送孩子上幼儿园、小学的"新职业"，但我们还是心系大海，时时关注中国航海业、航运业的发展。真心希望年轻人通过阅读《跟着衣羊船长去航海》，能够对航海、海员有清晰的感悟和认识；希望更多年轻人报考航海院校，从事航海工作，开辟中国的大航海时代。

谁控制了海洋，谁就控制了世界，这是中国走向世界强国的必经道路。相信时代会记住所有航海人的贡献。

2018年8月26日

▶开　篇

远洋船舶与船长的故事

百炼成钢，船长的成长经历

船长们都有航海院校毕业进到航运公司的经历。他们在院校毕业的同时通过国家海事部门的考试，获得“白皮证书”[①]。先到船舶实习，从冲洗甲板开始正式的航海生涯，每天都在威严的水手长吆喝下冲甲板、敲铁锈、铲浮锈、打油漆，从基础的甲板维修保养等小事情做起。

水手十八般“武艺”样样都必须会，吊杆林立的杂货船是实习生最佳的实习基地。他们在水手长的指导下如同猴子一样在桅杆上爬上爬下，又如同表演杂技一样在空中坐板上荡来荡去上高作业、整理缆索、往鹅颈头里加润滑油。插钢丝绳琵琶头，打上百个各色各样用途的绳结，如丁香结、单套结、双套结、帆缆结、杠棒结等。这是当海员必经的过程。一些不能吃苦、无法忍受孤单、风浪中容易晕船的学生在初级实习阶段就会被淘汰，留下的是一批意志坚定或职业意志还在动摇的航海专业毕业学生。

实习期结束，眼花缭乱的水手活都学得如李小龙耍三节棍一样熟练后，水手长、部门长对实习生进行鉴定评价，实习生完成实习报告，获得三副正式适任证书。通过后才能到另一艘船舶从驾驶员助理做起，上驾驶台正式涉及驾驶员业务。驾助从头学起，开始跟着大副熟悉甲板部的业务，跟着驾驶员看舱装卸货物，跟着大副值航行班，增加航海驾驶船舶的实践知识。在空闲时间还要学习三副操作及业务，熟悉这一切后才有机会被提拔为正式驾驶员，当上三副。其中一些意志薄弱者或者身体不适者遭到淘汰。

因为是初级驾驶员，缺少船舶工作经验，三副在航行值班时还得由船

① 白皮证书：海事院校毕业的学生通过了海事主管机构的适任考试的证明。当完成了 18 个月的实习之后可以通过白皮证书换取正式的适任证书。

长保驾护航；看舱值班等工作时还得在大副监督下工作。三副海上资历达到18个月，累积了一定航海经验和知识后，达到《1978年海员培训、发证和值班标准国际公约》规定的海上资历、业务能力强的，由船舶领导推荐提任二副，公司有关部门批准后，跟资深二副实习3 ~ 4个月航海业务后，方能独立承担航海责任。

二副在船舶上继续航海生涯，获得2年以上海上工作资历，经船舶领导推荐，下船到航海院校专业培训半年后，通过大副资格考试获得大副证书。随后继续上船担任二副工作，在船舶领导得到二副书面提职报告后，综合考核并上报公司相关部门。在得到上级任职批复后，再跟正式大副实习半年，才能正式任职大副，迈进船舶管理级。没有通过大副考试的驾驶员继续留任二副，或者遭到无情淘汰。

在大副岗位业务表现能力强，有管理能力的人，再在海上苦熬2年之后，经本人自愿申请、船舶领导综合考虑并报告公司相关部门同意后，下船再到相关院校继续学习。半年后，在政府主管海事部门监督下进行全国统考，最终考取船长证书。

这就大功告成了？错了！考取船长证书不是终点，而是一个全新的起点，上船还得继续干一段时间大副工作。其工作表现、实际业务知识过关，获得船长、政委认可后，填写提升船长的报表，经公司主管部门各级领导综合考评，公司总经理批复正式任命后，再跟随船长实习，实习时间或长或短，但至少需要半年。总之，像唐僧西天取经一样，经历了九九八十一项磨难和曲折道路磨砺后才能正式在肩章上挂上四条杠。实习结束，公司指派新任命船长到非主流航线的船舶上至少历练五年，经公司海务部门的业务考核通过后，才能登上现代化的大型集装箱船舶任职，此刻，才成为一名真正的“全天候”远洋船长！

在这个阶段，一些毅力和意志不坚强、身体不适合长期航海工作的高级海员也将被无情淘汰。据一位非常熟悉的同学、海事大学航海学院的院长介绍，从航海院校毕业的海上专业人员经过一轮轮筛选、淘汰或者自觉、不自觉地离开船舶，最后站在航海金字塔上的船长、轮机长还不到毕业生数量的20%，可见从实习生走上船长的岗位至少要经过10年。人生有几个10年？船长职业的含金量可见一斑。

做船长需要真才实学，需要极大的勇气，还要牺牲大部分的家庭生活。任何人都不可能不经考核一步登天。对此，我非常自傲地宣扬：“我是真正的船长！”

我们船队中有一位船长，在将近10年的时间内放弃了一切——爱情和家庭还有自己的休息时间，才当上了船长，实现了当上管理者的理想。他那些当二副、大副的同学们的儿女已经到了小学毕业的年龄，而他还是孑然一身，他给家庭挣得了荣耀，却付出了青春的代价。

我参加祖国的航海事业以后，在远洋船舶上航行至五大洲三大洋，遗憾的是，没有去过不适合商船航行的北冰洋、南极洲。

作为船长我没有机会和当年航运公司总裁进行当面交流，彼此间也没有什么印象，可我一直敬佩他为中国航海事业做出的杰出贡献。

记得十几年前，我在滚装集装箱船“小口”号上任职二副，船靠新西兰奥克兰港，总裁正好访问此地，特地上船来慰问海员。代理称他为“Captain（船长）”。

我参加了美国西海岸集装箱码头的开港仪式，我注意到主持人语言表述中总是这样的：“The President of Merchant Shipping，Mr. Captain！（航运公司总裁，船长先生阁下！）”可见“船长”这两个字沉甸甸的分量！

在中国，船长数量十分稀少，加上船长上街、出门不穿制服，要真正识别船长很难。即便船长穿着制服上街，也会被民众认为是某位不知名的“行政管理人员”。当知道某人是远洋船长时，人们的目光总是流露出惊讶和羡慕。大部分人对船长的航海生涯都怀有好奇心。但人们只能在少数书本中对船长的生活略做了解。船长在普通人的心中是神秘的、潇洒英俊的英雄人物。

至今，哥伦布发现新大陆的故事在民众中传递，麦哲伦环球航行发现地球是圆的故事还在人们的心中留下了船长的印象。郑和下西洋的壮举更是流芳百世，依然被后人传颂。

为了激起中国人民对海洋的热情，中国交通部属下的中国远洋、中国海运和长航集团的108名船长向国务院联名签署一份要求设立航海日的倡议书，我是108名船长签名人之一。至此中国航海人有了自己的节日——“7·11”中国航海日。作为一名现代的远洋船长，我为此感到骄傲。一些船长获得证书后，在船舶干了几年后被公司上调机关工作，还有的自动离开了船长岗位。可是无论走到哪里，无论在什么场合，他们最引以为傲的称号还是船长。当然，我也最喜欢别人称呼我为船长。

船舶是航运公司的基层，船长是船舶基层的最高长官。公司最高领导赋予了船长指挥船舶的绝对权力和责任，公司把一艘数亿资产的大型集装箱船舶交给了他，他掌管着公司的巨额资产，他承担着全体海员的生命安全，在世界大洋上安全航行、运输贸易物资，他为公司创造着巨大的利润。他还把中国人民的友谊传播到世界各地。所以，作为特殊专业技术人员，远洋船长应是公司当之无愧的骄傲。

然而船舶的性质，需要由公司统一调度指挥，安排航线，确定班期，安排货源，船长如同军人一样绝对服从命令。公司还必须提供最基本的岸基支持，提供日常运行的燃料动力，提供海员生活、生产的物料，还有需要靠泊并不属于公司资产的世界各国的码头，受到国家法律法规的严格控制，受到国家行政机关的检疫、出入境检查。

航运大公司云集大把远洋船长，到处可以找到船长身份的员工。因此，船长在航运公司另有一番含义，仅仅是船上的一个职务而已。他是公司的普通职员或者市场上雇用的社会“游击队”式个体户船长！在航运企业现实环境中，船长没有这样的荣耀和待遇。公司里一切人员都凌驾于船长之上，每一个部门都可以对船长提出合理的或者不合理的要求，中国船长实际上成为港口主管部门公务人员的服务员了。假如船长下船到公司机关工作，待遇远不及带头衔的公司工作人员。

船长们远离祖国、远离家庭，与寂寞、枯燥为伍，在缺少社会交流的环境中与大自然搏斗，这一切成就了常人无法具备、勇于奉献的职业品德和良好职业素质。船长们以此为傲，也将继续以博大的胸怀容纳社会的不公，以自己的满腔热血实现祖国的航海梦想！

有一句非常富有哲理的话：海员强，则船队强；船队强，则公司强；公司强，则国家强；国家强，则海权强！

2000 多年前，古罗马哲学家西塞罗说：“谁控制了海洋，谁就控制了世界。”我理解为：谁控制了海洋，谁就拥有了控制海上交通的能力；谁拥有了控制海上交通的能力，谁就控制了世界贸易；谁控制了世界贸易，谁就控制了世界财富，从而也就控制了世界本身。

接新船的故事

“扬”轮不是我接的第一艘船舶。我的第一艘船舶是农用水泥船。

1977 年 4 月，大队党支部大会研究农村生产形势后，决定发展副业，遂拿出全部的家当购买了一艘 24 吨的水泥船，派生产队的老船工到黄浦江及其支流跑一跑水上运输，从此走上了航运致富的道路。

记得当时我开了一辆半新的手扶拖拉机，在桃花盛开的浦东沪南公路上，载着一位老船工和两名社员驶向奉城县级船厂去接机动水泥船。到奉城需要 5 小时的行程。简陋的手扶拖拉机没有安置顶篷，我们的头发都被凌晨的露水打湿了。生产大队将接船任务交给我们四人绝对是美差。一路上，我们有说有笑，兴奋至极，情绪十分高涨。

当时到县城船厂购船成了与购买自行车、缝纫机和手表一样的紧缺货。能够得到计划凭证，到奉城水泥船厂买一艘水泥船，再配上一只挂机在黄浦江上航行，那可是令人极为羡慕的事情。而县城水泥船厂的兴旺发展也带动了当地经济蓬勃发展。

奉城水泥船厂就在城西的护城河边上，农民大胆创新，发明创造了风靡上海水乡一时的水泥船。一个月要造好几十艘水泥船！这些川流不息的水泥船成了黄浦江上一道风景线。

铁壳船、木壳船“礼貌”地躲避水泥船，水泥船在黄浦江上威风凛凛地施展雄姿，大有取代铁壳船、木壳船的趋势，如19世纪末期机动船替代传统的帆船一般。

我停下拖拉机，拿出提货单走进了销售科。销售负责人拿了提货单，核对了三联单后领我们到河边，指着一片水泥船说：“就是这些船，你们自己挑一艘吧，然后把船号给我，你们撑走吧，挂机你们自己安装。我们只提供一支橹和两支竹篙，其他东西你们自己配备。”

我急忙招呼大家到河边挑船。我们在船库中转了一圈，老船工跳到一艘水泥船上说：“就这一艘了！”他步履轻盈地在船头船尾荡了一圈：“嗨，他们可真是有办法，现在木头不够用了，还能造出不沉的水泥船，过去都是木头船，每年还要涂一遍桐油，水泥船省钱省力，就这艘了。”他把竹篙一竖，斜立了身子，把全身压在竹篙上顶着岸，竹篙如同一张弓，铆足了力道，将船利索地撑到了岸边。果然老船工身手不凡。

“这样好了，把拖拉机放到船上，吾伲（我们）一块儿走。吾（我）看傣（你们）摇橹蛮有趣的！”我提议。社员们反对，认为不安全。

老船工说：“手扶拖拉机装在船上回去图个吉利，不是空载回去，满载满载发大财！好！”他竭力主张把手扶拖拉机开到水泥船上。我把拖拉机开到了水泥船的船头上，随后用白棕绳把手扶拖拉机来了个“五花大绑”，稳稳地装在水泥船上，作为处女航的货物。

一切准备妥当，开船了。

老船工讲：“慢！要举行船祭！否则，撑船不吉利！”只见他手里拿了一瓶白酒走到船头，念念有词、虔诚地把酒洒向船头：“龙王老爷保佑我重操旧业，一路顺风、出入平安，祈求龙王老爷保佑江上无灾无难！”接着，他跪在船头，点燃了不知从哪里弄来的一把香味扑鼻的檀香，插在船头的小香炉上，他在船头连磕三个响头。

我们被他的船祭一时弄懵了，在“文革”期间还来这一套，我们都替他担心。

我忽然明白船祭仪式不能少，撑船人相信龙王爷，祈求江河湖泊上平安航行。于是，我把同去的社员拉过来，一左一右跪在老船工旁边，连磕三个头。后来，我才知道这是船舶的首航仪式！无论大船、小船都必须有这样的仪式，只不过具体形式各有不同而已。

老船工皱了皱眉头，显得非常严肃庄重，在仪式完毕后高喊一声："开船！"

我们也跟着高喊："开船！"

船厂水闸瞬间打开了，水哗啦啦地涌出来，映着四月的夕阳金光，铺设了一道返航的航道。

老船工掌舵，我们笨拙地撑篙，大家前后帮忙，到岸上解了系缆，然后十分灵活地跳上水泥船。水泥船缓缓驶向通往黄浦江的河道。这艘暂时没有船名、编号的水泥船开始了自己的处女航！

老船工站在船尾，向掌心吐了一口唾液，搓毕双手，捏住橹柄，另一只手抓住橹索，摆开摇橹的姿势。一声爽朗的大笑在船厂中响起："哈哈、哈哈！我又摇船啰！"老船工眼里噙着泪花。人民公社成立后，他没有了船，只能在生产队的安排下干着担粪的苦活，眼睛却总是不离黄浦江中的帆船和各种航船。

船橹在后面溅起了水花，他把橹板稍微折了一个角度，船头开始向左掉头，前面的人马上将竹篙插向右舷河底，竹篙弯曲了，水泥船向左转入了航道，从船厂开出来了。

"摇啊摇，摇到黄家桥，黄家桥下荡桨划子两头翘，河边倒垂杨柳叶子不见摇，桥下划子左右摇。不起风，不见浪，为啥划子瞎摇晃？静一静，听一听，划子里边起声浪，鸾凤颠倒风流急。一声又一声，一浪又一浪，哎吆吆浪声冲上黄家桥。桥上姑娘听不懂，桥头女人暗好笑，毛头小伙裤裆翘，老兄作孽吃不消！"老船工唱起过去撑船时常说的黄色顺口溜，逗得大家仰面大笑。

河边的姑娘、妇女们都停了手中棒槌，竖起耳朵，直立了身子听他那恬不知耻、放浪形骸的小调，姑娘们羞红了脸。气得几个妇女拿起了棒槌，将沾满水星的一只手在围兜上擦一下，拿起棒槌指着正在摇橹高调打诨的老船工："老不正经，不要侬（你）额面孔！"随后，她们相互对视后哈哈大笑起来，笑得直不起腰："船儿郎，水和尚，天天把船做眠床；想娘子，盼娘子，抱了枕头当娘子。"

另一位妇女接茬："姐儿长，妹儿短，花言巧语骗老娘；单相思，断情思，摇船不要想心事！去你的吧！好女不嫁船儿郎，一盏孤灯陪小郎（小男孩），晚上想郎不能浪，老娘打死侬只老色狼！姑娘们，你们说对不对啊！"

"对！！！谁要侬只水和尚！"岸边传来刻薄的女生合唱，老船工气得恨不得划开水缝跳进河浜自尽。他涨红了古铜色的脸，比喝了65度"七宝大曲"白酒还要上火。

此时此刻，反击右倾方案风正如火如荼地横扫中国城乡大地。在水乡城镇中似乎阶级斗争的硝烟全然消失了。听到满耳江南水乡小调，我同水桥头上的妇女们一样，咧开嘴爽朗地大笑起来。江南水乡小调伴随着单调的吱吱声忽觉到了世外桃源。

老船工敢冒天下之大不韪，把"黄色小调"唱得动听，也把水桥头上的农村妇女逗弄得兴致勃发。水乡水桥头的妇女们也起劲地迎合，带动了整个船上、桥下的热烈气氛。江南小调别有风味，美妙的水乡小夜曲如摇橹划水的流淌声，在晚霞的映衬下，我听得如痴如醉。天空中出现了微风，我深深地吸了一口清新的空气，感觉心旷神怡。

水桥头渐渐远去，轻轻地摇橹划水声，声声入耳。老船工打破宁静，倒出了上海浦东农村的歇后语："请猜'两亲家公碰头'是上海啥地方？"

"小菜一碟！我说是南汇（男会），是不是？"一位社员抢答了。

老船工接着出题："那么'黄浦江里筑坝'！"

"闸港（上海黄浦江上游地名）。"这是当海员的远房叔公在夏天乘凉时讲的歇后语。我不假思索，脱口而出。

"穿草鞋拉纤走坡，越走越破？"老船工边摇橹边口吐莲花。

"走坡"（周浦的谐音——上海南汇大集镇）！我们大笑一声，异口同声说出了谜底。

“那么，江西人搭碗（补碗）——吱咕吱咕？”

“自顾自顾！”江面响起了一片无忧无虑的笑声。

“嗨！真是牛吃稻草鸭吃谷，生活在最底层的人们在缺乏娱乐生活的环境中调制了原始的笑料。”我抖落了一句上海的老古话，算是自娱自乐。

绕过九曲十八弯的水乡河道和浦东大治河后，我们到了黄浦江的闸港江面。黄浦江上微风吹拂，江面开阔，远远望去“一江春水向东流”，水泥船在黄浦江上顺水而下。经过了十几个小时的摇橹航行，我们终于将水泥船安全停靠在了黄浦江支流的杨思港——生产队所在地。

我站在船头望着宽阔的江面，系挂浮筒上的万吨轮船，好奇地琢磨这庞然大物究竟是怎样系在浮筒上的，又是怎样解缆航行的。我万万没有想到这次接船竟把我的一生从此和“万吨轮”联系在一起。

转眼到了2004年4月，春光明媚，高楼林立的浦东大地取代了过去的田野农舍。时髦女性取代了走在乡间小道上淳朴的村姑，她们在城市人行道上花枝招展、引人注目；绅士西装革履、风度翩翩，一股现代气息流淌在浦东大地上。黄浦江水依然潮涨潮落，江面百舸争流，那艘不断勾起我的回忆、曾经称雄一时的水泥船早已消失得无影无踪。

我又到船厂接船了。这次是上海浦东造船厂！当年我的父亲就是上海浦东造船厂船体车间的主任，他是八级电焊工人，后来当了船体车间主任。他没有文化，在“文化大革命”中被打为走资派，关进地下室长达一年之久。当从“牛棚”放出来的第二天，他回到船台上又干起了电焊工。船厂里好几艘“长”字系列的客货船都有他焊接的地方。那是怎样的工艺？是匠人匠心打造出的鱼鳞般的焊缝，是八级电焊工的超级手艺！

少年时，我常跟着父亲来到船台边上，观摩船台上的“万吨巨轮”下水仪式盛况。父亲看着大船下水时，泪水晶莹，他哈哈大笑：“这才是我造船工人的真正身份！”

孩提时代的我对如何驾驶庞大的船舶没有任何概念，也羡慕站在甲板上的水手，更想象不出船长凭借什么本事能将这艘船舶驰骋在海洋上。我绝对没有想到，30 多年后我也阴差阳错般地当上了远洋船长。至于孩提时的问题早已被掌握的航海技术和本事化解了。

今天我以船长的身份走上了现代化的大型集装箱船舶。我眼前的浦东造船厂景色还是那么熟悉，可是经过漫长年代的变迁，造船厂已经能够建造现代化的船舶了。我感慨人生道路上的许多巧合或许是上天安排。

女儿在牙牙学语时，父亲教我女儿一首歌谣："爷爷造大船，爸爸开大船，我们坐了船游世界。游世界干什么？要为小妹买花衫，花衣衫真漂亮，我们高高兴兴上大船，爸爸带我游世界。"很遗憾，在我一辈子的航海生涯中，因为国家和航运企业制度，我从来没能带着妻女亲自驾船周游世界，我在女儿的心目中是一个不在家里的爸爸形象。

上海浦东造船厂一艘墨绿色的大型集装箱船舶静静地卧在码头边上。她是船厂为大洋航运集团建造的第 4 艘 4100 箱位的集装箱船舶。她配备了世界上最先进的导航设备、功率强大的主机，船舱内洁净明亮。

这是钢铁之船、现代化之船，她代表了当今世界最先进的船舶，代表了大型航运公司逐渐崛起的发展势头，代表了中国人民蓝色海洋梦成为现实。我的航海生涯在此船上留下了浓浓的一笔，这是终生难忘的经历。此船上有我的骄傲，有我的欢乐，也有我的痛苦。有我对大洋航运集团船舶管理的质疑，也熔铸了我对中国集运发展最大的期望。

在此船上，我实现了航海环球的梦想；我与这艘船结下了亲密的友谊，直到现在我还关怀着她的命运。站在码头上，我远眺着船舶像淑女般婀娜动人的流线型身躯，感觉一股时代的气息在 263 米长、32.2 米宽、54.9 米高的船体中迸发，那是集运集装箱运输发展、走向世界的勇气。两舷"GREAT OCEAN SHIPPING"大洋航运集团的司标向世界庄严宣告：

"大洋集运船队将走向五洲四海！走向集装箱运输的前列！我就是这艘船舶上骄傲的 MASTER（船长）。"作为公司委派接船的船长，我已进驻船厂一个月，与海员弟兄们一起关怀这艘集装箱船舶的建造进度，等待着这位"淑女"梳妆打扮，迎接她驶向世界的处女航。现在世界通航大洋到处可见水线上墨绿的集运船舶，在世界各地码头上都有集运绿色的集装箱。

那景象比起当年黄浦江上水泥船不知要壮观多少倍!

我记得在 2004 年 4 月 15 日早晨，当我走出船长舱室时，霞光抹红半个天空，渐渐地变成了朝霞，把璀璨的墨绿色船体照耀得分外妖娆。高大的船首骄傲挺拔，船体荡漾在熙熙春风下披挂一新。滚滚的黄浦江水在船舷边上流淌，江面上大大小小的船舶都在注目这艘簇新的集装箱船舶。

黄浦江边的船厂锣鼓喧天，热闹非凡。川流不息的行人驻足在门口观望船厂内景，他们并不知道今天是新船出厂的日子。船首下面的空地上临时搭建了主席台。台上麦克风扩大了锣鼓的声音，把热闹的场面传遍黄浦江的浦东、浦西。附近的几棵杨柳树在春风吹拂下和着锣鼓声翩翩起舞，充满激情地扭动柔软的树枝。你可以想象是微风中的探戈，是华尔兹，是热烈的斗牛舞，是刚劲有力的迪斯科。春风、杨柳、锣鼓，这一切都代表了春天的吉祥，预示着大洋航运集团蓬勃发展，我陶醉在如此热烈的气氛中。

渐渐地，集运总裁、船厂领导和嘉宾们开始在临时主席台上聚集了。他们的脸上洋溢着喜气，欢愉溢于言表。我与轮机长、政委一起站在主席台上举头望向船头，她如同出嫁的闺女一样被蒙上了一块大红绸布，遮掩着神秘的船名。

鬼船

接船风景暂且不论。我先讲讲关于漂流瓶来历的故事。

中国宋末元初道教学者俞琰在《周易集说》卷三十二说：“‘刳木为舟’，因其木之长，大而中空，遂刳之以为舟也。‘剡木为楫’，因其木之纤长而上锐，遂剡削之以为橹，为桨，通谓之楫也。楫以进舟，舟以载物，为舟楫之利，以济不通，而民得其宜，盖取诸涣。”话说的就是古人萌生了借助大树的浮力到大海中探险的想法，于是采取用火攻的方式专烧大树一个地方，再用简陋的石斧将碳化的木头挖成能容纳一个人的独木舟，可是独木舟遇到风浪容易翻，不能远行，此事作罢。

先民们总结经验，开始用木头造木板船了，他们根据造木船结构需要裁量木板，木板船终于能够驶向大海了。

由于当时缺乏航海、通信技术和与大海抗衡的坚强船体，海员驾驶的木船经常无故在大海中消失。古代航海充满了“壮士一去不复返”的悲壮以及前赴后继的勇气继续探索海洋的“秘密”。

海员把喝完酒的酒瓶保存下来。当船舶遭遇灭顶之灾时，他们会将船舶的遭遇写在纸上，然后放进酒瓶中蜡封后投掷到大海中，期望酒瓶能够漂流到岸边，被人捡起送至遇难者亲属的手中，帮助其了解船舶灭顶真相。这就是航海史上的漂流瓶，所以漂流瓶是灾难的象征。久而久之，海员形成了打造新船后用“掷瓶礼”的方式消灾，于是就有了航海文化中特有的敲香槟酒瓶的习俗礼仪。

公元前 3000 年，在一位巴比伦人记叙的文字中，记叙了建造船舶下水的祭礼：“在下水以前，我停下来；我仔细检查裂痕，修理缺少的部件；将三张沾满沥青的卷布，倾注在船舶的外侧；面对天上的诸神，我宰杀一只阉牛作为祭品。”

在人类发展的历史长河中，不同的文化孕育了不同的为船舶祈福的仪式，有的略带血腥（牺牲牲畜），有的寄希望于神灵（比如海神波塞冬），有的在船舶后甲板上设置神龛（这种习俗一直延续到中世纪）……直至现在，中国南方航海文化习俗中还有老总带领员工携带祭品，参加船舶下水仪式这一传统。

中世纪基督教在欧美地区广泛传播，新生儿出生时要受洗以及命名，他们的父母会邀请有名望的社会人士参与主持婴儿的受洗仪式。担任主持角色的有男有女，男的会成为这孩子的教父（Godfather），美丽的女神则当仁不让地成为教母（Godmother）。一艘新船下水也必须受洗、命名并举行隆重的新船命名仪式（Ship Christenings），而被邀请来给新船命名的人自然就成为这艘船的教父或教母啦!

人们不希望在海边发现水手们扔掉的漂流瓶。欧洲古代的人们在新船下水时，会在船头系上一个酒瓶，让一位神父给新船命名、祈祷平安，然后把酒瓶敲碎，期望不要再出现漂流瓶。历史上第一次正式记载的船舶命名仪式是由“教父”主持的。1418 年，英国国王亨利五世邀请班格 (Bangor) 主教命名当时最大的军舰“上主恩典亨利”号（Henry By Grace of God)。后来这个习俗得以沿袭下来。但是神父却换成了女性，漂流瓶变成了香槟酒瓶。

1875 年，英国首次邀请亚历山德拉王后作为教母，主持战舰“亚历山德拉”号的下水典礼。她用唱诗方式唱出《圣经 · 旧约 · 圣咏集》第 107 页部分章节，为新船祈福。此篇圣咏段落对海员有着特定的意义:“他们乘船下海航行，在大洋中往来经商；他们看见上主的作为，遇到他行于汪洋中的奇迹。”

据说在希腊神话里波塞冬是海洋狂暴的来源，而海洋女神安菲特里忒则是风平浪静之神。还有另外一个原因，船厂在建造船舶时都是一群男人在悉心打造、打扮。船舶有容纳货物的大舱和居住的舱室，就像女人有个生育的肚子一样。船舶又在水里航行，她的外部构造都是流线型的。凹凸有致，仿佛是女性的体形。无论从什么地方论证，她都与女性的特征相符。久而久之，船厂的工匠就将船舶定性为女性了，继而将其视作自己的女儿。在第三人称代词中称船舶为“她”，英文为“She，Her（她、她的）”。从此，船舶就有了性别!

工匠打造好的船舶最终会交付船东，离开船厂，就如女儿长大了要出嫁一样。此后，货物、旅客在她的肚子里进进出出。由此，每一艘船舶在交付船东下水使用时，都会举行一场非常隆重的仪式。有人说，“教母”为新船命名、砍缆（掷瓶礼）、鸣笛，就像一位母亲在为自己的孩子祈福一般。

随着年代的推移，敲香槟酒、为新船命名和祈祷变成了船厂、航运企业、融资单位合作成功的典型仪式。他们遵循航海文化习俗，一定会聘请有贵族女性血统或社会地位较高、端庄贤淑的女性为新船敲香槟酒，为新船命名和祈祷。船长也把这位女性称为船舶教母。中国的国有航企非常尊重航海文化，时常聘请船长、政委和轮机长的妻子为船舶下水仪式敲香槟酒。

对于驾驭船舶的海员来讲，敲香槟酒、命名仪式是海员对大海敬畏的态度；海员家属期待亲人航海顺利，平安回家。在仪式上，一般女性命名人都会有这么一句话："我命名你为'×××××'号，希望你为船东创造财富，为建设者增添荣耀，祝愿你前程似锦，平安永远！"

在20世纪80年代中期，正在上海访问的英国女王伊丽莎白二世到江南造船厂，为香港船王包玉刚一艘散装船命名剪彩、敲香槟酒。在2005年国民党主席连战之妻连方瑀在外高桥船厂为香港"东方海外"航运公司一艘新船命名、敲香槟酒，那艘船舶举行仪式后顺利出航。

据说敲香槟酒成功与否将决定一艘船舶出行是否平安。因此，船长非常重视仪式上敲香槟酒的一刹那。假如在缤纷的彩带飞舞下，香槟酒瓶在船首轰然粉碎并将香槟酒洒落一地，飘香四方，那么，船长的心情一定是欢欣鼓舞的，他驾驭她驶向大海必定一帆风顺。这不仅仅是船长对她的殷切期望，也是船东对安全航行的要求。敲香槟酒成为交船仪式上最为精彩的一幕。

有一位航海老前辈告诉我："如果你当上船长，一定要像对待自己的情人一样对待船舶，请好好善待她。船是有灵性的、刚毅的、勇敢的，船长只有对'她'有感情了，她才会回馈她女人般的温柔。她更会体贴你，会给每一位海员带来好运的。"这个故事带有一定的浪漫色彩。船长与自己心爱的"女人"（船舶）的感情融化在一起，海上航行也变得浪漫且有意义！

我投身航海后在船厂接过数艘新船，当"掷瓶礼"仪式结束，我在驾驶台拉响起航的汽笛后，这艘船舶开始了她的处女航。如果哪位仁兄称船舶为"他"或者说"兄弟船"，他肯定对航海习俗不甚了解——准确的称呼是"姐妹船"！

以下是流传在航海业界，但无法考证的接船故事。这是老船长航海生涯中最后一次航行。老船长这次的接船使命完成后，他将告别远洋船舶，辉煌地退休了。

老船长率领全体海员到德国不来梅（Bremen）船厂接一艘中型集装箱船舶。那天，天气阴沉、乌云密布，一股寒冷的朔风掀起了港湾内阵阵波涛。各种彩旗在寒风中飘扬，发出啪啦啪啦的声音。主席台上一根连接香槟酒瓶的白色棕绳被风吹得左右乱晃。当主持人宣布为新船敲香槟酒瓶时，一位驻外使节的千金小姐踏着台阶款款而来。

小姐戴上白色的手套高举斧头斩了下去。可是，斧落绳未断。小姐情急之下又举斧下落，仍未斩断绳索；第三次举起斧头才斩断了绳索。香槟酒瓶却被一阵风吹得失去了直接撞击船头的惯性力，在空中荡了几圈之后才重重地碰击了舷墙，香槟酒碎了！老船长的脸上出现旁人无法察觉的几下肌肉抽动，不愉快的表情一闪而过。

一股红色的酒雨从高空洒落下来，整个现场弥漫了香槟酒香，顿时整个现场欢腾了。小姐腼腆地接过主持人手里的鲜花走向老船长，向老船长鞠躬后敬献了一束鲜花。

老船长走上驾驶台拉响了汽笛。在蒙蒙细雨中，老船长发出了严肃的口令：“启航！”

老船长知道今天敲香槟酒瓶的不顺，想从内心全力迸发出阳刚之气来对付刚才的不祥之兆。可是，他感觉这个口令出口并没有引起在场海员的响应。他竭尽气力，对驾驶员重复说：“启航！”同时捂住了自己的胸口，脸色煞白。他的心脏病发作了。他急忙掏出了硝酸甘油药片吞了下去，稍后才缓过气来。

驾驶员们扶起他，想让他休息一下，可船长的职责使命和现场的状况使他咬牙挺了过来。他挺了挺穿了制服的胸脯，肩上和袖上的四道金杠熠熠生辉，严肃且镇静地指挥船舶离开了船厂。在驾驶台的外国引水员被老船长的威严气场所折服。

新船如期驶出船厂，开始了她的处女航。船在欧洲开始了繁忙的进出港和装卸作业。每个港口都为船舶举行了隆重的处女航仪式。老船长的心情开始好转，身体却越发疲劳，心脏病正威胁着他的生命。

船舶满载集装箱离开欧洲最后一港，驶向远东港口了。船过了海员们最为害怕的比斯开湾后，驶入葡萄牙沿海。

那天晚上，驾驶员、三副和二副不见老船长上驾驶台，这有悖于老船长一贯的航海习惯。他们隐约觉得不对劲："是不是出现了意外？老船长心脏病又发作了？"

为了证实这种可能，两位驾驶员打电话到船长房间，房间里电话铃声响起，老船长未接电话。三副与政委用万能钥匙打开了船长房门，大家急速冲进船长房间。眼前的景象令他们震惊无比，老船长已经奄奄一息地倒在地板上了。政委疾呼随船医生到现场抢救，一面将老船长抬上床进行胸外按摩、人工呼吸。医生闻讯赶来，轻轻翻开老船长的眼皮，发现瞳孔已经渐渐放大。

"政委，老船长病情很严重，速请求救援，船上的医疗条件无法挽救老船长的生命。"医生脸上出现了非常无奈的、痛苦的表情。

"还有没有救？"政委大声责问医生，"不要再磨蹭了，马上打强心针，维持生命征兆。"

"是，我马上执行！"医生迅速给老船长注射了一剂强心针，大喊道："政委，我们必须立即请求公司送老船长进医院。"

一份大副起草的电文发给了公司和驻欧洲总代理。1 小时之后得到了回电："命大副暂时代理船长职务，执行船舶安全管理和航行。命代理船长改变航线直驶葡萄牙里斯本港外锚地抛锚等待医疗援助，命医生尽一切努力维持船长生命直至岸基医疗人员接走船长。"

大副接到指令后，现场发出了第一道口令："航向 045 度，全速前进！"

东方渐渐出现鱼肚白，当布满乌云的隙间露出几缕阳光时，一架医疗直升机出现在里斯本港外锚地的上空。船医随机陪伴老船长到医院处理医疗事务。全体海员站在簇新的甲板上为老船长送行，祈祷老船长早点苏醒，重新站上驾驶台。可是，当老船长被直升机送到里斯本医院时，医生观察了老船长的生命体征后就宣布老船长已经驾鹤西去了。

老船长为了祖国的航海事业，在船长岗位上以身殉职。船上海员听到老船长去世的噩耗后集体沉默了，全船沉浸在悲痛的气氛之中。政委组织海员身着制服走上甲板，集体向老船长默哀致意。几丝细雨从天空中飘下，上帝也忧伤地掉下了眼泪，为老船长的离去悲泣。

大副，不，现在是代理船长，站上驾驶台拉响了汽笛，那凄婉的汽笛声刺破乌云，响彻大西洋上空。全船人员抑制住悲痛的心情为老船长送行，希望他的灵骨早日回到祖国，回到家乡。

两天后，公司派遣一位资深船长接替了代理船长的职务。船舶开始向苏伊士运河进发。我们在苏伊士运河边上遇到了这艘船舶，对老船长的殉职深表哀悼，对老船长一辈子献身航海的敬业精神肃然起敬。

后来，我听说了关于那艘船舶上发生的一系列令人惊悸的故事。

数月之后，四轨（三管轮）正在做临睡前的例行检查。当他在机舱底部主机操纵台附近检查时，发现机舱中有人穿了白色的连体工作衣一闪而过。他白发苍苍，行走神似老船长的身影，他看了四轨一眼，嘴巴嚅动了几下，头也不回地径直走到机舱过道内。四轨稀里糊涂地连忙跟了上去，只见白影在一扇门后消失了。这里是机舱内的分油机间。当四轨摇晃了脑袋突然清醒后，怀疑自己刚才灵魂出窍了。他突然想起老船长已经走了，吓得连忙跑到集控室打电话到老轨（轮机长）、政委房间。船长、政委、老轨闻讯后直奔机舱，但是没有发现任何异常。他们连忙安慰四轨："这是你潜意识中对老船长怀念所造成的幻觉，属于正常的条件反射。"可是四轨害怕得直哆嗦："我刚才明明见到他在机舱里面转悠，绝对不会看走眼的。他引领我走到了分油机间，我还听到他模糊不清地讲话，好像提醒我注意主机运转情况。"

正在四轨说话间，突然全船的电灯熄灭了，主机轰然几声后停止了运转。不知什么原因副机突然跳电了，数十秒后应急发电机启动。老轨和轮机员们马上奔向副机查找原因，结果副机正常。检查发现主机配套的分油机马达烧毁了，主机、辅机因没有燃油供应就熄火了，螺旋桨停转了，船舶失控了。

原来老船长“英”魂不散，在冥冥之中还在为船舶安全传递信息，他在引导四轨，希望他及早发现分油机异常情况。可是，故障最终还是出现了。机舱老轨和轮机员连忙更换了备用分油机马达，及时对分油机进行抢修，10 小时后船舶才恢复正常航行。

还有一次，正在太平洋上正常航行的船舶意外遭遇局部突发大风浪袭击。那夜，船长梦见了从未谋过面的老船长，老船长对他说：“大风浪即将来临，你必须注意船上集装箱绑扎，当风浪袭击时，船舶将摇晃 30 度。现在甲板上一些绑扎已经松动了，必须连夜叫水手加固绑扎，否则，会掉箱的。另外，船舶舵机曾经在美国某港搁浅时稍有变形，你现在马上要求轮机长做好准备，大风浪中尽量不要使用大舵角，否则会卡死的。”那位船长从梦中惊醒，满头大汗。

“幽灵的话能信？但不可不信！”船长联想到本船出现的一系列怪异现象，立即打电话通知大副，要求水手们起来检查绑扎。大副疑惑不解：“迷信！这么好的天气怎么会有大风浪？何况，最准确的日本气象图上也没有发生大风浪的低气压系统。”船上的弟兄们都认为船长中邪了。可是大副还是传达了船长的命令，把水手们从睡梦中叫醒，连夜加固绑扎。夜起的弟兄们不免对船长一阵牢骚：“哪儿来的大风浪，尽是自己的幻觉，你倒好无中生有，把我们水手折腾了半夜。”牢骚尽管发，当夜在船长、大副的监督下，整船集装箱全部检查和加固完毕了。

同时，船长叫醒老轨，要求老轨派轮机员到舵机间值班，随后船长命驾驶员试验舵机工作情况。果然在几个左满舵、右满舵后，舵机在一个满舵位置卡死了。船长惊恐万状、脸色苍白地回忆了梦中老船长的话，连忙拿出高香、蜡烛在大台内供了起来：“老船长，请原谅小辈不恭，本航次中我没有香烛供奉您老，现在我给您磕头了，我代表全体海员感谢老船长梦中提醒，愿您在天之灵得到安息！”

第二天早上，海面渐渐起风，滔天巨浪从船头直扑六层楼高的驾驶台。浪头发出骇人的声响，似乎要把整个船舶吞噬了，船速下降到仅能维持舵效的状态。船身左右摇晃超过 30 度，台子上、房间里的物品即使绑扎牢固也挣脱了绳索开始移动，甲板上的集装箱发出可怕的嘎吱声。从驾驶台见到集装箱向一个方向偏移，大有倒塌之势，仿佛世界末日即将来临。舵机舱内，老轨已经派出了轮机员在那里守候，一旦出现问题马上全力抢修，整个船舶处于应急戒备状态。船长临危不惧，他沉着指挥，谨慎用舵，微调船舶航向，尽量减少摇晃幅度。奋战了 18 小时后，大风浪终于退却了，洋面渐渐趋于平静。

大风浪过后，集装箱绑扎器具大部分已经松弛了。由于在大风浪到来前及时采取了加固补救，无一集装箱坠海。但是在大风浪袭击下船首局部的舷墙肋骨脱焊变形，船首的集装箱也无一例外全部变形，部分集装箱内的货物洒得遍地都是。无论如何，船舶在大风浪中转危为安，最终顺利返回祖国。

这就是一直流传在公司海员中的“鬼船”故事。至于故事的真伪，我不敢断言，就交由读者发挥自己的想象。但我深深记住了航海教科书上的警语：“航海者应该永远把船设想在最危险的境地！”也就是说，“天有不测之风云，大海航行永远存在危险”。

船舶出厂仪式

回到我接船的故事上来吧！我在船厂等待一个月后，装扮一新的“扬”轮终于出厂了。4 月的阳光温暖无比，因着春天的气息，这天必定是一个吉日。

船头一侧的白色棕绳系于主席台前桌子前方，一位礼仪小姐端着放有洁白手套和一把锃亮、锋利斧头的盘子。“扬”轮的名字被红绸布掩得严严实实的，如同一团薪火正在燃烧。绳索的另外一端悬挂了一瓶价格昂贵的香槟酒。香槟酒瓶高高系于船首，距船首斜面五米左右，其绳索斩断后会产生足够的撞击力把香槟酒瓶撞碎。这是仪式中最值得观赏、最令人振奋的时刻。

那天，整个公司的领导层和船厂首脑们出席了“扬”轮出厂兼命名仪式。领导们在主席台上诵读事先准备好的发言稿，个别领导同志普通话里夹带了上海浦东话，令我备感亲切。每一位发言者都向我送上美好祝愿：“祝‘扬’轮船长率领全体海员乘风破浪，为祖国的航海、海运做出贡献。”

主持人：“现在由红衣女士为船舶命名！”

这时一位身穿红色上衣的漂亮女子从容地走上讲台，面带微笑，彬彬有礼地用迷人的眼睛扫向来宾们，纤纤细手中展开了一份命名演讲稿，宣读起来：“H1294A 轮，今天我命名你为‘扬’轮，祝福你一帆风顺，前程万里，为公司创造丰硕的财富。”

全场掌声响起。众人的目光都聚焦在她身上，她从礼仪小姐端在手里的盘子中拿起白色手套，戴上，再从桌上小心翼翼地拿起斧头，抬起手腕，瞄准，斧头落下……“哐当”，香槟酒瓶碎了！

香槟酒飘香四溢，我紧张的心也如释重负。我用对讲机命令驾驶台上的驾驶员拉响汽笛，汽笛声在黄浦江上回荡。“扬”轮的笛声从今以后将在所抵靠的港口上响起，向世界宣告中国又一艘大型集装箱船舶被激活了！

船厂老总赠送给我一个盛满鲜花的花篮，在场人们的目光聚焦在身着船长制服的我身上。我接受了花篮，向在场的来宾频频点头致意，感谢他们为我送行。“咔嚓”，摄影师为我们留下了一张与“教母”站在船中央的合影。

各位来宾举起酒杯向我敬酒，我拿起酒杯一饮而尽。如同壮士出征一样，我迈开脚步走向舷梯，在舷梯上向总裁挥手道别。

总裁在码头上叮嘱：“船长，‘扬’轮就交给你了，海员弟兄们交给你了，公司船队的发展靠你们了，在美国洛杉矶 T-100 号码头见！”

我登上“扬”轮驾驶台，向全体海员下达了“启航”的命令。集运总经理和船厂最高领导为我轮解去了首缆。“扬”轮离开了她的出生地，带着我的梦想、带着集运人的期望缓缓地离开了上海浦东造船厂，黄浦江日夜奔流的江水为我轮送行。随后我轮进入了长江，融入了滚滚洪流中，我在引水员的配合下安全地靠上了长江边上外高桥集装箱码头，我们装载一船的集装箱，驶出长江口，开始了处女航。

12 天后，我们抵达美国洛杉矶港口。“扬”轮在引水员的引领下进入了洛杉矶航道，成为靠泊洛杉矶 T-100 号集装箱码头的第一艘船舶，也成为世界上第一艘成功接岸电①的环保船。

① 接岸电：指的是船舶抵达码头后，接到岸边电源以维持船舶供电，从而停止运转副机（发电机）排放的废气，免除对大气产生的废气污染。这是目前世界上现代化港口正在推行的一项环保措施。

▶ 第一章

夜宿洋山港

这是发生在2006年“海上丝绸之路”经济带航线上的故事！

今天，我将以中国新一代远洋船长的身份重走这条航线，以及延伸到欧洲的远洋航线，展现新中国的海员继承发扬中国先辈航海家们的航海精神，在古老的海上丝绸之路上留下了新的航迹，带动了世界经济的发展。

这是我的首部航海游记。本书中，我将以衣羊船长的身份带着您从上海洋山港出发，沿着海上丝绸之路的航线，经过中国的东海、南海，穿过马六甲海峡，进入印度洋、亚丁湾、红海，通过苏伊士运河来到地中海沿岸国家港口，突破直布罗陀（Gibraltar）海峡天险，航行大西洋，途经波涛汹涌的比斯开湾，来到欧洲各国。再如同钟摆一样原路返回中国，走遍中国南北港口。通过我的视角，给读者介绍一路的风土人情，见证这条海上丝绸之路的中国远洋海员的风采。请《跟着衣羊船长去航海》！

洋山港开港印象

我很想去洋山港，但因多种原因一直无法成行。我去洋山港有两个目的：考察一下洋山港码头走向和码头四周的海况地貌，查验洋山港气象条件对大型集装箱船舶靠泊影响，以便我今后操作集装箱船舶靠泊。我被报纸上的宣传搅得心里痒痒的，想亲眼看看宏伟壮观的东海大桥和岛上现代化集装箱码头气派。

作为大型集装箱船舶的船长，今后肯定是洋山港的常客。我们船舶被洋山港召唤过来装货，又被洋山港送出，沿着“海上丝绸之路”习惯航线驶向世界各大港口，成为世界贸易海上桥梁。

海事技术学院院长和老师们知晓我要投入欧洲航线，特地在航海模拟器上，为我模拟了洋山港进港操作，我站在模拟器前观看了整个洋山港全景，并特地在模拟器上进行进出港和靠泊操纵。

洋山港建成后，我在电视上跟着摄像机的镜头观看了开港大典。听着现场记者用外行术语介绍洋山港的地理位置以及港口设施建设，我真恨不能钻进电视机，到现场夺过话筒自己来宣讲。省得让记者们将桥吊说成吊机，将集装箱堆场的场机说成行车，将船舶驾驶台说成驾驶舱，等等。现场万枚气球升空后，主持人道了一声再见，电视机转而播放另一套歌舞升平的节目了。“唉，一点也不过瘾！”我感叹。

那天开港后不久上海传媒给上海市民泼了一盆冷水：“因大桥属于保税区的一部分，洋山港暂时不对市民开放。”我木然地晃了晃脑袋，脑海里仔细回忆电视上的洋山港景色，我想尽早抵达洋山港，一睹为快。

一个月之后，我接到了公司人事调配员的上船通知，“厦”轮于 1 月 6 日晚靠泊洋山港码头，让我去接替“厦”轮船长班。公司调配员说：“船长，你到公司门口乘班车进港吧！进入洋山港的通行证仅对航运公司内部车辆发放，车主不能擅自开车前往。”

第二天下午，女儿开车送我到公司门口，再把笨重的行李摆渡到班车上。下午 2 点整，公司那辆依维柯车准时出发了，我梦寐以求想到洋山港的心愿自然地水到渠成了。大概作为行走东海大桥的预演，依维柯车欢快地爬上了杨浦大桥河间路一段引桥斜坡，毫不费力地穿越了宏伟壮观的杨浦大桥。车窗外，浦江两岸错落有致的建筑尽收眼底。天气多云到阴，一团雨云从东飘向西。远处，整个东方明珠的顶端笼罩在云雾之中。

再见！上海。再见！黄浦江。再见！我的妻儿，我又“上海”了。

上船途中

罗山路红绿灯把车速限制在了 80 公里以下。我看见架空轨道上，磁悬浮列车呼啸而来。刹那间，又消失在去往浦东国际机场远方的磁悬浮轨道上。这是世界上第一条商用磁悬浮列车运营线！它成为世界上很多国家羡慕的交通设施。

依维柯车和磁悬浮列车轨道分道扬镳了，路标引导依维柯车上了直通东海大桥的 A2 高速公路。依维柯驾驶员在 A2 高速公路上踏足了油门开始狂奔，我在汽车路码表看到速度在每小时 100 公里，比起磁悬浮列车每小时 430 公里车速还是小巫见大巫。在没有磁悬浮列车的高速压力下，我感觉公路两旁一排排树木在向后倒，依维柯车车轮滚滚地向前飞奔。弧形的 A2 公路旁，我见到了久违了的农田和所剩无几的几条清澈见底的河道。少年时代的乡土气息悠然飘来，田间绿油油的庄稼清香弥漫到了 A2 公路上。河道甜润的水汽扑鼻而来，小时候的气味把我熏得神魂颠倒。我感叹城市化的变迁，现在想看到农田竟然要开车行驶 50 公里之外。我对农村的依恋之情油然而生。

芦潮港到了！30多年前，我们一群农村青年在冬季农闲时，从全市各郊县农村赶到这里大兴水利，开挖市级海滩上的随塘河。那情景还历历在目，我们休息的工棚就搭建在荒芜的海滩边上。我们可以透过工棚顶的芦苇缝隙数星星，在芦苇墙内听数里之外东海浪涛呼啸声。生产队还会杀猪犒劳生产队开河社员，大块红烧肉是最解乏的。我们开河的民工日子过得很艰苦，但却无忧无虑。

现在的随塘河边上是临港新城。那里，人工围起了美如仙境般的滴水湖。整个滴水湖面积5.56平方公里，比杭州西湖还大。滴水湖，顾名思义，一滴水珠落入湖中，荡开层层涟漪。以湖为圆心，外围是核心的城市行政和商务环带、城市公园环带和最外层的"城市岛"环带。滴水湖是临港新城的核心区域。湖中有3座小岛，分别坐落在湖的西、北、南侧，西侧为"工作之岛"，新城的商务、商贸等标志性建筑都坐落其中，总面积约0.48平方公里。北侧"记忆之岛"，设有航海博物馆等大型文化建筑，诉说海洋航运的历史；南侧"文化娱乐之岛"，拥有各类文化娱乐设施，散发出新城浓郁的现代文化气息和生活乐趣。据说将来湖心还要建一座优美的云塔，见证新城的茁壮成长。

依维柯车又奔驰了约10分钟后，建筑越发清晰。面前一座建筑上方赫然显示"上海深水港商务广场"。那里云集了相关港口产业的贸易公司、规范的港口公务机关，还有国门的守护神——洋山港海关以及边防等政府机构。依维柯转入右面拐道进入了"上海深水港商务广场"停车场。停车场上大大小小的汽车都是市区来的。

带队的老方驾轻就熟地进入大楼。乐呵呵地挥舞临时申请好临时的大桥通行证："这份通行证需要提前24小时书面传真到大桥安全保卫部门，获得批准后才能拿到，临时通行证24小时内有效，过期需重新申请。通行证将在东海大桥岛端岗亭'没收'，如果有事临时返回，再也不能进入了。"老方津津乐道地向我们介绍通行证的情况。

大、小洋山的故事

隔一段路障就到了“洋山保税深水港区海关”关卡。

入关后，只见东海大桥如长龙，蜿蜒起伏，卧于浩渺烟波中。大桥就像上海的拼音“Shanghai”开头的字母“S”！因桥身太长，坐在依维柯车里无法将其首尾尽览，我忆起那天的电视节目里一位老记者曾说观赏大桥的最佳角度在回程时。

在车行至主桥五六公里处，大桥主通航孔斜拉桥呈现最壮美的姿态。我连忙举起相机按下快门键。依维柯车驾驶员见状：“衣羊船长，我停车让你照相，怎样？”“不能停车，会被抄牌的！”我感激地对驾驶员说。说话间我手疾眼快，在颠簸的汽车行驶中拍到了一张自以为得意的美景。照片上“东海大桥”4 个红字勾勒了一道优美的彩虹。

限速 80 公里的交通警示牌让依维柯车老老实实地在 32 公里长的大桥上行驶。此刻，依维柯车的速度还能追过一辆辆负重的集卡。一会儿，视线中出现了被海水磨砺成光秃的巨大卵石状、怪石嶙峋的小岛。小岛下面是一排排港口开路先锋们居住的水泥工棚。建港英雄们在艰苦的条件下、凭毅力把小岛建设成为现代化的集装箱码头，才有了现在的洋山港。后续还有洋山港二期、三期和四期。据说四期还有可能建造世界上最先进的无人操作的全自动化智能码头。到时，技术人员只需在操控室内拨弄一下鼠标，整个码头装卸作业就能变得井然有序，效率成倍增长。

我还沉浸在对洋山港后续建设的想象中，依维柯车已经一头扎入小洋山的隧道里了。当前方光线转亮后，前面出现了路障，告示牌出现：“前面施工！”快速瞥过施工牌获知，洋山港建设者们还在建设通往大洋岛的高速公路。

港区门口，保安拦下了依维柯，把行驶证拿去了，换成了一张入港证。依维柯车在港口候工楼前的停车场停下，我抬腕看了一下手表，指针指在15：50。黄昏时刻，岛上寒风刺骨。气象预报说洋山港夜间气温将下降到零下5摄氏度！

夹着公文包西装革履、仪表堂堂的办公室白领们和挎着玲珑坤包的白领丽人从米黄色的办公大楼里鱼贯而出，他们下班要返回市区了！不一会儿停在外面的港区大巴士就装满了“岛人”。大巴士一辆接着一辆，一会儿就消失在东海大桥上了。

我情不自禁地将双手拢进袖中，抵御凉飕飕的海风，感觉到一丝离家的惆怅。

大、小洋山及其周围岛礁统称崎岖列岛，小洋山上建成上海深水港后，这里的景观发生了质的变化，人工建筑和自然的奇石怪礁形成了洋山景区。风光秀丽，古迹荟萃，具有渔、港、景、石等海岛资源，成为崎岖列岛风景名胜区的一部分。

大洋山岛最南的大山顶不仅是看海景、观日出的最佳地方，而且是观赏洋山全景和大小洋山深水港的旅游处女地。在能见度好的时候，在大、小洋山岛的山顶上，还能看见东海大桥全貌，仿佛海市蜃楼，感觉十分奇妙。在晚上能看到大桥海上段25公里的灯光夜景。据介绍，大桥的灯光夜景远在10公里以外就能看到！

我想趁机饱览一下大小洋山的景色。我走下了依维柯汽车，呼吸着海上吹来的腥味海风，然后走到了港区门口，东瞧西看，手里拿着一架已经有点落伍的数码照相机，“鬼鬼祟祟”的样子俨然成为保安人员的“目标”，后背脊感到来自保安锐利的目光。

当我迈步走上洋山港陡峭的坡道到山顶远眺时，一声吆喝从后面传来：“你是干什么的，怎么在港区乱窜？”我将抬起的脚缩回，站在原地用僵硬面部肌肉形成的尴尬笑脸讪讪地解释：“我是来上船接班的海员，现在船没有到，我想到上面去看看大洋山的风光。”保安没有商量的口气：“就在这里看看后到你车上去待着，这里不是你游玩的地方，是集装箱码头！”

此时，那声吆喝将我的兴致一扫而空，没有心情饱览这崎岖列岛的风貌了。我自觉地把头缩进羽绒衣帽里，向保安尴尬地笑了笑，灰溜溜地回到了依维柯车上。我无声地拨弄着手机，向老婆女儿发出了有点错乱的短信："洋山港已到，船还没有到，我没有见到洋山港全貌，我们在办公区等船。"

夜宿洋山港

已经夕照洋山港了，气象消息传来："洋山港晚上有超过6级西北大风，全港从现在起封港停止作业，什么时候开港要看明天早晨天气了，最早要等到明晨6:00。"

天哪，进港计划取消了！ 当情况被证实后，我连忙打电话给"厦"轮上的政委，让他转告正在驾驶台指挥航行的船长，尽早选择安全锚地准备抛锚候泊，如有需求尽早通报情况。

依维柯车内等待上船接班的海员弟兄们说："那好，我们回去吧！明天再来！"驾驶员回答："去哪儿，去了怎么进来？临时通行证24小时有效！我们只能在依维柯车上待着了！""那我们总不能在今天晚上挨饿吧？走！我们想想办法，到职工食堂蹭一顿晚餐。"在我的提议下，我们接班海员都下车进入了职工食堂。

我拿出手机给家人发送短信："晚餐已在洋山港吃了，这里的食堂很丰盛，就是洋山港太好客，晚上还留我们过夜，这里没有招待所，没有旅馆！车上没有电视机！港区也没有无线上网信号。""不可以回家？你们在什么地方过夜？"妻子马上叫女儿发来短信。我连忙回复："我们只好在依维柯车上过夜，汽车里有暖气。"一分钟后手机又显示女儿的短信："还是外高桥码头好，在那里我们可以来接你。洋山港冷吗？""冷，很冷！"我通过汽车收音机听到上海气象台发布的冬天来临后的第一个寒潮警报，向女儿描述了洋山港地区的气温和冰冻情况。

夜幕来临，一阵雪飘来，当我们欢呼白雪降临时，那雪又消失得无影无踪了。“下雪了，零下5摄氏度！”我按下了这几个字。“我们看到短信了。家里缺了你感觉很冷清。”她们担心我夜宿洋山港！

依维柯车的发动机在微微颤动，驾驶员开启了汽车空调，用宝贵的柴油换取零上20摄氏度的局部气温。驾驶员拿出了在市区买的黄酒和花生米，边喝边开始天南地北地聊起天来。驾驶员问我：“船长，你们海员最想的是什么，最关心的是什么？”“你想想海员整日漂在海上、洋上，没有喧闹的马路、商店和来来往往的车水马龙。整天都在单性的男人世界中劳作，最想什么？”我反问。驾驶员耿直地说：“总归想家吧？”“最挂念自己的爱人、孩子！关心的是上有老下有小的家庭！这是人之常情。因此，我们海员最高兴的就是回到自己的母港，两个月回一趟家，或者家人来船上看望我们。”我回答。“这不是很方便吗？现在交通相对过去都有极大改善。让家属过来啊！”“可是在中国国营航运企业中，没有哪位领导敢无视‘海员家属不能住船’的规定，这种陈规旧矩不顾海员合理的人性化要求，将其家属拒之舷梯之外。另外，公司还规定不准家属搭乘公司的顺风车。”驾驶员点点头：“公司的确有这个规定，一般领导都不同意我们搭载家属到港口去。”

我讲述了最近船队发生的一桩令海员弟兄伤透心的通报：“与我一起来到新东家的老船长，说起来还是我的师父，因为在长兴岛修船，老伴来探船①，当修船结束返回外高桥码头装货时，为了免除舟船劳顿，就按我们老东家的习惯，让老伴随船，横渡就在对面的外高桥码头。可是，新东家领

① 探船：船舶停留在某一国内港口，海员家属上船探亲的过程。2016年11月12日，《2006年国际海事劳工公约》（简称《2006 MLC》）对我国生效。为推进国内外沿海船舶履行《2006 MLC》，中华人民共和国交通部签发了《中华人民共和国海员船上工作和生活条件管理办法》（简称《办法》）（交海发〔2013〕442号）并于2018年进行了修订，修订后的《办法》于2019年1月1日起实施。其中《办法》第十条彻底消除了40年前规定的不准海员家属夜宿船舶的规定，海员的尊严获得尊重。

导知道后，马上全公司通报，扣除船长全月业绩工资的50%！那是1000多美元的工资啊！老船长自我调侃‘权当在票贩子手里买了一张高价船票！’当时，我的心被通报内容深深刺痛了，新东家怎么能这样对待退休返聘的老船长呢？”

车里的人因我激动的话语沉默了。夜色已黑，洋山港海面只见到抛锚船的点点灯火，还有呼啸的西北风。

我喝了一口瓶装水，继续讲述我亲身经历的故事。我在挪威船舶工作时，某次到了公司所在地的港口，公司人事部的经理上船与我谈论工作后，开始了闲谈。

船东老板说：“我真有点弄不懂你，公司明明规定船长可以带家属上船工作，为什么你不提出申请？挪威船舶可不需要身体有问题的海员上船工作啊，包括心理、生理的健康。你和海员跟我们管理公司一签合同就是一年，你们在船舶生活的时间远远超过在家里的时间，我怀疑船长你能否完成一年的合同期？”我连忙给予解释：“中国航运公司现在还不允许船长带家属上船工作，或许今后这种状况会改变。但是你放心我们能完成合同。”

“不可思议。”船东老板如是说，“海员若长时间离家，会变得烦躁、易怒，加上船舶的运动、劳作、体力消耗很大，这样海员身体免疫力会下降。甚而可能会引发争吵、猜疑等矛盾，对工作安全的敏感度下降，会出现事故。海员寻求合法的心理和生理释放纯属正常。关键是如何引导他们正确对待心理、生理的健康，给予释放心理压力的渠道。海员缺少社会五彩缤纷的生活宣泄，即使海员有伟大的意志和征服海洋的勇气，也需要异性的温柔来安抚，回归社会享受自然人的快乐，我认为剥夺海员合法的配偶团聚是不人道和残酷的，对船长管理船舶不利。”“我同意您的看法。不过我想中国社会慢慢会有改进的，我也期望这种改进。”这是我自己的公司，我总是胳膊肘往里弯。“船长，这样吧，今后船舶有靠中国港口的机会，请你和外派公司叫海员家属上船来，我要到你船上举行家属联欢会，就说我老板说的。”

此次船舶回南通港的机会，远在新加坡的船东老板给我发来电邮：“到南通我要见你妻子和海员家属！我出席海员家属联欢会。”我马上发了一份电邮给外派公司，要求海员公司协助，让有此需求的海员把家属接到船上来。经过艰苦协商，考虑到合作利益，最后海员公司老总终于同意了船东老板的要求，组织海员家属到船。同时一名海员公司的经理也随家属到船，以确保家属路途安全！船东很高兴，那天在船上举行了联欢酒会。“红袍加身”的大闸蟹摆上餐桌，鸡肉鱼虾样样俱全，菜肴丰富，相当一部分是船东出钱购买的，整个船舶喜气洋洋。

结束酒会后，船东老板对海员和家属说了句俏皮话：“祝大家洞房花烛夜幸福！”我被船东老板的真诚感动了。海员公司经理也感慨地说：“想不到家属上船有如此效果，把全船的积极性和海员活力都调动了起来，今后我多配合船东老板让到中国港口船舶的海员家属探船。”

船东认为家属上船了，海员工作、值班安心了，不会因为急于回家而影响船舶工作。由此，我每每回国都照此操作：由公司指派头脑灵活的家属联系其他海员家属，组织家属上船，派出单位协助提供上船便利；沟通边防办理家属登轮证。船靠外地港口的话，指定一位家属作为带头人为家属购飞机票等，为家属探船提供方便。

海员家属的团聚给船舶安全带来了意想不到的效果。研究过心理学的船东老板把海员心理、生理健康了解得非常透彻，很好地把握了海员的心态！船东积极鼓励船长让海嫂上船探望丈夫，最大限度地调动海员为其服务的积极性。

我接着话题继续说了下去：“现代企业管理者应该理解员工的内心需要，殷切期望管理者允许海员家属探船，让海员得以享受天伦之乐，感受到来自管理者的爱护和关心，这是钱都买不到的感情投资！要明白，航运是一个系统的运作，需要公司各部门的协调配合，需要商务部门组织物流，任何环节都不能缺少。无论是国运航企，还是私营航企，如果没有海员去驾驶船舶，那么船舶再先进、再现代化也是一堆废铁。海员是船东以及船舶管理公司最重要的财产，对船东而言，航企主要资产是人、人才，航企利润来源于每一位有价值的海员，各司其职、分工合作。海员永远是航企的第一生产力！”

车里一阵唏嘘。依维柯车的发动机仍在运转，不易察觉的冷气从车缝里溜进来。渐渐地我们眼皮重了，我蜷缩在座椅上睡着了，梦中惦记着第二天的接班事宜。

东方出现了鱼肚白，晨曦中我睡意全无。广场外 3 根旗杆上升起了一面五星红旗和两面港口公司旗，飒飒作响的旗子在东升的阳光下灿烂辉煌。

▶ 第二章

踏上“厦”轮的甲板

洋山港的早晨

经过一个晚上的“风餐露宿”，我们一行 10 人在依维柯车上迎来了 1 月 7 日的黎明。西北风一夜呼啸后筋疲力尽了，我见到小洋山岛上树枝在寒风鞭抽下伤痕累累，光秃秃的，没有一片树叶，即使那些傲骨的冬青、松树经过磨难后也静止下来了，树底下一层枯叶成了拼搏之后“残垣断壁”景象，但树枝依然坚强挺立，显示了与自然界强大威力抗衡之后的悲壮。冬季洋山港气温跌至零下 6 摄氏度，太阳慢慢爬上了小洋山陡峭的山顶。最高的电讯发射、接收塔俯视了整个洋山港，据说此塔还具有上海地区手机信号基站的作用，现在整个大、小洋山岛的信号都是上海的移动信号，事实也如此，我打到家里的电话无须再拨区号就能直接拨通了。我想象远航二个月之后，那卿卿我我的电话传语肯定会特别温馨。

人还需要面对面的感情，洋山港啊！你什么时候才能对海员家属开放，让东海大桥变成海员的鹊桥？我不知道被称为卧叠有姿的“双龙石”、戚戚相依的“夫妻石”、天工巧鉴的“龙珠石”著名景点在这山崖的何方。天方夜谭似的掌故传说，还真有点动人，还是不是人类描绘的对爱情生活的热爱和向往呢？希望洋山港成为漂泊在大洋上海员的“幸福港湾”，年轻海员靠泊洋山港后，再也不要在无线漫游的虚拟环境中谈情说爱了。

塔顶上旋转的雷达天线，维护着洋山港航道的安全。从办公区广场向山顶望去，只见“洋山深水港”5 个大字在陡峭的山岩崖上反射出耀眼的金光。我相信洋山港一定会得到海员们的喜爱。我从依维柯车内爬出来。清新的冷空气灌进鼻孔，鼻梁四周血液都变得冰凉，鼻子里沁出了鼻清水。我在停车场旗杆下开始活动筋骨。

随着迎风飘扬的旗子节奏，我开始手舞足蹈起来，伸伸腰、弯弯腿、挥挥手、扭动屁股，直到身上汗毛孔微张。东面朝霞抹红了集卡通道建筑物。集箱堆场上高耸入云的“太阳灯”收敛了“夜郎自大”的傲气，灯杆成了逆光照片中的主体背景，衬托了洋山港宏伟豪壮的气势。

洋山港醒了！

从市区开来的大巴士又回到了原来的停车位。码头工人们从市区又回到了洋山港，他们的家离市区很远，需 2 小时的路程才能到达洋山港，但他们还是像“晨出巢，夜归穴”栖息在茂密树林中的鸟类，自然地享受现代社会的繁忙生活 。

据说工人中都是夫妻档，其结伴晨出晚归的浪漫情景羡煞我也。作为“岛人”，他们周而复始地开始了新一天的劳作。白领们拿着装有手提电脑的黑色公文包鱼贯而入各自的办公楼。随之各个办公室开始发出物流指令，整个洋山港的集装箱卡车不停地在港口内穿梭。工人们聚集在休息室里，一位领班在讲台上用麦克风宣讲工作安排和安全措施，半小时后这些工人列队迈开整齐的步伐走出了休息室踏上班车，乘坐码头穿梭大巴士驶向作业现场，开始了集装箱的搬运与装卸。

登上了“厦”轮的舷梯[①]

“厦”轮政委在电话中对我说：“引水员[②]上船了，船已经起锚进港了！”

我紧盯“厦”轮的泊位，看着“厦”轮徐徐靠上来。

今天起“厦”轮将在我的指挥下沿着“海上丝绸之路”的航线去周游

---

① 舷梯：人员上下船舶的铝合金、可收放的梯子。船舶在左舷和右舷各备一部舷梯，类似的还有舷梯和绳梯组合而成的、安装在左右舷的引水员登轮组合梯。

② 引水员：英文“Pilot”在中国航海界初期的中文翻译名称，也是在海员口语中流传最为广泛的词语。现在，中国海事名称规范序列中为“引航员”作为标准。为了使本文具有历史时代感，尊重海员口语化的用词，通篇以“引水员”表述。

沿线国家港口了。

根据港口规定，依维柯车不能进港，驾驶员把依维柯车驶向码头穿梭大巴士旁边。车里的行李马上被一件件转移到了港口大巴士上。9:00，大巴士缓缓地驶向泊位，5分钟后“厦”轮舷梯边上站满了欲登轮的人员和装卸工人。

船还没有带好缆子，那呼啦呼啦的桥吊移动警示声音开始鸣响了。船的舷梯还没有挂好安全网不能上去，码头工人班组长在大声疾呼和驱赶站在警戒线边等候上船的工人。

一辆开着蓝红闪光顶灯的小车飞驰而来，在舷梯口一个刹车，戛然而止。一位出入境公务员整整风纪，如入无人之境一样跨上舷梯，另一位出入境公务员大声驱赶人群：

“还没有出入境公务员登轮检查，谁同意装卸工人上船的？赶快下去！否则罚款！还有你们是哪里来的，有登轮证吗？”

“这是五星红旗的船舶，还需要登轮证？上一个港口是青岛港，本港不是第一进口港，无须出入境公务员再一次上船办理进口手续的。”我不温不火地面对出入境公务员。

出入境公务员横眉对着我：“你是谁？请把证件拿出来给我看看！维护国家安全是我们的责任 。如有意见，可以投诉，可以上法院申请控告！”

“对不起，我是这艘船的接班船长，我们正等着出入境检查完后上船接班！”

“船长？船长也得检查，谁知道你是船长！”骄横惯了的公务员怒怼我。

舷梯安全网还没有放好，这两位出入境公务员就迫不及待地爬上去了。

一艘通体蓝色的马士基船已停靠在码头边。大约20分钟后，出入境公务员夹着鼓鼓囊囊的公文包，面带满意的笑容下了船：“船长，你可以上船了！下一次我来找你。”

我们终于踏上了“厦”轮舷梯。“厦”轮大副在码头边上迎接我们的到来，政委在酷似月亮门的船舶进口处招呼我进入室内。一股暖气从室内涌出，海员们都在协助接班的同事提行李，说笑声中领到各自的房间。

我在大副的引领下来到船长舱室，交班船长脸上露出了笑容。他完成了船长生涯中最后一次靠泊，如释重负。

他已经在船舶工作了整整 12 个月，一天不多，一天不少。昨天的大风或许是上帝的旨意，让他在“厦”轮上完成一年 365 天的工作。

“您好！衣羊船长，久闻大名，我期待你接班很久了！”交班船长对我说。

“您好！您辛苦了，在离船之际希望得到您的帮助。”我对陌生的交班船长说。

政委在旁边说：“船长，我听说昨天你们在车里待了一夜，早餐还没有吃吧？厨房为你们准备了早点。”

我已经将早餐的事忘了：“谢谢政委！这样吧，等一会儿早点吃午餐吧，交班船长还需要搭班车出港赶飞机回家呢。”

在集装箱船舶短促的靠泊时间里，为尽快完成交接工作，我拿出事先准备好的备忘录向交班船长逐一询问，以便快速适应船舶环境：“请问目前欧洲港口有没有新的变化？最近公司有没有新要求和指示？”

交班船长一一做了解答。我很满意短时间内得到了相对全面的信息资料。

当政委来提醒进餐时，我才注意到挂在墙壁上的船钟到了 11：45 了。我对交班船长讲：“感谢您的交班信息，我已经基本了解船舶总体情况和安全营运情况。这样吧，吃饭！然后上驾驶台转一圈，再让我想想还有没有遗漏的交班项目，没有问题就签字，如何？”

交班船长同意我的看法，大家先去用餐。在进餐过程中我了解到交班船长来自大连，言谈间他感叹船队船长太少了，以致他不得不在船舶超长“服役”。对此我表示感同身受，我也直言自己仅仅休息了两个月时间又要“披挂上阵”。看来我们彼此都存在过劳工作的情况。

交班船长对我说：“班车将在 12：15 离开洋山港，您看还有什么问题需要解答？这样吧，我把自己的手机号留下，如遇到问题，随时电话联系。”

我把交班船长递上来的航海日志以及交班清单浏览一遍后，在公司海务船长的监督下完成了双方交接签字。交班船长带着卸任后的一身轻松走了。

至此，我全面执掌了“厦”轮的帅印。当公司领导们完成了安全检查离船后，船上海员才开始正常的装卸作业。

我上驾驶台海图室内翻起了英版《港口指南》，查阅证书资料，了解船舶管理台账。在2小时的交接班中，我仅了解船舶大致情况。开航前我还必须深入了解“厦”轮。船舶走的是中欧航线，从上海出发，经中国南海、马六甲海峡、印度洋、亚丁湾、红海、苏伊士运河、地中海、大西洋抵达欧洲各国，然后原路返回。基本上沿着现代意义上的“海上丝绸之路”经济带，再穿越苏伊士运河延伸到欧洲的航线。在航运术语上称为钟摆式航线，航线周期为63天，来回航程25130多海里。我是在上海洋山港上船，所以洋山港后面的港口就是我要逐个靠泊的港口。

好在还有一段航行时间，目前只要保证盐田、香港和赤湾的通信畅通就可以了。我认真查阅两港的资料后，在电脑上敲出了船舶调度格式离港报，完成后心里总算有了一点踏实感。

除了政委曾经和我同过船外，船上的海员都很陌生。到了晚餐时间，我走进餐厅，很自然地和海员们打招呼，全程笑脸相对，海员们略显尴尬，言行也比较谨慎。我理解，他们需要时间熟悉我这位新上任的船长，我充分信任自己与海员弟兄交流、沟通的能力，以便让海员接纳我，正常投入工作。

夜幕再一次降临洋山港了。晚餐后船舶基本完成了装箱作业，代理拿来离港证。大副开始办理理货清关手续了，“万事俱备，只欠东风”，我将远航了！

在等待引水员上船的时间内，我再一次对操纵台导航仪器进行调试、熟悉，仔细查阅海图和电子海图，校核二副绘制的航线。俗语讲：“临阵磨枪，不快也光。”这些都是我开航前养成的习惯。

海上消防、弃船演习

引水员上船了，我拿起电话拨了0号，整个船上响起了我拍话筒的噗噗的声音，然后全船广播系统响起了我的开航通知："全体海员注意了，我是衣羊船长，引水员已经上船了，各就各位，机舱开始备车①，甲板部前后分开。外面天气很冷，请大家穿好防寒衣服，注意保暖。天黑甲板暗，请注意脚下头上，以免磕碰伤身。请远离缆子的受力方向，确保离泊安全！前后到齐后向我报告！谢谢全体海员弟兄们的配合！"

我把上述信息连续播报3遍，以便全体船员能够配合落实，去往自己的离泊岗位。海员们动作利索地各就各位。不一会儿船头和船尾陆续传来大副和二副的就位信息。同时，他们也对我的温馨提示表达了感谢。

整艘船舶除了主机和副机发出的隆隆响声外，都静静地听从我发布的离泊指令："大副，船首带拖缆！"接着我呼叫二副："二副，船尾带拖缆！大副、二副，前后拖轮带妥后请迅速报告船长！"

不一会儿，船首、船尾都传来了拖轮带好的报告。

"大副，前面单绑②！缆清后，请马上告诉驾驶台！二副，后尾单绑，屁股清爽后告诉驾驶台！"

"报告驾驶台，前面单绑！"

"报告驾驶台，屁股单绑！"

前后大副、二副报告后，我下达了"前后缆子全部解离！"的指令。

---

① 备车：轮机部启动主机运转所需要的一切辅助设备，开启空压机，启动锅炉、燃油分油机等，船舶随时处于启动主机运转的状态。

② 单绑：把船首、船尾的缆绳全部解掉，只留下一根首（尾）缆和一根首（尾）倒缆。

前后迅速得到了反应：“前面缆清[1]！”“屁股缆清！”

甲板灯全部关闭了，只有左红右绿、前低后高和一盏尾灯组成的一套组合航行信号灯[2]在夜色中与天上的繁星斗艳。

在前后两艘大功率拖轮前拖后推的协助下，“厦”轮缓慢地离开了洋山港码头，在码头外挡港池中画了一个 180° 的旋回圆弧，掉头进入了洋山港航道。随后，引水员要求前后解掉拖轮。

我通过对讲机传递了解拖的指令。两艘拖轮拉响汽笛向我致意后离去。

码头在夜色下逐渐模糊，灯光洒在水里，被黄色海水吸收了。船离开洋山港，开始了她第 23 次西行欧洲航次。层层密布的崎岖群岛全都笼罩在黑幕之中，只有忠实的航道两侧红、绿灯浮在水面上闪闪发光，引导“厦”轮在航道中心航行。

外面风浪很大，筲箕岛刚到，引水员有点焦虑了：“船长，前面航道已经宽敞，涌浪较大，到引水站下船点，拖轮会剧烈摇摆很不安全。我在这个地方下船了。”引水员迫不及待地要求提前下船。我查验海图航道情况后，满足了引水员的要求，将拖轮置于相对平静的海面侧，把引水员平安放下了。

虎啸蛇岛和筲箕岛，在雷达影像中就是狭窄的航道。我按照电子海图航线轨迹，谨慎地变换航向，进入了航标良好的港外航道，洋山港渐渐消失在海员的视线中。

我嘱咐三副保持正规瞭望，盯着点航线前面的渔船备车航行，我下驾驶台来到办公室，开始编撰离港（开航）电文。下一个港口是宁波港，大概 6 小时的航行时间，这段航路是中国沿海最为复杂的海区。

驾驶台上，刚刚提职三副的驾驶员见雷达屏幕上显示出密密麻麻的亮点，不敢继续前行，向我紧急报备。

---

① 缆清：船首（尾）缆子已经全部用绞缆机绞到甲板上了，避免船首侧推器和船尾螺旋桨被缆绳纠缠，妨碍操作船首侧推器和船尾螺旋桨的正常工作状态。

② 航行信号灯：船舶航行时按照《国际海上避碰规则》规定点左舷红灯、右舷绿灯；超过 100 米船长的船，在前、后大桅各点一盏白灯，前低后高；尾灯点一盏白灯，共计五盏航行灯，以便在视距范围内被其他船舶识别航行动态。

“三副别紧张，船速降下就行了。”我马上搁下电话疾步登上驾驶台。

好家伙！渔船马达声比我轮的主机声还大，小渔船都近在咫尺。我接过三副的指挥，控制船速和航向，左右躲避渔船。

“穿过大船头，三年打鱼不用愁”，这是中国沿海渔民的陋习。我对不要命横冲直撞的渔船主动停车避让，同时拉响汽笛以震慑前方渔船。我船排出流把渔船摆弄得东摇西倒，前后颠簸。可是，渔船还是勇敢地迎着我轮螺旋桨的尾流冲了过来。

还好，这一段航程终于被我解围了，我赞赏三副：“干得好，开船除了舵让，还得车让，你采取了正确的避让措施，让我赢得了时间。”我态度和蔼地表扬了三副得当的措施，他操船的信心更足了。我很幸运，驾驶员二副、大副以精湛的技艺配合我奋斗到了天亮。

船舶抵达宁波港虾峙门水道外桃花岛锚地了，12 吨重的大锚轰隆一声巨响，被扔进了大海。280 米长、42.8 米宽的巨大船身静静地蛰伏在舟山群岛外，等待进港时机。我结束抛锚[①]后才发现行李还堆置在办公室内，顾不得收拾就躺在沙发上睡过去了。

10:00，一声声尖啸的警报从“厦”轮驾驶台发出，我从沙发上跳了起来。原来，我在船长夜航命令簿上写下命令，让三副按时拉响演习警报，组织例行船舶应急训练。

根据国际海事法规的规定，船舶在港内更换了四分之一的海员后，全体海员必须进行一次熟悉应急环境下的行动操练，由三副讲解船舶消防、弃船救生设备的使用和求生撤离的部署，目的是让新来的海员了解自己在行动中的位置和任务。

应急训练结束后，我第一次和全体海员在餐厅中见面，我在点评中说：“今天我们的训练达到了船舶应变的基本要求，还存在一些不足。我希望全体海员工作中注意安全，平时多熟悉应变部署程序，就能有效控制紧急

① 抛锚：船舶临时在港口附近的浅水水域，放下船首大锚到海底，以锚的抓力和锚链的附着力将船舶以锚为中心、锚链长度为半径随风流旋转但不会漂移的锚泊状态。

局面，拯救船舶于危难之中。我们海员来自五湖四海，我很高兴与全体海员弟兄们在‘厦’轮上一起工作。可是，我觉得场面好像严肃有余，活泼不够。我们是否可以放松一下，如果不愿听我讲话可以打瞌睡！”

海员们听了我的讲话，发出尴尬的笑声，低头打瞌睡的海员也提起了精神。

“你们看我对面的座位空空如也，说明大家对船长心存戒备，我感到心里寒嗞嗞的。长此以往我会感冒的，这在‘文化大革命’的时候叫脱离群众！”

海员们在我诙谐的语言调动下发出了会意的笑声。

“来、来、来，大家坐拢一些。这样，我们可以抱团取暖，我可以获得能量作为动力，让我多讲几句话。”会议气氛变得活跃了，海员们开始向我的座位靠拢。

“这是开会环境，带一点严肃性是必要的，但我不希望这种氛围体现在日常生活工作中，我和海员弟兄都是同舟共济的同事，除了分工不一样外我们都是平等的。从昨天上船开始，我就是‘厦’轮的一员。”

我被香烟熏得咳嗽了：“你看餐厅里烟雾弥漫，我不抽烟却享受了二手烟，还有什么苦我们不能尝？现在起，我们应该在漫长同船工作中互相关心、互相爱护！”

海员们笑声大起，都自觉掐灭香烟，将其扔进了烟灰缸。

我报以微笑：“做得好，接下去，有福同享，希望大家少抽烟，常吃保健品，享受健康生活，满怀豪情地投入工作。我们在船上工作的日子远远超过陪伴家人的时间。所以，凡事不要憋在心里，不愉快的事可以找政委和我聊聊天。有机会靠码头请打电话问候问候你们的父母、妻儿，缓解暂时的思念之情。工作安全自己当心，船舶安全责任我和海员弟兄一起承担！好了，今天的会议就此结束！”

哗……海员们情不自禁地热烈鼓掌，海员餐厅里发出欢畅的笑声。

“船长讲话痛快！不啰唆，都是和我们海员在交心说话。”

就这样，我慢慢走进了海员的心中。

▶ 第三章

走进“厦”轮海员的心灵

舟山群岛的联想

船舶静静地蛰伏在舟山群岛桃花岛锚地上，等待起锚进港的指令。

移动、联通两大手机营运商与旅游行业联合的广告短信从手机里跳出来：“看不完的岛屿风情，听不厌的普陀梵音，吃不够的东海鱼鲜，愿舟山之行带给您愉悦的心情，祝您旅途愉快，并欢迎再次光临。海天佛国，渔都港城，舟山群岛欢迎您！”

手机信号在沿海附近非常微弱，与船舶一样漂浮不定，如同天空中的电闪雷鸣稍纵即逝。令人感到焦虑的是刚刚跳上屏幕忽闪几下信号又飘移了，刚刚接通的手机却无法通话。“喂、喂、喂”的声音在锚地的船上此起彼伏，用于辨识对方的存在。海员急切地在船上变换站立位置，希望能够抓住虚无缥缈的手机信号，与亲人通上电话，将思念之情通过无线电波传递过去。

我也结束了与家人的通话，思绪回到这片抛锚的海域。舟山群岛是名副其实的海天佛国。远处的洛伽山灯塔光芒在海面上闪过，仿佛引导善男信女们来到佛界，祈祷平安，洗去灾难。普陀山岛上几座庙宇内，敲击佛器的金属声随波荡漾过来，海员在桃花岛外依稀听到禅寺内的梵音。我好像在无数星斗中发现了佛光，在陡峭嶙峋的崖壁上发现“南无观世音菩萨”的咒语；见到《西游记》中的孙悟空十万八千里的筋斗翻到了东海普陀山，跪拜在大慈大悲的观音菩萨脚下，恳求菩萨除妖西行。

舟山群岛最著名的桃花岛被神秘的夜色笼罩，凭着肉眼看到的只是模糊的轮廓。小说里描绘的武林好汉的恩怨情仇、打打杀杀大部分场景都在桃花岛上展开、了结。射雕英雄们的本事在桃花岛上得到真传。虚虚实实、委婉动听的爱情故事在桃花岛山坳的桃花源里变得更加浪漫，让走过路过的海员们无不探头窥视，这不是被古今中外的文人墨客们所描绘的东海仙境、群岛风情吗？

长江口入海处是马鞍列岛。最北面凸出的是浪漫的花鸟山！上面设有称为远东第一灯塔的“花鸟山灯塔”。这座灯塔令我倍感亲切，既目送我离开，也迎接我归来。它的出现不是与亲人的离别，就是看到了回家的希望。全岛在望远镜里面看到的都是郁郁葱葱的树木，可以想象此岛在东海上一定是鸟语花香的美景。可惜每次进出上海港都只能匆匆瞥一眼，不识庐山真面目。那次船舶在花鸟山附近的绿华山驳载[①]锚地抛锚后，花鸟山的岛民划一艘木制帆船向我轮缓缓靠近，船上装满了翠绿欲滴的蔬菜。让断了数星期蔬菜的海员们眼前一亮，与岛民讨价还价起来。携一口宁波官话的岛民让沪籍海员倍感亲切。很快，双方达成了彼此都很满意的价格。那绿油油的蔬菜、新鲜的鱼虾，统统被我轮买了下来。

晚上，整船人马都聚在餐厅喝酒，佐酒的菜肴都是当日的新鲜蔬菜和海鲜，大家酒足饭饱。那次蔬菜宴令我一直记忆深刻，看到花鸟山就想到了绿油油的无公害蔬菜。

近来岛上旅游的人越来越多，“农家乐”让花鸟山的岛民开辟了一条迅速致富之路。游客们可以在岛上吃地里刚摘的蔬菜、品尝新鲜的海味。听说花鸟山上还有美丽的金色沙滩。可以在沙滩上搏击东海、挥臂畅游，欲与东海龙王一比高低。不过，也得注意安全。我期待以后有机会能去岛上看看，再吃一顿曾经品尝过的绿色蔬菜，或许还能再次遇见当年划船送菜的岛民。

花鸟山前方有一座叫绿华山的小岛，南面是一个常年平静的海湾，海湾里停留了一艘上海港务集团驳载矿砂的工作船。因为长江口水道的水深还没能满足超过 12 米吃水的船舶候潮进港，驳载矿砂的工作船可以帮几十万吨的矿砂船卸载部分矿砂减少吃水，以便顺利靠泊宝钢矿砂码头。在进入长江口水道两侧，海员们可以看到人工堆积起来的雄伟防波堤。以后

---

① 驳载：在海上、江上锚泊或滞航时，把船上的货物转移到另外一艘船上的过程。

长江口水道的水深将维持在 14 米。那时，就是第六、七代的集装箱船舶也可趁着涨潮浩浩荡荡地驶入长江靠泊沿江的码头了，港务集团驳载矿砂的工作船也将失去它的作用，退出历史舞台了。

长江口的海水是三夹水[①]。每当涨潮时，蔚蓝的海水奔腾着涌进了长江，在整个长江口、舟山群岛立时会出现以蓝为主的海水，裹挟了长江黄水成为蓝黄相间的景象，巍峨壮观地推进长江一直到九段沙。而当退潮时，绵延几十海里的舟山群岛内都是一片“黄洋”，群岛和蓝色海水被滚滚长江水包围，连宁波北仑港内都是泥沙俱下的长江水和甬江水在奔流。游人不到长江口花鸟山是看不到这番美景的。海员只要看到长江口三夹水，就意味着到家了，三夹水寄托了海员的希望。

丰富的渔业资源带来了舟山群岛的富饶，这里盛产各式各样的水产品，成为了中国最为闻名的舟山渔场。千帆出海、万船捕捞的海上奇观非常壮观。

每当鱼汛，这里的海面万家灯火，犹如海上城市。以至我们商船在渔船群中战战兢兢地航行，唯恐发生碰撞意外。可惜，无序的捕捞使舟山渔场慢慢失去了渔业资源。过去一网万斤带鱼的场面再也不会出现，渔民开始转向海上养殖生产了。

全体海员大会

虾峙门桃花岛锚地，湍急的海浪在大风的鼓动下前赴后继拍打在船舷边上。太阳出来了，平静的蓝色海面上波光粼粼。很快，天气变脸了。北

① 三夹水：在江河入海口，由于蓝色海水与比较混浊的江水混合在一起，由于水流的关系，在海面上出现了一片是蓝色的水面，一片是黄色的水面。人可以明显看出互相间存在界线分明的“蓝黄蓝”接替的景象。

方强弩之末的“冷空气”南下与日益增强的暖空气在群岛附近发生对流，熙熙吹拂的东南风带来了潮湿空气，整个舟山群岛被浓浓大雾笼罩。此刻，电视上突然出现了图像信息，手机也被满格信号所占据。海员们顿时在船舶奔走相告，各自拿着手机寻找信号源。

锚地短暂的欢乐马上被进港的消息打破了。宁波北仑港代理来了电话：“船长，引水员已经在虾峙门引水站等你了。请马上起锚进港！”繁忙的进出港开始了……

“厦”轮在宁港完成装卸作业后，开始了向南方港口进发的征程。这次的航段是先去深圳的盐港完成装卸，航行 4 小时到达香港，通过香港马湾去往赤港，行程需 2 小时。短短 2 天需要在 3 个港口装卸货物，海员个个被折腾得筋疲力尽，耷拉的眼皮仿佛需要用火柴杆来支撑。我站在驾驶台上，与引水员一起把庞大的船身引领到了虾峙门引水站。引水艇载着引水员上了桃花岛，我接过指挥权，把船驶向了舟山群岛的海面。

船舶终于在完成远东港口的靠泊任务后，开始向欧洲进发了。此段航程目的地是马来西亚巴生港，需要 3 天时间，海员终于有了短暂的有规律作息，港口累积的疲劳得以暂时缓解。

航行途中，我和政委、大副及轮机长就航次工作开了一个船务会，交流各级海员目前的工作情况和心态，尤其是水手长、大厨和机工长——所谓的“小三长”的工作能力和为人处世、与人沟通的能力。我最看重和谐的工作环境。技术问题很好处理，安全工作就得有海员的凝聚力做保障。“小三长”和弟兄关系融洽了，碰到问题，甚至是棘手的问题都能在弟兄们的协助下迎刃而解，不会出现扯皮现象。我提倡技术干部在生活上和普通海员平等相处，互相尊重，在小事上多沟通。

晚餐时分，我走进海员弟兄的餐厅，和海员坐下聊天，彼此增进了解，短短几天，弟兄们对我有了更进一步的了解。每一位弟兄见到我后都会迎面与我打招呼，海员工作、生活氛围欢愉起来了。根据船务会的决定，我在去往马来西亚巴生港的途中召开了全船大会。

海员们到餐厅聚集，政委宣布开会：“今天海员大会有两个内容，第一是布置去往欧洲日常工作安排，第二就是请船长给我们做一场讲座，内容为‘建立安全、和谐、健康和高效的船舶环境’，大家热烈鼓掌欢迎船长讲话！”

我起身鞠躬致意，开始了经过一天多时间准备的发言：“弟兄们，今天开大会的时间限定在 1 小时之内，如超时，你们可以自由离开餐厅。”

弟兄们听罢，鼓起掌来。

我的发言内容如下：“虽然港口间距短促，进出港频繁，大家都以坚强毅力抓紧空闲时间休息，克服疲惫状态，顺利完成了远东各个港口的装卸工作，没有出现任何差错，确保了航次班期，体现了大型集装箱船舶海员良好的技能和职业素质，体现了本轮各部门良好的协作精神。几天过去了，大家应该熟悉本船长了吧，我也逐渐了解了海员弟兄们。在靠港频繁的情况下，你们忘我的工作热情使我很感动，更为难得的是你们的精心操作，保证了船舶的绝对安全。今天开场白，我的第一主题就是深深地感谢大家，希望大家在接下来的航程中平安工作、健康工作，心情愉快地工作！如下是冷冰冰的 18 条工作安排。

“我们执行欧洲航线，港序为：天港、连港、上海洋山港、波港、盐港、香港、赤港；随后为马来西亚的巴生港，经过苏伊士运河到西班牙的巴塞罗那港、瓦伦西亚港。然后，法国的勒阿佛尔、英国的菲利克斯托、德国汉堡、荷兰的鹿特丹和比利时的安特卫普港；再原路返回靠巴生港、广州的南港、赤港、香港和盐港。然后天港、连港、上海洋山港、宁港……根据班期将在 1 月 31 日到达法国勒阿佛尔。

“在本航次中，我将选择在印度洋天气晴朗的情况下举行消防、弃船、溢油演习，日期另行通知。

“做好海上反恐怖活动、防海盗劫持船舶的工作。马六甲海峡、亚丁湾是防海盗劫持的重点海域。在进入海盗活动海域前，我们要进行防海盗劫持的应变训练和演习，粉碎海盗劫持船舶的行动。希望弟兄们为了船舶和自己的安全严肃、认真地参加演习。

“按照SMS[①]体系文件要求，召开安全活动会议，学习公司安全体系文件并做好记录，确保船舶航行安全和维修保养人身安全。争取在欧洲港口国检查中无缺陷通过！

“做好过苏伊士运河的各项准备工作，小克林吊车[②]、探照灯在横渡印度洋时必须进行常规检查，使之处于正常的使用状态之下。

“…………

“上述共计18条就是我们本航次航行途中要完成的任务，大家明白了吗？”

海员们显得有些无精打采，回答声七零八落。

“我感觉弟兄们没有勇气和信心完成。如果听不明白我再重复一遍，我需要弟兄们响亮的回答！”我微笑着面对大家。

海员们顿时振作精神，齐声回答：“听明白了！”

会议的第二个主题

我继续发言。与陆上环境条件相比，船舶更需要依靠集体的智慧和力量。船长对公司负责，对每一位弟兄的生命负责！因此船长除了自己要有扎实的航海技术外，还要有领导全体海员的魄力和引导海员安全航行的责任。

全体海员需要牢记这样一个原则：“船舶有风险，任何时候都必须把安全放在首位！”人生无价，财有价，只有在人身安全前提之下才有财产安全。因此，我们必须遵守安全管理体系文件的规定，任何轻视和疏忽规章

① “SMS”：即英文“Safety Management System”，中文全称为“安全管理体系”，是指导海员的安全管理、安全操作船舶的规章制度。

② 小克林吊车：船上用于起吊物品的起货机设备。因吊车像Crane（鹤）所以中文叫克林吊。

制度的做法都不可取。船舶驾驶台配备了计算机化的导航设备，如果一位驾驶员把驾驶船舶当成玩电脑游戏，不顾一切横冲直撞，当发生了碰撞事故后，是不能像电子游戏一样按复位键后重新开始的。

“二副，你说是不是这样？”我提问式的讲话让海员参与了互动。二副点了点头。

海员需要人性化的管理，但要达到目的，必须建立在海员自觉行为之上，就像一段链条环环相扣，紧紧相连。另外，船长的脾气、性格和管理方法决定了一艘船舶的氛围。船长每天以微笑示人，那么海员也会感到放松；如果这位船长脾气比较孤僻，那么海员很难和船长进行工作上的配合；如果这位船长很蛮横，那么海员在潜移默化作用下也会粗暴对待自己的工作。

海员肯定不会喜欢这样的船长。我也不喜欢每天愁眉苦脸。性格孤僻和暴躁的船长绝对不是好船长！因此，我在每一艘船舶上都积极争取做一个“好船长”。同样，我也希望与大家同舟共济，高高兴兴地完成劳动合同，愉快地离开船舶。我会怀念与你们一起相处过的时光。

18 世纪的帆船船长会挥动皮鞭来驱动海员工作，腰间都配备手枪。20 世纪初叶的船长甚至享有绝对权威，可以随意鞭打海员，在船上“草菅人命”。随着社会文明程度的不断提高，现代航海靠的国际海事法规和航运企业严格的规章制度来规范海员的行为，船长粗暴、蛮横的作风已不再适应现代航海了！

现代航海需要的一位技艺高超、有文化修养、有现代船舶管理理念的船长。弟兄们，我能用 18 世纪的船长态度来对待你们吗？能用手枪、皮鞭来监视你们的工作吗？如果这样的话，某天我会在船上待不下去，弟兄们就会群起而攻之！或许，还会像 18 世纪帆船时代，海员在海洋上发生危及船舶和人身安全的可怕暴动。

船长只有与海员休戚与共，才能营造一个和谐的船舶工作环境，海员也能保证良好的工作状态，预防事故的发生。

有人问我：“船长，你以什么方式去获得海员们的信任？”

我说我是船上的"一家之主"，船上每一位年纪比我大的，就是我的大哥和前辈，年纪比我轻的，就是我的阿弟和子女。我是一位父亲，我会像父亲关爱子女般对待海员，我不能以棒打、训斥来教育和管束我的子女，而是严管善待，呵护自己的海员。船长只要具有亲和力和凝聚力，我们在船上就能抱成一团，就能一起完成公司交给我们的运输任务，做出自己的贡献，有一份热，发一份光。

（海员发出了一阵鼓掌声。一位海员为我端来一杯茶，借此机会坐到我对面的座位上了。）

继续演讲

似乎还普遍存在这样一种观点："船长应以 8 小时满负荷工作制来衡量员工的业绩和安排工作。"这对于远洋船舶而言太苛刻！海员每天 24 小时都在船上生活、工作，所以工作时间应该根据环境和情况适当有点弹性。船舶拨钟会引起人体生物钟的变化，影响身体健康，再加上繁重的体力劳动令身体的灵敏度下降，工作就会不专心，会导致安全事故。我主张不得无故或者为了向公司领导汇报成绩而加班加点。我反对船舶为了迎合公司某些领导，让海员参加"快乐 1 小时"加班活动！海员额外加班劳作会快乐吗?

我呼吁："把休息时间还给海员！国际航行船舶必须遵守国际劳工组织的法规。"

我们绝不能放松必要的业务和自我技能的学习，绝不能马虎对待 SMS 体系文件的学习和应急规定训练，为了船舶安全，我们必须按计划、无条件坚决执行以上活动。我提倡自学，如果某位海员在自学中发生困难，可以来找我切磋船艺[1]。

船长和相关人员有义务带好自学的海员和实习人员。我反对形而上的学习作风，应在实战中进行操练。（海员沉默了几秒后，突然爆发出热烈的鼓掌声，掌声持续不断……）海员的健康既包括生理上的健康，也包括心理健康。只有心情愉快，工作才会积极上进，同时对抗挫折的能力也会有极大提高，危急时刻才能处变不惊。我们应努力创造一个宽松的环境，让海员释放这种心理压力。因此我提倡大家平时多参加一些娱乐活动，看看 VCD、DVD 碟片。大家在一起畅所欲言，增进彼此间的信任及了解。这两天我在船上享受了大厨精心制作的美味佳肴，我说大厨就是船上的半个政委，海员吃好了心情舒畅，工作起来也会干劲十足，这不就是无形中做好了我们海员的思想工作吗？在此我向大厨致以深深谢意！不过，我还有一个小小的要求，想请你给大家来一段越剧表演。

有着唱越剧天赋的大厨“小宁波”听后连忙接话：“应该的，应该的，如果我还有做得不够好的地方请大家多多提意见，我一定加以改进，让海员吃到更为满意的伙食。”

“来，大家为我们骄傲的大厨鼓鼓掌，让我们再一次谢谢他！”我鼓动海员。餐厅里再一次响起了又一阵热烈的掌声。大厨也顺势坐到我的对面。

“大厨和服务员工作和我们每一位海员息息相关，我们必须协助大厨做好平时的工作，如果大厨和服务员遇到困难，我们甲板部、轮机部人员一定要伸出手来‘拉兄弟一把’，共同克服遇到的难点。我见菜库里的东西整理得很好，物品堆放整洁，进出库记录有条有理。我们是移动的船舶，不能学陆地上超市那样摆设。否则当船舶碰到大风浪的时候，货架上的瓶子不摔坏才怪呢！”

“这一点我们大厨做得很好，要结合船舶实际情况开展我们的工作，少做无用功、摆花架子，我们要学的是人家管理船舶的先进经验，把我们

① 船艺：特指海员所要掌握的航行操船技能、保管货物、水手所要掌握的维修保养技艺，包括调制油漆颜色、甲板除锈、油漆等工艺，以及轮机部管理船舶动力的技能。

的船舶搞得更好。我主张应多像先进船舶学习，因为每艘船舶的环境虽大体相同但还是有小异之处的，照办、照搬就是教条主义。”

海员们议论纷纷，整个会议氛围高涨。

“好了，我今天讲的就是这个主题：建立安全、和谐、健康和高效的船舶环境。现在墙壁上的钟正好离我承诺的时间差 5 分钟，我还有许多话想说，因时间关系，我就不说了，这是我对大家的承诺，感谢你们的耐心聆听。看看政委还有什么话要讲，政委！还有 5 分钟时间您就补充两句吧。”

政委站起来与我握手：“我不多讲了，船长已经把任务和工作都布置了，讲得很全面，我们都知道了船长的管理理念。我们就跟着船长撸起袖子干吧！争取今年首航顺利，全年平安无事，积极争取先进，为我们公司集运的发展做出贡献。现在我宣布散会！”

全场再一次爆发出热烈的掌声。

在融洽的气氛中，我和政委再一次走进了海员的心中。

在东北季风的吹拂下，船在南海上乘风破浪，全速前进。

▶ 第四章

印度洋上的景色

暗流涌动的印度洋

海员大会召开后船上的人文氛围有了明显的变化，海员兄弟之间交谈亲密，他们见到我也没有刻意回避，而是笑脸相迎，我也报以微笑。

“厦”轮开出了国内最后一个港口，开始向南航行，穿过了新加坡和马六甲海峡后就到了马来西亚靠近印度洋内的港口——巴生港。这是我们去往欧洲航线的远东最后一个港口。

据说巴生港为东南亚马来西亚联邦的最大港口，港区建于巴生河口，在巴生市西南方约 6 公里处，位于马六甲海峡东北部，是马来西亚的海上门户，离开马来西亚首都吉隆坡南方约 38 公里，与首都吉隆坡有公路和铁路连接。

港口水深与泊位能够适应现代化大型集装箱船舶靠泊。新加坡在东，巴生港在西，无形中巴生港与新加坡展开了势均力敌的港口竞争。

马六甲海峡来往船只频繁，我一直站在驾驶台上瞭望。政委组织了海员弟兄在甲板上不间断地巡逻，以防海上毛贼（海盗）上船偷盗物品。

触景生情，我不禁回忆起 10 多年前抗击马六甲海峡海盗的情景。

1992年，我在当时公司最新、最先进的1234箱位集装箱船上担任大副。

从苏伊士运河出发经历了 12 天的横渡印度洋进入马六甲海峡。

“通电。”报务员拿了份公司电报给船长。

船长接过电报阅读：“各轮注意，据报道马六甲海峡近来海盗出没频繁，数船被劫，各轮通过该海峡时务必谨慎！尤其是菲利普斯（Phillips）水道。”

新加坡代理来电：“你轮计划明晨 8：00 上引水员，直接靠泊。请船长在菲利普斯水道航行保持高度警惕，该区域有海盗袭击活动。”

船长双眉紧锁，伏在海图桌[①]上计算菲利普斯水道抵达时间："唉，凌晨4: 30，天还未亮，今晚肯定睡不好了。"他双眉凝成一条横线，叹了口气，遂下令："全船人员今天下午立即准备防盗器具，将消防龙头接好绑牢两舷边上。水密门在天黑后全部紧闭，生活区开启大光灯，前后增派瞭望人员。"

现代商船没有武器装备，海员只能用铁锹木棍之类作为武器。

"好，船长！马上去落实。"我不顾4小时的瞭望值班的疲惫，下班后就向水手长交代做法并一起参加防盗工作。

"把中华人民共和国国旗在船尾旗杆[②]上升起来。我们是中国海员！"船长交代。

白天无事，马六甲海峡航道复杂，船在12: 30时穿过了著名的一拓滩（One fathom bank）险滩，表明船已经在海峡中航行了。

夜幕降临，航道三三两两的小渔船在大船船头附近穿来穿去。

我在驾驶台值班瞭望："喂，小李！把船上甲板灯全部打开，把烟囱标志灯打开，让这些小船看，我们是中国船，船上没有值钱的东西，中国海员也没有钱。"

菲利普斯水道到了，这是印度尼西亚、马来西亚和新加坡三不管的地方，各国警方对此地发生的海盗袭击大多视而不见，海盗在此地十分猖獗。

我下班回房休息，船长继续待在驾驶台，他时刻警惕着海面情况，不敢有丝毫懈怠。转眼又到了我4: 00到8: 00的上班时间了，船长跟我做了简单交代后下去休息了。

在船长心里，大副是船长无法履职时的替代者，在驾驶员中资历和经验最为丰富，完全能够胜任船舶的安全管理工作。

---

① 海图桌：驾驶台海图室中有带存放海图抽屉的桌子，属于船舶进行海图作业（航行定位）的家具。

② 旗杆：根据船舶视觉通信规定，船舶在船首旗杆上升船公司的司旗；船舶大桅（驾驶台桅杆最右第一挂旗绳）悬挂港口国（所到国家的港口）国旗；在船尾旗杆上升船旗国（登记国）国旗。中华人民共和国登记的船舶，在船尾悬挂五星红旗。

天蒙蒙亮时，我拿起望远镜扫视一遍海面，在雷达[①]屏幕核对海况。但见几艘小船往船头方向缓慢移动，阻挡在航道两侧，距离约3海里。

据其他船舶的船长、驾驶员介绍，航道两侧有船的话，必须注意，两船会在中间布设浮在水面的一根绳索，大船通过时正好被水面的绳子绊住，两边小船就会悄无声息地靠近，再慢慢收紧绳索，伺机爬上大船进行抢劫。

一阵倾盆大雨伴随电闪雷鸣从天而降，雷达屏幕上物标都隐匿在雨帘的回波中。好在大雨马上移开了，前方视线变得清晰。

船头又有小船在交叉穿越。“前面两艘船行动好像有点怪异。”舵手感到很疑惑。

“不对，这些小船很可疑，你看两舷后还有小船紧贴我船尾，船上也不点灯。”我即刻拨通船长房间电话。船长闻讯后急奔驾驶台。

对讲机传来值更水手的报告：“驾驶台、驾驶台、驾驶台，船尾报告，两艘小船正向我船投抛绳钩！”

“海盗！全体海员各就各位，按照防海盗应变部署投入战斗！”船长边命令边拉响警报。警报响彻云霄，海员们急速就位。

“大副，组织人员到现场立即砍断绳钩阻止海盗登轮企图，注意安全，防止武器伤人，开启消防泵，高压水枪冲击海盗。”

我把三副叫上驾驶台后，立即来到海盗偷袭现场。我与水手长各持一把太平斧贴着舷墙弓腰摸向船尾，只见一个棕肤色的海盗正在收紧绳钩，小船逐渐贴近大船艏下，旁边的一个海盗正准备攀登。

我一跃而起举起太平斧猛地向绳子砍去，水手长也跃起猛砍未断的绳子。

绳子断开了，小船失去拉力，在强劲的排出流冲击下，小船被抛在我轮的后面了。

其他小船见状，知道我轮有准备，立即向我轮扔石块，一时后甲板石

---

① 雷达：雷达是利用电磁波探测目标的电子设备，是英文Radar的音译，源于radio detection and ranging的缩写，意思为“无线电探测和测距”，航海雷达发射电磁波对目标进行照射并接收其回波，由此获得目标至电磁波发射点的距离、方位等信息。

块横飞。我明白对方无武器攻击，马上命在场的后援人员拿起高压水枪狠狠地向小船射去。海员们纷纷涌出，手持木棍拼命呐喊声势浩大，白色的水注喷洒在小船上，海盗们被淋成落汤鸡，哇哇乱叫。水手驾驶台上的水手将探照灯射向最近的小船，协助我对准海盗猛射。

与此同时，船长正在国际频道上向各方及新加坡港管处（MATIS）喊话："MAYDAY，MAYDAY，MAYDAY（国际遇险呼叫信号）.This is '×××', my vessel is being attacked by pirate's boats at phillips channel at 05：45 local time. We need emergency assistants.（我轮当地时间 05：45 在菲利普斯水道遭遇海盗船袭击，需要紧急援助。)"

船长一连喊了三遍，都没有收到回复。附近船舶也不予理睬，照常行驶。

此刻，我和船长多么希望有一面五星红旗的军舰来护航啊。只听水手长报告："大副，你看这些小船都熄火了，不追了。"原来，马六甲零散的海盗自带燃料很少，不敢恋战，当他们感觉无望时，只能放弃到嘴的猎物。

我急忙向船长汇报："船长，两旁小船已散去，现已无威胁存在，人员无伤亡，请解除防海盗应变部署。"一场反海盗的实战演练在高度警觉的海员们的勇敢拼搏下胜利了。

前面的巴生港灯塔闪闪发亮，我渐渐收回思绪。

巴生港航道宽敞，引水员上船后依靠清晰的航标导航，经过两个航向转向点就到了泊位。巴生港是中转港，港口短，停靠时间只有 6 ~ 8 小时。如此短促的停留时间，我与巴生港口城市只能擦肩而过。

我站在驾驶台的侧翼，看到正在扩建的港口，常青碧绿的芭蕉树林被砍了，如同瘌痢头一样呈现在我的眼前。没有森林的保护，巴生港的水泥地堆场酷暑难忍。好在热带地区一天中总是会突然间乌云遮天，狂风乱作，随后电闪雷鸣，暴雨倾盆而下。暴雨洒在炽热的水泥地上，雨滴马上蒸发成一层氤氲雾气，带离炽热随风而去。随后，身体感到阵阵凉意。

云层飘过之后，毒辣辣的太阳又统治了巴生港，海员仿佛生活在水深火热中。

“请全体海员注意，现在要离开码头了，甲板部前后分开，轮机部请马上备车，外面阳光很强，请穿好工作衣、戴好安全帽，并带上遮阳的墨镜，防止紫外线伤眼。刚下过阵雨，甲板潮湿，注意滑倒，安全第一。谢谢大家的配合！”三遍全船广播之后，海员弟兄们前后分开，把拖轮带好，把系缆全部解离。船舶继续西行，不到10小时就抵达了布勒韦岛，我们开始了长途跋涉，驰骋在烟波浩瀚的印度洋。

船在印度洋上航行，马尔代夫群岛像一把璀璨的珍珠，散落在这片洋面上。它像一条狭窄墨绿的腰带系于印度洋腰间，硬是将东西印度洋划分得“泾渭分明”。

马尔代夫群岛是印度洋上珊瑚礁形成的群岛之一。色彩斑斓、美丽的珊瑚如同大陆上的森林，在印度洋底下茂盛生长并围成了风光旖旎的岛屿，吸引了世界上无数游客到星星点点的小岛上猎奇和度假。在这段海域的上空，蔚蓝天空白云间不断传来轰鸣，载有观光客的飞机喷射的白色尾迹云划破了印度洋上空的宁静。

据说，由于全球变暖导致海平面上升，有着“地球上最后的仙境”美誉的印度洋岛国马尔代夫会在50年内被淹没，由此引发了人们在马尔代夫沉没前去游览凭吊的末日游风潮。印度洋夏季（6月份到9月份）盛行西南季风，常常会出现狂风大作的景象，有经验的大船船长在印度洋西南季风盛行时，选择航行穿越马尔代夫群岛的0°水道（Equatorial Channel，赤道水道）或者北纬01° 30′水道（One and Half Degree Channel）。这样，可以避开西南季风的锋芒挺进亚丁湾红海至苏伊士运河。

10月份之后西南季风才慢慢收敛它的威风，印度洋渐渐地褪去了令航海者畏惧的大风浪，恢复了平静。此刻印度洋航海黄金季节来临，可以见到扬帆横渡印度洋的游艇。每年的12月左右到来年的5月，印度洋几乎被和风习习的东北季风占据。此刻，印度洋止如平镜，阳光投射在海面上，泛起层层波光。

印度洋航线是世界上最为繁忙的大洋运输线之一，每天航行的远洋货轮数以千计。最多的是大型集装箱船舶和30多万吨的超级原油油轮，还有线条流畅的巨型邮轮。

飘扬着祖国五星红旗的各类大货轮是印度洋航线上最为活跃的船队。满载着中国制造的产品，通过这条古老的海上丝绸之路，运送到中东、非洲和地中海国家，再到大西洋侧的欧洲各国。祖国变得越来越强大，中国的商船队也不断壮大，走向了深蓝的海洋。

作为中国本土船长，能亲自将中国生产的商品运往国外，所到国家的超市、商店都售卖着“Made in China（中国制造）”，为此我感到骄傲。印度洋是世界航运大国和霸权国家维护航线利益、石油利益最为敏感的地区。相关利益方都是枕戈待旦，各国军舰在印度洋上游弋划分势力。美国航空母舰战斗群及南亚印度海军的军舰虎视眈眈地监视来往的船只，特别是在红海口、波斯湾霍尔姆斯海峡要冲，美国军舰会对此处正常航行的商船进行拦截，盘根究底似的拷问船长，以便从中获取情报。商船遭遇各国军舰询问的频率为100%！假如船长回答不当，美国大兵甚至会将舰载直升机飞到商船的头顶盘旋威胁，甚至武装登轮检查。

记忆中大部分西方军舰上，与商船进行沟通的工作人员大都为女性军人。那委婉动听、吐字清晰的纯英格兰英语、美式英语，不但让商船上的船长、驾驶员减少了紧张情绪，且都愿意延长询问的时间。原因只有一个：大部分商船都是流动的“和尚庙”，是男人的世界。那些精力充沛、长期缺乏社会交流的海员们，当有了异性声音刺激，哪有不被吸引的道理？都听得如醉如痴，有问必答。

可见，西方国家的军事情报部门把海员心理了解得非常透彻。自然，也就得到了需要的情报信息。

印度洋表面上风平浪静，但大国竞争的火药味暗流涌动。

我的姐妹船“银河”号集装箱船，在1993年7月被美国军舰无故拦截强行检查，说“银河”号装载了违禁化学武器原料驶往伊朗阿巴斯港。美方检查人员不顾一切地翻箱倒柜检查，最终一无所获。在事实面前，在正义面前，美方理屈词穷，出尽了洋相。

事后，中方代表团及时在沙特达曼港大酒店召开新闻发布会。全球各大媒体争相报道："一个诚信、守则的中国向世界走来。"

曾经在波斯湾内，美国军舰上大兵全副武装登上我轮，我只能强颜欢笑接受检查。

我希望有朝一日，祖国的军舰和舰队能够在我们商船的航线上出现，维护祖国在世界大洋上的权益，一改被美国大兵随意羞辱的局面。

注：本篇游记成稿于 2009 年 1 月，同年发表在名为"航海衣羊"的博客上。

补充说明：中国海军军舰已于 2009 年 1 月 6 日到达索马里亚丁湾海域，正式开始护航。

一只大海碗的故事

600 多年前，中国伟大航海家郑和沿着中国古代的"海上丝绸之路"去往"西洋"，船队浩荡，来到了印度洋沿岸国家，最远到达了东非沿海各国。郑和船队携带中国大量的 china（瓷器）和器皿字画，沿途展示了大明帝国的文明，传递了大国的先进技术，给当地民众带去了中国人民的友谊，获得所到国家的赞赏。

由于古代航海技术简陋，加上海洋气象变幻莫测，很多装载瓷器、奇珍异宝的船只在印度洋中遭遇恶劣天气失事沉没，一些货物散落在海底，经过数千年的历史沉淀都成为令人瞩目、价值连城的古董文物了。有时一些考古队员在打捞海底文物时，还会发现中国制造的锅碗瓢铲！

"船长，你说什么？在印度洋海底还有锅碗瓢铲？"

"对的，海员脱离社会、通信不畅，海员心理情绪发生了变化。船舶航行进入马六甲海峡驶向印度洋后，海员思念家人，面对波涛汹涌的印度洋只能‘望洋兴叹’。离祖国越远，情绪变化越强烈。加上航海运输时，一般新鲜水果、蔬菜难以保证及时供应，极易造成船员的营养缺乏。于是，海员们在船上表现出反常的行为。”

我面对烟波浩瀚的印度洋，与值班的年轻驾驶员、水手讲起发生在10多年前的航海故事。

我在船上做二副时，时常到普通海员舱室串门，经常发现一群水手在房间内喝青岛啤酒。他们偷偷带到房间的碗筷都凌乱地堆积在房间一角。

他们边喝啤酒边跟着录音机里的港台歌星，音不成调地哼哼叽叽，沉浸在靡靡之音中不能自拔。邓丽君的歌曲磁带听得磁粉都磨损出现噪声了，还是百听不厌。水手眼中呈现醉醺醺、痴呆的目光。他指指舷窗外印度洋上的蓝天大海、银河繁星后，舌头打结、语无伦次地举起青岛啤酒瓶，吹喇叭般畅饮，发泄孤独的海上生活心理情绪。

水手行动趔趄，摇摇晃晃地把我拉到桌边：“现在是放洋航行，二副，来与我们一起喝酒吧！”他们在玻璃杯中斟满了啤酒。

我一饮而尽。

水手们伸出大拇指：“二副，你够朋友！”

我看到他们的房间内有一堆碗筷，略知餐厅餐具储存柜中碗筷不知去向的端倪了。

“政委，我觉得海员弟兄们吃饭时把碗和筷子都吃进肚里了。再这样下去，船上再也没有碗筷伺候大家一日三餐了。你是否告诉大家，不要吃饭连同碗筷都吃了！”大厨隐晦地向政委汇报船上餐具正在非正常减少的问题。

政委到海员舱室也查不出所以然来，他相信是海员思想出现问题了——海员们在经过漫长的远航后，稍不称心就开始莫名发泄。于是，厨房间、洗碗间的锅瓢碗筷成了间接“受害者”。水手们晚上吃夜更饭后，把碗筷锅瓢偷偷往舷外的印度洋里扔。

抓不到现行，政委的胡子都气得竖了起来。思来想去后，不得不放下身段，在大会上以平稳的语气向全体海员表示：“我理解吃不到蔬菜的心情，大家都是老海员了，知道补充的蔬菜在蔬菜库中不易保管。所以，船上伙委会考虑到港口补充。但碗筷是中华特有的餐具，欧洲买不到，难道你喜欢用刀叉勺子盘子吃饭？这些船舶物料只能回到上海港向公司申请，由供应公司补充。请大家不要把锅瓢碗筷当成蔬菜吞进肚子里。现在船上只能维持每人一双筷子、两只盘子的库存了。如果碗筷锅瓢继续莫名消失，那么船上烧饭和炒菜都成问题了。即便你们对政委、大厨有看法，这碗筷锅瓢与你前世无冤、今世无仇，何必与厨房餐具发脾气？海员兄弟之间没有纠结，你不是发脾气，是破坏公共财物！如果你的违法行为被我和船长发现，不是让公司管理部门处分你，也不是我政委把你的处分文件读一遍的问题，而是送你进提篮桥监狱！群众的眼睛是雪亮的，你'吃'进去的碗筷会产生消化不良、肠胃疾病的，你迟早要吐出来。"

政委以幽默和警告的口吻对部分海员兄弟进行批评。

为了避免再次出现意外，船长在大会上宣布："再发现有人丢碗筷，我就让他转业到打捞局船上做水手，到印度洋亲自打捞你丢弃的碗筷！让你永远上不了远洋商船！绝不姑息！"

听话听音，锣鼓听声，船长、政委软硬兼施的大会发言，戳到了扔碗筷的弟兄的痛处。思前想后一段时间后，弟兄们开始有所收敛。

这里我要讲一则大海碗的逸事。这只大海碗被船上一位水手从舷窗扔了出来，没有掉进印度洋成为"文物"，恰恰掉进了甲板上青岛啤酒纸板箱内。海碗在纸板箱的缓冲下"大难不死"，完整保存了下来，被我捡起，当成吉祥物收藏起来。

船到天津后，船上海员们开始交接班。考虑到火车上的条件，大厨征得政委同意后发给离船海员筷子和碗，用于在火车上泡方便面吃。我就拿了这只历经大难的海碗回家去了。在塘沽火车站拥挤的车厢内，我小心翼翼地呵护这只海碗。

这只海碗在大洋上历经灭顶之灾，火车上险遭挤碎，终于随我安全到家了。我把海碗一直当成宝贝使用，它已经在我家里吃吃喝喝，尝遍了"酸甜苦辣咸"。我屈指数数得有 30 多年了。我老了，它仍然保持当年的色泽，仿佛“冻龄”了。至今仍然守身如玉，没有一点雀斑。我把这只海碗收藏了起来，作为我航海生涯上的重要物证！

靠近、再靠近，印度洋上的“麻风岛”

马尔代夫海域在海图上的标注是非常明显的，但在我的视线内却是一望无际的碧波荡漾的洋面，因为地球的弧度，一般极好能见度下，海员的肉眼能见距离是 20 海里左右。因此，航行在马尔代夫群岛附近，海员都无法一睹马尔代夫的“庐山真面目”。

正是印度洋洋面风平浪静的季节！我的航船在印度洋著名的北纬 8° 去往苏伊士运河习惯航线上航行。这里没有起伏的山峦、高楼林立的城市。偶尔的大洋涌浪也轻轻安抚船舷，仿佛母亲在轻轻摇动摇篮，惬意的大自然的宁静替代了喧嚣的尘埃，只有船尾推进器搅动海水的哗哗声，然后在尾部留下了极目天际的尾迹。

早晨 6:00，我来到驾驶台侧翼，呼吸了带有一点咸味的印度洋空气。空气中的负离子使我感到神清气爽。城市里人们争相购买负离子空气净化器，人为制造负离子，在这里都是天然的。

现在船位在东经 072° 30' 处航行。微微发亮的晨曦中，我看见右舷水天线上有灯塔在闪烁白光，其周期为 15 秒。原来是航线附近的米尼科伊岛（Minicoy）小岛！

米尼科伊岛是马尔代夫群岛延长线北端的岛屿，它不属于马尔代夫管辖，主权属南亚大国印度。当年刚参加航海时曾经听说这是 18 ~ 19 世纪印度流放麻风病人的地方，老一辈船长还故弄玄虚地杜撰了很多麻风岛米尼科伊岛恐怖的故事：在当年，麻风病是一种高度传染的疾病，得了麻风病的人都是烂手烂脚、狰狞恐怖，似行尸走肉。由于当时无有效的药物治愈麻风病，得了麻风病的人基本上被判了死刑。

为了防止传染，印度政府当局就把得麻风病的人全部抓起来，用船强行拉到这个印度洋小岛上。麻风病人想逃都没有办法逃。即便有船，这些病人也已经病入膏肓，哪有逃出去的力气？再说，岛上荒无人烟，麻风病人没吃没喝，数天之后就陈尸小岛。那些没死的病人只能把同伴拉到海滩，让成批的病死者被海浪冲入大海海葬。

小岛附近的海域漂浮着麻风病人的尸体，甚至通过该岛附近船只上的海员稍不留神也感染了麻风病，手脚溃烂，还没有断气就被投入印度洋。这个小岛因此变得阴霾恐怖，传说中连海水都感染了麻风病毒。海员们驾船通过印度洋时都选择在北纬 01° 线附近航行，尽量躲避“麻风岛”。以至于我做了船长之后还对米尼科伊岛万分恐惧，我让二副一定把航线设计远离米尼科伊岛。即便如此，在经过此地附近时，我还是命令轮机长把船舶制淡水的机器[①]停了，唯恐将携带麻风病毒的海水带入船舶环境。

后来看了新闻报道才释然了对小岛的恐惧。原来，这是印度在印度洋上的一个军事基地，架设了大功率的海上雷达监视来往船舶和收集印度洋上的各种情报，根本没有麻风病人！至于过去是否有麻风病人，我也不去考证了。

小岛灯塔的灯光黯淡了，西行的船尾出现了鱼肚白，晨曦初露印度洋。不久，太阳缓缓升起，一道道金光穿透白云射向四周，整个印度洋被染红了。

一轮红日做了最后的跳跃，喷薄而出，顷刻离开水面，悬在了天空。一道红光像船舶的尾迹在洋面上延伸。再过一会儿，太阳没有了少女般的红晕，成了一团炽烈的火球，天完全亮了。

大副把夜航的航行灯开关拨到了“OFF”的位置，眨眼间左红右绿、

① 制淡水的机器：俗称“造水机”。工作原理：利用船舶锅炉余热加温海水至 50℃～60℃，导入比正常气压低的密封容器中，低压中产生蒸汽，蒸汽冷凝时析出盐分后变成淡化的蒸馏水，沿着导流管流出造水机。流出的淡水添加适当比例的微量元素，成为远洋船舶能喝、能用的生活淡水、工业用水、动力装置用水、锅炉补水等。一般远洋船上造水机每天可以造淡水 35 ～ 45 吨，足够供应船舶淡水用量。

前低后高，包括尾灯在内的5盏航行灯熄灭了。

我此刻陶醉在印度洋上美丽的景色里，情不自禁放声朗诵起一段诗文：

每天航行在地球的不同点，或许停靠在陌生的港湾；
每天早晨看到太阳从大洋中升到天空；
每天黄昏目睹太阳从天空中没入大洋；
每天面对天地为一的湛蓝；
每天老天变着脸儿演绎云雨阴晴；
每天苍穹显现永远数不清的繁星；
每天重复着昨天的生活；
每天又重复昨天的劳作；
每天我们都演绎喜怒哀乐；
每天我们都希望不再漂流；
每天我们都想获得大洋平静的爱抚；
每天我们都想象上海车水马龙、东方明珠；
每天我们想念父母、妻儿和亲友；
每天我们扳手指等待回家的那一天；
每天我们的想象丰富多彩；
每天我们都期待祖国合一、繁荣昌盛；
每天……
数不清的每天婴孩在母亲的孕育中呱呱坠地；
数不清的每天孩童在阳光下茁壮成长；
数不清的每天街头流淌青春的热情；
数不清的每天城乡充满蓬勃的活力；
数不清的每天我们为世界搬运幸福；
数不清的每天我们都充满希望；
数不清的每天我们抱有将来幻想；
数不清的每天留下我们平凡人生步履；

数不清的每天我们年龄不知不觉中增大、变老，直至消亡；
数不清的每天我们留恋充满诱惑、鲜花般的生活；
数不清的每天世界都有战争、争吵；
数不清的每天世人为和平祷告，又为自由奔走；
数不清的每天都有丑恶、肮脏的灵魂滋生；
数不清的每天都有善良、高尚的情操闪亮；
数不清的每天世界在不知不觉中变化；
数不清的每天世界充满了人类的慈爱！
让我们珍惜即将度过永远不归的每天！

▶ 第五章

风云变幻的亚丁湾

亚丁湾

亚丁湾的气候异常干燥。

白天，天空湛蓝。太阳把灼热的阳光洒向波光粼粼的洋面上，洋面上蒸发的水汽还没有形成云块就消失殆尽了。甲板上的海员在阳光下即便下不动也汗流浃背。

夜晚，天空布满了绚丽的星星。我抬头看到银河两岸的牛郎星挑着一双儿女与织女星隔岸相望。触景生情，我也不自觉地思念起故乡了。

从马来西亚巴生港出发，船舶经过 6 天航行后见到了印度洋亚丁湾口的苏格拉岛。我站在驾驶台用望远镜环视四周，视线中苏格拉岛颜色蜡黄，根本见不到绿色的树木和植物，到处都是烟熏火燎后的景象。

这里，一年四季都是这样的气候，在西南季风盛行的季节，大风浪飘起的水花也被太阳燎得发热，海水浸淫过的甲板上很快蒸发出了粗大盐粒，俨然成了一块盐田。

凌晨，船进入了亚丁湾。亚丁湾是印度洋进入红海的重要通道，无论是经济上还是军事上都是红海重要的隘口，这里是世界上最为敏感的地区之一，这里时刻隐隐翻滚着战火风云。

荒芜的中东沙漠没有什么植物，可是沙漠地下却隐藏着大量的能源。每天中东各国生产的原油被超级油轮源源不断地运送到世界各地。黑色的石油像人体血液一样，让世界各国的“血管”循环起来，充满活力。

整个阿拉伯世界基本上都靠卖油来维持生计，从而产生了世界上最多的富翁。贫富不均的矛盾和被超级大国觊觎并掠夺原油的状况，造成了阿拉伯地区的极大不稳定，战争一直是这个地区的代名词。

在亚丁湾的北部有个英文名为 Yemen（也门）的国家。也是进入红海的大门！据说也门共和国的地下少石油，是经济落后的国家。石油匮乏加上民族矛盾、武装派别争斗，造成战乱不断。

亚丁湾的南部就是索马里联邦共和国。自从20世纪90年代索马里国发生军事政变后，这个国家不同派别的武装组织之间的纠纷导致内战不断，没有一个铁腕人物能够稳定索马里国家的局势。连美国军队也在索马里国遭到了滑铁卢般的重创，惨烈地退出了索马里国。这块非洲最北面的土地要粮食没粮食，要石油没石油，只有“嗷嗷待哺”的饥民。美国人在索马里没有既得利益，也不愿意支援。所以，任其内战的烽火燃烧到今天。整个国家生灵涂炭，哀鸿遍野。国家弱、海权弱。索马里人民所依靠的丰富海洋资源也被他国现代化的渔船大肆掠夺，使得当地渔民的生存环境逐步恶化。赤贫使他们走投无路后，一部分人成为全世界臭名昭著的索马里海盗。

索马里在无政府状态下没有了外援，生活条件及其困苦，贫民就把报复世界的情绪转嫁给了在亚丁湾航行的各国无辜商船。他们借助天然地理优势，把伸向亚丁湾的岬角变成了海上掠夺的桥头堡，开始侵犯和劫持来往亚丁湾的商船，形成了一股令全世界海员、渔民害怕的武装海盗恶势力。

海盗们依靠军阀割据、分治的力量，肩扛美国大兵撤离索马里时留下的和世界军火市场购买的武器组成了不同派别的海盗集团。他们肩扛美式火箭筒、背起苏式AK47卡宾枪在亚丁湾上开始了大规模的行劫商船。黝黑、营养不良的索马里军阀势力人员和渔民都变成了活生生的海上恶灵。

他们的船只尽管很破旧，船速却飞快。一般小型船只和船速较慢的大型散货船、大型油轮都成了他们袭击的目标。他们烧杀抢掠，扣押船只，绑票撕票，无恶不作，活动范围覆盖整个亚丁湾甚至延伸到了南印度洋。航行到亚丁湾和附近海域的海员们诚惶诚恐，唯恐撞在亚丁湾武装海盗的枪口上。

海员们纷纷选择了远离索马里沿岸的惯有航线，走远离海岸线的也门属地苏格拉岛北面航线，或贴近海上治安环境稍好的也门共和国沿岸航线航行。手无寸铁的海员们加强瞭望值班，只要发现可疑目标，马上采取尽可能远离可疑船只的防范措施，采取“惹不起、躲得起”的防海盗策略。当海盗正面袭击商船时，海员们只能用消防高压水枪、信号弹，以手电筒对付火箭筒，进行不对等对抗。当海盗登轮后，海员唯一能做的就是躲到隐蔽的安全舱室不要成为海盗的人质，再通过铱星手提电话请求外援。

这是现代海员从事远洋运输职业的悲哀，联合国海事组织也没有有效措施对抗海盗。索马里以及其他地区的海盗行径与世界恐怖组织一样激起了全世界人民的公愤。自然地，商业航海发达国家和附近国家的军舰为了维护自己国家的商业利益，开始在亚丁湾巡航，保护着自己国家的商船同时进行人道主义救援，阻止海盗劫持其他国家的商船。海盗们的船只绝对不是军舰的对手，在严厉打击海盗的强烈措施下，索马里沿岸的海盗行为有所收敛。但是，当护航军舰通过后或者军舰“老虎打盹”的时候，他们又开始蠢蠢欲动了。

我驾驶“厦”轮刚刚进入亚丁湾，驾驶台内全球报警通信系统的电传机就吱嘎吱嘎地发出了打印声响。马上，驾驶员看到了国际反海盗组织发来的一则英文航海警告。

在电文的开头连写了 3 个 Warning（警告）。其内容大意是：“亚丁湾北纬 13° 20'，东经 050° 23' 的位置，一艘邮轮被海盗袭击。邮轮上共计 30 名海员但没有旅客。目前情况不明，有待进一步核实消息。请航行此区域的船舶特别注意瞭望，采取必要措施，防止海盗袭击。一旦有海盗袭击的情况，请马上报告国际反海盗中心。”

海盗袭击邮轮的事件在反海盗中心的警告中出现较多，索马里海盗们认为搜刮大量的钱财和羁押更多的人质可以制造新闻热点，让邮船船东承受人道主义的压力，在解救人质时拿出更多的绑票赎金，以引起全世界舆论的注意。

我听说最近有一艘从红海到东非游览的欧洲邮轮[①]。在夜间经过索马里

① 邮轮：邮轮的原意是指海洋上的定线、定期航行的大型客运轮船。“邮”字本身具有交通的含义，过去跨洋邮件通过大型快速客轮运载，故此得名。通常所说的邮轮，实际上是指在海洋中航行的旅游客轮。

拉斯卡瑟（Raas Caseyr）岬角时，突然从索马里港湾中冲出了一群快艇。很快，多艘快艇将正在航行的邮轮前后包围。海盗们将探照灯打到驾驶台并举枪射击邮轮，通过无线电话命令邮轮停泊。

邮轮海员和旅客们一阵恐慌。机智的船长为了迷惑海盗，故意减速并答应海盗在右舷登轮的要求。海盗们以为得手了，在船首、船尾的快艇马上绕到右舷停车。

此刻邮轮船长抓住时机，立即命令舵工左满舵，将车钟摇到了前进三。庞大的船体在强大的主机马力下开始向左旋转，以老虎扫尾般狠狠地将船舶右舷尾部扫向海盗小艇。在左舷前部的小艇也被压在高大威猛的邮船舷墙下。正在准备登轮的海盗，被船长娴熟的操船技能压得措手不及。几只小艇被邮船尾部强劲的排出流掀翻了，海面传来鬼哭狼嚎般的绝望声。没有掀翻的小艇也被邮轮两舷涌浪折腾得左右大幅度摇摆，海盗迫于自身安全，无法近距离射击。

船长命令主机加速向印度洋东部纵深航行。

当海盗把落水同伙救上小艇后，邮轮已经离开他们一段距离了。海盗们高速追击邮轮，机枪扫射、发射火箭弹阻挡邮轮。船长左满舵、右满舵灵巧地躲避子弹，摆脱海盗小艇纠缠。海盗追击 2 小时后，小艇攻势减弱，距离也拉开了。小艇燃料用尽，再也无法坚持追击了，眼睁睁地看着到嘴的一块肥肉滑落下来，馋涎伴着手舞足蹈的狂躁发泄到了亚丁湾上空。

船长凭着勇敢和对付海盗的丰富经验，抓住最佳逃离时间，让邮轮避免了海盗武装劫持。

外派渔民就没有这样的幸运了。某台湾船东在经济利益的驱使下，将渔船驶进了渔业资源丰富的索马里海域。

丰富的渔业资源让他们每次捕捞大量的海鱼，通过渔船上加工冷冻后，运送到也门亚丁港，再通过货船运送到中国台湾地区和亚洲其他各地。

在航行时，我又收到了国际反海盗组织发过来的另外一则英文航海警告。大致内容：3 艘渔船出海捕捞时遭遇了劫持。一艘渔船经过挣扎后意外地逃脱了，两艘渔船 30 多名渔民包括船长在内至今还在索马里的一个小港中被羁押。海盗们开出巨额赎金让渔船船东支付，否则渔船无限期扣留。

那艘幸运的渔船返回后，渔民们陈述了一个令人吃惊的现代“木马”故事。原来，为了联系方便，每艘渔船上派了当地人作为向导。但是渔船上雇用的向导是潜伏在也门人中的索马里海盗组织的间谍。他们在也门收集情报，提供信息。然后择机混入比较富裕的中国台湾渔船队、韩国渔船队当向导。

在海上捕捞期间这些向导摸清了渔船上的活动规律。然后在渔船靠泊期间利用各种通信手段联系索马里海盗集团，约定时间、海上位置后开始实施对渔船的袭击。

他们的目的很明确：羁押渔船讨得赎金。渔船船长不知不觉地遭到了暗算。那艘幸运逃脱的渔船渔民在也门港心有余悸地描述了他们里应外合将向导制伏的过程。

当他们抵达预定的捕捞海域后，开始了撒网捕捞作业，渔船的机动性由此受到了极大局限。正当渔民们沉浸在捕捞的紧张时刻，索马里方向冲出了两艘快艇，他们把渔船包围起来。渔船船长砍断渔网钢绳逃脱时，隐藏在渔船上的向导冲上驾驶台拔出了手枪，对准船长脑袋命令其停车。

渔船向导配合海盗成功登轮，控制了渔船。有时一艘渔船上的向导看到其他渔船成功劫持，得意万分而疏忽了对本渔船人员的看管。

一次一位水手趁向导不备之时，突然抽出一把扳手狠狠地砸向向导脑袋。向导还没有反应过来就倒在了船长脚下，枪掉在了水手的脚下。船长迅速捡起手枪，趁机推上了车钟[①]。主机烟囱冒出了浓烟，很快船速上去了。正在其他两艘渔船上抢劫的海盗们无暇顾及，眼睁睁地看着渔船在他们枪口下逃脱了。这艘渔船不敢懈怠，拼命开足主机马力，向也门港驶去。

惊心动魄的海盗故事震惊了海员弟兄们。海员们在我的带领下落实了

---

① 车钟：驾驶台传递给机舱的主机转速快慢的操纵设备。如同汽车排挡的作用。船舶实现自动遥控操纵后，驾驶台直接遥控船舶主机的转速了。机舱摆脱过去驾驶台和机舱上下手动呼应操纵主机转速的繁重且易出差错的手动操纵了。

船舶亚丁湾航行的保安措施，举行了一次反恐、防海盗演习。

船舶继续谨慎地驶向通往红海的重要关口曼德海峡。在敏感的海区，雷达不停地旋转扫描，眼睛警惕地四下观察亚丁湾海面，驾驶员们决不放过任何可疑目标。

亚丁湾上出现了挂了枫叶旗的两艘军舰护航编队，他们正护送商船通过海盗频繁活动区。

VHF 高频电话中突然听到一艘跟在编队最后的散货船大声呼叫：Vessel is attacked by speedy boats and need emergency assistant!（船舶遭遇快艇袭击，我需要紧急援助！）

我拿起望远镜观看海面，只见船尾军舰正在转向驱赶海盗小艇。接着，我听到了惊心动魄的机枪声。没多久，小艇落荒而逃了。

亚丁湾充满了与索马里海盗搏斗的硝烟，海盗们疯狂到了无孔不入、见船就劫的程度。此刻，我多么希望这是悬挂五星红旗的军舰为中国的商船护航。

红海见闻

我驾船航行红海无数次，每一次都对红海有新的感悟。

红海南起亚丁湾的曼德海峡，北至埃及的苏伊士湾。在没有开挖运河前，红海是一条海上死胡同。红海随着太阳升起、落下，度过了几千年的沉寂历史，流传下来的就是“阿里巴巴和四十大盗”的民间故事，还有伊斯兰信徒们咏读《古兰经》的壮观场面。穆斯林们虔诚地诵读《古兰经》的声音在红海上空日夜飘浮。

红海并不是人们主观概念中的“红”海，它像世界上所有海洋一样都是蓝色的基调。两岸的沙漠把红海染成有点黯淡“情绪”的灰黄色。红海之所以称为红海，那是因为浅海中洄游的红鱼，生长红色海草、红珊瑚、红贝类等红色海洋生物，在阳光下海洋被映射成了部分红色，加上红海岸边赤色沙漠，阿拉伯世界的臣民们就干脆把狭长且封闭的海洋称为红海了。

在 19 世纪末至 20 世纪初，西方国家看中了埃及和西奈半岛的地理位置，开挖了一条闻名世界的洲际大运河——苏伊士运河，沟通了亚洲到欧洲的海上运输航线。从英国的伦敦港或法国的马赛港到印度的孟买港作一次航行，经苏伊士运河比绕好望角可分别缩短全航程的 43% 和 56%。从此亚洲东部去往欧洲的船舶不必绕道好望角，航线距离缩短了 5000 多海里。它的东面是亚洲，运河的西岸是非洲，是世界上唯一用人工开凿运河为基准的亚洲、非洲际分隔线。第二次世界大战后，这里战火不断，导致了运河设备毁坏，运河功能名存实亡。直到 1975 年，运河才正常开放。经过不断维护深挖，现在可以通过 30 万吨超级油轮，像我们这类超大型集装箱船舶可以畅通无阻地穿越运河。

从此，红海日渐热闹起来，南来北往的商船活动遍及红海各个角落。

在 20 世纪 80 年代初期，我作为驾驶员在红海航行时遇到了一个庞大的美国航母战斗群，还有西方世界各国的军舰。他们正在红海内聚集，最终打响了海湾战争。那次多国军舰命令我们远离他们，远离后的海域还是依稀看到了飞机从航空母舰上成批起飞，消失在天际。战斧式导弹从军舰导弹发射管中喷出一团火焰升空。这些军火都是烧向伊拉克的。

美国前总统老布什把伊拉克前总统萨达姆从科威特赶了出来，伊拉克的土地也遭到了联军的打击，打得萨达姆闷声不响了。从此，伊拉克陷入了十几年的经济制裁的深渊中。

然而，在红海的两岸开始了另外一股恐怖势力，就是曾经得到美国扶植的基地组织。当恐怖基地组织调转枪口对准美国时，在红海内布置了水雷。可是水雷炸响后重创和沉没的不是军舰而是大量的商船。

我记得当年海湾战争后，走在我轮前面的姐妹船返航途中经过红海，在距曼德海峡150海里的岛礁区碰上了一颗磁性水雷[①]。顿时一股冲天水柱从右舷边升起，船体剧烈震动，把驾驶台玻璃震得粉碎，连船长房间里的镜子都震落下来，主机马上熄火，船舶随风漂移。船停后，检查发现右舷2舱干舷（船舶水面以上到主甲板的高度）下面被炸成破洞。幸运的是没有人员伤亡。两天后，我们经过该海域时真是提心吊胆啊。

不久前，我们从新闻中听到一艘停泊在亚丁港内的美国军舰遭到了基地组织的袭击，军舰伤亡惨重。海上恐怖活动日益增多，海员的生存环境变得异常严峻。

尽管红海内浩浩荡荡的商船你来我往，每艘商船的船长和驾驶员在红海航行时都是双目紧盯前方，警惕的目光和雷达一起扫描海面，唯恐不幸中招。

可是不论前方有多危险，中国海员对红海水雷从没有丝毫畏惧，反而为了祖国航运事业的发达，勇往直前。我们18：00抵达曼德海峡，这里是国际海事组织规定划分的分道通行航道。其好处就在于，来往的商船在各自的航道上航行，以减少碰撞。当进入曼德海峡分隔航道后，船舶航向变为向西北航向航行了，这个航向就是红海的基本走向，它是一条南北方向狭窄的海洋。

1月份红海内没有较大的风浪，船舶在曼德海峡北流的影响下，船速从21节陡然升到了23节。主机负荷变得轻了，船尾很长的尾迹流蔓延到了曼德海峡外面的亚丁湾。

我又到了20年前姐妹船碰到水雷的地方了。我和驾驶员关注着自动导航仪工作状况，边瞭望红海上来往船只的动态，边讲述被我重复了好几遍的“水雷”故事，以提醒驾驶员在这段航程上加强目视辅以雷达瞭望，应变可能出现的意外情况。

落山的太阳随着航向的变化在船舶的左舷45°方向了。它灰蒙蒙的带着一天的疲倦向我们告别，黑暗笼罩在红海海面上，星星从隐藏的角落开

① 磁性水雷：利用钢铁船舶的吸铁原理引爆的水雷。

始闪现。

由于长期使用全球定位系统（GPS），天文航海的辨星知识遗忘了很多，我只能认出小熊座的北极星、猎户座的天狼星，其他星星看来只有它们来认识我了。但是，我只要对照索星卡[①]还是能够分辨星名。

望着天空中明亮的星星，我思念起远在家乡的亲人。比北京时间慢6小时时差的上海此时已是深夜，大概除了夜游神外，大部人都进入了梦乡。我的家人一定非常挂念我，海员的家人也一定日夜心系着正在船舶上工作的海员弟兄们。

第二天6：00，我又出现在驾驶台上了。当我推开驾驶台门时，天已经完全明亮了。只见左前方一艘军舰在以17节的速度常规航行，右边一艘杂货船被我轮追上，我轮正夹在它们的中间航行，三条尾迹拖向远方，仿佛成了一支三角形海上编队！

"红海上出现军舰并不少见，本来就是敏感地区，从军舰的装备看肯定不是沿海国家的。"我拿起瞭望镜看了看左前方的军舰，很自信地对值班大副说："我估计这是从波斯湾调防的西方国家的军舰，也是过苏伊士运河的。"

这个判断依据的是我曾经在波斯湾霍尔木兹海峡的经历。某次航行波斯湾，在霍尔木兹海峡口遇到了澳大利亚的军舰；在相距伊朗领土不远的公海内遇到了英国军舰；此后在卡塔尔海域附近又遭遇到了加拿大的军舰，最后我被美国军舰拦截询问。

左舷的军舰向我轮慢慢接近，大副拿瞭望镜看清了军舰的标志："一叶红色的枫叶标志在军舰的侧翼建筑上，一枚同样图案的国旗迎风招展，舷号为339。"

"哦！那就是加拿大的军舰了！"我和大副异口同声地说出了军舰的国籍。

我向右舷望去，迷糊的东方没有一点碎云，淡淡的灰黄色空气中充满

---

① 索星卡：根据船舶所在的大致纬度，选择纬度透明卡放在标有星座的北极（南极）中孔上，按大致经度线寻找测星所需的星名的工具。

了沙漠飘浮起来的微粒，犹如薄雾把水天线遮障、迷糊了。

太阳在迷障中出现了，最后照耀在红海这片广袤的海洋上。

“厦”轮继续向运河驶去，大概在 2 天后就可以抵达世界第一大运河河口了。

▶ 第六章

苏伊士运河

过河的准备

随着在红海行驶纬度渐渐升高，地球的旋转偏向力开始增大，加上南纬 20° 处的红海逐渐狭窄，两岸沙漠地区巨大的昼夜温差导致了气压差，气压高的空气就向气压低的地方流动，空气流动的方向就是非洲和亚洲大陆合成的苏伊士湾的走向——西北风！喇叭形状的地理位置仿佛中国人在吹唢呐。

在狭管效应[①]下，苏伊士湾附近空气流动明显强劲了，演变到海上成了大风，有的时候甚至席卷浓浓的沙尘暴。那铺天盖地的沙尘有时可以将整个船舶甲板都覆盖，以至于水手们用不着看海图就知道船即将抵达苏伊士湾了。

起风了！海面开始风起云涌，强大的西北风劲吹。海浪涌起之后撞击船舷，又被风吹得粉碎，呈泡沫状飞向甲板，飞向驾驶台。庞大的船体在风浪中岿然不动。但是船体在海上逆风航行，会使人体平衡器官失灵，脑袋涨痛，五脏六腑似被搅水棒搅动得颠倒旋动而发晕，加上舱室空气闷热，继而产生呕吐。晕船[②]者甚至将胃液都给吐出来。

偶尔乘船者大多中耳平衡器官灵敏，碰到大风浪船摇颠簸，大呕小吐肯定不断，严重的话可能因脱水而造成休克。经过大风浪的考验，很多海

---

① 狭管效应：当气流由开阔地带流入地形构成的峡谷时，由于空气质量不能大量堆积，于是加速流过峡谷，风速增大。当流出峡谷时，空气流速又会减缓。这种地形峡谷对气流的影响称为“狭管效应”。由狭管效应而增大的风，称为峡谷风或穿堂风。同样，液体在管中流动，经过狭窄处时流速加快。

② 晕船：医学名为晕动病。是汽车、轮船或飞机运动时所产生的颠簸、摇摆或旋转等任何形式的加速运动，刺激人体的前庭神经而发生的疾病。患者初时感觉上腹不适，继有恶心、面色苍白、出冷汗，旋即有眩晕、精神抑郁、唾液分泌增多和呕吐症状。由于运输工具不同，可分别称为晕车病、晕船病、晕机病（航空晕动病）以及宇宙晕动病。

员的中耳平衡器官灵敏度下降了，于是感觉不到晕船了，却总感觉昏昏欲睡，极度疲倦。海员职业非一般人能够胜任，只有不畏惧海洋的海员才是真正的水手、航海家。半途而废的人不能称为合格的海员。

早晨，我走进木匠房间。水手长和木匠已开始了一天的工作安排，木匠把今天的待办事项都写在了台历上，水手长查看后正在进行补充。

在船舶上水手长除本人必须具备娴熟的技艺外，还得组织带领木匠和水手进行船体、甲板所属设备的维护保养和其他日常工作，并指定为甲板部安全监督员。水手长可以把红、蓝、黑三色油漆以不同比例调和为数以百计的颜色；他是出色的美术师，可以带领水手们把船舶打扮得分外妖娆；他是一位地道的船舶画家，可以通过自己和水手们的想象涂打油漆，绘制出一幅壮观的海上流动图画；他有一双巧手，可以编织出你想要的任意绳结，也可以把粗大的缆绳对接成为一个琵琶头，牢牢地系在码头的缆桩上，让船舶得以安全停泊；他还能把船上杂草般的铁锈清除得干干净净，打上漂亮的补丁。水手长还具有如同猴子般灵活的攀爬技艺，可以临危不惧地上大桅高空作业。怪不得航海者都称水手长是水头，是水手的灵魂。船上甲板和船体干净、漂亮就意味着船舶拥有好水头！我很喜欢“厦”轮上充满智慧的水手长。

我喜欢本轮的木匠，他是水手长的得力助手，每天凌晨 5 点按时起床，将二层甲板过道从头到尾走一遍，并用测量绳尺[①]测量水舱、压载水舱，然后把测量结果交给大副，用于登记到航海日志上去，一直忙到早餐时间。随后，他又投入了配合水手长保养甲板的工作中去，和水手们一起奋战在甲板上。如此周而复始，每天看着他任劳任怨地勤奋工作，我为我船拥有一批奋斗在第一线、吃苦耐劳、高素质的海员感到骄傲，并对他们肃然起敬。

他们的工作是为过运河做准备。过运河是一套烦琐的工作。每一艘过河船舶都要雇用一到两只小艇吊在船舷边上，一旦遇上紧急情况或者需要

① 测量绳尺：用来测量水舱、压载水舱的测量绳索，绳索系有测量重锤或钢质标尺。绳索上有米制刻度，用于测量水舱的存水量。

绑岸[①]，小艇就放到水面协助带缆。每一艘小艇上都有 3 ~ 4 个运河工人，工人们随船到运河另一端，等过完运河才随艇离去。

在这期间船舶必须提供一个能够遮蔽风雨的地方。以前这些工人都被安置在甲板吹不到风、晒不到阳光的地方，现代化的船舶都在造船时给运河带缆工人专门建造了有 6 个铺位供休息的舱室。水手长和水手们要把左舷走道旁的一间工人专用舱室整理干净并接待他们。

我到甲板上巡视了一周，看见水手长正在试验生活区后部的行车吊，此吊在过运河时承担了吊起小艇然后绑在舷边的功能。只见钩头、索具[②]一应俱全地放置到位了。

在船头，直径大概 60cm 的运河专用探照灯还没有安装好。亦等到风浪小了，水手长将在过运河之前及时安装好。这是夜间过运河时照亮船首航道的强光灯具，如果船舶没有配备运河探照灯或者探照灯有故障的话，可以租用运河当局的灯具。

租用运河探照灯费用昂贵，所以每艘船舶都会自备运河探照灯，并在过运河前安置在船头。

运河当局会专门派一位电工到船上，检查和看管运河灯的使用情况。这位电工的身份是 Officer（官员），他上船后派头十足，不仅要求船舶为其提供独立的舱室，还得为他“量身定制”饮食（埃及是伊斯兰国家，所以其伙食必须叫大厨“另起炉灶”）。可以这样说，一条运河为该国解决了不少就业问题。

苏伊士运河当局制定的运河规则复杂且苛刻，当地的引水员也是相当难伺候，为此，船长为了公司的利益不得不临时做起了服务员，搞好接待工作。

为了能确保安全过运河，船长们都准备好了美制“万宝路”香烟作为“礼品”送给他们。因此，充当船舶管事责任的政委在过运河期间将从免

① 绑岸：船舶在苏伊士运河中临时靠在岸壁的系泊方式。这种系泊方式与泊位贴紧靠泊不同，船与岸有一段水面距离。

② 索具：船舶用于绑扎、加固的专用绳索，如钢丝绳、缆绳、搭跳板用绳、帆索等。

税仓库拿出足够的“万宝路”来满足引水员对礼品的要求。久之，海员戏称运河引水员为“万宝路”引水员了。

运河是非常敏感的地区，反恐保安是一个重点。“厦”轮在造船的时候，水密门都设计防盗的密码锁，便于水手长和木匠进行安全管理。

夜幕降临，带有显著地理图像特点的苏伊士湾出现在雷达屏幕上。在视线范围内，一些废弃的石油钻井平台①横七竖八地躺在航道边上。正在使用的石油平台上一根长长的管子伸出海面，冒出了熊熊烈火，像巨大的火炬。这是平台开采石油时的副产品——石油气在燃烧。

烈火把半个苏伊士湾照得如同白昼，还拖了很长的一条滚滚浓烟升向空中，宝贵的石油气就这样白白地烧掉了。当我航经过石油平台边上时，感觉到了烈火高温的熏烤。

苏伊士湾是双向航行分隔通道，来往于运河的船舶百舸争流，当两船近距离同向行驶，两船之间的空气流速会变大，导致两船间的压强减小，大气压把两船往中间压，导致两船相吸，继而发生碰撞事故。因此，驾驶员要有眼观六路、耳听八方的特殊本领。特别是在复杂的航区，驾驶员的驾船技艺直接保证了船舶的航行安全。

我摸索出了很多过运河的经验，但还是“老革命碰到新问题”，常常因为引水员新的套路伤尽脑筋。所以，过运河还要有与时俱进的勤奋学习的态度。

昨夜今晨我无眠

苏伊士湾是一条非常狭窄的通往苏伊士运河口的通道，尽管是分隔航

① 石油钻井平台：用于海上开采石油的设施和设备，分为固定式和浮动式等。

道，可是航道上障碍物甚多。主要是废弃的海上油井架和正在开采石油的油井架。一些当地船舶在航道内无序流动，将大船挤而航道边缘，那些碍航物就像水雷一样，随时杀伤我轮。

进了苏伊士湾后，我一直留在驾驶台，以便及时从驾驶员手里接过指挥权。我有一个习惯，哪怕是最优秀的驾驶员协助我航行，在临界操作[①]时我也不会离开驾驶台！不是不相信别人，实在是我不敢有任何疏忽，一丁点的差池都能造成严重后果！

苏伊士运河除了航道复杂外，人为的因素也包含其中，对我航行安全威胁最大。

运河当局由于在海上交通指挥上非常落后，管理混乱。当“厦”轮进入港口后，海上交通指挥管理人员（交管员）却在高频电话中用当地语言闲聊，对我们不予理睬。苏伊士湾有潮流，一艘大船就这样战战兢兢地缓速行进。几艘将要进入运河等待锚地船舶的船长轮番呼叫，交管中心工作人员才有气无力地缓缓应答，语气也明显不耐烦。好不容易通上话后，交管员废话连篇、刨根问底，通话长达10分钟才完成，总之是无限期地磨蹭。

直至到了进口时间截止线，船长们又是轮番呼叫，最后终于得到了交管员的指令：“指定锚位E18号！”此后又杳无音信。

我跑进海图室快速识别E18号锚位，再在电子海图上确认。锚地中先前抵达的只有3艘大型集装箱船舶，交管员给我的位置比较清爽，船首迎流方向也与我轮进入的锚地的航线接近，可以直接开进去抛锚。

我将进入锚地、抛锚的操作指挥交给了跟班船长，自己在驾驶台一旁观察，以便他尽快独立操作大型集装箱船舶。跟班船长小心翼翼地把船开进了锚地，征得交管员核对锚位并同意后，跟班船长下令船首的大副抛锚。令下，伴随着锚链和左锚轰隆一声入水，前方锚机升腾起一股黄色铁锈粉末。锚牢牢地抓住海底了。时间正好是我预计的抛锚时间23：00！我与跟

① 临界操作：当海员实施船舶高危作业时，没有做好安全防护措施，发生意外导致人员伤亡、财产损失后果的操作为“临界操作”。如上高作业没有做好安全防护而坠落受伤，舷外作业没有穿戴救生衣，不慎掉海导致的溺水事故等都称为“临界操作”。

班船长相视一笑。

我们又到了海上丝绸之路上的驿站。

可是，我的工作还没有结束，我得等待运河的代理人员办理过河手续。等待犹如漫长的黑夜，超过 24：00 代理还没有上船的迹象。我十分疲倦，在沙发上和衣躺下。正当我迷迷糊糊进入梦乡时，舷外传来尖锐的汽笛声，接着对讲机传来声音：“船长，一艘小艇靠在我轮舷梯旁，估计是代理上船了。”

“带他上来，我在会议室等他办理手续！”我用浸过冷水的毛巾擦洗疲倦的脸，振作精神坐在会议桌前，墙壁上的船钟指在 1：32。

电梯门开了，水手带着代理出现在会议室的门口。

“船长，欢迎您来到苏伊士运河，我是代理。请问您的过河单证和报表都做好了吗？噢，对不起，都在这里了。很好，这些都是我需要的。”

代理的话还没有说完，我把一堆表格推到他面前，脸上始终带着微笑。

代理一只眼睛看着我核对表格，一只眼睛却流露出贪婪的目光，他在寻觅机会。

“船长，这个表格还需要再复印两张！你还缺少船舶规范表格！不过没有关系，你办公室方便复印！”代理显然无话找话。

我一一满足了他的要求。

“船长，现在我的任务完成了……”代理欲言又止。

我接着打岔：“那好，你可以收拾东西回办公室了。”我识破了他的伎俩。

代理开始说：“你看我忙乎到了深更半夜，船长是否应给我一些酬劳？比如礼品之类的东西。哦，我特喜欢中国的小礼品。当然我更喜欢万宝路香烟。”

“我没有小礼品，万宝路香烟吧！”我从橱柜内拿出了一条万宝路香烟。

“不，每一艘中国船都有小礼品的，诸如电子手表、小收音机。”

我褪下手腕上的礼品电子表：“Here you are!（给你的电子表！）”

他接过我的手表："船长这是新的？"

"你要吗？这是我私人的东西，不要？那好，我收回。"我伸手就要拿回电子手表。

他连忙将电子手表藏在身后，接着又开口道："船长，再给我一条烟吧，我是送给我上司的。"

"没有！"我有点不耐烦了，急于起身。他拦住了我："船长，再给我一条吧！"

我发怒了："先生，你是拿烟的？中国讲究'礼尚往来'，你给了我什么？"

他说："我们这里的习俗是客人到了主人家里，主人应送礼品给客人！"

深夜疲倦，凌晨又要确保安全起锚过河，我妥协了。一条烟塞到他手里："我可以给你，但你老板早已电文告诉我，上船代理不能索要船上的礼品。假如你拿了船上的礼品，船长可以投诉，你会被 fire（解雇）。难道你不想干了？"

我这么一说，他连忙将我给他的东西收拢起来，低三下四地乞求道："船长，你千万不能对我老板说，我现在马上走。噢，船长，我忘告诉你了，你轮编队为第六号，明天在……"

这家伙看着我的脸还在卖关子："船长，在我老板面前千万不能说我拿了礼品。"

我皱起眉头："好！我不说！"

"凌晨 4：45 引水上船过河！"

我目送他在水手的带领下离开了会议室。

我还在等待运河检疫[①]官上船进行卫生检疫。我从舷窗张望海面，没有一点动静。

刚刚在沙发上迷糊打盹儿，舷梯值班水手又通过对讲机叫我："船长，

① 检疫：检疫是风险管理和控制疾病防线。在出入境口岸为了预防传染病的输入、传出和传播所采取的综合措施，包括医学检查、卫生检查和必要的卫生处理。执行检疫的人员称为"检疫官"。

可能是运河检疫官上船了！”

两位检疫官出现在会议室内：“船长，我是检疫官、医生！这是我的随从，请您多多包涵。”

我给了他两张事先准备好的检疫表。他说：“很好，现在我填表，你签个字就 OK 了。不过船长，你还得给我礼品啊！”

“没有问题，一条烟！不过你别忘了，抽烟对身体有害！”

“你给我就好。”他马上接过我递给他的香烟。

“就这么一条？”

“对，就这么一条。”我站起身来对着水手说：“送客！”

检疫官和随从在水手的引导下走向电梯。

我瞥了一下时钟，现在已经 2：35 了。

直到 3：24 丈量官乘交通艇出现在舷梯旁。他拿了表格，看了一张配载图，询问了几个无关紧要的问题：“船长，我不要万宝路香烟，你看其他船给我这么多香烟，包里都放不下了。我就卖给你吧，这是真的万宝路。”他顺手从包里拿出三条万宝路香烟。

我摇摇头：“我的万宝路香烟是假的吗？我不要你的香烟，我船上有封关的香烟。”

“不过，我想你肯定会有电子表，请给我几个电子表吧！”

他看见我拿出电子表，连忙走过来：“船长，这个我不喜欢，请换一个！”他想拉开我的抽屉。

“对不起，这抽屉不是你丈量官检查的内容。请你不要动手！”我推开那只毛茸茸的手。

“对，我不会检查的，但你给我看看可以吧，我是 Gentleman（绅士）。”

“好吧，Gentleman，我再给你一块电子手表吧。”我无奈地用手表送走了丈量官。

运河当局的全部检查完成了，当我再一次回到房间想躺下休息时，二副从驾驶台叫我：“船长，交管中心通知我轮绞锚至 2 节，引水员马上上船。”

我抬头一看正好 4：00：“该做过运河的准备了，通知甲板部人员准备过河、绞锚！我马上到驾驶台！另外，主机先备车再起锚。”

我今早是不可能休息了。一般我不喝咖啡，为了打足精神，临上驾驶台前我泡了一杯超浓的苦咖啡。

难缠的引水员

我将一杯咖啡迅速灌入肚中，疲惫的感觉顿时消失殆尽了。我又生龙活虎地出现在众人面前。

在欧亚航线上，如何顺利过河是横在每位船长面前的一道坎。他们担心受到引水员无故刁难，而使航船滞留运河中。为此，船长们将付出延误船期的代价。

在我航海生涯的大部分时间里，印象中运河引水员是世界上最为傲慢、最为刁蛮的人员。他们的所作所为总是令我不堪忍受，但为了顾及两国人民之间的友谊，我又不得不忍。我调侃自己是“以法律为准绳，以事实为依据”掌握灵活措施用以对待引水员无理取闹的高手。可事实上“情况是在不断地变化的”。

我根据运河交通管制中心的要求凌晨 4:00 起锚，我指挥“厦”轮慢慢地航行到运河的航道上，等到 6:00，引水员才姗姗来迟。

那杯苦咖啡在我胃里正欲发挥作用的时候，驾驶台 VHF 高频电话来了：“船长，‘厦’轮的编队号为六号，你将跟在一艘马士基集装箱船的后面。”

我在驾驶台亲自指挥船舶进入运河的航道，凌晨的苏伊士湾内出现编好队的过河船舶，情景波澜壮阔，一艘接一艘从锚地慢慢进入航道。

“厦”轮驾驶台桅杆上三盏垂直的白灯在夜色中显著明亮，远远地被人发现。这是请求引水员的灯光信号，还有一盏不间断闪烁的红灯表明：“本船装载危险品！”

在夜色茫茫的航道中我小心谨慎地驾船在航标中航行。高频电话里也是嘈杂声一片，一艘引水艇[①]从港内快速驶向“厦”轮左舷。驾驶员在左舷梯等运河引水员上船。

就在引水艇靠近的一刹那，一簇水花溅得引水员满脸咸喷喷的海水。

上船后引水员把白手套扔给了驾驶台的水手：“让水手长送一条毛巾和两副白手套给我！”

我不紧不慢地出现在运河引水员面前。

引水员比我矮，可以说我在身高上把引水员的傲慢镇了下去。我不卑不亢、有问必答，让运河引水员感觉他不是这里的主人，是我的雇员。我才是这艘船的主人（Master）！

引水员上船前因溅了一脸的海水颇不高兴。不跟我打招呼就开始发布舵令：“右满舵！”当船首开始向右摆动时，又发布：“左满舵！”随后又来一个把定。

这是引水员上船后给舵工和船长的一个下马威，我知道他会借口舵工操舵技能不够格，从而向我索要更多的礼品。“厦”轮的舵工已经在运河操舵中身经百战了。引水员的雕虫小技根本难不倒舵工。引水员傲慢的态度略略降格了。他轻轻咕噜几句我根本听不懂的话后，走到我跟前：“Are you Captain? Please fill the ship's particulars！”（你是船长？请把船舶规范[②]数据填一下！）

我接过单子，拿出了船舶规范表，唰唰地马上填好表格交给了他。

“哪里是卫生间？我要上卫生间！”引水员背对着我找卫生间。

面对引水员心不在焉地放弃发布指令，我不敢在航道疏忽大意，坚持

---

① 引水艇：引水员登轮的交通小艇，有明显的“Pilot”字样的标识以及桅杆上升有引水旗（英文字母“H”信号旗）。

② 船舶规范：反映船舶大小尺度、船舶排水量、总容积吨、净容积吨、最大吃水、主机功率、操纵等数据的说明书。

指挥船舶，把定在航道中央，恐怕船舶偏离航道出险。

引水员在厕所里面如何表现呢？

引水员在水斗前哗哗地开足了龙头放水。他将溅了海水的衣服脱了："Hello，hang my coat up!（喂，把我的外套挂起来！）"

他对站在卫生间门口的驾驶员瞪着眼睛命令道。

一件外套突然飞到驾驶员身上，驾驶员把大衣挂起来。

"Pass me a soap，Please!（请递给我肥皂！）"引水员又命驾驶员。

驾驶员看看我，目光显然在征求我的意见。我连忙点头示意驾驶员把肥皂架上的香皂递给他。其实这香皂就在他的眼皮底下，伸手就可以拿到。

"Hoo，yes! Thanks! Dry towel，Please!（噢，对，谢谢！拿干毛巾来！）"引水员又向驾驶员发了条头（上海话，命令式的吩咐）。

驾驶员明白了他的旨意后，将干毛巾递了过去。

他接手一看是条新的毛巾，嘴里大喊道："Napkin！（餐巾纸！）"驾驶员一时没回过神。

他大叫："Tissues！ Please！ No brain？（拿面纸巾过来！你没有脑子？）"

驾驶员明白他在骂人，但仍然忍住性子，微笑相待，把面纸巾递了过去。

引水员先擦干手，然后把新毛巾塞进包里。他从口袋里拿出了一把木梳，把头发梳得纹丝不乱。然后把木梳放到嘴边用力吹吹，几根掉下的毛发飘落在卫生间里。他口里吹着哨子，对着镜子，手掌顺着太阳穴将头发使劲压下去，得意地转过身去，然后扭过头，从镜子里欣赏起自己的后背。再面对镜子整理了一下衣领。他不知从什么地方掏出了一瓶难闻的香水，从头到脚喷了一遍，冠冕堂皇地走出卫生间。在驾驶台黑漆漆的环境下，引水员眼睛一时难以适应："Captain！ Where is captain?（船长，船长在什么地方？）"他大声嚷嚷，仿佛使唤自家保姆一般。

我此刻憋了一肚子火，板着脸："我在这里！引水员先生，这是你的座位！"

“Captain，don't you feel I am handsome ?（船长，你不认为我很潇洒吗？）”

“不错，你很潇洒！”我笑容相迎地敷衍，眼睛边注视着船首前方，边睨视这位浑身散发着狐臭的家伙。

此时引水员不去关注船舶的航行位置。他盯着我看了数秒钟，似乎在考虑什么，也好像在回忆什么。突然，他张开双臂向我扑了过来：“Hoo！Old friend! We meet each other again，don't we?（哇！老朋友，我们又见面了，不是吗？）”

我被他弄得莫名其妙，努力在脑海中搜索：是否在很久以前这位引水员仁兄曾引领我们船舶过河？还没来得及回答，我已被他拥入怀中，他从背后搂住我的腰。然后在我的背部轻拍：“船长，你来怎么不告诉我呢？”

我猜想他大概认错人了，带着疑问：“Didn't we know each other?（真的我们认识？）”

“噢！你忘了，你不是中国船长吗？我是中国船长的朋友啊！所有的。”

“哎哟！对，我是中国船长，中国船长都是朋友一点儿不错！”

此刻，我才恍然大悟，引水员在套一个非常“礼貌”的近乎。他松开双手后，再一次抓住了我的肩膀，头向后仰凝视着我与我亲密拥抱。紧接着将那难闻的嘴脸凑近我的脸颊，给我一个吻面礼。正如我在新闻纪录片上看到的苏联最高领导人赫鲁晓夫跟国外领导人亲密拥抱时的动作一样。

在他欲把拥抱进行到底的关口，我看见前面的转向点浮筒到了。我冲着他的脸大喊一声：“左舵 10！”

引水员被我突然的叫声吓得一怔，抱住我的手松弛了下来。他看看前方，才想起自己还没有发布引航指令。他露出遗憾的表情，然后耸了耸肩膀：“Shit！（他妈的！）”

很显然，我那声棒喝，的确扫了他刚才的兴致。

他见船舶驶入下一个航向了，马上接过我的指挥：“Midship，Steady！ What's course now?（正舵！把定！现在航向？）”他要求舵工回复航向多少。

接着，引水员又开始与我对话了："船长，你上次给了我很多香烟，我和3个老婆都很感谢你。这次又和你相遇了，你准备给我多少呢？"

终于，他向我摊牌了，他的前期动作都是在做铺垫，作为索要礼品的前奏曲。其实，这是引水员惯用的手段之一。但此刻船舶正航行在狭窄航道中，跟他无谓纠缠将会导致事故。

"当然给你准备了礼物，也肯定会让你满意的。"我紧盯着前面的灯浮边答复他。

"那么是多少呢？"他将自己引航的职责没当回事，一再追问礼品数量。

"就像……你上次得到的那样！"我含糊地回答他。

"船长，你好像有点不高兴？是我给你带来的？"他似乎察觉到了我的情绪变化。

我承认，他一直不识趣地追讨礼品，我的语气不自觉地有了变化。

船继续在航道中前进，我观察前方并告诉舵工根据航道走向把定[①]航向，一边抽出时间应付引水员的无理要求。

"没有呀！你是我的朋友，我是你的朋友，怎会不高兴呢？"我一副笑脸回应引水员。

"那你把礼品拿出来给我看看？"引水员急于想知道礼品数量。

我看见船舶已行至运河口，没有退出去的可能了，不紧不慢地回答："我现在不能给你，因为你在执行引航任务，只要你让我满意了，我定当给你。"

他站起来了："Why？ Aren't you satisfied my pilotage？（这么说你不满意我的引航？）"

我用嗔色的脸说："对，我一点儿不满意你的引航！到现在为止，你不是来引航的，而是来和我交朋友的，与一位从来没有认识的船长拥抱和索要礼品的。我问你，你索要礼品的话说了无数，你喊了多少车钟令和舵令？"

---

① 把定：将船舶的罗经方向稳定在指定航向上的操舵口令。

我用讥讽的口气回答了引水员。引水员被我的话镇住了，脸涨成猪肝色，一时无话可说：“航向 095°！”在极其尴尬的情况下，他开始瞎叫航向了。

狭窄的运河口航道，航向改变仅仅是 2 度、3 度的幅度，他一下子向右叫错了 10 度。舵工警觉地回答我：“船长他叫错航向了。”

我连忙冲着引水员大喝一声：“左舵 15！”把航向恢复到了航道中央。

引水员抖动了一下脑袋，双手一摊：“What a pity!（太遗憾了！）”

如果我不叫回舵，不给他一点颜色看看，我倒要终身遗憾了！

前面运河引水员的小艇过来接替他，海上航道段的引航段到了。他开始对我露出了笑脸：“船长，引水艇过来了，我的工作结束了，现在你可以给我香烟了吗？”

“我想告诉你，当下一个引水员出现在驾驶台，你才算完成任务。”

这位引水员等不及了：“我还要把香烟放入包中呢，船长。”

“我会给你时间的。”此刻，我听到驾驶员说运河引水员已登船，我才慢腾腾地拿出一条万宝路香烟给他。

“你不是说跟过去一样多吗？现在怎么只有一条？”

“我说过，但没有说多少啊！我给引水员都是一条！今天你表现不好，让我不满意不想给你烟，现在我给你了，你可以下船了！”我不紧不慢地回答这位上船 40 分钟，和我纠缠了 35 分钟的引水员。

他开始乞求了：“船长，你再给我一条吧！”

“没有！”我坚决地说。

接班引水员到驾驶台了，他笑容满面地和接班引水员握手，并叽里咕噜地一通阿拉伯语，他似乎在那位引水员面前说我坏话，看来后面的航程我有点麻烦了。

他把我拉到旁边：“船长再给我一条吧，每位中国船长都是我的朋友，我和他们很友好！”

我真的碰上一个无赖了，我打开驾驶台的大门，面带蔑视般的笑容，把手往外一伸做了一个请他出去的动作：

“请记住下次来船，只要你还是这样表现，我一定会给你像这次一样多的香烟！”

他像刚来船上时那样张开双手想拥抱我。

我闪在一旁，躲过了他腥腻的双手。

他僵持了拥抱姿势数秒后，嘴里面咕哝着“Shit！（呸！）”，掉头走了。

另一名引水员尽管也很纠缠，但为了得到我许诺他的万宝路香烟和丰盛的午餐 prawn（对虾），他还是坐在驾驶台椅子上边听收音机广播边引航。结束时，我给了他两条烟加上中国产的收音机、手表和玩具之类的小礼品，令他十分意外、满意。

在运河伊斯梅利亚港下船的时候，他紧紧握住我的手：“On behalf my wife and children，I sincerely thank you！（代表我的家人衷心谢谢您！）”

我对他改变了对策，我不想在航行中总处于一种情绪低落的状态。

我的宗旨就是多受点委屈也不要紧，一定要有理有节、不卑不亢，用灵活机动、迂回作战、你进我退的游击战术来对付引水员。不能让船舶受到影响，不能让国家、公司尊严受到影响。为船期，我可以牺牲我的尊严！

不要荒芜干燥的土地

我最早了解沙漠是通过书本和科普杂志，后通过电影《沙漠追匪记》看到了影视中的大沙漠，那里没有水，存在少量的灌木。我后来亲眼见到沙漠的景象是在苏伊士运河两旁。据说一种名叫太阳花的植物是在沙漠中生长的，它耐旱、耐渴。在大沙漠中还有一种耐渴的动物——骆驼，可以在沙漠中负重行走，被人们当成了运输工具。

我在 20 年前第一次过苏伊士运河时，埃及的经济还没有从第 4 次中东战争阴影中完全走出来，百废待兴。被折断、折弯的加农炮遗弃在运河旁；被击毁的坦克半截埋在滚烫的沙漠里；一些战争中使用的各种形状的钢铁铜材都成了废铜烂铁，铜不见了，烂铁还在运河边上等待清理；在运河两岸都是战争留下的痕迹。一些偶尔出现的建筑物形同废墟，墙上弹痕斑斑。军营驻扎在运河两岸。从望远镜里，我看到全副武装的士兵的身影在碉堡内晃动，战斗武器闪着刺人的寒光。当了海员才知道战争就在眼前。

靠近非洲侧，有少量农田陪伴着大沙漠，好似大海中的孤岛。

几株零散的、耐干的沙漠灌木群出现在过河航船驾驶台人员的眼中，偶尔还有高大的树木在沙漠中展示它的存在。几所农舍周围都是泛黄的沙漠，毛驴和牛羊在零落的沙漠中觅食，啃灌木的树叶。一片民不聊生的萧条、冷落、干旱景象。人们显著的黑、白色长袍与黄色沙漠形成最显眼的反差。

在亚洲一侧的西奈半岛，除了运河边上散落的灌木群和零星小草外，极目远望都是热乎乎的黄色沙漠，似乎没有一点绿色生命迹象。

西奈半岛地下除了能够泵出石油外，滴水难求。运河中被过河海轮击溅起的海水飘扬数十米远就被干燥的空气蒸发得无影无踪。站在驾驶台外，你身上的汗还没有形成汗珠就被蒸发了。水比西奈半岛石油深井中打出的石油还要珍贵，到了这里才感觉到“水比油贵”，才知道水的真正价值。

埃及是非洲最大的国家之一，这块土地孕育了流芳百世的古埃及文明。尼罗河边上的金字塔看上去已经被沙漠风化，但是灿烂的文化在这里得到了保存。

经过几千年的人世变迁，埃及几乎都被沙漠掩盖了。首都开罗城边上几座大山宛如火焰山。你不仔细分辨的话，都看不清山上清真寺兀立在赤红岩石上。

尼罗河近在咫尺，滚滚流入地中海的淡水也浇不灭开罗城内的“火焰山”，却反而逐渐沙漠化，尼罗河进入地中海的一片湿地也在沙漠的侵吞下逐渐缩小。

海员职业生涯中，我一直对苏伊士运河两岸存在这样的印象：“埃及等于沙漠。”随着时间的流逝，苏伊士运河渐渐发生了变化：变得像三分之一的巴拿马运河了。

那天，当船舶航行到苏伊士运河边上的城市伊斯梅利亚时，太阳已经是八丈之高了。烈日炎炎下，苏伊士运河两岸的沙漠被直射的阳光烘烤，水分已经蒸发殆尽，沙漠冒出了丝丝炫光。只见沙漠中一些渐露青芽的杂草，耷拉了娇嫩的枝叶，期盼着甘露降临。我站在驾驶台上看着两旁的沙漠，有一种强烈的渴望：在沙漠中出现一汪清澈透明的淡水湖。

引水艇从伊斯梅利亚港的引水艇码头开了出来，速度像脱缰的野马一样，驾驶员到了船舷边来个急刹车，紧靠舷梯让高傲的引水员上船。

如往常一样我跑到了驾驶台侧翼，只见引水员登上舷梯后，其中一名引水员将一束鲜花递给了水手，随即登上驾驶台："船长，您好！欢迎您今天到运河来，请您接受我们的鲜花。船长先生您是否注意到运河两侧的变化？请您享受我们埃及苏伊士运河两边的绿色景致。"

两位引水员站成一排，恭恭敬敬地把鲜花递到我的手中。

"感谢两位的盛情，祝贺苏伊士运河两岸环境取得的成果，这都是埃及人民的功劳。"

我说罢情不自禁地望向远处："苏伊士运河两岸的景色的确发生了巨变！"

运河上的甜水河

两位引水员把一本苏伊士运河当局印发的宣传小册子送给我。我观看了小册子的题目：

"Don't Desert Dry Lands!(不要荒芜干燥的土地!)"

我暂且不解释小册子的内容，我把运河边上的惊讶发现细细道来：

在非洲一侧的伊斯梅利亚港沿岸的南北运河岸线上，都在米黄色中出现了绿色。还没有完全绿洲化的土地上，沙漠还顽固地存在。特别是运河边上，那些军营建筑在沙漠堆积的山包上。在距运河不远的绿色丛中，一条人工开凿的淡水河涓涓流淌清澈的淡水。

运河边上一条狭长的人工河流，里面淡水充沛。农民们正在用抽水机泵水，浇灌两边的农田。农民像中国江南水乡一样正在面朝水田背朝天，弯腰曲背地插秧。成片的稻田中波光粼粼，一片稻秧正在水田中蔓延变绿。

河流的边上，一大群毛驴、牛羊正在河边饮水，呈现“牛羊肥、禾苗壮”的农村景象。在运河边上的军事基地边上，埃及人住的房子依水而建。远处排列高大的棕榈树丛，把整个土地都埋没在了绿色中，河边的芦苇都是翠绿色的，河中、湖中正在蔓延水草，爬满了岸壁。沙漠中的绿洲把过去对苏伊士运河概念中、视线中的印象彻底改变了。我惊讶埃及人用了过去建造帝王坟墓——金字塔的智慧把附近尼罗河中的淡水引到了苏伊士运河非洲一侧的沙漠土地上！

苏伊士运河在运河下面隧道的淡水养育了西奈半岛的绿洲，在一片树林中，白色的鹭鸟在林中翩翩起舞，埃及人为它们营造了伊甸园，在有水的伊甸园内动物的生命得到了延续。我看得眼睛有点模糊了，埃及人在环境保护中为世界、为自己的国家做出了贡献。

再看看西奈半岛上的沙漠土地：这里本来是寸草不生、兔子不拉屎的地方。现在，远处出现了成片的树林。这些树林冒着干热和沙漠做顽强斗争，取得了阶段性的胜利。

非洲侧架起的高压电线穿过苏伊士运河上空，电流将呼啦呼啦的声响传送到沙漠深部。原来沙漠中破旧、稀拉的村庄正在变成繁华的集镇和城市。

在伊斯梅利亚对岸的西奈半岛上，一座周边种植花草和灌木的战争纪念塔直冲云霄。树木已经深深扎根，在纪念塔周围向沙漠扩散，展现了埃及人民为了保卫祖国和苏伊士运河的大无畏、勇敢的精神同时展现了埃及人民在和平环境下和大自然抗争的决心。

从驾驶台望向西奈半岛[①]沙漠中，一个个低洼的咸水湖泊正在被一条从尼罗河开挖的淡水河里的淡水逐渐更换、取代。埃及人把淡水引入沙漠，洗尽盐碱，再种植植被和树木，改变了土壤结构。一些湖泊的外围已经生成了绿茵，树木正在成活。

尽管太阳还在与植物争夺水源，可是源源不断的淡水从穿越苏伊士运河底下的淡水河（埃及人称它为甜水河）补充消失的水分。

沙漠在人类顽强的斗争下正在不甘心地退却。或许，再过若干年，展现在世界航海者眼前的景色将是美丽的森林和绿色的农庄。

我看了一下实景之后，低头翻阅引水员赠送的小册子：

苏伊士运河是世界上唯一一条和荒芜及沙漠化做顽强搏斗的国际运河。运河的存在，使其两岸城市充满了生机、充满了人工造就的绿地。

苏伊士运河见证了两岸城市的迅速发展。作为国家建设的伟大目标，这些沿岸地区将提升、发展成为城市和运河港区、工业区、服务旅游区，两岸将实现都市化。

正在形成规模的集装箱码头将这些城市和中东地区、地中海地区连接起来，成为地区中枢港区。

苏伊士运河地区人民的努力与沙漠化斗争将使该地区发展成为美丽的运河城市。

他们开挖了伊斯梅利亚淡水河（Ismailia Fresh Water Canal）和萨那姆淡水河（Al Salam Fresh Water Canal）。这些河流将灌溉西奈半岛大部分的土地，让沙漠成为绿洲。

运河地区成为阻止该地区沙漠化的样板。这要感谢流经埃及境内的尼罗河给伊斯梅利亚淡水河提供了丰富的淡水资源。这条淡水河流经的城市，诸如地中海侧的塞得港、佛德港，在中部的伊斯梅利亚，以及陶菲克港。另外，过去繁荣的苏伊士运河城市将重新在红海侧的运河口屹立和兴旺起来。

① 西奈半岛：亚洲和非洲的分界线在苏伊士运河，西奈半岛在亚洲一侧，是非洲国家埃及的一部分。在自然地理范畴中，西亚不包括埃及，西奈半岛属于亚洲，在区划地理上属于非洲。

将尼罗河的流域淡水通过伊斯梅利亚的淡水河，再通过埃及—日本大桥和穿越苏伊士运河地下隧道将淡水输送到西奈半岛。这个工程将西奈半岛东部的一些集镇城市化起来，并提升那里的工农业生产规模，在西奈半岛不久的将来会结出丰硕成果。

萨那姆淡水河的目标将开垦和种植620费丹（埃及面积单位，等于1.038英亩）的土地，220费丹为苏伊士运河西部（非洲侧）的土地、400费丹为运河东部（西奈半岛）的土地。

与运河两岸沙漠化斗争的策略：

运河当局将实施一项回收城市污水净化工程，这些经过净化的污水将用于灌溉植物，或输送到西奈半岛上灌溉种植树木，这个工程的主要目标为：

① 回收利用处理过的生活污水改变城市环境和减少污染。

② 种植密集的桑树林以改变附近的自然气候条件。

③ 合理消耗淡水资源。

④ 给年轻人提供工作岗位。

⑤ 将13.2万粒桑树的种子撒在17费丹的土地上，创建一片林区。这项工程将清洁周围的环境，森林将用处理过的生活用水浇灌。

⑥ 种植10万棵棕榈树。

⑦ 建造12座养殖场，4座养殖桑蚕，8座种植盆景。

⑧ 根据埃及农业部的指导，苏伊士运河当局每年从中国和泰国进口大量的桑蚕卵，养殖桑蚕。在一个养殖生产周期中，将生产出6000公斤的蚕茧。

⑨ 种植棕榈树和室内盆景：这些植物都是用处理过的城市污水灌溉来改变城市景观。

⑩ 伊斯梅利亚的苏伊士运河管理当局准备在西奈半岛实施一项能够成为茂密森林的工程远大规划。

伟大的古埃及文明正在枯木逢春般地复活，全世界如果都像运河当局那样与沙漠做抗争，这个恶劣的自然环境终将在人类英勇的斗争中退缩。

人类不可能在与大自然斗争中获得全胜，但是希望人类以自身的行动去保护大自然，创造机会去维护大自然。

曾经我看到多幅公益广告写道："请保护世界水源！地球上只剩下最后一滴水时，那就是人类的眼泪。"

"不要荒芜了干燥的土地！"

"人类只有一个地球，请保护地球！"

这些口号我想适用于全世界沙漠地区。

运河的引水员告诉我："每年的6月5日是世界环境保护日！"

我们现在正为迎接世界环境保护日而默默将沙漠改造成绿洲。

又一位引水员上船了

我送走了送鲜花的引水员，又一位引水员在运河中登轮引航了。

"看来今天碰到的引水员很好相处。"想不到这样良好的印象就被后来的引水员无情击碎，一位刁钻的引水员上船了！他在短短的1小时引航中抓紧时间、争分夺秒开始索要礼品。这位引水员是负责最后一段航程的。

引水艇开到左舷梯边上时，一位很高大、带着大盖帽的引水员跨上了舷梯。走上甲板后他将一个大包扔给了驾驶员，随着驾驶员来到驾驶台。

他脱下手套，转身扔给了还提着大包的驾驶员：

"船长，您好！"他很热情地与我握手并与即将离船的引水员交接。

他脱下了外套，在黑暗中寻找挂钩。没有找到，口里轻轻地发出了"Bastard！（浑蛋！）"

驾驶员知道他在骂人，沉默地指指挂钩。引水员把外套挂好了。

他走到雷达前，要求驾驶员把距离档放大到0.75海里。然后又要求删除其他标志线条。他说这雷达归我使用，看前面船舶与我们船的距离。

然后走到我在使用的雷达面前，粗暴地将我推到一旁自己调节。当他无法调节到他自己要求的距离和屏幕清晰度时，他命令起我来。

船长是他使唤的吗？在对等条件下，我叫驾驶员调节雷达功能：

“二副，把雷达调节到他需要的距离档！”

驾驶员调好后，他却要求转换到 0.5 海里雷达距离档。嘴里又咕哝：“Bastard!”

我忍住了。

二副再一次调节好后，引水员转身坐到了另外一张椅子上：

“船长，告诉驾驶台的人，我不抽烟的，我憎恨烟味。不准抽烟！”他对我再一次发出指令。然后看见站在我后面的跟班船长，他就装出对中国船很了解的样子：“他是你船的 commissar（政委）？还站在那里干什么？叫水手抽烟到外面去！”

我口气平稳地跟他说：“这是实习船长！我们驾驶台没有人抽烟。”

“跟班船长，我到欧洲后他接班当船长！”我不屑一顾他的口气。

“哇！太好了。两个船长，两份礼物，今天你们就得给我两份礼物啊！”他坐在椅子上，沉重的身体把椅子压出了咯吱咯吱的声音，他脑筋急转弯玩得挺顺溜的。

“船长，你准备好礼品了吗？两份，知道吗？哎！我需要咖啡。”

驾驶员马上到电茶壶边上泡咖啡，然后送到他跟前，他见状说：“不，现在我不需要喝咖啡，我要一瓶咖啡，知道吗？”

我听到后说：“引水员先生，我们只配备需要喝的咖啡，我们没有整瓶咖啡作为礼品送给你，请你原谅。”

他马上接茬：“那么，请你给我另外的礼物，船长！”

“等你结束引航前肯定会满足你的。”我仍然是这句话。

他把那杯咖啡倒入了水斗，然后说：“我自己来泡，我要牛奶，还有糖。”

引水员开始了他的工作——泡咖啡，俨然他在家里一样。

他坐在椅子上感觉不舒服，叫我把椅子调到后面去。驾驶员连忙把椅子在轨道上后移到极限。他看了一眼后说了一声：“OK，Thanks.（好了，谢谢您。)”至此，我才听到一句顺耳的话。

一会儿，他又不安定了：“船长，驾驶台专用引水员座椅在哪里？”

我指了指角落边上的椅子。

“请给我搬到这边来！”他指了指自己站立的地方。

我请驾驶员将椅子搬了过去。

他像孤寡的国王一样，显赫地坐在那里。又像一只秃鹫一样孤孤单单地立在一根枝条上。

没有多久，他从“枝条”上笨重地扑了下来，来到我的跟前：“船长，你们船上中国制造的方便面很好吃，请问有什么类型的？”

他们是穆斯林，我就顺水推舟：“只有一种是牛肉面，其他都是猪肉的。”

他听了直摇头，想了一下：“那好，请给我拿两包牛肉面上来，我等一会儿就吃。”

驾驶员匆匆地跑到厨房，拿了两包方便面，送到他跟前。在黑暗中他不放心地打开方便面从头到尾、仔仔细细地检查了一遍，确认是牛肉面才放心。而对于引航，他只把头往驾驶台正面望望，告诉舵工跟着前面的船舶走。

自己又钻到了电茶壶那边，开始用开水泡快速牛肉面了，随后，呼啦呼啦地独吞了面条。他走到那张椅子又像秃鹫一样栖息在上面了，打着饱嗝使唤了一句航向令。

我警惕地注视前方，严格执行船长的责任。因为任何一位引水员上船执行引航任务都是向船长提出建议性的指挥口令。只要船长没有疑问，船就在引水员的指挥下航行运河中。

还没有坐定 10 分钟，他又更换了位置，坐到了雷达前的椅子上，侧过身对我说：

“船长听好，你们船舶应该派两个引水员的。现在来我一个人，你应该把另一份礼品也送给我啊！这样，一个船长给我 4 条香烟，两个船长 8 条香烟。船长，我算得对不对？”

我对他笑笑，不做回答。这让他觉得非常无聊：

“那么，船长，你准备给我几条香烟呢？”

“我们没有这么多烟给你，但我肯定满足你的要求。”

“那好，我今天就拿一份4条香烟了，怎么样？”引水员狮子大开口。

船继续在运河上航行，前面的船离得太近了，引水员命令调整了一下转速，接着：

“船长，我刚才跟你说过的，我不抽烟的，你就给我可乐吧！4箱可口可乐饮料，怎样？”

“我们只能给你2条香烟，其他没有的。”我索性摊出了底牌。

“OK，没有问题，就2条！那么就给我20美元吧，我把香烟卖给你。”

“中国船长不管钱，我只准备香烟。可乐也没有，我们可以提供少量的可乐给你喝。”

“那我可以把香烟卖给你的海员哪！”

“我们海员不会买这样的烟的。中国海员抽的都是中华牌香烟，国产的！”

“那你自己抽吧！我再便宜一点，15美元，怎样？”

前面的船舶离开远了，引水员讨价还价的同时叫驾驶员稍微加了一点转速。

“对不起，我不抽烟，我只有香烟给你，我不会给你美元的。”我严词拒绝了。

引水员穷途末路，他没招了，一场旷日持久的生意没有谈成。他又坐到了孤立的椅子上了。

船还在运河中跟着前船移动，尽管引水员讨价还价索要礼品，干扰我航行注意力，我仍然注视前后船舶，调整船速保持前后船舶的间距，始终把船舶处于安全环境下航行。

不一会儿，引水员在孤立的椅子上发出了呼噜呼噜的打鼾声，声音和主机的轰鸣混合在一起，好像一首交响曲。可惜演奏的时间、地点、环境都不合适。

驾驶台是不容许发出这不协调的呼噜声的，我动员驾驶员故意用大声咳嗽来制造响声刺激，把引水员从美梦中惊醒。

引水员睁了一下惺忪的睡眼，不一会儿又发出了呼噜声。

我对驾驶员说："上去问他需要喝咖啡吗。"

引水员被叫醒了，可是思维还没有清醒，大概他正做着黄粱美梦，眼睛还未睁开就对着舵工大喊："右舵 20。"他开始乱发舵令了。

舵工觉得按照引水员口令船将开到运河岸上去了。驾驶员立即制止引水员的错误并大声叫喊："回舵！左舵 20！"

他还未觉得错，继续坚持喊下去。

我走到他跟前："引水员先生，你睡醒了没有？要不我用高频电话申请另外一个引水员？"

引水员看看我，从椅子上跳了下来："噢！对不起，我太累了。"

终于到地中海运河口了。

一艘引水艇又开了过来，地中海航道段引水员上来了。他将接替运河段的引水员引领船舶到海上。可是这些偷懒的引水员基本上都是出了运河防波堤就下去了。上船到下船估计还不到 15 分钟。

运河段引水员起身，我把 2 条香烟送给他，他提在手里有点不愉快地和我握手，悻悻地走下去了。随行驾驶员陪他下船，送到舷梯口。

在电梯里面，他拿出香烟对驾驶员说："卖给你，你给我 10 美元就行了。"

驾驶员朝引水员摇摇头："我不抽烟，也不要香烟。"

引水员拿着香烟摇摇头，放进包内带走了。

地中海航道段的引水员满脸堆笑地走进驾驶台，还没有看清哪位是船长就用中文大叫："你好！船长！"

我迎上去也用中文回答："你好，欢迎上船。"而引水员只懂一句中文："What（你说什么）？"

我连忙用英文重复："You are welcome!（欢迎你的到来！）"

引水员笑了，把白手套脱掉，伸出手与我握手。他跑到船长坐的椅子上，还没有征得我同意就一屁股坐上去拨动雷达距离档了。

“这个座位是船长、驾驶员操控车钟、电子海图的，您的座椅应该在左边。”

当他明白我的意思后说：“怪不得坐在上面屁股热烘烘的，原来是赚大钱的船长坐的。”

这句自我调侃的话，确实很符合驾驶台环境气氛，缓解了相互间的工作态度气氛。

可是接下去就不行了：“船长，给我的礼品准备好了吗？”

我马上拍胸脯回答：“准备好了！”

“多少？”他说。

我说：“按惯例！”

“按惯例是多少？”他进一步追问，不达到目的心不死。

“一条万宝路（香烟）。”

“一条就一条。”等一会儿又说：“你还有没有小的礼品送给我？我女儿今天回家了。”

经过思考后，我笑笑答应给他一只绒毛洋娃娃：“Daughter always like doll.（女儿总是喜欢洋娃娃的。）”

引水员边引航边摇摇头：“No，she Likes money but her daughter Likes doll!（不，她喜欢现金，但她的女儿喜欢洋娃娃！）”

原来，他的女儿喜欢钱，他女儿的女儿喜欢洋娃娃。呵呵，引水员三代人都吃运河饭呀！

他提要求：“船长，我不像其他人把香烟卖掉的。我是自己抽的，如果香烟不新鲜，我就不要香烟，请你给我 10 美元就 OK 了。”

“中国船不考虑给你美元的。”我刚回答这个问题，跟在船尾的引水艇拉响汽笛，催促他下船了。地中海有点风，巨大的船舶开到地中海运河口防波堤就被压下风，为了最后航段的安全，我拿出事先准备好的礼品送给了引水员。

至此，公司给船长的可怜兮兮的招待费告罄了。

随着时间的推移，运河引水员似乎变得文明了。

我曾经在挪威船上担任船长，碰到一位运河引水员。他态度亲切、谈吐得体，谈及的内容都是金字塔、狮身人面像等埃及古代文化。我们交往甚好，他赞赏全世界的船长是友谊使者，为古老的国家带来了世界文明，他也希望我能把他们国家的文明带回中国去。

他见挂在船舷边上的带缆小艇，连忙在驾驶台将手握成喇叭状："朋友，带了埃及艳后的画像了吗？我要送船长一幅古埃及文明的画。"

小艇上的水手长马上拿了一张竹纤维质地的画来到驾驶台。引水员付费后把这幅画送给了我。我连忙拿出了在上海城隍庙购买的黄杨木雕画给他。

恰当的礼尚往来，这位引水员顿时非常兴奋："Perfectly！ You are so kind!（太好了，你非常和蔼！）"

当我用钱酬谢他时："Chinese are real friend of Egypt.（中国是埃及的真正朋友。）"

…………

小艇水手长在边上比划着手势。我明白了，给了水手长一包万宝路香烟。

小艇水手长跷起了大拇指。

引水员对我说："我有正当的职业，我是骄傲的运河引水员，我从来都不主动索要礼品。"

运河引水员不要香烟，反而主动送我一幅画，令我印象深刻。

至今，我还保存着这幅竹纤维的埃及法老拉美西斯二世宠妃奈菲尔塔利王妃的画。

运河电工、带缆工人

过了运河后，我吃好晚餐就泡在浴缸中，闭眼尽情享受安全通过运河后的畅快。在浴缸中赤身露体全部浸泡在热水中，温暖的水让我渐渐地闭上眼睛，开始做起了大头梦。我的眼前烟雾氤氲，过运河的过程如同放电影一样忽隐忽现。

政委愉快地谈及今天过运河的事："船长，那 3 名带缆艇的工人和 1 名照看船头运河探照灯的电工都很满意地下去了。"

运河当局为了安全起见，每艘船舶都会安排运河辅助人员协助过河或者应对突发事件。带缆艇工人主要任务是当船舶在运河中遭遇大雾、大风等危险情况时，协助船舶做临时系泊沿岸缆桩所用。一艘带缆艇有 3 ~ 5 位工人，他们的带缆艇由船吊系固吊在舷边。

根据运河规则，运河工人上船后，船舶只要提供有遮蔽的场所就行。现代化船舶秉持人性化的理念接待工人，造船时专为苏伊士运河工人设计建造运河工人舱室。内有浴室、卫生间和 6 个床位。由他们自主安排餐饮，船舶仅仅提供必要的饮水就行了。

很久以来中国大多数船舶过河时，都以对非洲朋友的友谊热情接待带缆艇工人。起先，带缆工人开口说没有带吃的东西，希望能够给一些大米、牛肉、土豆等食物。他们用自己带来的煤油炉做饭吃。不知怎么回事，后来这竟成了带缆艇工人上中国船理所当然的接待标配待遇了。如果船方不给的话，他们就纠缠船上管事满足他们的要求。再不，就纠缠正在指挥过河的船长。船长无暇顾及带缆艇工人的索要，为了确保船舶过河安全，下令管事去满足他们的要求。想不到带缆工人胃口越来越大，竟然连煤油炉也不带，干脆跑到厨房要这要那，还自说自话打开电炉灶，开起了伙仓，将船舶厨房弄得乌烟瘴气，和海员争抢餐厅座位，破坏了海员饮食卫生和就餐环境。他们还在船舶走廊做起了地摊生意。用中国上海的俚语来描述：“烧香赶出和尚来了！”

他们的无理要求干扰了海员正常的工作和生活，像我曾经外派过的船长就按照运河规则对小艇工人采取了措施，把不规矩的工人当头训斥一顿，令其不敢造次。我高大、魁梧的身材本就令他们畏惧三分，我拒绝他们进入海员生活区，还海员过河时一点清净。我放开喉咙大发脾气后，这些带缆工人的嚣张气焰也荡然无存了，乖乖地退回了舱室内。

可是，其他船长为了息事宁人，就用几块美金将他们的欲望之火灭了。于是中国航运界对过运河又有了花钱买平安这一说。我实在无奈大多数中国船舶的做法，只能随大流而每次过河给带缆艇工人几块美金，以求太平过河，改变我在带缆艇工人面前的形象。

刚才政委要对我说的满意也就是已经给了带缆艇工人那几块“伙食费”了。因为当我给带缆艇水手长签单时，小艇水手长对我说他们还没有吃饭也没有拿到“伙食费”。我打电话下去询问政委后才知道。我与政委都为此事的满意解决而畅怀大笑。

想到此，我在浴缸中拨弄的一缸热水在我身边荡漾开了，波纹随着船舶的微摆而溢出了浴缸，继而，我又陷入了梦中，思绪又回到了发生在进入运河口时那位电工上船后的事了。

小艇呼啦靠上舷梯，那位胡子拉碴的电工背了一个中国早已过时的“马桶包”蹬蹬地窜上了甲板，和迎接他的大副打了一个招呼就径直冲向海员的生活区。

大副一看电工是曾经来过我轮的老资格电工。前一次就在大副的安排下，他住进了健身房，给他专门搭了一个行军床，好生让他舒畅了一回。这次，我根据前一艘船舶的经验让大副腾出了理货间，拆除了理货间的工作台，搭了行军床让他住在里面。尽管理货间比较狭小，但还是蛮干净的，避风避雨，附近还有厕所。最主要是割断了电工与海员生活区的通道，进入生活区必须征得船方同意。

电工见状就大为不满意："我上次来船住的是健身房，现在让我住理货间，我不干。"

大副说："这里比较安静，你可以在里面尽情休息，谁也不会打扰你。"

电工说："我不同于带缆艇工人，我是有身份的电工，我是 Engineer（工程师）！你这样待我不公平！"

此刻，我正在驾驶台配合运河引水员进入河口，比较紧张。听到大副对讲机汇报，我琢磨了一阵后说："算了，就让他待在健身房内，告诉他不准在生活区随便上下，有事可以打电话通知大副和水手长。"

为了船舶的安全过河，我再一次放弃了自己的原则。

电工露出了胜利的微笑，高兴地扔了马桶包：

"大副，告诉你船电机员，陪我去船头，我要检查一下运河探照灯！"

检查完后，他回到健身房倒头大睡。大概 12：00 他擅自溜进海员餐厅，趁海员不在时，拿起碗和勺子偷偷饱餐了一顿，什么猪肉、牛肉和羊肉统统不管了，吃得好不自在。饭后，运河电工又倒头睡在健身房，直到船舶到了地中海出海口下船前要我签单才伸伸懒腰，乘着电梯来到驾驶台。

在签单时电工对我说："船长，我没有吃饭也没有得到'伙食费'。"

我不明了电工在船的所作所为，一个电话打到政委房间，政委说这家伙已经在餐厅擅自吃了我们海员的伙食！"伙食费"不能给！

我指着电工的鼻子："你这家伙不老实，擅自吃了中饭还要钱。下次我不欢迎你来船工作！"我签好单子给了电工，"Go back where you come！（原路回去！）"

他对我傻笑，我不理睬他。几分钟后，他快快不乐地离开了驾驶台。

▶ 第七章

地中海上的年夜饭

年夜饭

运河过后，接下来就是2006年的重大活动——过大年。

可我们这个特殊的群体注定与中国欢乐的过年气氛是绝缘的，因为信息的闭塞，我们甚至无法在大年三十北京时间10：00到12：00收听中央人民广播电台的直播。

尽管如此，我们还是抱着一丝希望在广播开始的时候、在凌晨3点钟守候在收音机旁，期待着来自祖国的声音。收音机嘈杂的电波声并没有广播节目的半点信号，我们只能遗憾放弃。

知道我在“厦”轮工作的朋友从世界各地陆续发来恭贺春节新禧的信息。我也以一封电邮回以他们节日祝福。这算得上是一份“外交名义”上的礼仪交往。在此我仅将英文电邮译成中文以飨读者：

尊敬的朋友们，你们好！

我是大洋中驾驶大型集装箱船舶的流浪者，正驶向大洋彼岸。我的朋友分散在世界各地，也许我的船舶即将靠泊在你们那儿。在春节期间我没有机会一个一个寻访你们，但我非常想念你们。我说：“没有关系！当你们面带笑容地接收到我的信息并阅读它的时候，我在地中海会遥感你们的热情并感动得热血沸腾的。”

当中国人或者在海外的华人沉浸在中国农历大年融融气氛时，我祝愿您和您的家人新年快乐，在即将来临的2006年春节平平安安。

请记住您的一位朋友在为您祈祷：在2006年里心旷神怡、好运永远在您身边。

在2006年中的任何时候你只要给我来封信，我就感到满足了。

我接到一位在航运公司的尊贵朋友的电邮，他还发来了以狗为媒介的

"天伦之乐，慈悲为航"的"Power Point"的幻灯照片，海员看到众多的狗拟人化的表演，感受到了狗年的欢乐气氛。感谢这位朋友美妙拟就的春节大礼，让我们在地中海分享了中国人民过大年的喜悦。这位朋友的一番真情袒露，也令我倍感亲切：

"今天是中国人最重要的节日，我想今天船上正在准备年饭吧！读了你的'在春节的日子里'非常感人，也令我回忆起在船工作期间和在海外学习时的那段时光。在世界上，中国人是最念家的民族。但我们的文化让我们是先国家，再大家，最后才是小家。如今这种观念悄然变化为先小家，才会有大家，最后才能有国家。总之，我们是为了一个家！我给你和所有海员兄弟拜年！ 祝大家新春愉快，事事如意！"

根据拨钟[①]船时，我们正处于东1时区，也就是说我们的15：00就是国内的24：00，正是新旧交替的时候。我祝愿2006年我们在一个地球上共享和平。

时来运转，凌晨3：00二副接到公司欧洲线操作员的电话，要求我们加速至99转，争取在后天赶到巴塞罗那引水站。

这未免不是一件好事，除夕就让我们快马加鞭，以策马飞奔的速度走向2006年春节。我马上通知机舱加速，以全速奔向目的港。

今天是大年夜，政委安排了新年茶话会。大厨和帮厨的海员正在紧张配菜，厨房里叮咚、噼啪声与茶话会的喧闹声组合演奏了年夜饭协奏曲。

茶话会上我发表了简短的讲话："今天早晨我起床后就感到身上沾满了大年的喜气，外面的天气很好。北非山峦逶迤，东方半边天都被没有出山的太阳染红了。今天欧线代理也来了加速航行的指示，我们在地中海'康庄大道'上飞速前进，我预祝今年'厦'轮平平安安，一帆风顺，为航运公司做出贡献，为我们自己创造财富。你们知道吗？我在注视太阳的时候，突然间鼻子发酸，人不自觉地面对祖国的方向连打了3个响亮的喷嚏：正

① 拨钟：根据地球上东西各180经度，可划分为24个时区，以每隔15经度为一个区时的规律，船舶根据经度就需要调整时差1小时。将时差调整为航行洋区的地方时的过程叫拨钟。船舶向东航行要拨快时钟，船舶向西航行要拨慢时钟。

是‘每逢佳节倍思亲’，我想家了。我同时也接到了航运公司各部门、外界朋友的新春祝贺。”

刚说到这里，一位海员也应景地打了一个响亮的喷嚏。“你看，不只有我一个人被家人挂念，正是心有灵犀一点通，还真有那么一点意思。”

海员们见状咧嘴笑了起来。

“我借此机会恭贺大家快乐过新年，健康每一年。祝我们的国家繁荣昌盛，我们共同祈祷我们的家人在2006年万事如意、阖家幸福。”

政委接着发表了热情洋溢的新年祝词：“在浓郁的春节气氛中，我们航运公司集运的大船正驶向光辉的历程，去年在大家共同努力下，船队建设取得了令人瞩目的成绩，接船达到了20多艘，船队正朝着公司最高领导者制定的世界前三位的目标行进，同时我们海员的精神面貌也发生了巨大的变化，船舶一流、海员一流的船队面貌深入人心，体现了我们船队新的工作作风，企业文化氛围发生了前所未有的变化，我们‘厦’轮去年的工作也令人感到高兴。希望新的一年在船长带领下，围绕安全、和谐、健康、高效的目标开展工作，争取明年创造更好的业绩。祝愿大家身体健康、工作平安，恭喜发财！”

轮机长：“新年新气象，全船弟兄齐心协力做工作，保证主机正常运转，高高兴兴吃年夜饭，祝愿大家在新的一年里精神抖擞，身心健康，恭喜发财！”

大副：“祝大家在狗年中好运连连，身体健康，幸福每一天。”

热烈的气氛将茶话会推至高潮：

“我祝愿大家身体健康！”“恭喜发财！”“全家幸福！”

“我祝愿三副早得贵子！得儿子前程似锦，壮如猛虎；得女儿获千金，容貌赛西施。”

三副听了以后连连躬身表示感谢。

木匠说了一句：“祝愿大家在狗年财旺人旺，身体健康！”

“哈哈！”我点评了一下大家的祝词，“木匠的贺词最为应景，‘中国兴旺发达，我们大家财气旺发！’今年是狗年，我宣布这句话获得我们今天最佳贺词的‘金鸡奖’。”

大家听后热烈鼓掌。

“你们知道吗？我见到一则信息说：当鸡年到来伊始，满天都飞舞着‘金鸡报晓、龙凤呈祥’等吉利菜名。而在狗年一些饭店即使绞尽脑汁，也没能找到能够表示吉利的菜名，总不能把‘狗拿耗子多管闲事、狼心狗肺、狗急跳墙、狗仗人势，狗胆包天’作为菜名卖‘狗皮膏药’吧！”

海员们静默一阵后爆发出响彻天花板的大笑。

“但是有点俗气的‘狗不理’包子在今年应该大受欢迎。来！让我们大声呼几下：旺、旺、旺，狗年航运公司集运大旺、海员财旺、人丁兴旺！”我鼓舞海员士气。

海员并没有发出汪、汪的“狗叫”，而是大声呼喊：“‘厦’轮海员财旺家兴旺！”

笑声响彻地中海，一阵瓢泼大雨从天而降，洗涤了我们一路航行的疲惫，刮起的东北风不正是从祖国方向吹来的浓郁的春风吗？待到三月初山花烂漫时节，我们已经在上海了。

接下来是拿啤酒瓶套圈圈的传统节目，似乎这是中国各大远洋船队春节里最为热门的游戏了。海员们玩得不亦乐乎，不时发出欢呼声，我仿佛看到了一群童心未泯的顽童，欢呼声淹没了主机的轰鸣。

他们是一群远离社会、思想活跃的海员，怀着理想抱负投身于祖国的航行事业。

我为中国海员吃苦耐劳、忍辱负重、艰苦奋斗、无私贡献，与大海、大自然搏斗的精神所感动。

在此，我希望唤起人们对海员的关注：当你们享受着丰富的物质生活时，当你们和自己的恋人，和自己亲爱的妻子、儿女共享天伦之乐时，当你们团聚在一起分享过节的喜悦时，有这样一群人，他们漂流在世界各大洋上，为这个地球的繁荣默默做着贡献！

老轨拿出了一瓶 XO 洋酒让每人沾了一点洋气，当我举起酒杯向全体海员敬酒时，全船的气氛达到高潮，那一阵欢呼把地中海都震动了，和谐气氛溢满了“厦”轮的餐厅。

一曲越剧唱段在大厨“小宁波”非常专业化的喉咙里如同涓涓溪水一样流出，才子佳人般的甩手、跷指把越剧表演得惟妙惟肖，我惊讶在远洋船上一名大厨有着丰富的表演细胞，不禁感叹航运公司真是藏龙卧虎。

年夜饭还在继续，摄影比赛把“厦”轮海员都拷贝到了数码相机里，变成了永恒的纪念，在照片里的张张笑脸，正是我们“厦”轮和睦环境的写照。

每一张欢笑的脸膛都在数码照相机中留下了永远的纪念，2006年春节时，已经过了2005。

尽管祖国的新年钟声在船上15：00时已经敲响，但是我在房间里还是静静地等着2006年农历正月初一的到来，我们海员还是期待着船时24：00的钟声，那钟声就是响彻云霄的“厦”轮的汽笛声。我和我的海员在心里共同祝愿：“祖国，新年好！”

那是在遥远的地中海中的“厦”轮发出的心声。

地中海有点风浪

时间过得真快，农历2006年的正月又来临了。

地中海是美丽的，地中海在人们的感觉中总是和旖旎的风光联系在一起。

可是在冬季的地中海航行时少了一些浪漫与美景。

当“厦”轮航行通过意大利的西西里岛后，驾助[①]收到的气象预告令我忐忑不安，一张传真气象图上布满了蜘蛛网状的等压线。能够看懂密集

① 驾助：船舶助理驾驶员，除替代驾驶员航行值班瞭望外，主要承担通讯设备的维护保养，接收船岸来往的信息。

的等压线的驾驶员都知道我们即将航行的区域将受到大风浪的袭击。

在大风浪即将来临前，我在餐厅外白板上用黑色的墨笔写下几行字："天气预报地中海有大风浪，船舶会摇晃，请各部门将易移动的物品放好绑牢！甲板部成员把甲板上的集装箱全部检查、加固一遍。"

船舶向西航行，船钟每过 15 个经度，拨慢 1 个小时，现在船舶时间与中国的北京时间时差 7 小时了。当船上 12：00 时，家里已经 19：00 了。拨钟看似非常简便的事情，但引起人体生物钟的变化复杂多了，颠倒黑白绝对不是正常人所过的日子。因为拨钟紊乱了生物钟的正常变化，现在夜饭变成中饭吃，夜饭变成夜宵了。总之，地理位置改变带来的时差让全船人都处于昏昏欲睡的状态。我在任何时候都感觉疲劳，想睡觉。可是又在半睡半醒状态，身体传递的信息就是累！

午餐后，我处理好对外电文传送后就回到了房间，一头倒在沙发上。正当我迷迷糊糊入眠时，舷窗响起了炒黄豆般噼里啪啦的声音，一场铺天盖地的狂风暴雨骤然袭来。接着地中海如同被养鱼塘内的大鱼折腾，眼前都是泛白的浪花。一场超过 11 级的大风浪如约而至。

我翻滚状从沙发上跳了起来冲到驾驶台。一看舷窗外风起云涌，巨浪滔天。船头被风浪抬起时如同飞机起飞；当船头被波谷陷下去时如同坠入深渊，钢板发出撕裂般的恐惧，主机如同气管炎一样哼哧哼哧直喘气。如果再维持原来的转速全速航行的话，这船壳子就要报废了。为了减轻风浪对船体的撞击动能，我把车钟拉了下来，船速渐渐慢了下来，撞击声立刻小了下来。可是，船速无法维持预抵西班牙巴塞罗那港的时间，人算不如天算啊。

过运河那一天，公司主管来卫通电话告我必须在 3 日的 18：00 赶到那里。凭我的经验和冬季的气象条件，我委婉地提出不太可能赶到。

可是，主管非常主观："听你的还是听我的？赶不到就开 99 转！还怕赶不到？"

"不是的，我也想准时赶到，但天气情况不允许。我遭遇大风浪主机开 99 转，大风浪冲击船舶要损坏船体的，会遭受灾难的！"

“其他船长能够做到，你为什么办不到？话不要啰唆，你就照我的指令开，不行再说！”

就像军人一样，我的天职就是服从，所有的语言并成一句话：“照您的最高指示办！”

那位主管还很严肃：“看你的回答好像有点情绪？”

“没有，绝对没有，这不过是想轻松一下，严肃的对话有点枯燥。”

“我没有闲工夫！”主管啪嗒一下挂了电话。

“船长，那我们还是把船速推上去吧！”值班驾驶员在旁边提醒我。

我看着边上的驾驶员摇摇头：“我是船长，应该对船舶和生命负责，绝对不能加车，即便回去扣业绩工资，炒我鱿鱼也不怕！”

我发了一个模棱两可的电文告诉主管现在船舶的处境：“受天气的影响，船低于规定的 22.3 节的船速航行，预抵西班牙巴塞罗那港将推迟 4 小时，请你关注天气变化的事实。我将及时通报船舶预抵港时间。”

随着船舶通信技术的现代化，公司安全体系上“船长根据本人的航海知识和经验，秉着对公司经理负责和船舶安全责任，享有绝对的指挥权力！”已经变成了公司制度上应付国际海事规则的摆设了。

整个下午我一直关注船速，可是“上帝”对我说：“现在不能快！快了，我会惩罚你的！”

大风浪还在继续，面对船舶主机大声喘气，我权衡了船速与船舶安全的关系，毅然决然，继续将主机转速减下来，拉到了 45 转，维持船速 11 节。

船一直在上下颠簸，左右摇摆。我脑袋晕乎乎的，晕船了，想睡觉。胃有点潮了，胃酸不断地涌上喉咙。

我心里也是潮潮的，船长除了要抵御大自然的压力外，还要承受公司管理方面的压力。

一夜大风浪的折腾后，逆风顶流。早晨风浪小了，我推上了主机转速，渐渐加车。

看海图航线距离，巴塞罗那可能要明天中午抵达了。我知道此刻公司的指令该到了。在通过意大利西西里岛的时候我连接了电邮系统，一连串的电文从天而降。

果然指令来了：

“船长，现命令你开 99 转，务必在规定时间赶到。”

“把刚收到的气象图给我看！”我接过负责接收气象传真图的驾助递过来的气象图。

“老天看来真的帮我了，驾助看来你的运气不错啊！你看比斯开湾的天气形势发生变化了，那团蜘蛛网向法兰西移动了，后面紧跟一个高压天气系统[①]。再看看地中海的海流图，还是顺流 1.5 节呢！天助我也！看来，我们抵达巴塞罗那港后，有一段天气晴朗的时间。”

“我在收气象传真时，可是用力士肥皂洗过手的，船长！”驾助给了我一句安慰的话。

“那好，我们迎着刚刚过去的风浪和涌浪冲过去吧！”驾助把今天给代理的报文改成：

“预计抵达巴塞罗那引水站为明早 10 点。”

---

① 高压天气系统：受地球表面温度影响、高于边缘气压的下沉气团并在北半球移动时顺时针旋转（南半球为逆时针旋转）的称为高压天气系统。高压系统所到的地区一般都是晴好的天气。

相对高压系统为低压系统，其特性为中心气压低于边缘气压并在北半球移动时逆时针旋转（南半球为顺时针旋转）的气团系统，由于上升气流会给所到地区带来阴沉的阴雨天气。

▶ 第八章

巴塞罗那港印象

巴塞罗那的印象

晚上地中海的风浪到早晨也消失了。

第二天又在阳光下破浪向巴塞罗那港航行。我站在驾驶台上眺望地中海美丽的日出，顿觉豪情万丈。

船舶主机开足马力，冒起浓浓黑烟。10：00到巴塞罗那港的计划被当地代理无情打破。巴塞罗那代理出尔反尔，靠泊计划一变再变，一会儿直接靠泊，一会儿推迟到17：00，接着又安排到了22：00，让我们都不知所措。计划变故总是事出有因，代理来电邮告诉我轮先到的集装箱船占据了泊位，港口泊位拥挤。

在发达的西班牙巴塞罗那港，有两个停泊大型集装箱船舶的岸线码头，停泊像我轮这样的超级集装箱船舶后，前面的码头只能靠泊不超过200米的集装箱船舶了。码头装卸速度奇慢，与中国到处都是数不清的现代化大型集装箱船舶码头的繁荣景象真是天壤之别，在中国从来没有一个集装箱码头闲着。

无奈，我们只有等待他船开航才能靠泊。我不禁想起一年前靠泊巴塞罗那港的场景来。

人们的习惯概念中总认为资本主义社会一定是像美国福特汽车公司老板一样分秒必争地榨取工人的血汗。可是到了西班牙巴塞罗那港乃至其他欧洲诸港都见不到这样的表面现象，没有我们想象中车水马龙般繁忙。似西班牙斗牛场里的紧张、激动、激昂和呐喊在这里荡然无存。看到码头工人悠闲地在桥吊的安全范围内躺着作业，不禁感叹巴塞罗那的装卸工人真会享受生活。

接到代理一而再、再而三地变动通知，我轮只好听天由命，并做好了随时漂泊或锚泊的准备。

在巴塞罗那港外都是超过 100 米水深的锚地，在防波堤附近才归 100 米之内水深的“管辖”，一般情况下深水抛锚的机会不多。要抛锚的话，必须执行深水抛锚的特殊操作，这是对船长操作船舶技术的考验！

在港口交管中心的指挥和指定下，我改变先前漂泊的打算，徐徐驶入深水锚地，接着我下令船首大副，让水手长和木匠操纵锚机不采取松弛锚机刹车抛锚法，而是将 12 吨重的大锚用锚机机械动力松弛下去。

“船长，锚链 3 节入水！现在锚链向前倾斜，吃力！”大副向我汇报锚链情况。

“触底了！ OK，再送一节锚链下水！当锚链松弛下来告诉我！”

10 分钟后，锚链松弛下来。船舶稳稳地在深水锚地扎根了，她驯服地躺在锚地上，任由海浪轻轻地安抚。主机的声音消失了，只有辅机发出轻微的发动机声维持船上的电力供应。船舶在日夜兼程、洲际奔波之后，她得到了喘息的机会。

当抛锚完毕，大家才松了一口气。已经是半夜了，地中海变得非常宁静。我站在驾驶台侧翼，远眺防波堤内山顶上的一座灯塔忠诚地为航海者守护安全，闪耀它的光芒。

头顶上空正好是巴塞罗那的国际机场起降航线，在寂静的夜空只见一盏盏大光灯悬挂在半空，与半个月亮互相辉映，与繁星融在一起。时不时会出现客机带着巨大的轰鸣声从“厦”轮顶部掠过，在不远处下降。我猜测巴塞罗那这个城市的旅游业肯定发达。

第二天早晨，港口指挥中心要求我主机备车、绞锚准备进港靠泊。引水艇在防波堤内飞驰而出，引水员上船将我们的船舶引到了码头。

这位引水员很有西班牙斗牛士风格，那段进港的高速操纵，如同在斗牛场的斗牛士双手挥舞那面红旗，挑逗疯狂垂死的公牛。进巴塞罗那港的整个过程让我心惊肉跳。

这是我对巴塞罗那的第一印象，根深蒂固地烙在我的头脑中。

巴塞罗那步行街即景

船舶已经处于港口国船舶安全检查的窗口期，靠泊后海员们都绷紧船舶安全检查（PSC）的神经。“厦”轮已经做好了充分应对准备。

在巴塞罗那港，我们边卸货边等待，可是PSC检查官仍没出现，近傍晚，大家才把绷紧的神经松弛下来：

“好，PSC官员①不会来了吧，我们是否可以下地散散心、踏踏地气？”

所谓踏踏地气就是海员长期生活、工作在航船上，日夜与之为伴，风浪造成的船舶晃动、机舱主机和辅机设备发出的巨大噪声，影响了海员的健康。由于长期离开自然土地，从舷梯上下来的海员们脚下也是飘飘然，踏上港口码头的土地后，腿骨子都会发软。

船舶到了码头之后，只要有充分的时间，我都会把不当班、休息充分的海员弟兄赶下船，到附近的城市溜溜，踏踏地气，接触自然环境，以便能更好地继续接下来的航程。

在甲板部弟兄的怂恿下，我和三副，还有其他两位水手弟兄结伴去了巴塞罗那市区，到了离码头最近的巴塞罗那旅游步行街，混在众多的旅游者中间走马观花逛了一圈。

我们游玩了近4小时，在巴塞罗那马路上华灯照亮城市后，才提早2小时回到船上，可是开船却拖延到了半夜。当完成了离泊，驶出巴塞罗那港的防波堤，引水员下船，前方海域开阔后由二副接替我指挥船舶，我才

---

① PSC官员：英文为“Port State Control”简称“PSC”。由于世界上很多船东对船舶保养不善，出现了很多不适用航海条件的低标准船舶，致使船舶影响港口安全和造成海洋环境污染。最早欧盟国家成立了类似于同盟组织的港口国检查的“巴黎备忘录”组织，专门对商船进行安全检查，当发现不适航的商船就要求限期纠正，严重的就在港口滞留，直至修复、复检通过后才能放行。执行港口国检查的专业人员称为“PSC官员”。

感到腿肚子酸胀，稍稍洗漱，便疲惫地倒在了床上。

我在梦中又回忆游览了一番巴塞罗那这座美丽的城市！

15：00，码头大吊有气无力地吊了几个箱子放在船舷边上等待集卡拉走。

不到10分钟我们走到了港区大门，持枪的门岗警卫友好地指引我们走在边道上。这里开始有公共汽车了，是中国人认为非常吉祥的88路公共汽车，站名为Z.A.L，通往市区。我们不愿意乘坐公共汽车，迈开大腿，在公路上疾步走向山脚那边的城市。

走出港外，映入眼帘的是一座灯塔。灯塔是典型的西班牙建筑，拱形结构的门窗，线条呈朱红色，看上去结构简单但不失典雅。灯塔的山顶上是座古老的城堡，绵延了整个山头，极目望去城堡上的海岸炮虎视眈眈地对着港外防波堤。

城堡上的游人站在城堡上心旷神怡地看着蔚蓝的地中海，听导游们讲述西班牙历史上大航海时代欧洲各国争霸世界的故事。

公路打弯后，天上一条缆车索道从港湾的邮轮码头伸向山顶，两座索道让缆车像飞机一样与云为伍在高空飞翔。巴塞罗那旅游部门开辟了一条捷径为旅游者上山探幽。缆车不仅是最好的交通工具，而且让游客体会高空行走的惊险，饱览整个巴塞罗那城市的风光。

公路旁是巨大的粮食筒仓，弥散了小麦特有的气味。马路的边沿还有小麦长成的青苗混杂在青草丛中，其中几株还结了沉甸甸的麦穗。大型卡车接二连三进入粮仓。

当驾车的司机看到我们4个中国人行走在岔道上犹豫不决地想穿行时，他们把卡车停了下来，并挥手示意让我们先行，让我们感觉非常温馨。

眼前的道路逐渐宽广，沿路的建筑多了起来。居民住宅的顶上都是五花八门的电视天线。我想起了过去80年代我们上海看无线电视的情形。后来代理跟我说西班牙居民不愿收看收费电视。

一组巨大拱形钢管城雕竖立在道路的中央与一座古老的建筑辉映在蓝天白云下。现代化城雕和巴塞罗那古老建筑在时空概念上形成强烈的视觉冲击。这是我们入城后的第一印象。

我们拿起数码照相机噼里啪啦照了起来，记录下巴塞罗那的景色。

徒步走了40分钟后，我们还是在码头边上。这里是专门停靠豪华邮轮的码头，码头内攒动的都是来自世界各地的游人。他们在导游的指挥下松散地从码头出来，登上敞篷城市观光旅游车，悠闲地浏览城市。到了旅游景点才三三两两地下车，然后跟着导游一窝蜂地走上了步行街。

我怀念10多年前远洋公司船舶只要抵达港口，船长和海员们会享有参观当地旅游景点的待遇。可惜，市场经济大潮后，海员的境外港口旅游的待遇也被大潮冲得无影无踪了。现在，我只能凭着一双大脚走到离码头最近的城市内走马观花了。

我们终于来到了闻名于世的巴塞罗那步行街，在街头的顶角上有一座刻满了雕塑的高塔，也就是远处看到的、融合在拱形城雕中的塔。我原以为是座普通的纪念塔。走近看，却是美轮美奂、栩栩如生。那块铭牌写的什么不得而知，从旁边的英文上来分析，好像是自由、民主的字样，我就把它叫作自由民主塔吧。塔身是姿态各异的男女雕像，塔的周围是巨大的狮子雕像，好像专门守护着这座塔。塔顶站立着是著名的航海家——哥伦布！面朝地中海。

这里游人如织，有的驻足观看，有的坐在边沿休息，还有的游客拿着照相机和摄像机不停留影。他们成群结队围绕着手持扩音机用西（班牙）式英语现场解说的导游。

沿着塔基走了一圈，欣赏着四周古老的建筑，每一幢建筑都是精美的艺术品，人物是长了翅膀的天使，带给人们神话般的遐想。大概西班牙除了世界著名的斗牛舞、美丽的西班牙女郎外，其众多的古老建筑也对游客具有非凡的吸引力。

正当我沉浸在这样的思绪里时，几辆旅游敞篷巴士缓慢地驶了过来，金发碧眼的欧洲美人、绅士们鱼贯而下，一会儿包围了哥伦布纪念塔。他们全然不顾导游的劝阻，剥去了淑女、绅士的外罩，等在狮子下面一个接一个爬上去留影。

见状，本来拘谨的两位水手也跟着这帮游客凑热闹了，学着他们的样子骑在了威武的狮子上面。水手脸上带着中国人特有的笑容，留下了“到此一游”的照片。我看了一下狮子的背部，那里已被磨得铜光铿亮，这是常年被游客上上下下骑坐留下的痕迹。

我观察了一下太阳，确定步行街大致走向为偏北方向。步行街上都是高大的梧桐树，一缕缕阳光从梧桐树叶中落下，光线斑斑点点，梧桐树的花絮在街道上飘扬，散落在街上。街上游人摩肩接踵，热闹非凡，商店却门可罗雀，大凡到此的游人都偏爱游览街道，顺便购买一点随身携带的旅游纪念品。这与我们海员出来几乎相当一致，兜里面的钱仅仅是防备万一的备用金。

我们好奇地挤入行人聚集的地方，观看街头表演艺术。

一位魔术师手里拿了一根白色棉纱绳表演魔术。他剪断了棉纱绳，然后一抖落一根完整的棉纱绳又出现在他的手里，与中国的魔术师表演如出一辙。

又见几个彪形大汉，赤露上身正在卖力表演，地上倒放了一顶帽子，还有几张欧元露出了帽檐，表情貌似非常做作。几声大呼小叫之后，有几名洋人观众直往帽子里面投入硬币。不禁让我想起《还珠格格》剧中，小燕子敲锣打鼓在街头卖艺的画面。

我们经常在街上看见卖狗皮膏药的人进行“卖拳头"表演,他们通过现场给人治疗跌打损伤、腰肌酸痛，敷上狗皮膏药以获得自己的收入。这可以看作是治病救人或者药材买卖。而洋人的“卖拳头”没有小燕子露骨地乞讨，也不如中国卖狗皮膏药的人来得矜持。

一个绅士风度的艺人手里提了结构非常复杂的机器。原来，他在操控青蛙弹奏微型钢琴，悠扬的钢琴声弥漫了街头。

我们继续游览在街头。

一个悬挂龙飞凤舞汉字的摊位吸引了我。我探头一看，原来是黄皮肤黑头发的华人女青年在此卖画，像是上海城隍庙里的民间艺人，写出的汉字却充满了异国情调："索非亚，我爱你！"

我看着正聚精会神写字作画的红衣红帽的女人，敬佩她远涉重洋到异国他乡谋生的勇气。

当我们正往回走时，摊位上已经换成了与女青年年龄相仿的男人。我开始了"歌德巴赫"式的猜想："他们可能是夫妻！以传授中国的汉文化职业为追求，生活在异国他乡。"

在她的摊位附近，西班牙的民间艺人们正在为一些游人画素描，很快，一幅幅精湛的漫画和素描呈现在我们的面前。我似乎穿越到了欧洲中世纪文艺复兴的时代，我猜想这条街不久后会诞生一名伟大的画家。步行街浓缩了西班牙的街头古老文化。

街头一位老人正为一位游人精心地擦拭皮鞋。老人没有感觉擦皮鞋是一种低三下四的职业。而坐在凳子上被擦皮鞋的人也没有流露出贵族般的高傲。他跷起了脚，配合老人擦皮鞋。旁边一位妇人看着擦皮鞋，和男人亲热地闲聊交谈，城市人文景象和谐。

一家宠物店把普通的公鸡和母鸡当成了宠物卖，这鸡种有点像上海浦东失传的芦花鸡、来杭鸡。店主用茅草做成鸟巢挂在货架上，一群小鸟被关在笼子里等待游客购买。

卖盆景的、卖鲜花的摊位夹杂在街头饮食摊位的旁边。这些食物不能勾起我的食欲，因为干乎乎的面包和香肠对我来讲绝对不是美食。

中国海员来观光游览，我们袋子里面的钱是应急用的。我手伸进裤袋中，紧紧地捂住几十欧元，脸色难为情地微微泛红。

广场鸽

不知不觉中，我们在步行街已经走了一半的路程。

我们在路口发现了一个地下通道，我探头一看原来是巴塞罗那城市地铁车站。

在这里，熙熙攘攘的人群在地铁口蜂拥而入，一会儿又蜂拥而出。步行街站是巴塞罗那城市中比较繁忙的车站。车站街道口，一群好像是中学生的少年聚集在一起抽烟。

我们走进一个建筑群，发现这里四面开的都是餐馆。一群游客坐在建筑群中央的雕像周围休息，姿态随意。

附近地上，一群城市和平鸽在游人的逗弄下，飞上飞下啄嗟来之食。一位老人坐在椅子上拿着面包屑喂鸽子。

大概是意犹未尽，这位老人还专门到饮食摊位上买了一袋面包，将其碾碎后逗引鸽子。人与动物之间的和谐关系构筑了巴塞罗那独有的人文环境。人们祥和、无忧无愁地生活。在雕像的一角，广场的游客都将目光聚焦在一对热吻的年轻伴侣身上。人们并没有替他们感到难为情，而是给予了他们最高尚的注目礼，以及美好祝福。

我情不自禁地将照相机的光圈也聚焦在他们身上，当咔嚓声响起后，那对年轻人抬起了头。一刹那，我以为他们会对我的行为感到愤怒，可是他们很友善地对着我露出了微笑。就此，我才感觉释然，毫无顾忌地把这张热照公开给读者。

穿过路口后我们进入一个广场，四周像是政府部门的办事机构。这些建筑的空旷地分布着数不清的各类雕像。不过雕像的内在含义、为什么竖立在此，我们一概不知。我们只是匆匆过客，没有对巴塞罗那城市历史进行了解，走马观花般地观看街景，只要养眼、好看就满足了。

广场周围都是高大的落叶乔木类的树，其中最多的还是梧桐树。一大群鸽子毫不畏惧地和行人一起漫步在广场上。

一对年轻夫妇带着手推车里的宝宝在逗弄鸽子，漂亮女人手里捧着从摊贩处购买的大米，引得鸽子纷纷前来觅食。孩子和丈夫的脸上都出现了迷人的微笑，那女人更是沐浴在幸福之中，一家人其乐融融。一个黑人摄影师正在为他们寻找最佳摄影角度，可是摄影的动作太慢了。我“近水楼台先得月”抢了很多镜头。

尽兴之余，我们 4 人漫步到了一棵梧桐树下。

突然之间，一堆凉爽的湿物迎面落下，差点掉在头顶上。抬头一看，树杈上都是鸽子，它们在树上毫不畏忌地吃喝拉撒，还咕咕地乱叫，好像嘲笑“不幸中的”的树下行人。

“快撤，树上的鸽子在拉屎。”我大喝一声，离开了是非之地。坐在台阶上的游人闻声投来目光，当看到这是鸽子在作弄人，他们都友善地哈哈大笑起来。

农贸市场

因为远航，我第一感受就是缺乏蔬菜。

在巴塞罗那步行街的中部，我们看到了一个很大的农贸市场。在我提议下，我们随着人流涌进了这个布置得非常精细的农贸市场。我们在市场上见到了梦寐以求、垂涎欲滴的蔬菜，就是再贵，也得购买一点在餐桌上点缀一下。

第一眼看到的就是琳琅满目的各种水果。热带、温带和寒带的时令水果应有尽有。每一个摊子上都是人头攒动，当地主妇们都在精心挑选水果。

这些水果的价格不算太贵，仅仅是几欧元而已。

再转到了蔬菜摊子前，这里都是非常干净的蔬菜，也就是我们通常所说的净菜。菠菜的价格就稍微偏贵了一点。我和同行的海员弟兄们说，其实这些蔬果价格按照船上的伙食标准是能够买得起的。

可惜在中国港口，海员伙食受到卫生检疫部门的种种限制。海员不能将自购的伙食带到船上。船舶伙食团最大的自由度就是到国外少量补充。我们船上的补充计划是到英国菲利克斯托、德国汉堡后购买。我看着摊位上的蔬菜，真想带回去一点尝尝鲜。因为现在船上菜库保留的蔬菜已经发黄、发苦了。

我看到了肉摊橱窗内悬挂了新鲜的金华火腿。据说西班牙的华人很多，从中国地域分布看，在西班牙，温州人居多。他们无孔不入地渗透到了西班牙市场的每一个角落。卖皮鞋、衣服的商店都有温州人的踪迹。我们在步行街上看见了一家酒店用中文写了店招，不踏入酒店就知道这是中国人开的。

游玩了巴塞罗那步行街后我们打道回府。巴塞罗那的夕阳非常美丽，西下的太阳把码头上的豪华邮轮照得繁花点点，折射到蓝色的海水中更是少见的辉煌。那座高耸的哥伦布纪念塔在夕阳下变得更加绚丽，西班牙古典建筑和现代化的城市浑然一体。

游人们乘坐敞篷巴士在习习微风下返回码头，登上豪华邮轮。晚上“厦”轮和邮轮先后起航去往西班牙瓦伦西亚港。第二天早晨，又可以前后抵达瓦伦西亚港口引水站。

他们是满世界地游玩，我们是满载了集装箱满世界地运输。船舶带给人类的不只是财富，还有游人满世界地观光游览，饱览世界旖旎风光。

夜航了，在我们前面的邮轮灯光灿烂，宛如海上的维纳斯女神，我猜想邮轮里一定歌舞升平。

▶ 第九章

驶离地中海

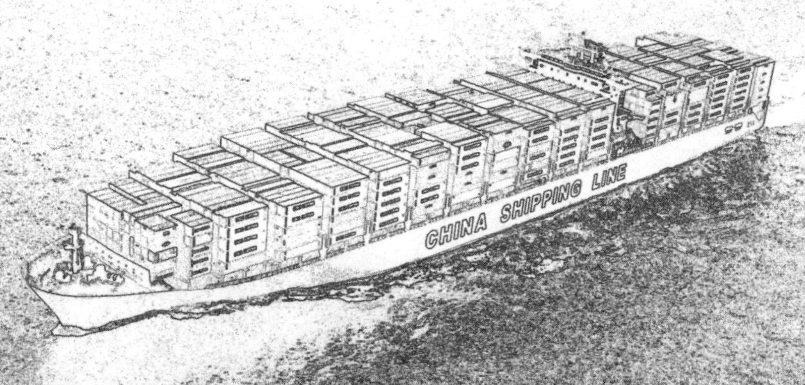

瓦伦西亚港

夜航，“厦”轮驾驶台伸手不见五指，只有雷达屏幕和导航设备透出蓝白色幽光。我站在驾驶台上，看着古堡下面的灯台以 15 秒的旋转速度，发出有规律的白色灯光。它像刺向海面的一道利剑，其亮光瞬间把海面照得雪亮，瞬间又把海面推入黑暗。“厦”轮就在它明暗交替的“目送”下驶出了防波堤。

巴塞罗那渐渐地消失在夜幕中。下一个港口是靠近直布罗陀海峡口边上的港口——瓦伦西亚港。瓦伦西亚港是西班牙在地中海里面靠近西南部的一个重要港口，巴塞罗那到瓦伦西亚的航程需要 8 小时。

引水员出了防波堤后，我仍在驾驶台指挥，通过了稍稍复杂的港口航道。当航线前面船只稀少后，我进入海图室，翻开了“船长夜航命令簿”，写上了去往瓦伦西亚港航线上需要关注的转向点，以及在 4 小时前沟通瓦伦西亚引水站等指令，并附上：“有任何疑问，请立即叫船长上驾驶台！”

一觉梦醒后，我走到驾驶台了解航行情况，来到餐厅享受了一顿早餐，我回到房间，之后我到驾驶台从望远镜里，透过碧波荡漾的水天线，隐隐约约看到了西班牙瓦伦西亚港的轮廓。

瓦伦西亚港东面濒海是一个非常漂亮的旅游港口。代理告知码头正被其他船舶占据，船在贴近防波堤的锚地短暂抛锚候泊。

我借助望远镜将远处防波堤内的港口景象尽收眼底。只见港内码头上停了几艘豪华邮轮从巴塞罗那港开过来的，洁白的船体与港口旁的城市建筑构成了一幅水彩画。

一片黄色沙滩绵延到了连望远镜都看不清楚的地方，蓝色的波涌推到了沙滩上，犁开了蓝色的海水，变成白花花的浪花后退回海上。我数次来到瓦伦西亚港，晚上靠好码头，早晨九、十点钟就开船，没有时间下地。

由此，印象就像现在望远镜内模糊的城市轮廓一样，内心很想了解但毫无了解。我不敢肯定本次到了瓦伦西亚港能否下地。

放下望远镜，我听一位曾经来过瓦伦西亚港的水手讲了一段精彩的故事。

到达瓦伦西亚港已近深夜，第二天夕阳西下时就要离开，以防西班牙港口国检查。就这样，再一次错过了美好的瓦伦西亚。

开始航行了，下一个港口是法国的勒阿佛尔港。

直布罗陀海峡

从瓦伦西亚开航后，在地中海航行 16 小时就来到了水流湍急的直布罗陀海峡。

直布罗陀海峡是地中海进入大西洋的出口，也是大西洋进入地中海的咽喉，它历来是兵家争夺之地。直布罗陀南岸是非洲的摩洛哥。

这个大西洋进出地中海必经之航道，特异风光只有我们海员或者来往于西班牙和摩洛哥港口渡轮上的旅客才能享受。

摩洛哥王国是非洲西北部的一个阿拉伯国家，东部以及东南部与阿尔及利亚接壤，南部紧邻西撒哈拉，西部濒临大西洋，北部和西班牙、葡萄牙隔海相望。

1979 年摩洛哥占领西撒哈拉，但其在西撒哈拉的权利一直未被国际上所认可，但阿拉伯国家联盟明确承认西撒哈拉是摩洛哥的领土。摩洛哥认为其接壤的休达及梅利亚应为其领土，但实际上是由西班牙管辖。

除阿拉伯语外，在摩洛哥境内还有法语和西班牙语等许多地方性语言。

北岸是西班牙的境内，位于伊比利亚半岛南端沿地中海沿岸的狭窄半岛上，与西班牙南部的直布罗陀区相连，濒临直布罗陀海峡。直布罗陀半岛大部分是陡峭绵延的石灰岩山地，被称为直布罗陀岩峰。其南端有两块台地，一块稍高的台地由远古时代的海浪冲积而成，海拔 90 ~ 125 米，被称为风磨台地，直布罗陀城即位于此。较低的欧罗巴台地，海拔 15 ~ 30 米。

直布罗陀，欧洲伊比利亚半岛南端的城市和港口。在直布罗陀海峡东端的北岸，扼大西洋和地中海交通咽喉，南对西班牙的北非属地休达市，战略地位十分重要。直布罗陀海峡长 90 公里，宽 12 公里至 43 公里，是大西洋和地中海之间唯一的海上通道。

靠近东南面的土地上是大英帝国的一块飞来领地，1704 年起被英国占领为殖民地。1869 年苏伊士运河通航后，战略地位加强，是重要的要塞和海空军基地，有现代化装卸设备、船舶修理厂和大船坞，并有钟表制造业、酿酒业等。最南端的欧罗巴角灯台，天气晴好时能望见对岸的非洲大陆。

由此直布罗陀北岸国家分界线变得非常复杂，在一块面积不太大的石头山上居住了大不列颠国籍的居民，说的是英文。这里是富人的天堂，高级酒店比肩而立，无数家 CASINO（娱乐、赌博场所）在这个巴掌大的地方吸引着来自世界各地的富豪们在这里游戏人生。

据说先富起来的少数中国人也开始出现在这里，使用闲钱来博幸运了。直布罗陀上的国际机场是世界上最为复杂的机场，机场跑道上还有公路。当飞机下降、起飞时就把公路关闭，特像中国上海城市中的火车铁轨横贯在错综复杂的马路上，每当火车来了，扳道工人就把栏杆放下阻挡汽车和行人穿越铁道！

西班牙政府一直对这块原本属于自己的领地被别国占据耿耿于怀，近一个多世纪以来都想将其收复到自己的版图内。西班牙人见到中国人收回了香港，他们也开始和英国政府谈判，但未有结果。可是，直到现在西班牙政府也只能无可奈何地看看英国人在这个山头上傲慢地俯视着自己，眼睁睁看着英国政府的军舰在直布罗陀游弋，分享着直布罗陀的权益，这是一段悠久的历史问题了。两个欧洲正在衰败的王国之间的纠纷看来得延续很长一段时间了。

好在目前的势力平衡和共同利益，西班牙和英国共同扼守直布罗陀海峡，也给这个海峡带来了宁静，没有像马六甲海峡那样海盗出没、刀光剑影、啸杀声声。

从欧洲驶往地中海的船舶，或者从亚洲借道苏伊士运河和地中海去往欧洲的船舶都在这里安全地出入，西班牙政府的海事部门维持着这里的交通安全。

直布罗陀海峡潮流湍急，如果碰上顶流，船速下降 4 ~ 5 节也并不为奇。在 4 ~ 5 月的月份中，由于地中海和大西洋的水面温差和上空的暖湿气流汇聚后会产生大片的雾区，笼罩了整个直布罗陀海峡。

我见过一次大雾弥漫的天气，如同在黑夜里伸手不见五指。对于航行的船舶来讲，这样的雾实在太可怕了，尽管雷达波能够穿透大雾发现前方船舶，可哪个船长敢肆无忌惮地开足船速横冲直撞呢？雷达显示屏上亮点的可靠程度又有几分呢？

每次通过直布罗陀海峡时，尽管沿着国际分道通航的航线航行，但也时刻注意高速行驶的客船和气垫船，摇摇摆摆的小渔船，以及各国驶帆爱好者驾驶的帆船，在海峡内弄潮劈浪，彰显航海者的勇敢。

我还记得那时公司通报的一起事故。一艘“河”字号 1200 箱位的集装箱船行驶途中遭遇大雾天气，因雷达显示屏判断失误，船长和驾驶员盲目避让，采取了大幅度的 180 度转向，与船尾的俄罗斯船舶发生了碰撞，造成了重大的伤亡事故。

他船沉没，集装箱船舶被撞得船壳绽露了可怕的窟窿，不得不驶进了附近直布罗陀港停留修理，在当地修船技术条件状况下，整整耽误了 1 个多月的班期，损失惨重。

最后查找事故原因，调查结果显示雷达上反射的亮点是雷达特性造成的假回波，船长为此积郁胸闷，以致患上一场重病，不得不早早结束了其航海生涯。

我们的海员兄弟在直布罗陀修船厂待了一个多月，游遍了小小的直布罗陀的大街小巷，还到西班牙的土地上潇洒走一回。

他船的教训，使得我不敢对穿越海峡有半点轻视。因此，通过海峡的关键点，我一定站在驾驶台和驾驶员一起瞭望，共同“渡过难关”。

尤其是出现大雾时，我更是坐立不安地在驾驶台抗击雾魔，极其谨慎地用“安全航速”[①]航行，利用一切瞭望手段维持正规瞭望。

当年我外派挪威船舶时，正好有机会靠泊直布罗陀的西班牙港口，我终于在直布罗陀留下了自己航海的脚印。在短暂的逗留时间中，在港口附近转悠了一圈，可是什么印象都没有留下，连在直布罗陀港口的防波堤上也没有留下“衣羊船长到此一游”的标语涂鸦。

全世界航海者都有涂鸦的航海习俗。海员们如同感染了中国人“到此一游”的风气，只要到过的地方都会涂鸦。靠泊码头水手们为船壳打防锈漆时，充分发挥聪明才智，给码头边缘“涂脂抹粉”，绘制了很多具有艺术性的“油漆画”。

外派美国海湾公司时，我驾驶一艘老态龙钟的杂货船，到了葡萄牙在大西洋中部的一个岛屿上，我命令水手长在山崖上涂鸦了一面中国国旗并在下面写上了中国海员登岛的时间。

如果有机会去往这个小岛，或许还能发现山崖上这面五星红旗，留有衣羊船长和海员们“到此一游”的涂鸦证据。

按航海惯例，现在全世界各国海军的军舰靠泊港口后也会留下这样的涂鸦。

---

① “安全航速”：指的是船舶面对正在形成的碰撞危险时，能够随时将船舶停住或者倒退避免碰撞她船或物标的航速。在国际避碰规则中并没有“量化”航速的概念。即船舶在航时有前、后漂移速度，只要碰撞他船或者物标都属于“不安全的航速”。

▶ 第十章

比斯开湾的风浪

穿越了直布罗陀海峡后，大西洋被一个深度低压控制，整个洋面白沫横飞，船舶颠簸剧烈。船舶进入大西洋比斯开湾[①]，如同喝醉酒一样左右摇摆。

比斯开湾每年冬天刮大风期间，总有几条小吨位的船舶在这里失事，无故失踪，大船经过时也可能被风浪袭击发生严重的海损事故。

近年来大型集装箱船舶在冬天也未能避免坠箱[②]的厄运。

怕引起集装箱被航船碰撞，欧盟的海事部门发出了警告："如果班轮公司再不注意集装箱绑扎，发生坠箱事故，将采取惩罚措施，被撞的船舶有向箱主追述赔偿的权利，坠箱班轮将不允许进入英吉利海峡。"

气象传真图显示，未来 24 小时内比斯开湾上空低压接二连三结伴而行，"厦"轮正好在两个低压后部的高压区里面。按理不会有 8 级以上大风，可是前面一个强低压通过后余威未尽，折腾起来的风浪经过比斯开湾海岸陡峭的岸壁反馈过来变成涌浪！

服务员在每一张餐桌上铺设了湿润白色台布，以防止桌上盘子碗筷滑动倒下。海员们看到了湿润的台布，开始对比斯开湾气象习惯性担心了。随着船舶的摇摆，我感觉身体自然变成了陀螺罗经的三维平衡环，灵敏地保持水平。

人体平衡器官的灵敏度比陀螺罗经三维平衡环灵敏度更高，人体的奇妙感应令身体和端着的饭碗保持平衡。船向右晃动了 10 度，大家的身体就向左倾斜了 10 度。捧在手里的汤汤水水都不会溢出碗边！用筷子送

---

① 比斯开湾：比斯开湾（Bay of Biscay）位于北大西洋东部海湾，位于北大西洋的东北部，介于法国西海岸和西班牙北海岸之间，略呈三角形。面积 19.4 万平方公里，平均深度 1715 米，最大深度 5120 米。因特殊的地理位置和水深条件，在冬季，比斯开湾经常受到美洲东移的深度低压的侵袭，惊涛骇浪的天气情况，对航船造成极大的影响。

② 坠箱：集装箱船舶受到大风浪影响，造成左右摇摆幅度过大，导致甲板上的集装箱绑扎属具超过破断强度，集装箱失去固定而坠入海洋。

到嘴边的饭绝对不会送到鼻孔内、眼眶中！其准确度比奥运会射击冠军还要高。

用餐时间，大家在餐桌上纷纷述说起比斯开湾的惊险故事。这些故事情节不是海员编造的，而是他们的亲身经历。我对大西洋的气象脾气略知一二，就在餐桌上与大副、水手就近来一起5600箱位的集装箱坠落大洋的事故原因进行分析。

大副提问："船长，为什么集装箱有底锁固定还会坠落呀？"

"那是船舶在大风浪中，船舶运动分解为'上下震动，前后颠簸，左右摇动'6个自由度运动。顶风浪阻力使船首钢板受到强大的正面压缩力，会发生弹性变形，造成物体错位、移动、倒塌。海员感觉筛沙子的前后运动现象，导致了人平衡系统失衡晕船。"

大副点头表示明白："船体钢板弹性是船舶安全的保护，否则会产生应力裂痕的。"

我继续分析集装箱坠落大洋的条件："扭动，使得甲板上集装箱前后变形，致使上下堆装的集装箱错位，箱底下的扭锁解锁或者错位；震动，使得正在发生错位的集装箱跳出了原来锁定的位置；上浪，使得正在发生位置变化的集装箱被海水冲击托起；摇摆，左右幅度22.5°以上，使得绑扎属具超过破断能力，让托起的集装箱位移。当这些条件全部具备后，自然，集装箱在大风浪中就产生倒塌、坠箱的海事了。"

"那么我们甲板部该采取什么措施才能避免集装箱坠落大洋呢？"

"避免坠箱最重要的是'破坏'造成系固属具松动的条件。船长应该认真研读来自各方的气象资料，做出合理的判断，设法远离深度气旋的行径路线。严格遵守在6级大风圈之外的航行措施。船舶在风浪中航行属于临界操作，当船舶因各种原因卷入大风浪后，船长应凭借专业知识和以往经验做出当时环境下的合适操纵，一般来说，大幅度减速、维持舵效的最低主机转速，可避免船舶大量上浪、拍底。"

驾驶员们听得聚精会神。大副说："船长讲得比海事院校的专业老师还要好、生动，我们喜欢你这种形式的传帮带。"

“哈、哈、哈，大部分海事院校的老师都是毕业留校学生，即便在船上工作过的，也没有我在船上工作的时间长吧！有些是我将学习的专业理论和观察实践相结合才获得的体会，有些是总结自己和别人的经验、教训得来的。”

服务员倚在旁边的椅子上：“我领教了比斯开湾的涌浪和风暴。那种情景想起来就觉得害怕。当遇到大风浪时，航行中的船舶几乎把人弄得翻肠倒肚，胃酸如同黄连一样在口中折磨舌头的味蕾。”

水手长饱经风浪，爽朗的话语中无不带着幽默：“老海员也会被大风浪折腾得向大海慷慨交‘公粮’，吐得肠青脸白。我当操舵水手的时候，在舵轮旁放了一个塑料桶不算，还在脖子上挂了一个塑料袋承接呕吐物。整个驾驶台充满了呕吐物的酸味，那酸味又激起了更严重的条件反射，引得站在驾驶台的人员接二连三大吐特吐。”

木匠也来凑热闹：“我也有这样的经历。为了保持船大幅度摇摆时站稳，双脚都像练杂技一样开八字，一只手握舵轮，一只手抓扶手手柄顶在那里。当船舶向右一边倾斜时，人的心都从左胸荡到右胸了。在船舶一阵前后颠簸时心几乎又从喉咙口蹦出来。当船舶甲板没入大量海水时，海员都觉得世界末日来临了。”

“这就是比斯开湾折腾海员的伎俩。你们都是好样的，晕船呕吐、寂寞枯燥都克服和坚持下来了。我也从文质彬彬的实习生干到了船长。再干几年就退休了，我不敢相信我真的成为‘大国航海工匠’了。”

水手长说：“姜，还是老的辣！公司里像你一样忠于海员职业的船长不多，向您学习。”

“我对比斯开湾也惧怕三分。没有办法，到欧洲必须通过比斯开湾，我们只好为了全人类能够都得到‘Made in China（中国制造）’货物而豁出去了。勇闯虎穴龙潭，随时准备下海捉鳖了。有预案才能临阵不乱，船舶才能安全！”

“船长，有人说没有航行过好望角、合恩角和比斯开湾的海员不是真正的海员。那我们集装箱船的海员都是固定航线，没有机会到好望角、合恩角这些地方去，就不能成为真正的海员了吗？”

“不，好望角、合恩角偶尔也有风平浪静的时候。当你经历了太平洋、印度洋和大西洋的冬季大风浪后，你就是真正的海员！”我跷起大拇指赞扬海员无惧风浪的英勇气概。

“那么比斯开湾产生大风浪的原因是什么呢？”我侃侃而谈集装箱坠落大洋的事故原因。

北大西洋上空的风场是整个北半球大气环流循环的一部分。风场分为高压反气旋和低压气旋。大气环流周而复始发展、移动、肆虐、减弱。大气环流遵循由西向东移动的规律，无论冬季和夏季，一般发展和移动周期在 5 ~ 7 天。

比斯开湾是喇叭形的海湾，特殊的地理位置造就了强大的西南风，经久不息盘旋在比斯开湾地区，使得此地成为世界上著名的风浪区。无论夏季还是冬季，航行在该海区的船舶必须注意气旋的发展，应谨慎通过比斯开湾海区，以防遇到灾害。

到欧洲去必须通过比斯开湾，航线基本上都是朝北方向，根据比斯开湾纬度和低压气团在北半球的运动规律，风向是来自西南，船舶遭遇的船舯后部 45 度左右横风。船舶遭遇横风后会产生大幅度的横摇，甚为可怕，甲板上堆放的集装箱也有可能在大幅度的摇摆下坠入大海。

“船长，你不会怕大风浪吧？”弟兄们端着饭碗向我围拢过来。

我回答：“怕，怎么不怕？不怕是假的！因为肩扛责任和使命，唯有勇敢面对！现在大风浪盛行，你退却了没有，怕它了吗？没有！我们还是迎着风浪继续向着勒阿佛尔港前进。”

我接着说：“这比斯开湾没有什么了不起，都闯过无数次了。大家没有‘必死’，更没有‘该完’！ 大家还不是好好地在餐厅里吃饭？毛主席说过在战略上藐视它，在战术上重视它。”

老一点的海员弟兄们开始调侃我了：“看，船长可以评选读‘毛选’的标兵了。”

饭间的轻松时刻平复了海员们的紧张情绪。

▶ 第十一章

古老的勒阿佛尔港

法国勒阿佛尔港的历史

20 年前，我在老东家当集装箱船二副时来过勒阿佛尔港。

当了船长以后由于航线变更和服务于挪威公司散装船，航线不规则、多变，几乎跑遍了三大洋、五大洲，南到南非好望角、南美洲合恩角、麦哲伦海峡；北到俄罗斯波罗的海边上的圣彼得堡、立陶宛，再到地中海各港；穿越土耳其 Bosporus& Dardanelles Strait（博斯博罗茨和达达尼亚海峡）到罗马尼亚、乌克兰；东到美国纽约、迈阿密的坦帕港；西到西非象牙海岸。

一个英文单词就能将我的生活状态表达得淋漓尽致：

“Tramping line”！这个“Tramp”就是流浪的意思。的确，我常年在海上流浪，享受了周游世界的快乐，尝尽了海水的苦涩，却没有把爱尽情地给予妻儿——这也是我此生最大的遗憾。

当我夜以继日地在海上奔波时，妻子独自承担了持家的重任，为这个家默默地付出。因此，当我结束了 3 年挪威船长合同生涯之后，我决心离开船舶，开辟我的另外一个天地。

可是，当我在陆上找到一份安逸的工作后，却很快感到心情烦躁，工作注意力不集中，生活也变得忐忑不安起来，好像失去了一样珍贵的物品。我骨子里为祖国航海做出贡献的信心并没有泯灭。

一天，我伫立在码头上眺望江景，百舸争流的壮观景象令我再一次浮想联翩。

这时，一艘熟悉的集装箱船舶映入眼帘——这是我曾经驾驶的“秋”轮！她又一次满载海员们对幸福港湾的期待进港了。她拉响了汽笛，仿佛在召唤着什么。船首激起水花，正向我站着的外高桥码头渐渐驶来。

我心潮澎湃起来，眼睛湿润了。我恍然大悟内心不安的所在！那是一位远洋船长的航海情怀！对海洋深深的眷恋驱使我跳上缆桩，登高向“秋”轮挥手招呼，发自肺腑的心声从喉咙里蹦出来：

“不！我不是码头船长！我是站在驾驶台上的远洋船长，我要回归大海！”

我又义无反顾地走上了航海道路。我不想成为追名逐利的人，我只想全心全意做一件中国航海人的事业。

弹指一挥间，20年前的印象早已烟消云散了。今天我以新东家的船长身份回到了这条集装箱班轮航线上。

黄昏，太阳已经西下了。远处一架接送引水员的直升机披着夕阳的金黄色，在我轮的上空盘旋，找准落脚点之后，引水员从天而降，踏上了“厦”轮右舷侧翼。

驾驶员把引水员领进驾驶台。他放下随身包裹后，与我交流了船舶规范，也听取了港内航行操纵建议、靠泊码头拖轮的安排。随后，他拿起望远镜扫视了海面后，开始下达进车的指令。

法国勒阿佛尔市隶属于诺曼底省，始建于1517年。

这是法国非常古老的城市，从塞纳河防波堤进口处看城市，法式建筑栉比，火柴盒式房屋有棱有角，略显单调。建筑在历史文化的熏陶下，别有一番风景。

法国是欧洲大航海历史上最活跃的国家之一。法国也是航运大国，经济有所发展后，年轻人也渐渐消失在大型商船的甲板上，但年轻人仍然喜欢驾驶帆船到海上运动。

进入勒阿佛尔港航道后，“厦”轮边上游艇樯桅林立，法国人“顽固不化”地传承古老的航海文化。只要国家召唤，法国的年轻人会为了国家荣誉驾船出海。

中国航海也正在重蹈欧洲航海国家年轻人不愿参加海员职业的覆辙。但不同于法国的年轻人骨髓内的航海文化基因传承。国家一旦有事的话，缺少航海知识的中国年轻人不能马上踏上甲板为国家的荣誉驰骋大海，保卫海疆。

引水员操纵船舶的技能娴熟有加，船舶进入勒阿佛尔港防波堤后，他依然能使船舶在狭窄湾头正常行驶，面不改色心不跳。我却有点后怕，一旦舵工反应迟钝，造成的后果真是不敢想象。船长们要锻炼胆量的话，勒阿佛尔港的航道不失为一个非常合适的场所。这是我对这个港口的第一印象。

第二次世界大战，著名的诺曼底登陆战役就发生在这里。盟军为了改变战局，取得第二次世界大战主动权，在欧洲西线战场发起了一场大规模攻势。接近 300 万士兵渡过英吉利海峡，在诺曼底海滩上强行登陆。在德军垂死抵抗下，整个沙滩德军和盟军士兵都在枪林弹雨之下，双方拼死一战，腥风血雨，血流成河，尸横遍野，双方伤亡惨重。

盟军夺取了战斗最后胜利，使第二次世界大战的形势发生了逆转，法西斯德军从此节节败退，一蹶不振。世界大战的局势变得明朗了，正义战胜邪恶，直到攻克柏林，德国举手投降，希特勒也因此付出了生命的代价，为第二次世界大战欧洲战区画上了句号。从此，欧洲脱离了战争，迎来了和平。

战后，勒阿佛尔港在 20 世纪 60 年代重建，目前勒阿佛尔城市标志已被列入世界人文遗产保护录，现有人口 20 万。从地理位置看勒阿佛尔港位于法国北部，欧洲西海岸，紧邻英吉利海峡和大西洋。现在，勒阿佛尔港大部分地区的战场遗迹荡然无存，诺曼底海域外的海底还存有大量的船只残骸，这些残骸静静地躺在海底，标注在海图上，似乎让人们永远记住战争，记住为了正义而战的盟军将士。因此，这个法国的诺曼底省被历史涂上了浓浓的一笔。

该港兴建历史与城市建设同步，属于综合型港口。主要经营集装箱、散杂货、滚装、石油化工、仓储等业务。港口货物吞吐量（包括加油船和船载物料）位于全法国港口第一，港区陆域面积 $100km^2$ 。

勒阿佛尔港是一个潮汐港，这里的潮差起伏巨大，低潮和高潮之间相差 7 ~ 8 米，甚至高达 10 米。这样对靠泊的集装箱船舶造成了非常不利的自然条件。为了克服潮差形成的不利条件，勒阿佛尔港建造了价格昂贵的船闸来保持正常潮高，维持船舶安全。

过去船型比较小，我们靠泊在船闸里面的集装箱码头。随着贸易的扩展和经济的高速发展，集装箱船舶趋于大型化，船闸狭小的空间再也无法容纳大型集装箱船舶通过了，港口当局在船闸的外面扩建了集装箱码头。其中一期 2 个泊位，水深 14.5 米，潮差 8 米，泊位岸线 700 米。中国的振华港机的集装箱桥吊是世界上最有魅力的港口机械。勒阿佛尔港的集装箱码头就配上海振华港机厂桥吊 6 台，从而让港口的吞吐能力达到了 70 万标准箱。

目前勒阿佛尔港集装箱装卸主要集中在这两个码头，海岸线绵延 5 公里，共计 29 台桥吊。这两大集装箱码头形成了勒阿佛尔港目前的集装箱疏运系统，构成了由法国达飞、地中海航运、中国远洋、中国海运等大公司在勒阿佛尔港经营，通往世界 50 个港口的 60 多条国际远洋航线，其中亚洲班轮航线 13 条。

勒阿佛尔港位于塞纳河河口，政府利用了该港的天时地利，形成了河运和陆运、铁路运输的网络系统。载重 5000 吨的驳船沿塞纳河上溯到巴黎约 200 公里。家乐福超市集团等公司从中国进口的货物，以年递增 20% 吞吐量，惠及法国塞纳河水道沿岸的各大城市。勒阿佛尔港的水路交通每年输送大量包括大件货、石油制品、化学制品以及车辆和集装箱的货物。

所有勒阿佛尔港码头都和法国铁路网络、欧洲铁路网络相连。铁路经营者每天提供往来勒阿佛尔港和欧洲主要城市之间的服务，包括多式联运[①]或单一运输服务，24 小时内到达法国主要城市，36 小时或 48 小时到达欧洲主要商业中心。

---

① 多式联运：英文为 intermodality，由两种及以上的交通工具相互衔接、转运而共同完成的运输过程统称为复合运输，我国习惯上称之为多式联运。中国海商法对于国内多式联运的规定是必须有种方式是海运。《联合国国际货物多式联运公约》对国际多式联运所下的定义是：按照国际多式联运合同，以至少两种不同的运输方式，由多式联运经营人把货物从一国境内接管地点运至另一国境内指定交付地点的货物运输。

勒阿佛尔港印象

我到达勒阿佛尔港外塞纳河的河口是在晚上 8 点过后，暮色沉淀，星光闪烁，远处的勒阿佛尔城市笼罩在灿烂的灯光之中。

20 年前我曾来过此地，船舶靠泊后装卸时间短促，船舶领导就根据公司的规定，叫代理安排一辆大巴士，带着我们到勒阿佛尔城市里面转了一圈，参观了一些著名景点，还到勒阿佛尔当年“二战”登陆的海滩战场匆匆一瞥，可是当年的印象我脑海里不复存在，唯一的印象是我拿了一套渔具在船尾的港池中垂钓。当我用虾仁做饵下钩还不到几分钟，鱼就上钩了。只要感觉鱼线剧烈抖动一下，你拉起挂有 4 个鱼钩的鱼线，保证有鱼在钩子上活蹦乱跳。运气好的话，会收获 4 条鱼。几个人在一两个小时内保证可以钓到足够全船吃两顿的鱼。

大厨在船长、政委的怂恿下把弟兄钓的鱼，全部有赏交换作为伙食给大家改善生活。我们钓鱼也把装卸工人吸引过来了，他们纷纷过来帮助我们钓鱼，有些工人还到家里拿出了钓鱼工具和鱼饵送给我，中法友谊变得非常普通实在。

随着引水员引领我轮进入港内航道，我中止了回忆，期盼着如今的勒阿佛尔港能够再给我带来一些喜悦。

当我和引水员下达了最后一个指令，船舶靠好码头后已经到午夜了，代理上船办理了简单的进口手续后，他告诉我第二天中午开航。

从德国赶来的英吉利海峡海上引水员（Deep Sea Pilot）[①] 等在码头上，他将在整个欧洲港口周转期间陪伴“厦”轮完成英吉利海峡的引航任务。

---

① 海上引水员（Deep Sea Pilot）：欧洲英吉利海峡中执行港口到港口之间引航任务的收费引水员。主要替代进港、靠泊过于繁忙、身体疲劳的商船船长在英吉利海峡航段中航行的安全措施。

他让“厦”轮又多了一个额外编制海员。

装卸在正常进行，中午开航时间制约了海员弟兄下地的机会。我到驾驶台观看了勒阿佛尔港的景色，勒阿佛尔港还是以自己的古朴呈现在我的眼前，我眼中的勒阿佛尔港并没有苍老，显然这里的人们生活情趣注入了青春的气息。在寒风中我感到了勒阿佛尔港的春天正在慢慢地逼近。而视觉上却是全新享受。我惊讶法国人保护老祖宗的物业多么执着，他们让世界见到了他们老祖宗的时代，让人们的记忆回到古老的年代，对勒阿佛尔印象更加深刻了。

我站在驾驶台拍下了勒阿佛尔一座灯塔的光辉形象，作为这次靠泊勒阿佛尔港的纪念。

下一个港口是英国的菲利克斯托，我期望那里能够让我开开眼界，我期望在那里能够接通国际长途电话，听听老婆和孩子的声音，我已经离开妻子和女儿一个多月了。

正月十五的佳节就要来临了，我希望全体海员的家属都能够听到我们海员报平安的音讯，我祈祷全体海员的家人安好、健康。我期待欧洲靠港给我带来好运。

▶ 第十二章

漫步在菲利克斯托港海滩

英吉利海峡

勒阿佛尔港到英国的菲利克斯托仅仅隔了一条英吉利海峡，需要航行8小时左右。

当天14:50，我轮在勒阿佛尔港完成装卸之后，引水员被一辆汽车送到了舷边登轮引航了。这段港内航道如同山路十八弯一样崎岖，加上下雾，雾色茫茫，勉强能够看清航道。引水员在雾色中航行，玩的是真正的“心跳游戏”。我站在驾驶台注视着引水员熟练的操作，还是将心提到了喉咙口，好似只要一张口，那心就跳出来了。

前方码头一艘超级巨型油轮刚刚停泊在航道弯口的泊位上，引水员面不改色心不跳地朝着她微速前进。我赶紧与站在船首协助瞭望的大副联系。大副汇报，船首与油船相距大约280米。可是在驾驶台看那艘邮轮已经在“厦”轮船首之下的盲区[①]内了。引水员不慌不忙地下了右舵20的舵令和前进二的车令。

“厦”轮突然加速，强大的排出流冲击在硕大的舵面积上，舵效猛增。很快，船首开始向右偏转。渐渐地，“厦”轮与油轮拉开了横距，船舷对船舷大约30米横距缓缓通过。当船尾让清油轮后，引水员命令操舵水手操正舵，然后压舵，把定航向，命驾驶员微速前进。

引水员经常航行于“羊肠小道”上，面对这样的航道条件，操船技术已游刃有余。较少到勒阿佛尔港的船长都会被眼前的紧张局面弄得措手不及。引水员娴熟的操船技术是靠长年不断学习，心理素质也相应得到了

---

① 盲区：由于现代船舶的驾驶台设计都在船中前后，大部分船舶是尾机型，驾驶台在尾部。如40万吨矿砂船驾驶台离开船首距离将近300米的尾部，从驾驶台视线到船首有一段看不见的海面的距离延长线，航海上称为盲区。这段延长线根据船舶装载货物吃水的不同而不同，尾机型的集装箱船舶的盲区满载时将达到650米，是避免与其他船舶碰撞的重要参数。

升华。

话说回来，“厦”轮的操舵水手[①]技能也是一流的，他反应灵敏，恰到好处的操舵与引水员配合得天衣无缝。

开船是一项集体运动，讲究的是和谐配合。大型集装箱船舶安全航行是全体海员默契操作的结果，是船长浓缩了全船弟兄的智慧和反应的体现。船长应能够将全体海员的智慧有机地融合在自己的指挥神经中。古话说的“同舟共济”，指的是一条船舶即使遇到了变幻莫测的险恶形势也能够集中海员共同的力量去战胜风浪、困难、毁灭，成功地驶向大洋的彼岸。

同样延伸到人生的道路也是如此！只有用智慧和力量抗争悲观、消沉、失望，才能够成为事业的成功者。而成功的标志除了赚足金钱外，最主要的是实现自身的价值，同时得到他人的认可和尊重。还有刚正不阿、疾恶如仇、挥斥八极的正气，对同事、部下温柔体贴，这一切构成了你的人格魅力。当岁月的皱纹爬满你的脸颊，当你行将入土时，回顾一生时感到无悔，感到自己没有浑浑噩噩地度过几十年的短暂人生。

“厦”轮继续向勒阿佛尔港外驶去。我聚精会神地配合引水员航行瞭望，因而无法饱览勒阿佛尔港两岸美景。当我轮出了两道防波堤后，碧绿的大海重新呈现在眼前。此刻，上空响起直升机的轰鸣声，勒阿佛尔港的引水员又在“厦”轮驾驶台侧翼升空离船了。引水员向我挥挥手，扬长而去。

我再回首目睹了这个第二次世界大战中著名的战场，只见远处的海岸线峭壁陡立，在略微西斜的阳光照射下，一团雾气在海平面上缭绕，似乎想遮掩过去的刀光剑影、腥风血雨，让人遗忘关于人类的那场残酷厮杀，这就是诺曼底海滩！

一架法国最新式的幻影战斗机沿着平行于诺曼底峭壁的航线低空呼啸

① 操舵水手：即舵工（Quartermaster）。在船舶职务中，舵工的级别为“一等水手”，英文为“Able body”缩写为“AB”。所以有时候船长、驾驶员会称呼舵工为操舵水手。相对应的还有“二等水手”，也可以称为“普通水手”，英文为“Ordinary Sailor”。主要工作就是在甲板上从事水手工艺的劳作。一等水手除了操舵工作外也替代普通水手的工作。但二等水手不能替代一等水手操舵。

而来，几乎和我们驾驶台高度相等。我们还没来得及看清飞行员和机身时，飞机已一掠而过，大概一秒钟时间不到，震耳欲聋的飞机轰鸣才在头上响起。

我们循声望去，幽灵般的幻影式飞机已消失得无影无踪。和平在战神面前是多么脆弱、无奈。但是没有这些现代化武器装备的存在，人类又如何去维护自己国家的和平呢？

欧洲永恒记载了“二战”敦刻尔克这段历史。勒阿佛尔渐行渐远。

这里是英吉利海峡了，分隔了欧洲大陆和英伦三岛。英吉利海峡是欧洲海上交通最繁忙的海峡，来往于欧洲大陆到英伦三岛的轮渡密度很高，还有很多无所畏惧的喜爱帆船运动的欧洲人的机帆船。英吉利海峡是世界上最早实行分道通行制度的海区，航行的船舶遵循了分道通航制度。欧盟海事部门把无规律横渡英吉利海峡的各类船舶管理得井井有条。

以勒阿佛尔港开航时间推算，抵达菲利克斯托港的时间正好在半夜，我可以得到片刻休息。可是船长的责任，令我开始半迷糊半清醒地琢磨英国菲利克斯托港的地貌特征了。

这个港口如同法国的勒阿佛尔港一样，甚是久违。记得20世纪最后一次来到菲利克斯托港是在1990年，我在一艘集装箱船舶当大副。可是繁忙的装卸作业使我无法享受这个“日不落帝国[①]”的土地，只能站在驾驶台眺望这块土地。

当我驶进多佛海峡，直角穿越中心线航道后就在英国的领海中航行了，这个海峡是英吉利海峡最窄的地方，大概宽度在19海里。

20世纪末挖掘的英吉利海峡隧道在海底逶迤蛇进，将欧洲大陆法国和英国在海底实现了连接。一边是法国的Sangatte（桑加特）小镇，一边是英国的多佛城市，随后接通了两地的高速公路进入欧洲大地。

事情就这么简单，可是花费了英、法两国大量的人力、物力，据说挖

① 日不落帝国：日不落帝国是指太阳无论何时都会照在其领土上的帝国，通常用来形容在全球七大洲均有殖民地并掌握当地霸权的帝国。历史上有两个国家先后被称为日不落帝国，它们分别是西班牙帝国和大英帝国。

掘了10年左右才使多佛海峡变成了通途，从此减少了汽车骑在轮渡上摆渡的日子。

因为英吉利隧道建设投资巨大，其过海峡通行费用超过了汽车轮渡费用，所以英国人到欧洲大陆旅行，或者欧洲人到英国做双边贸易还是宁愿把汽车开到轮渡上。人们可以在轮渡上享受海洋和蓝天，喝点咖啡，吃点甜点，在海峡里游荡几个小时后从容登陆。所以世界上最大的英吉利海底隧道在经营上陷入了财政困难，入不敷出，隧道经营者急得焦头烂额，恨不能垄断整个海峡的交通，他们只能在政府部门的输血下惨淡营生。不知现在隧道经营如何了。

往东瞧，法兰西在余晖下隐隐约约，渐渐消失在视线中。那个我算来过但没有踏上土地、沾上地气的勒阿佛尔港已经被船舶螺旋桨推得无影无踪了。从西看，大不列颠的土地已经被晚霞所描绘得一片通红，远处高高的电厂烟囱飘出了白色的气雾，在阳光反射下飘逸、散发后的水粒变成了一条垂直的彩虹，将大不列颠装扮成一幅有水、有乡村的油画。

日不落帝国的冬天16：00，西边只有一抹余晖了。世界换了人间，这块土地和世界上所有的国家一样有昼夜交替。到了17:00，天就完全黑了。

Harwich（哈里奇）航道和Sunk（桑科）引水站灯浮在黑暗的夜空中有规则地闪闪发亮。天已经完全被黑暗笼罩了，菲利克斯托港口通彻的灯光迎接从远东来的朋友。

“日不落帝国”的经纬线

请记住根据地球网络的既定事实，通常的做法都是以数字0开始为起点的。英国伦敦的格林威治（Greenwich）皇家天文台所在地的经度是在没有东西单位的000° 经线。格林威治天文台离菲利克斯托港不太远，大概

4 小时的车程。

世界上为了某些国家的行政管理方便，通常把 020° W，160° E 的经线看成是东西半球的分界线。

大家可以从地球仪上看出，两线覆盖的地理上基本沿着国家分割线和太平洋。因此，000° 和 180° 经线是理论概念上的东西半球的分割线，它是世界地理坐标上东西经度的原点和终点。曾经有人说把你的脚分开在格林威治皇家天文台标注的铜质零度经线两边，你就是地球超人了，你将踩在地球东西半球上。而在太平洋中部就是东西 180° 经线。东西 180° 经线也称为日期变更线。

据说在 180° 经线上有一个岛国，一户居民的房子正好在 180° 经线上，他开前门为西半球，开后门为东半球，而日期正好少一天。如果后门是 2006 年的 1 月 1 日，那么他前门的日子就是 2005 年 12 月 31 日！时间相同，日期绝对不同，甚至年代也不同了。

此线为便于一些国家的行政管理也变得弯曲了，并没有完全在 180° 经线上。

地球网络 000° 和 180° 是特殊起始点和终结点，因可以表示北和南、东与西，故没有后缀“E”和“W”名称单位。而其他经线上都必须标注后缀。比如，001° W 表示西经 001°，179° E 表示东经 179°。

另外标准的纬度和经度标识都是这样的，纬度两位数，如 09° 59' 59" N，读为北纬 9 度 59 分 59 秒！经度为三位数表达的 009° 35' 02" W，读为西经 9 度 35 分 02 秒！

如要确定上海的地理坐标：上海位于北纬 31 度 11 分，东经 121 度 29 分，即 31° 11' 00" N，121° 29' 00" E。

地球是围绕太阳运转，每天 24 小时绕太阳一圈。可是生活在地球上的人们并没有感觉到地球在运动，而视觉感受是太阳在运动，这个现象被称为视太阳运动，在地球上看太阳的运动为相对运动。我们不妨这样比喻，在一艘巨大的豪华邮船上，一个旅客坐在客房的舷窗边上，他感觉不到自己坐的船在航行，他看到的是岸边景象向后掠过。这种感觉就如地球人看太阳运动的情况一样，在物理上叫作相对运动。

天文学家为了计算天体的运动轨迹，费尽心思创造了一个假想、虚无缥缈、以地球为中心的天球，把地球的坐标系统（经度、纬度）无限扩大到天球上，形成了天球坐标。

那些天上不动的恒星和天天运转的行星都安在了天球上。随后摆布出了恒星和行星的轨迹、月亮的轨迹以及太阳相对运动的轨迹，并计算出它们在天球上的运动时间和方位，制成天体位置和方位。同时天文学家计算出了精确的天文历，用于航海的就叫“航海天文历”。

月亮在人类假想天球上的相对运动椭圆轨迹线被称为白道，太阳在人类假设的天球上的相对运动椭圆轨迹线被称为黄道，黄道和天球赤道（相对应地球赤道）有一个为 23° 26' 横倾角（其实就是地球围绕太阳运转时的横倾角）。如果地球没有横倾角，黄道和天球赤道重合。那么，北半球和南半球平均分享了阳光和黑暗。在地球赤道附近生活的人们就会感觉到白天和黑夜是一样的时间，都是 12 小时！世界也没有了一年四季的变化。有了地球相对太阳运动的横倾角，世界就变得丰富多彩了。有了地球极地的冬天始终没有太阳的黑暗，极地夏天太阳不落的光明奇景斑斓。有了热带、温带和寒带，有了春天的温暖、夏天的炽热、秋天的凉爽、冬天的寒冷，这春夏秋冬气候循环变迁，有了晴、雨、雪、风、云的天气的变化。植物遵循黄道轨迹运动，当春天来临时，种子苏醒、萌芽、破土而出、成长、开花、结果、枯萎、消亡。

由于地球的横倾角，造成了太阳在黄道上每天运动变化，世界各地都有不同的太阳出没时间，这都是世界各地所处纬度不同的缘故。在每年的公历 3 月 21 日左右，太阳抵达赤道相交点——春分点，后进入北半球，与赤道南、北半球在时间上都平等地分享了阳光。北半球白天的时间被拉长了。北半球进入了暖风和煦的春天，人们不知不觉发现大地已经春光明媚了，南半球却跨入了金秋。

随着太阳在黄道上向天球北部移动，在中低纬度地区太阳跃出北半球地平线时间每天平均都比前一天大约早 1 分钟。而南半球就与之相反，一天比一天晚大约 1 分钟，所以北半球开始比南半球享受更多的阳光了。

如当太阳运动到北半球后，在北纬 30° 附近的上海人就比在位置 20° 左右附近的广州人要早看到太阳。而中国最北的村庄，靠近北极圈（66° 34'）的漠河的人们将看到日出比上海人还要早。那里的太阳升空普照地球人类后似乎还不累，刚刚从西边下山不久，又开始从东边急匆匆地升起来了。太阳不愧为地球提供阳光能量的“巨匠”。

当太阳慢慢地爬到了天球赤道北面大概在北纬 23° 26' 再也不可能爬高了，所以北纬 23° 26' 被称为太阳北回归线！这个点在二十四节气中被称为夏至，在 6 月 21 日左右。

当太阳抵达北回归线时，这天在北半球白天时间最长，黑夜时间最短。我国广东一个名叫汕头的港口正好处在这条回归线上，在 6 月 21 日夏至日那天中午，人站在太阳底下，而人影就在脚下。在北纬 23° 26' 以南地区，在 6 月 21 日夏至日中午太阳的方位是在正北方向。而在北纬 23° 26' 以北地区，在 6 月 21 日夏至日中午太阳的方位是在正南方向。

随后，太阳渐渐地向天球赤道南边运动了。黄道和赤道又一次相交了，这就是“秋分”，这天在每年 9 月 23 日左右。秋分过后北半球无可奈何地迎来了秋天，太阳也因为随着黄道运动远去南半球普照众生了，北半球显得阳光不足，北半球的植物开始枯黄了，树叶都落下了，所以出现了“秋风扫落叶”的成语，渐渐地进入了冬天。

此后，太阳一改过去的勤快，平均天天推迟 1 分钟左右才上班，伸了懒腰出现在东方的地平线上，最后在北极地区冬至那一天，太阳干脆像情窦初开的二八姑娘，难为情地不露脸了，仅仅一丝北极红晕显示太阳还存在，还出现漂亮的北极光，这就是北极冬天的奇观。

对称于南半球的南纬 23° 26' 被称为南回归线，当太阳在南回归线时，那一天正好是北半球的冬至日！从这天起太阳又开始向赤道回归了。

而在南极却是太阳勤快地刚下山 2 小时，余晖还没有消尽，东方又开始晨曦放亮。所以南极考察队永远是在北半球冬天时到南极考察。而要到北极考察，就要选择北半球的夏天，在夏至左右为考察北极极地的最好时机，那里几乎没有黑暗的时间。你白天睡觉，醒来还是白天！我曾经冬天季节抵达俄罗斯圣彼得堡，太阳 10：00 伸懒腰“起床”，到了 14：00 又疲劳下山了。圣彼得堡的人们几乎都是在暗无天日中度日。

当夏季到圣彼得堡时，却恰恰相反，2：00 已经是阳光明媚的白天了，而到了 22：00，太阳还在天上“巡山”，圣彼得堡几乎都在白天的笼罩之下。

英吉利海峡边上的菲利克斯托港在北纬 51° 57'，因此，此时节气还在小寒中，在 1 月初太阳刚刚向北纬迈开脚步，开始“北伐”了。可是这里还是白昼短，夜晚长。

现在，在茫茫长夜中的大英帝国，只能对着满天星空想着过去的日不落的霸权时代。

太阳黄道和天球赤道相交的那一天就是中国人所表示的二十四节气中的春分！那么二十四节气是如何划分的呢？这道算术题很好做：

圆球体一周的度数为 360 度。将 360 度除以 15 度，得出了一个答案为 24 分点！将 24 个分点安上一个名字 24 个节气就成了。

它们分别为立春、雨水、惊蛰、春分、清明、谷雨、立夏、小满、芒种、夏至、小暑、大暑、立秋、处暑、白露、秋分、寒露、霜降、立冬、小雪、大雪、冬至、小寒、大寒。

这是中国特有的季节表示方式，表现了中国人几千年沉淀的天文智慧。由此中国的农业生产有了在什么节气中干什么农活的顺序，延续至今，这就是中国农耕文化的灿烂瑰宝。

我特别怀念这个叫“清明”的节气，这是怀念先人的一天，中国的大江南北都是“清明时节雨纷纷，路上行人欲断魂。借问酒家何处有，牧童遥指杏花村”的祭扫、踏青景象。

后人们为先辈们扫墓敬香，代表了中华民族特有的祭祖文化。在中华民族悠久的二十四节气中，每一个节气都有一段动人的故事。立夏后的夜空繁星眨起了眼睛，银河七夕相会等故事在老人口中娓娓道来，小时候听到的故事现在仿佛仍在耳边，难以忘怀。

我在驾驶台给正在休息片刻的空舵水手[①]讲述了中国二十四节气的来历。英吉利海峡的蒙蒙细雨并没有阻挡“厦”轮向菲利克斯托行进。

在蒙蒙细雨中进港

天边飘着白云，云隙间露出了蔚蓝的天空。一大群灰鸥在云隙的下面展翅翱翔，翅膀偶尔扇动几下，托起了矫健的身体在空中滑翔，优美地向锚泊在菲利克斯托锚地里的海员炫耀它们凌空搏击飘云的雄健飞姿。灰鸥发出尖利的呱呱声，它们在寻觅食物。当它们在高空以犀利的目光发现大海中微小的鱼类后，突然从天上俯冲下来，只见一道白光在眼前闪过，仿佛是一颗闪亮的流星划过天际，随后消失在蓝色的海中，溅起一朵朵水花。接着灰鸥抖落了浑身海水，衔了一条还在嘴边挣扎的小鱼，像歼击机一样直冲云霄，翅膀平衡后才美美地享受猎物。当全部吞没后，又发出尖叫消失在鸥群之中。

我站在驾驶台侧翼看着这群灰鸥，被它们的自由飞翔所感染，也被它们勇敢的俯冲所折服，这就是大自然创造的一幅生机勃勃的图画。可惜那傻瓜照相机无法清晰地留下它们翱翔的雄姿。它们与大自然勇敢搏击摄取生存食物的方式却让我感到兴奋。我们也在大海中搏击，我们也在奋斗，而奋斗、搏击是非常理性的，是用劳动创造食物以外的财富、物资、物质和人类的幸福。

从大英帝国的土地上空飘来了一团乌云，把本来正在变黑的四周又涂了一团墨汁。随后飘落了细雨，将瞭望玻璃窗蒙上了一层水珠。雷达屏幕上出现了一片亮点，物标湮灭在这片亮点中。刮雨器刚刚走过，后面的

① 空舵水手：在驾驶台与驾驶员一起值班瞭望的舵工，因为在空旷的海洋上航行，船舶开始了自动舵导航系统，仅需要经常关注自动舵工作情况而协助驾驶员瞭望时，称为“空舵水手”。

雨幕又被拉上。幸亏雷达显示功能优越，开启抑制雨雪功能后，加上配备AIS图像信号的电子海图，准确地导航我轮和避开附近船舶驶向引航站。驾驶台前面视线变得雾气朦胧，船舶正在既定航线上航行。

雷达屏幕上出现了一个亮点，急速向本轮驶来。

被“厦”轮雇佣的海上引水员德国老船长兴奋地说：“船长，菲利克斯托港的引水员过来了！请准备接引水员。”

英吉利海峡的欧洲各国成立了海上引水员协会，专司来自远方的船只的海上引航，以减轻船长的生理疲劳。不但中国班轮公司的船长们都雇佣他们，连其他班轮公司的船长也申请海上引水员引航。

很多人认为在英吉利海峡请海上引水员是中国船长无能的表现。作为我们集装箱班轮船舶的船长，在英吉利海峡水道、航道航行时间很长，靠泊、离泊多个欧洲港口，船长得不到足够的睡眠。船长和驾驶员疲劳驾驶船舶，船舶的安全就得不到保障，出了事情经济损失将远远超过聘请海上引水员的工资。

在事关安全问题上，中国船长的谨慎给航运公司带来了相对的安全。

“厦”轮所属公司规章制度下，在英吉利海峡雇佣海上引水员，已经成为惯例，为中国远洋船舶的航行安全和确保船舶班期提供了保障。

“右舷引水梯门已经打开，引水梯离水面2米。”我回答了德国老头。

在雨滴形成的雾气下，引水艇很近了还没有被发现，最后亮点几乎贴近了船体才在大家眼前出现：“看见了！”

只见一艘橘红色的小艇出现在右舷，小艇发现目标后直接向引水梯驶来。

我站在右舷侧翼上看着穿了救生衣的引水员爬上了引水梯，然后消失在舷门洞里。

不一会儿，听到了电梯声在梯道内响起，接着驾驶台门打开了。

一位胡子拉碴的英国引水员出现在我面前：“您好！欢迎你来到英国菲利克斯托港！”

我和德国老船长迎上去和引水员握手：“您好！欢迎到本轮引航。”

德国老船长代表我向英国引水员介绍了本船目前的航速和航向。我向英国引水员介绍了船舶的操作概况并将一张标有船舶数据的引航卡递给他。

德国老船长的引航任务结束了，他向船长打了招呼后就下驾驶台休息了。船舶在英国引水员的掌舵下，向菲利克斯托港的码头驶去。在一个半小时后才能到达码头。

雨一直下，菲利克斯托港的航道非常弯曲，从海图上看像一个英文字母“S”。航道的情况并不复杂，即使是小船和渔船也都有条不紊地在航道外航行作业。偶有从港内出来的船舶在航道上交会，但通过引水员之间的协调，很安全地互相通过。

眼前一排排左红右绿的浮筒灯标，已经十分清晰了。毛毛细雨在船即将抵达港口防波堤时忽然停止了，西边被火烧云抹得血红，巨大的绿色船体在血红色的背景中构成了一幅移动的水彩画，折射出绚烂的图案。天上的水珠被斜阳绘出了一条彩虹，仿佛是彩练又像进入港口的拱门，欢迎中国船舶的到来。一个转弯后就到平坦的港池里了，高耸入云的集装箱吊车被夕阳照得绚丽多彩。经过一个月的远航后我们抵达了欧洲第二个港口。

“菲利克斯托港！我又来了！”我冲着暮色心里面默默地呼唤。

菲利克斯托港海员俱乐部的故事

过去，晚餐后，水手长聚集了一帮甲板部的水手开始在娱乐活动室内打扑克、玩八十分、打大怪路子。几个驾驶员和轮机员埋首象棋盘上，正在酣战，在棋盘上杀得昏天黑地，却一直处于胶着阶段，不分胜负。娱乐室热闹非凡、一定程度上帮海员排解了远航的寂寞。

一些海员在打牌过程中因配合不协调会产生剧烈的争吵，也有的因琐事而大打出手。我曾经在一艘外派船舶工作期间，发现平时两位关系不错的海员吵了起来，继而开始对骂，甚至连老祖宗以及双方的孩子都没能在骂战中“幸免”，双方骂得口干舌燥，最后在其他海员的劝阻下不欢而散。

这还是比较文明的对骂，双方还能克制，仅仅是骂骂咧咧，骂不还手。有些情况就不同了，我也碰到过个别海员在下棋过程中发生推搡，在旁的海员推波助澜并火上浇油，最后真的燃起了战火，双方打得头破血流。

究其原因，是因为外派合同期满后，外派单位以不是方便港口为由，让海员再干一个月，且这一个月还拿不到超期合同工资。海员在这种情况下情绪变得非常暴戾，娱乐活动常常变成了发泄情绪的工具。

倒是在乒乓球室内，几位爱好乒乓球的水手正在乒乓球台上厮杀，其间不时传来获胜的欢呼声。

不喜运动的海员弟兄聚集在餐厅观看电视、录像、DVD 光碟打发船上的单调生活。大家各自活动互不干扰。

由此看来，海员的情绪与海员在船的时间长短有相当大的关系。

每一位海员都有其个性，有的喜欢社交，有的宁愿一个人在自己的舱室内面壁而坐，喜欢文学的海员会躲在舱室里静静阅读，打发漫长的时间。海员们期待能有新的娱乐形式和器具代替现有的单一娱乐活动，以帮助消除其心理疲倦。随着船舶居住条件的改善，现代化船舶的海员居住条件发生了根本性的变化，几乎都是每人一个舱室附带了独立的卫生设施。海员收入尽管不高，但他们购买笔记本电脑、视频电器设备从不吝啬。年轻海员手持与电脑相匹配的移动硬盘，使得在船上的工作、生活和娱乐活动变得更加丰富，从而改变过去单调的娱乐习惯。

到了晚上海员活动室几乎看不到人影，没有了往日的集体娱乐活动，那些八十分、大怪路子只能在政委的组织下作为过节的娱乐活动了，“卒炮车马”静静的安放在盒子，电视机也被晾在角落。究其原因，海员开始将自己在船舶上的娱乐、休闲、游戏都转移到了自己的房间内，海员有了维持私密环境的“武器装备”——手提电脑。一到晚上整个走道里发出优美的歌声，一段歌声后，这里的夜晚变得静悄悄的，海员似乎都被电脑“管制”起来了。

这种变化也让我开始忧虑起来。过去，晚上10点后，政委只要到各个娱乐场所一站——不说一句话，海员弟兄抬头看一下墙壁上的钟后，立马放下手中的棋牌，自觉回到舱室休息了。但现在的情况是，海员一下班就沉湎于舱室内的电脑游戏或电影里，休息时间就无法监控保障了。旧的海员管理模式已经不适应电子化时代的人员管理了。

怎么办？总不能利用职权，使用船长、政委的万能钥匙去逐个舱室检查吧？也不能将生活区的电源关了，笔记本电脑还有电池功能呢！这是船舶现代化管理的难点。

“船长，我刚下班玩一会儿电脑就休息！”三副24：00下班后对我说。

“深夜玩电脑会增加大脑皮层的活跃程度，等你想睡觉就睡不着了。第二天8：00上驾驶台值班就会萎靡不振，从亚洲到欧洲，船舶时差变化已经影响了生物钟的正常规律。此刻，你不宜再玩电脑。我建议你驾驶台下班后，洗盥之后上床睡觉，电脑可以在中午下班后玩。”

我以船舶时差变化和人体生物钟的道理劝说年轻人规律生活，不应无节制地玩弄电子产品。

我查看了一下菲利克斯托港在英国的地理位置。该港位于英国首都伦敦北面大约90英里的地方。这里原本是英国伦敦北部非常偏僻的市郊农村，这里，一座座漂亮的英格兰风格的小房散落在海滩边上，马路上几乎不见人影，只有海鸥在翱翔和大树上的小鸟在叽叽喳喳地鸣啼，村民们过着宁静的田园生活。

就在20世纪80年代后期，英国伦敦的泰晤士河的河道深度再也无法容纳当时正在迅猛发展的大型集装箱船舶，出于政府的发展计划，伦敦把港口开发水深达到了16米以下，足够满足现代集装箱船舶靠泊菲利克斯托镇。

从此小镇的宁静成为过去，港口机械作业的声音在宁静的海边传到了附近村民们的耳朵里。菲利克斯托小镇的公路上开始奔驰超级集装箱卡车，这些“车匪路霸”般的集装箱卡车把英国人的小汽车都挤对到了路边。

以港口为中心，就业人口慢慢聚合了，继而这座小镇的人口发生了变化。待我们靠稳菲利克斯托港集装箱码头，天色已经暗下去了。

营养过剩、胖乎乎的代理挺着女人怀孕般的大肚子，呼哧呼哧地从舷梯上爬了上来，到了甲板已经气喘吁吁了。他休息片刻后才乘电梯来到我的办公室："Captain，gangway is too high（船长，你轮的舷梯太高了）！"

"You are very strong and heavy and my gangway is over loaded（您太强壮、太沉了，连我们的舷梯都超负荷了）！"我微笑着开了他一个玩笑。

代理有点不好意思了，连忙解释："我太胖了，吃得太多，应该减肥了，是吗？"

"减肥是很痛苦的，当然，你这样的体形很美。我认为胖才可爱。"

他说每天工作很忙很辛苦，这样的工作还要半夜出更，简直是鬼做的事情。

"不，忙就好哇，有工作了，不失业了，对您来说很有必要，这样既能减肥，还能赚钱，这样的好差事谁能找到？"我对他的抱怨报以调侃。

"不、不、不，我不是抱怨工作，我是说黑夜做事似乎觉得有点困倦。"他以为我对他的工作不满意，连忙解释。

办完一切进港手续，他告诉我船将在这里停留 2 天！他留下了一个无法打国际长途的手机：

"船长有事请打电话，我们值班人员的电话都存在里面。"他转身提包就走，在开船前才再见到他的身影。

代理说要逗留 2 天，我和我的海员弟兄们都喜在心里，我们可以在菲利克斯托港下地转悠，踏踏地气了。至少，海员弟兄们可以在此港调节一下时差引起的疲劳了。我和几位海员用手机接通了菲利克斯托港外的海员俱乐部。我用船上的广播通知了海员弟兄们，只要不当班的海员弟兄都可以下地，踏踏地气。

下地的海员们都集中在舷梯口。

一会儿一辆车顶闪耀黄色灯光的小巴停在了舷边梯口。

除了当班和安全值班的海员外，海员们都聚集在舷梯口等待菲利克斯托港口海员俱乐部的汽车。一会儿一辆标有教会标志的海员俱乐部的面包车出现在面前。驾驶员很和蔼地招呼海员上车，并向来自中国的海员们致以问候。海员们坐好后，汽车就在港区复杂的道路上七拐八弯地向俱乐部驶去。

俱乐部就坐落在离开港区不远的一座小房内，俱乐部是非营利的机构，主要接待来自世界各地的海员。因为是当地教会开办的海员俱乐部，所以俱乐部里到处充满了教会的气氛。

这里的工作人员尊重来自世界各国的海员不同的宗教信仰，不主动传教。

这里的工作人员都是志愿者，他们经过报名录取后，一般每星期有 2 到 3 天在工作之余到俱乐部义务为世界海员服务。因此，工作人员都十分亲切和热情。到了俱乐部就像到了海员之家，不分肤色和国籍，无论是富国海员还是第三世界的海员在此一律平等。

俱乐部为海员们提供了国际长途电话服务和互联网服务。海员在俱乐部里可以看书、阅读杂志、打台球和乒乓球，等等。如果感到寂寞可以坐在吧台上和这里的女服务员喝酒、聊天。这些女服务员是基督信徒，是通过教会介绍而来的志愿者，怀着仁爱、慈爱之心来到海员俱乐部义务为海员们服务，他们中有大学生、家庭主妇，还有职业女性。那些男志愿者承担了接送海员的任务，这里一切的安排都井然有序，他们不会拒绝海员们的合理要求。我们的海员到了俱乐部后，看到很多菲律宾海员也在俱乐部中，几台电脑早就被他们占据了。

“厦”轮的海员弟兄不顾国内已是子夜时分，纷纷买了一张 5 美元的电话卡，与恋人美滋滋地聊上 80 分钟。他们在电话中向心爱的姑娘表达爱意，了解姑娘的内心需求。然后，在欧洲各国购买香水、时装和饰品，以博得姑娘的欢心，从而增强爱情“凝聚力”。我也与老婆用电话传递相思之情，还询问了女儿的学习情况。

过去通信没有这样发达，海员靠写信与外界保持联系，所以船到国外港口第一件事，就是等待代理把公司寄来的家信送到船长手里。

海员看信后再回信，让政委收集后在开航前交给代理寄回去。在港口中收到家信的海员会乐得手舞足蹈，没有见到家信的海员弟兄则闷闷不乐。如今，西欧各国的俱乐部成就了海员的愿望，开辟了专门的海员热线电话让海员们使用。

远离祖国一个月后，海员们期待着能够通过电话、互联网和自己的亲人说上几句挂念的话，还可以在电脑上进行视频对话，一下子把千里之外的亲人拉到了眼前。

由于海员们长时间霸占电话亭，数量不多的数十间电话亭满足不了众多海员的需求，占据着电话亭的海员与对方情话细聊，慢悠悠耗着时间。等待的海员则是心急火燎，盼望某位仁兄能够早点出来，他可以接上去，随后忘乎所以地不顾他人等候了。

我也衷心希望我们年轻的海员能尽早拥有一个家，在疲倦的航海生活后可以投入属于自己爱的港湾。等待之余我开始和俱乐部一位义工姑娘聊了起来。这位姑娘是大学生，今天是她的义务服务日，所以上午放学就来到了俱乐部。她说很愿意为海员们服务，给海员们带来欢乐，这是上帝指派的工作，所以她把自己的全部热情投入了这个她认为非常有意义的工作。在这里看到了来自世界各地的海员，能够了解他们的生活和追求，对她今后的工作非常有益，她笑容满面地回答了我的问题。我联想起目前中国港口的情况，要是在国内港口找到这样的一家海员俱乐部，为海员提供无偿服务的慈善机构那该多好哇！

相比之下，中国的港口在针对世界远洋海员服务这方面是欠缺的。比如，中国上海洋山港某栋建筑挂了海员俱乐部牌子，可是那些为海员服务的项目基本都是空白！洋山港连海员家属都不能随便进去，无情地剥夺了他们相聚的机会，这个东方未来集装箱大港没有海员俱乐部真有点说不过去。

回船时已经22:00了，我发现船上的海员们都失踪了，他们在哪儿呢？梯口值班水手告诉我："他们现在都在驾驶台两翼！"

"哇！乖乖隆的咚，韭菜炒大葱！"我用学到的苏北话加上自己的浦东口音不伦不类地大呼小叫起来。原来，几乎船上所有的私人电脑都在驾驶台集中“开会”了。

干什么？上网！这里有码头上的免费 Wi-Fi 信号。可是，这么多的电脑在一个 Wi-Fi 信道上导致网络信号不稳且网速缓慢，但海员们依然盯着电脑屏幕不亦乐乎。

在信息闭塞的船舶上，就如同红军长征路上“抬头望见北斗星，心中怀念毛主席”了。此时海员可以用 Wi-Fi 知晓天下事，眼前的视野豁然开朗了。

我兴奋至极，也拿出笔记本电脑和大家一起“埋头苦干”了。但是，不稳定的 Wi-Fi 信号让我陡然失去了耐心，告诉弟兄们早点休息后，独自回到舱室睡觉了。

海员们在寒冷的驾驶台侧翼披了御寒的大衣，用冻得发抖的手按下了键盘的每一个符号。海员对信息的渴望可见一斑，我们希望有更多的机会和稳定的 Wi-Fi 信号来了解世界大事、中国大事，以及能够和朋友、家人联系通过 Wi-Fi 沟通。家书一封胜千金，电邮传递的是我们海员的一片热情和对家人乃至公司的关怀。

海员们渴望的就是外界的信息，一位年轻的海员告诉我：“船长，如果船上有 Wi-Fi，3 ~ 4 个月的船舶工作时间，在家休息两三个月，我在船舶就是干一辈子也愿意！”

现在，船舶因为公司的各种原因，很少接入通过卫星的 Wi-Fi 信号，即便有 Wi-Fi 信号，海员也无法支付高昂的流量费用。我希望通过本篇游记向公司管理者呼吁：海员渴望有一天船上能够拥有流畅且 Wi-Fi 信号。

第二天，早晨 6 点半太阳刚刚出现在地平线上，我在床上辗转不停，7 点我艰难地从困倦中爬起来，到驾驶台查验电台通信，又到甲板上转了一圈，看看装卸货情况，让我感到宽慰的是我们的大副把装卸作业都安排得井然有序。

春天似乎还沉睡着，从驾驶台眺望菲利克斯托远处的田野。视线越过集装箱堆场，那里一个接一个的巨大的高尔夫球场绵延到了地平线尽头。在码头的对岸，一群红顶的小房披上了阳光，教堂的十字架在别墅中“鹤立鸡群”，隐隐传达着上帝的旨意。在船舶的外挡，一些英国人正开着游艇和帆船在海上“畅游”，这样的异国风光令人感到心旷神怡，我呼吸着从郊外吹来的清新空气，心旷神怡，疲倦顿消。

船停在菲利克斯托港有两件事情：第一，递交“海事声明[①]”；第二，和正要离任的驻外公司代表、老同学约会。

我有一份“海事声明”需要递交，那是在地中海遭遇风暴后，船上几只集装箱帆布被大风吹下后自然破损，为了解除船方责任需要书写一份英文声明，声明公证后才能有法律效力。

因为晚上靠泊菲利克斯托港，其公证处晚上不营业，代理与我约定在第二天 9：00 去往公证处。

在风雨交集的环境中迎来了代理。我与跟班船长简单做了一些交代后，随即踩上了大不列颠帝国湿润的土地。冬雨淋漓，慢慢地田野中雾气散了、风小了，太阳抹去了地平线上空的云隙。

公证处离码头大约有 30 分钟的车程。驾驶员开着汽车在菲利克斯托港外的高速公路上疾驰，闪过了英格兰田野和农庄，只可惜我没有带照相机，那些田园风光景象只能遗憾地留在记忆中了。

刚刚到公证处停好车，登轮代理的电话响了。我听代理的口气就知道驻外同学已经在他的办公室等我了。

待我办好海事声明的公证后来到同学办公室，老同学告诉我有两位熟悉的朋友等着见我。

随后，驻地同学拉开了他的办公室门。

“哇，两位老同学，你们怎么来到菲利克斯托小镇了？来打高尔夫球吗？”我开起了玩笑。

原来站在我面前的一位是集团公司总船长，一位是海事大学的校长！

他们公差到英国伦敦参加国际海事组织的会议。休会时，赶上“厦”

① 海事声明：英文为“Sea Protest”。船舶在海上、码头发生涉及人为的、自然的货物破损，以及海员伤亡等事故之后，船长根据事实撰写的一份报告，并附有现场图片、海上气象资料、航海日记当时的事故记录复印件，在靠泊第一港口后 24 小时内需要完成公证、递交、保存，以便作为今后司法仲裁、民事诉讼客观证据。

轮靠泊菲利克斯托港。听说我在船上做船长，特地来港看望我。

海外相见，同学间的情绪热烈高涨，我与每位同学都来了一个熊抱。

我们一起乘车来到了我的船上，在船长室内天南海北聊起航海生涯。他们说：

“只有少数几个同学还站在船舶甲板上，你是目前航海上杰出的船长，海大学生的榜样。”

我微笑着，接受了他们的褒赞。

小镇酒吧

他们邀我到菲利克斯托小镇、靠近海滩边上的一个据说是历史悠久的小酒吧洗尘，作为当地的代理行老总，向我和“厦”轮致以问候。我很愉快地接受了邀请，穿戴整齐后，交代了船上事务后跟随他们去了。

小酒吧隐身在周围的居民住宅之中，它没有什么显著的店招，好像走进当地居民家里，周围一块黄沙和鹅卵石铺就的停车场可以容纳十几辆小车。

我们是最早到的一批客人。

据同学介绍这个小酒吧生意非常兴隆，每天的顾客应接不暇，晚了还没有座位，只能坐在柜台前的凳子上将就了。吸引大批顾客前来的原因是这个酒吧每天能够进到当天从海上捕到的新鲜海鱼，加上传统的英格兰煎炸，味鲜肉美。你可以在小酒吧二楼的落地窗看到沙滩上的景象，配着一杯扎啤或者一杯飘着缕缕热气的咖啡，好不惬意！

中国有句古话：“好酒不怕巷子深！”而这里是：“景美无须吆喝声。”小酒吧用特色吸引了附近很多居民顾客，连我们都被吸引过来了。

我们每人点了一条面拖煎鱼加油炸薯条，还有两杯啤酒和两杯咖啡。

在这里，服务员不会把啤酒和咖啡送到你的桌上去，你得自己拿啤酒杯和咖啡盘倒。“Follow me！（跟我来！）”同学习惯性地说了一句英语，我跟了上去。

同学介绍了菲利克斯托小酒吧的来历。上溯到 17 ~ 18 世纪，这里是海盗的老巢。小店的老祖宗也是绿林好汉之一，后来，金盆洗手登岸开了一家小店，过上了正常的生活。

“说对了！也是良心发现吧，他们从此做生意都很公道。”

正闲聊中，4 盘煎鱼端上来了，周围都是薯条、盘底是一点绿色蔬菜。我对西餐并不多感兴趣，而这条鱼却煎得和中国餐馆有点类似，加上一点柠檬汁，倒也让我食欲大开，吃得精光，连薯条也沾了番茄酱有滋有味吃得盘子朝天。我忽然感觉中国餐馆一桌酒菜还不够，怎么到了国外就满足了呢？

驻地同学抬手看看手表：“时间还早，今天我带你们去一次剑桥大学怎样？离这里大概 1 小时 40 分钟车程。假如船舶有事，我告诉登轮代理及时和我们联系。另外，校长和总船长还要赶回伦敦去，我就带他们到公司，另行安排车辆回去。”

▶ 第十三章

菲利克斯托港印象

参观三一神学院

“这太好了！”我十分兴奋。说实在的，我数十次到过菲利克斯托港，从来没有离开过船舶，最多到俱乐部附近的沙滩上兜兜风，想去更远的地方，因没有交通工具而放弃了。

一行人从小餐馆返回了船边，校长老同学看到巨大的船舶身躯不禁唏嘘：“中国的航运发展这么快，船舶这么大，我们可得努力加紧培养现代化的航海人才啊。”

我在车外向他们挥手告别。车动了，老同学向我伸出手：“船长，别忘了下船后和我联系！母校的建校百年纪念日，别忘了给我的学生讲课！”

声音就像多普勒效应一样，由大变小，渐渐消失。汽车转弯后消失在我的视野中。

驻地同学开着车一路介绍剑桥大学的来历。这是13世纪前的古老故事了。一群牛津的有志学者向当时的国王建议，在伦敦的北部再建一个大学区。国王同意了。就这样在剑桥他们建造了几十个学院，有圣约翰学院（St. John's College）、神学院（Trinity College）、国王学院（King's College），女王也不落后，她也有女王学院等综合性学院，随着历史的发展慢慢地与伦敦牛津大学并驾齐驱了。从剑桥大学出来的学生基本上都是社会精英和名流学者。同学说，因为时间关系，他今天只能带我参观神学院和国王学院。

汽车疾驰在去往剑桥的高速公路上，两旁都是绿色覆盖的土地，苏醒的田野如海浪上下起伏，黄色的是油菜花，白色的是一群群绵羊，好一派田园风光！坐在汽车里看到的是与大海不同的景色，把大洋上带来的一切枯燥荡涤得干干净净。

汽车上的GPS指示与实际情况一致，剑桥的路牌在一条十字路口出现了。同学说再过几百米就是剑桥校区了，同时见到了很多像教堂类的古老建筑。

同学泊车后就带我走上了街头，首先去的是三一神学院。剑桥三一神学院曾经是世界上最著名的物理学家牛顿做学问的地方，我想这里大概离那棵掉下苹果砸在牛顿头上，从而促使牛顿发现万有引力的树不远了。

可是，我没有发现这棵树。在神学院的大教堂内却发现了令世人崇敬的牛顿。与其他科学家的雕像不同，牛顿的雕像是在教堂的大厅中央靠近教堂内斑斓写着古代英文的画壁附近。他的雕像侧立在那里，目光炯炯有神，而其他科学家的雕像都是安详地坐在椅子上，面对面环绕而坐，好像牛顿在为他们上课。牛顿在历代科学家中的地位显然是至高无上的，他对世界物理学的贡献推动了整个物理学历史的发展。尽管这是一所神学院，但科学完全超越了神学。

游览每一所学院都有要求且需付费。一般写有“Private area（私人区域）”就谢绝游客参观，并且要求游客：“不要在此野餐、乱丢垃圾、随意践踏草坪，请勿喧哗，禁止播放收音机或音乐。”而草坪上只能供学院的资深人士和他们的客人散步。

在这所略显庄严的校园里，我们只能在有限的空间范围内活动，即便这样，这些活动也让我受益匪浅，我做梦也没有想到我会踏入剑桥神学院，也没有想到能到著名的剑桥一游。感谢同学的安排！我收集了神学院的一份介绍小册子，里面有许多令人神往的园区，尽管不能踏入小册子宣传的地方看看，对照实景也是一种感观上的享受。

游览过程中发生了一件尴尬的事，学院内所有的厕所是不对外开放的。我们努力忍耐，最后还是求助于同学了，同学知道街头有厕所但必须寻找。由此，我们在找厕所的路上，一肚子负担地饱览了剑桥街景。最后在一条深巷中找到了厕所。

街头厕所管理得很好，进去根本感觉不到臭味，里面的一位清洁工正在忙碌。放松后的我们又有了游览的劲头。

我在同学的带领下来到了国王学院的北门，在那里我们得到了同学购买的入院券。管理人员告诉我们可以从大教堂的边门进去，可以拍照但不能闪光。

国王学院的特殊学者

金碧辉煌的中世纪教堂出现在眼前，我们即刻感受到扇形穹顶教堂的庄严和宽敞。教堂长 88 米，支撑跨度 12 米，穹顶高度 24 米，扇形穹顶完成于 1513 年至 1515 年，无疑是这座建筑的骄傲。此后安装 26 块扇形彩色玻璃窗又花了大约 30 年的时间。

我们走进了教堂，大教堂内聚集了很多学生。只见一排座椅上很多游客正认真听导游解说。导游指着教堂硕大的蓝色玻璃图案，把游客的目光集中到一起；手指像音乐指挥家一样让游客的抬头、低头动作划一。

接着导游的解释引来了一阵哄堂大笑，把肃静的大教堂震得回声轰隆。深入教堂里，有一处安放了管风琴的深色橡木屏，是亨利八世的礼物。上面刻着他和第二任王后安妮 · 博林名字的缩写，时间是 1533 年亨利八世娶安妮时至 1536 年。后来亨利八世把安妮给处决了。读罢册子上对这段历史的简介，我感到唏嘘不已。

据说此教堂也曾作为英国的一些议会开会地点。我仿佛看到了英国议员们站在那里口若悬河争辩的场景，当然这些遐想是从电影中移植过来的。王室的成员也经常到国王学院大教堂祈祷。时过境迁，这里的建筑依然如昨天，而世界却发生了巨变。沿管风琴屏风往前走，来到唱诗区。一幅圣母玛利亚的油画前，很多穿着现代服装唱诗班的学生在那里排练。走近一看，每一排座椅前（小册子里称为“厩”）都是烛坛，在没有电的年代这里肯定烛光闪烁。

我推开教堂右边一扇木制大门，那些中世纪和英国古代的图案和物件在我眼前消失了，取而代之的是门外的校区——前庭。走进学院大门，视野顿时开阔，正对着我们的是白色的古典式吉布斯大楼，中间有一大片草坪，草坪中间的喷水池上立着亨利六世的雕像，两侧分别是餐厅和哥特式礼拜堂。以国王学院草坪为中心，面对剑河，左边是女王学院，右边是克莱尔学院。在剑河畔，几只野鹅和野鸭正休闲地散步，我走至跟前它们都无动于衷，连声音都懒得发出来。

河中还有游船在荡桨，船过留下一串银铃般的笑声。一群少男少女正在剑河上玩水，他们看见我们一行人就在游船上大声呼叫“Chinese”。河岸的动与静衬托了如画的剑河景致，剑河从克莱尔学院流向北边，从女王学院流向南。

走过国王学院的桥，剑河的西边是“学者草地”，使人在国王学院（剑桥中心）即可瞥见远处的田园风光。我们止步在桥上，桥下分布着几个人才能合抱的参天大树，树上还有很多鸟巢。从桥上远远望去，弯曲的小径向一条公路延伸。据说小径是19世纪早期浪漫主义精神指引下由新教会的牧师查尔斯·西蒙设计的，一直通到后门。

同学介绍，当年徐志摩在国王学院上过学，“轻轻的我走了，正如我轻轻的来……”著名的《再别康桥》就是出自这里。

在回走的小径上，一对野鸭带着6只鸭宝宝从桥边博德利庭中蹒跚踱步而出，来到了大草坪上。我不禁感叹：这群鸭子真幸运，享有在剑桥学府散步、嬉戏的特权。

我仿佛觉得它们也是学院的一员。在这个无数学生削尖脑袋想获准进入的英国高等学府，这群鸭子家属却轻而易举就达成了。由此，我诙谐地认为这群野鸭家属的身价不菲，智商也是非一般鸭子可比，羡煞了我们这些游客。

出了国王大学后，同学依然兴致不减，提议绕剑河边走一圈。

剑河是围绕这片学院的河流，是莘莘学子在度过了每天紧张学习后放松、休闲的最好地方。当我们坐上游船泛舟时，那位既当船夫又当导游的年轻人给我们介绍了当年徐志摩写下不朽爱情诗篇的过程。

剑桥市内保存了许多中世纪的建筑，这里的一砖一瓦似乎都在述说着古老的过去，就像英国这个古老的帝国一样。我站在剑桥的街头沉思了许久，不知道徐志摩当下是否也有同样的感受?

晚霞出来了，我们离开剑桥，汽车又行进在去菲利克斯托港的高速公路上。

到了船上，我迫不及待将今天的故事告诉了上海的朋友们。

菲利克斯托港的海滩

回到船上，我迅速投入熟悉的工作环境。手机铃声响起，原来是代理通知我开航计划发生了变化：早晨大风天气影响了原定开航时间，推迟到了明日 10：00。

变就变吧，靠泊装卸安全才是最重要的。

大厨“小宁波”闻讯明早才能开船，来到我的舱室：

“船长，你答应陪我们下地。今晚还有一点时间，怎样，一块儿去溜达一圈吧！”

“小宁波”与我住在一个地区，加上已经同船数次。我立刻从沙发上爬起来，答应与“小宁波”一起下地走走。

“小宁波”带着我和一帮弟兄们穿过铁路道口，来到了菲利克斯托小镇。

小镇上行人很少，只有我们一帮中国海员在路旁行色匆匆地向小镇深处走去。英国人一座座相连的房屋坐落在离马路不远处的草地的间隙中，每一家的屋前都有一个小院子，里面的花坛点缀了主人家庭风景，每一个院子都是不同的风景，体现了主人的个性和爱好。

一些院子环境整洁、摆饰错落有致；一些院子凌乱不堪。家门口的马路上停放了各自的私家车，形成了外国异乡特有的风土人情。

再往前走一段路，一批风格各异的别墅映入眼帘，落地玻璃窗中透出了白色的窗帘，时隐时现的窗纱摆动，致使远离祖国、远离家乡的海员们陡生思乡情结。此时，行进中的弟兄们因触景生情而变得鸦雀无声。

一把巨大、颜色鲜艳的遮阳伞点缀了宁静的别墅阳台，与白色小圆台、凳子、安乐椅组成错落有致的摆设，风景很是协调。远处看去，这些阳台都是对着大海沙滩方向。主人们选择了这块风水宝地，在家里就能观赏美丽的海景。

英国是个传统的航海国家，女王的子民们都对大海保持敬畏的态度并热衷于航海，在整个小镇上到处体现了航海文化的特性。只要有休闲时光，小镇的人们会驾驶帆船、游艇与大海来一个热情的拥抱。他们扬帆起航，热衷于与大海的浪头一决高低。英国民众认为只有经过大风大浪的真实考验，有了征服大海的信心，才能成为海洋强国。民众崇拜当过船长、当过海员的人。

我带领的一群弟兄中有多少是带着职业的荣耀参与航海的？我们现在的海员基本上是为了生计、为了家庭才无奈地走上甲板，周游列国。但心心念念中一直在寻找机会，有朝一日能远离大海，回归家庭。

这就是航海文化和农耕文化理念的本质区别。

这里的商店很少，偶尔在一群别墅丛中出现一个杂货店，也没有多少人光顾，我不知道这家店是如何维持生存的。进入店家发现也仅仅是一些日常用品，老板娘坐在收银台前无聊地看着电视，对进来的中国海员不屑一顾。

大概老板娘也知道这些海员进店只是逛逛。中国海员更是如此，只看不买。再看看挂在商店里的衣服、日用品，几乎都是“Made in China（中国制造）”，你说中国人怎会去购买这些东西，做“出口转内销”的生意？

菲利克斯托的海滨浴场就在眼前，这个浴场蔓延数公里，细微的黄沙在阳光下变得分外柔和。

沙滩上有更换衣服和存放东西的一座座小房子。不远处的田园和绿树丛中，停放着可随时移动的活动房，活动房内有厨房、卧室、淋浴房，生活起居用品应有尽有，俨然是一个可以到处周游的家，房车场浩浩荡荡蔓延数平方公里。

据说在夏天，许多英国人拖家带口，全体出动到菲利克斯托海岸享受阳光。他们不住旅馆、酒店，而是住在租用的房车里。出门就是海滩、游泳场，如果不想到苦涩的海水中游泳，可以到附近的高尔夫球场消遣娱乐。

消遣疲乏后回到活动房就像回到了自己家里，游玩后的一切疲倦得以立即放松。

我站在令人神往的菲利克斯托的海滩上，远处的海浪不时卷着浪花冲上海滩，发出哗、哗、哗的响声，随后又无阻地退向大海，此起彼伏，经久不息。因为职业的原因，我看惯了大海飞腾咆哮。可是到了沙滩上，我却被海浪的磅礴气势所感染，在生活中我们不是也需要像海浪一样时刻保持激情吗？

天渐渐黑了，当我正看着沙滩，看着海浪，看着望不到尽头的大海陷入沉思时，海员弟兄们正在远处大声呼唤："船长，天黑了，我们该回去了。"

回船后，我给自己放了一缸适宜的温水，一阵氤氲在浴室内弥漫。躺在浴缸中享受浸泡的惬意，解除了白天行走的疲乏。我擦干水珠，穿上衣服，关闭手机，在沙发上躺了下来，很快进入了梦乡。在梦里，我将爱妻拥入自己温暖的怀抱。我基本上一辈子在海上漂泊，造成了非常人能够理解的分离。坦率说，我不希望与家人长期分离。但一颗热爱、忠于航海职业的心驱使我不离不弃，坚守自己的岗位，以大国航海工匠精神，为航海做一点微薄贡献。我没有投机钻营的企图，也没有当官的欲念。我一根筋地想在船上做好本职工作。同时航海职业使我可以改善自身家庭经济条件，让家人生活得更加有尊严。我凝视身下那张鱼尾纹丛生的脸，内疚之情油然而生。我是一个自然人，一个男人需要情、需要爱。老婆也是一个正常的女人，她需要感情、需要被爱。

此刻多么想在离别之夜给老婆更多的温柔、更多的体贴。然而良宵夜短，欢聚总有离别时。我看着那张带着惆怅、曾经漂亮的脸蛋只能给予安慰："半年，我很快会回来的！"

老婆在绵绵细语中担忧："你需要船舶，我拦不住你的执着，但这两天的报纸一直让我惊恐不安，你船是欧洲航线，要经过马六甲海峡、经过亚丁湾。这些地方都是海盗出没之地，我担心你的安全，担心那些穷凶极恶的海盗会劫持你们的船。"

我安慰："我船大，船速快，海盗不可能上来劫持，倒是我像加勒比海盗把你劫持在身下了。"她突然笑了，一脚把我踹下床。

舷梯口值班水手此时对着对讲机大声呼叫："船长，一位英国朋友找你！"

我中断了"黄粱美梦"。"好吧！快上来吧！我正等着他呢！哎！什么人？"

船长上了船舶就把一切交给了工作。船长每时每刻都得去应付港口内很多繁杂事务。一切都是命令主宰了行动，还不能有半点失误。否则，任何耽误都是损失。比如应付港口官员名目繁多的检查，就看船长的应变能力和待人接物的本事了。

一个满头黄发的英国人出现在我的面前，他亮出了他的派司："我是英国海事检查官员！""哎呀！这不是 PSC 官员吗？"我的灵魂差一点出窍，我拍拍脑袋，再看看这个家伙，方才意识到棘手的检查终于到来了，我必须无条件接受英国港口当局的 PSC 检查，而且是夜间检查。我当船长至今没有遭遇过，这次在英国总算开眼界了。我连忙通知了还毫不知情的大副、轮机长，告诉他们："狼真的来了，是一只夜行狼出来咬我们了。看我们是羊圈里的绵羊还是善斗的野羚羊，就在今晚 PK 雌雄了。"

菲利克斯托港 PSC 检查

PSC 检查是国际海事组织（IMO）批准的所有港口国对来访、来贸易的商船进行安全检查。自 20 世纪 80 年代世界上低标准船舶航海事故、沉没等灾难事故频发，造成人类生命财产的巨大损失和海水生态污染破坏的情况，国际社会强烈要求对低标准船舶实施检查，扣留不符合航海要求的船舶出港。这主要是一些船东不顾航海危险，船舶常年失修，让设备、导航仪器等处于仅仅满足甚至低于航海标准的所谓低标准船舶投入营运以获取巨额利润而为。这些低标准船舶成为危及海员生命和海上自然环境的杀手。

于是，世界上港口国以不同地理位置为圈子，划分出了欧洲国家为主的巴黎备忘录 PSC 区，亚洲国家（包括中国在内的）东京备忘录 PSC 区，美国海岸警备队（USCG）PSC 检查区，还有其他备忘录 PSC 洲区，基本上覆盖了整个世界港口国。

因此，只要在远洋船上工作，无论航行到哪个国家，船舶都处于没有事先告知的检查之中。为了维护本国沿海安全和防止海域被低标准船舶泄漏污油造成污染，任何国家都能扣留低标准船舶。现在有了安全检查，任何船公司都不敢把低标准船舶开出去，并且必须配备足够持有相符证书的海员。

PSC 官员只要检查出一条不符合要求的情况都可以开具缺陷、要求马上改正或者不严重的话到下港修复的代码单。如果开出那张毛骨悚然的 A30 代码单，那就是船舶要被扣留了，整个公司都将引起地震般的轰动。除了船长承担具体责任、责任海员吃大板处罚外，整个公司船舶管理者都将失去部分奖金。到时船长成了群起而攻之的目标。

船长现在很大一部分管理工作都是围绕船舶的日常维护和保证人员适航。应对 PSC 检查是船长和海员必须具备的能力。我和海员们在航行途中一直为检查而备。有的时候你一直等待 PSC 检查，却没有一个港口 PSC 官员上船检查。

我一直在船上以牧羊小孩的口气高喊：“狼来了，狼来了。”喊多了，海员没有见到 PSC 官员上船检查就开始麻木了。可不管怎样，这“狼”终究要来，圈在船上“羊圈”里的海员们一直胆战心惊。

PSC 检查的负面作用，凡事都要用填写报表的形式来证明自己履行国际海事公约和港口国的规定。还把检查扩大到了海员人事管理上，海员增加了大量文字工作的负担。

一些不发达国家的港口国检查人员手握 PSC 检查尚方宝剑，常常以不规范的检查逼迫船长和驾驶员就范，然后暗暗收取“保护费”才给消除缺陷。如果不服，船长即便告到国际海事组织也无济于事。所以，PSC 检查是把船东对船舶维修不善转嫁到了船长、海员身上。好在，欧洲港口国检查很正规，实事求是的检查让海员感到踏实和信服。

趁着 PSC 官员从肩上放下鼓鼓囊囊的大背包，我仔细打量了今晚的“对手”，他高个子、蓝眼睛、高鼻子、黄头发，是一个标准的欧洲英国人！

“好了，船长我们可以工作了。”他说，“船长，当我踏上你船的甲板就被整洁的外表和内在的明亮留下了好的印象，心情马上好起来了。”

“谢谢你的夸奖，我船是一艘新船，刚刚投入营运 7 个月。怎么，检查官还有不高兴的事？”我看着他蓝色的眼睛，想从他深邃的目光看出那一丝狡黠——是否真心对我的船舶产生好感。

“噢！检查官先生，是否来一杯咖啡，怎样？还是来一杯中国茶？”我看着他的反应。

他微笑的脸进入了沉思。一会儿摇摆他的头，一会儿又做出英国人耸肩膀的习惯动作，估计考虑成熟了：“船长，谢谢你！今天我检查了 3 艘船，却没有一艘船舶的船长像你一样问我要喝点什么，矿泉水都没有！到现在为止我嘴唇还没有沾点水呢！”

“那我给你冲杯咖啡？”我看着他真情的表述以征求的口气询问他。

“噢！不，还是来一杯中国茶吧，我喜欢喝中国茶。世界闻名啊！”

“嘿！李船长，请给这位朋友冲一壶龙井茶！顺便介绍一下，这是我的朋友李船长，来船跟班学习的。他是一位资深船长，但公司规定上这样尺度的大型船舶前必须见习。”

“很好，这是保证船舶安全的做法，你们公司的规定很好，就这一点，管理符合安全标准！欢迎您到菲利克斯托港来，船长。”

李船长与他握手以示感谢和欢迎到船检查，接着就以中国人的茶道方式冲了一壶热气腾腾的绿茶端了上来，沁人心脾的茶香袅袅飘出，如同龙井茶产地的山坳氤氲。

他连连说着“Thanks（谢谢）”，接过精巧的茶杯：“茶香，杯子也漂亮啊！”

“你这么晚了还上船检查，不知您吃过晚餐了吗？”

他听我一说马上摇头：“你看我的工作多么不好，我是这个港口唯一的检查官，我早晨出来后，中午才到咖啡吧里买一点吃的。老婆、孩子还等在家里呢。”

“你工作很辛苦，也对自己的职业很忠诚。没有吃晚餐？这样对身体不好。这样好了，我叫大厨给你做一顿中国餐怎样？那是和面包、生菜、沙拉不同的味道啊。”

“中国餐，我喜欢！在伦敦，我就经常上中国饭店，味道好极了。我太太也喜欢啊。船长，谢谢你的邀请。下次我再带我太太来品尝船长的大厨做的中国餐。”他客气地谢绝。

话到这个份上，PSC 检查官的情绪和我有点相似了，开始捣英国式糊糊了。很快一杯茶在投机的话语中下肚了：“Very Delicious！（味道好极了）”他连连称赞中国茶。

“船长，好吧！请您把证书拿过来让我看看！”他在非常融洽的气氛中开始了工作。

在闲谈之际，我已要求李船长将检查官需要检查的证书统统拿到了办公桌上，我把一摊子证书和凭经验需要检查的文本资料都堆在他的面前。

他看了全套证书后说："船长，证书没有问题，你把这些文本给我，证明你很熟悉业务，就看看你的油类记录簿吧。"他伸手接过我的油类记录簿，翻了几页后就合拢了：

"船长，今天我检查了 3 艘船，你是第 4 艘船舶。你主动配合，对你船的印象是最好的。你知道吗？今年一艘俄罗斯的船被我开了扣留单，交流不畅，船上状况极差，那个船长不仅不配合，还跟我发脾气。明天我还得去检查。"

"谢谢你的赞扬，我们还得继续努力做好船舶工作。"我敷衍地随着他的情绪走下去。

"你可以把证书拿去！接下去我是否能在驾驶员和轮机员的陪同下去驾驶台检查一下导航设备和航海图书资料、海图。随后到甲板上走走、到机舱看看。"

他端起茶杯啜了一口，然后换上工作衣戴上安全帽走了出去。

我连忙叫大副递上了一副白色纱手套，他感激地点点头戴在手上。

他到驾驶台看见整齐的导航设备和图书资料后，叫身边的驾驶员拿出一张随口说出的海图号码。二副有点紧张地抽出了那张海图。检查官说，给我找这个改正的点。

二副连忙拿了海图作业平行尺将航海通告上的经纬度一量，已被改正的点出现在检查官面前："Very good! OK，bridge passed."（很好，驾驶台通过。）

我看见二副的鼻子上沁出了晶亮的汗珠："二副，你做得很好，别紧张。"

随后，在大副、轮机长的陪伴下他几乎走遍了整个生活区和机舱。每到一处都感觉非常满意。在他提问时，我们也有不适、噎着的时候。当他在舵机间问及我们时，"Escape"这个英文词将我们困住了。几个人都钻进死胡同，想不出检查官的问话含义。好在检查官善意"放过"："OK，very good，you are escaped!（好了，你们可以逃脱了！）"

"啊！这就是逃生孔的意思啊！"我们在场的都面面相觑，接着都对着检查官笑了。

回到接待室，检查官脱下纱手套放在台子上，看着没有一点油渍的手套露出了满意的容态。他很爽气，哗啦几下就把那张"无缺陷"的纸撕给了我："谢谢你们的龙井茶，谢谢你们漂亮的船舶，不过，中国海员的语言交流还得进一步提高！船长，我该回家了。"

"谢谢你的光临，谢谢你的指导。"我客气地叫大副领他到电梯口。

下一个港口是德国的汉堡港。一些往事浮现眼前，那是在伦敦泰晤士河的船舶转靠英国菲利克斯托港后的往事。

泰晤士河船闸引水员的故事

那年，我们万吨级集装箱船舶都是在一个名叫 SUNK 的锚地抛锚等待潮水，然后在伦敦引水员的引航下驶向泰晤士河，去靠泰晤士河中的古老港口"Port of Tibury"（提伯利港）码头。

这条泰晤士河在 20 世纪 80 年代中期前曾经是严重污染的河道。英国在工业革命后，随着工业的发展，河道成了排污的渠道，大量工业废水被引入泰晤士河排泄，然后顺着河道流向英吉利海峡，以致渐渐把河水变得黑了，海水也像过去上海苏州河和黄浦江交汇处的"三夹水"。泰晤士河的鱼类也慢慢被废水逼得"背井离乡"，再也不能生存了。

当中国上海在 20 世纪 80 年代初期的黄浦江开始步泰晤士河后尘时，英国人开始治理泰晤士河了。我们集装箱船舶驶入泰晤士河口，眼前的河道景象已经开始改变了，泰晤士河的水颜色由浅黄变得清澈了，鱼虾开始重返泰晤士河，即使集装箱船舶的螺旋桨在河水中搅动也没有泛出如同黄浦江水那样的味道。

在泰晤士河幽静的树丛下还有人拿了鱼竿在垂钓，还有人拿了渔网在守株待兔般捕鱼。自然环境改善了，给了人们一个清洁的天空、大地和河流，出现了生物和人类共存的和谐景象，而上海黄浦江中曾经有的景象在20世纪90年代荡然无存了。黑臭成了苏州河和黄浦江的代名词。黄浦江边上的枕水人家变成了墨水花家而纷纷逃离了，鱼儿变成了骷髅。好在上海市政府已经把治水当成了重任，市长成了上海市总河长。习主席“绿水青山就是金山银山”的理念深入人心。现在已经初有成效，黄浦江和苏州河环境改善指日可待。

在多佛海峡边上的泰晤士河进口航道上航行了一个多小时后我们就到了泰晤士河提伯利港码头船闸。设置船闸的目的就是维持港池[①]恒定的水位。因为泰晤士河的潮差很大，沿泰晤士河岸线靠泊船舶将会造成船舶在低潮时搁浅，在涨潮时限制码头设备正常操作的高度。所以当年3万吨级别以下的远洋船都是趁涨潮而入，趁涨潮而出，通过这个港池船闸来保证船舶安全，在这里进入港池后靠泊。

在大英帝国的历史上，很多著名的船舶、邮船都是停靠在这个港池中，成为当年伦敦通向海上贸易最重要的枢纽点。港池孕育了英国伦敦世界航运中心的基础地位，至今还没有其他航运中心来取代它。有了成熟的港口，跟港口相关的产业、交易所、船级社、海事法院开始如雨后春笋般在伦敦破土而出。

很有意思的是这里的船闸引水员是家族制的，好像是中国改革开放初期的“三自一包”的政策一样，港池引航操作被这个家族承包了。据说其他引航协会的引水员根本不能涉足，这就引发了如下的一段故事。

老引水员前辈在第二次世界大战中为了捍卫伦敦的重要港口，为了保证当时的前线军火船通过“Port of Tibury”码头，全家男丁都奋战在船闸中引航运输船只，付出了鲜血和生命。所以，老引水员将这个“Port of Tibury”码头船闸视为家族的荣誉，像英国皇家皇室世袭一样，他家世袭

① 港池：由码头突堤围起来，仅有一个进出口或者阻止潮汐影响在进出口建设有水闸（船闸）维持正常水深的港口水域称为“港池”，如中国的天津港、大连的大窑湾港等。

了船闸的引航特权，到了老引水员手里已经是第二代了。老引水员的脚在战争中受过伤，每次拐着瘸腿但又十分灵活地登上引水梯，不需要任何人帮忙就能上驾驶台指挥引航。

船闸位置和泰晤士河是一个 90° 直角，船舶进闸需要在泰晤士河里打横。此时泰晤士河的潮流应该是在涨末平潮时才能在船闸附近转向，横在泰晤士河中，保持船位方向与船闸方向一致，方便进闸。只要有湍急的潮流，那么控制一条大船转向是非常困难的，即使大功率拖轮协助也难以控制上漂、下流。老引水员通过几十年的精练，技术已经娴熟得如同杂耍抛球，眼花缭乱而纹丝不乱，每一个操作口令都是标准英国牛津口音，在一个多小时的过闸操纵中，中国船舶驾驶员在老引水员不知不觉的口授环境下，听了一堂专业口语对话课。

每次老引水员上船都带着他的一双儿女，看着他如何操作。可是儿子个性叛逆，追随自身的喜好，上了大学的其他专业。老引水员没有办法只能让女儿承袭祖业了。于是他把女儿送到了航海学校，学了航海，又到军舰做了水手，再到商船做了二副后才回到他的身边，守候他的船闸。

我每次到英国伦敦的泰晤士河都碰到这对父女，她起先跟在父亲后面当引航助手，协助老父亲左右瞭望，减轻老父亲左右舷奔跑的负担。数年后又在泰晤士河中成为船闸的专职引水员，那一番父亲拿烟斗指挥，女儿在后面叼着香烟协助的情景直到现在还历历在目。

两年过后，我从另外一条航线又回到了欧洲线。可是我再也见不到这位老引水员了，某天老引水员睡着后再也没有醒过来，他突然心肌梗死去世了。那天，他的女儿上船后对我说了他父亲被上帝召唤去了的事，我不胜唏嘘："人生一世，世事难料，白天黑夜，岁月蹉跎；苍天依旧，人已西去。"我对她能够继承父业有了一点宽慰。我模仿着耶稣基督徒的动作，在胸口画了一个十字，口中念念有词："愿上帝保佑老人在天的灵魂安详，阿门！"

他女儿没有继承他吸烟筒的陋习，但一根根的香烟在她手中不断，如同白魔一样缠着她，形容她的肤色如被香烟熏得如同西方人爱吃的熏肉一般也不为过。

整个 45 分钟左右的进闸操作她可以吸掉一包健牌烟。她几次成功地引领了船舶进出船闸，可是她的引航技术还缺火候，没有她父亲那样沉着、稳健。

有一次，她引领同类型的姐妹船过闸时，一个口令失误，船壳像被外科大夫割阑尾炎手术一样整整齐齐开了一刀，划口足有 2 米长。将姐妹船的船长吓得大呼大叫："大小姐，您就饶了我吧！下次不要再来了。"

老引水员的女儿见状也伤心地流出了眼泪，连连说着："对不起！我使您遇到麻烦了。"

"船长是船舶的责任人，船长在引水员引航时必须监督其操作。引水员在引航过程的失误，造成船舶和货物的损失只负道义的责任，而对经济损失不给予赔偿。"这个引航界铁定的规矩永远不会打破。事到如今，船长只好自认倒霉。跟公司通报后，临时在码头边上修理一下，堵住了漏洞。将船开到了船的"娘家"——德国不来梅的船厂待了一个星期。船上海员也趁此机会周游了不来梅城市，大饱了眼福。后来，我们的船不去泰晤士河了，这位老引水员的女儿再也没有见到。估计，她还在为家属的荣誉守护船闸。

航海世家的故事

菲利克斯托港的故事很多，且听我慢慢讲述。

欧洲海上引水员提供的引航任务是协助船舶在英吉利海峡安全航行，因为欧洲英吉利海峡非常复杂，来往船只密集，分道通行制度要求的报告点甚多，加上语言沟通等实际情况，很有必要申请海上引水员来导航。但此段引航是非强制性，船长可以自行导航通过英吉利海峡。

对于欧洲班轮来讲由于航程很短，欧洲港口都是费精力的、冗长的河道航行，船长和驾驶员都很辛苦，得不到充分的休息，一般情况下航运公司都提倡雇佣海上引水员来协助导航。

航运公司认为：海上引水员的费用固然是一笔成本支出，但买回来的是数亿船舶和货物的安全，两者对比还是应该支出，就像我们平时买人身保险概念一样。

的确，在中国集装箱欧洲班轮航线上，雇佣英吉利海峡海上引水员的习惯已经延续了30多年，从我英吉利海峡航行经验看，雇佣海上引水员很有必要，也确保了班轮在英吉利海峡的航行安全，其价值远远超过了雇佣海上引水员的费用。我从未听说中国集装箱班轮在英吉利海峡因海上引水员航行失误发生意外情况。

曾经有个自以为是的船长，认为这是在浪费公司的钱财，自己无须雇佣海上引水员也能在英吉利海峡航行。

通过几次自引成功后他得意忘形，对外炫耀："我自己引航英吉利海峡不也安全通过了？说明我们中国船长有能力、有技术驾驶远洋船舶航行于世界大洋上，航行于复杂的海区。区区英吉利海峡有什么了不起，还不是被我征服？"

我从那位船长得意的表情上看到他的确业务非凡，技艺精湛，也为公司省了一笔引航费用。好生让我感动和跃跃欲试，但不敢在此事上露出峥嵘，热情马上被冷静代替了。

驾驶员们对船长不雇佣海上引水员心怀不满，也为航行安全担心，在航行海峡的关键海区驾驶员求助船长上驾驶台频率增加，哪怕是半夜三更，或是刚刚从港口开出未得到充分休息，船长都得上驾驶台通宵达旦地坐镇，以确保安全航行。

人的精力和体力是有限的，长此以往连正常的休息也不能保证，船长开始为自己未雇佣海上引水员的行为进行了反思。加上公司并不提倡他的做法，对他的做法也没有给予奖励。他感到自引英吉利海峡背后的压力了。

他的作为被同行讥讽和不满，在无形压力下不得不收敛了超人举动。

在英吉利海峡雇佣海上引水员的习惯历史悠久，在现役班轮船长心目中已经根深蒂固，谁也不会像这位船长一样去出风头，从此这位船长恢复了雇佣海上引水员的习惯做法。

讲到船长和海上引水员还有许多故事。从大量的欧洲国家的书籍中，我们可以发现一些小说情节都是描述海船上发生的事情，描写船长的逸事。在欧洲的文学中充满了海员跌宕起伏的海上生活，甚至是浪漫的爱情故事。那时欧洲姑娘心仪的是潇洒的船长、大副。因为船长上晓天文，下知地理，学识都是名副其实的 Master（硕士），他才是征服世界的真正 Master（主人），也是主宰船舶的 Master（船长）。

至今，欧洲或是中国，在经济发达国家做过船长的人都是被社会大众所尊重的，船长归类于绅士行列。由此，船长、大副的职业成为大家崇尚的、梦寐以求的职业。

在欧洲很多家庭为了延续船长、大副的荣誉，船长、大副成为子孙们世袭的职业。他们的爷爷是船长，爸爸是船长，当孙子的也是船长。“花木兰从军，巾帼不让须眉”连家中的千金也会在船上跌打滚爬，“左满舵、右满舵；前进一、全速前进”发号施令，指挥男性海员。

说到女人在船上工作，其实现代船上的工作几乎都适合女性，而中国航运公司的老总们只会想到男女有别，混杂工作百害而无一利，想不到男女搭配干活不累的道理。

社会在法律规范下正常发展，领导们何必过多地担忧？想那官场周旋的人还特喜欢围着裙子跳人生的交谊舞呢！看社会人群是形形色色的，我想船舶海员形形色色、男女在一艘船舶上工作也是一种人性回归吧。

话似乎扯远了，还是回到主题。在法国勒阿佛尔港上来的海上引水员下船了，接着在菲利克斯托港上来一位 70 后、当了很多年船长的海上引水员，他的老爸也是海上引水员。他把他老爸的照片拿给我看。我一眼就认出来：

“这不是我熟悉的 George（乔治）先生吗？”

“正是！他就是我的老爸。本次我引航贵轮到德国汉堡就回家了，接下去我老爸接我班，把你船引航到安特卫普，然后再回到 Cherbourg（法国瑟堡港）引航站回家。”

他的姐妹及其家人都特别喜欢航海。他们的使帆操艇、水手工艺样样精通。他还说他家全体人员出动可以开动一艘现代化的超大型集装箱船舶。

我听了为之感到敬佩。就目前欧洲很多年轻人离开航海而言，他们的坚持难能可贵。

听他说欧洲这样的世袭船长一抓一大把。他们对家庭从事的航海职业非常执着，感觉非常荣耀。欧洲船长能够坚持航海，与欧洲的航海制度有关，他们可以带了家眷参加航海，留下了很多浪漫的航海故事。所以，直到现在虽然欧洲海员减少了，但他们的航海基因却永远留在血液中。

海上引水员与我约定，到了汉堡，一定要与他父子俩合影。

▶ 第十四章

风雪易北河

易北河

德国汉堡是个古老的城市，我经常驾船过来。

15 年前我驾驶了当时国内最大的集装箱船舶在易北河上航行，有些沾沾自喜，可是见到宝岛台湾航运公司 3000 多箱位的船舶就感觉有点自卑了，甚至不服。

今非昔比，今天我又驾着集装箱船舶驶来了，今天中国船舶吨位、长度和装载量都是前所未有的，公司已经拥有了世界最大的集装箱船舶和船队。我们庞大的船体在易北河上格外引人注目，连易北河旁边的漂亮别墅都在向我们行注目礼，我站在驾驶台上，骄傲地望着沿岸的景致，顿感心旷神怡。

在数十年前的记忆中我一直对易北河沿岸的风光赞叹不已，易北河口一大片湿地里栖息着大量的飞禽，那些粗壮的成年海鸥发出"呱呱、呱呱"的叫声，翱翔在易北河口，在船舷的上空翩翩起舞。还有冬去春来滞留在这块土地上的白色、褐色天鹅在沼泽地里觅食，雌雄交颈衔语，让一帮大型集装箱船舶的男人好生羡慕。由此得了一种名叫"禽流感"的思乡疾病，彼此传染，致使大家迫不及待地靠港。

自然界的生命给易北河增添了活力，这些人类的朋友情感淳朴，展翅飞翔迎接远方来客。

易北河基尔运河口附近的零散工厂和房屋渐渐消失后，两岸成片的农田发出阵阵幽香，从远处飘向驾驶台。我贪婪地呼吸大自然的清新空气，整个人感觉如沐春风、神清气爽。大片郁郁葱葱的土地让易北河流域变得极为富有，居民悠闲地在易北河岸边散步，这个国家并没有因盲目发展工业而破坏了这片蓄含生机的自然生态，看着易北河两旁的一丛丛不知名的树木，感叹回归自然的感觉无比美好。此般风景让我这个从上海浦东农田中走出来的船长感受到了土地的亲切及生命力，更让我怀念黄浦江畔的木排草、芦苇丛，还有江边沟沟槽槽中的鲫鱼、鳗鲤、田鸡、蛤蟆、蟛蜞洞，还有草丛中的飞禽、水禽，还有突然受到惊吓到处乱窜的野兔。

今天又一次来到易北河，那种旧地重游的渴望油然升起，所以当我在易北河口抛锚时就开始对着航海图想象易北河道的美景了。引水员一直以极慢的速度在易北河航道“观光游览”，把大好时光都浪费了。高纬度的汉堡冬季在 17：00 时，太阳已经躲在山后没了踪影，整个易北河漆黑一片。

易北河中航道控制系统的雷达监视“厦”轮的前进动向，不时在高频电话中播发本轮航行的船舶动态广播。河道上的灯浮闪烁红绿光芒，划开易北河航道，指引船舶进港。

易北河河口气温不算太低，我们并没有感觉到寒冷。随着船舶渐渐进入易北河内域，驾驶台和室外的气温差异增大了。到了基尔运河口，河面漂起了浮冰。浮冰越来越多，越来越坚硬，船壳被浮冰摩擦得沙沙直响。

原来河口海水盐分重，成冰的过程要吸走盐分，需要更低气温才能凝结成冰。所以当进入淡水流域后，从外到里浮冰逐渐增多。浮冰寒气蒸发，吸收空气中大量热量后，气温骤降到了零下 4℃～零下 5℃，久违了的那个寒冷季节让我在异国他乡再次重逢。

夜幕下，海鸥一直忠诚地尾随其后，在船舶排出流中嬉戏，在浮冰上低空盘旋寻觅食物，不断发出叫声以显示它们的存在。

远处的灯光把黑夜变成了白昼，易北河边上的别墅群中不断飘出重金属乐器伴奏的爵士音乐，伴随着七彩繁灯闪烁。

望远镜只能放大别墅轮廓，而落地窗内的人影舞动让海员们有了想象的空间。必须承认海员们长年的海上航行致使神经有些脆弱，动辄联想到了远方的家乡。

德国的易北河很长，正如它厚重的历史。德国近代史上最为黑暗的一页，就是希特勒挑起的第二次世界大战。希特勒灭绝人性的屠杀，让全世界生灵涂炭，无辜黎民百姓家破人亡。特别是犹太人更被希特勒党卫军到处追杀，给犹太人后代留下极大的阴影。

希特勒的非正义战争终于被英美盟军击败了。当年，攻克柏林之后，英美盟军和苏联红军在易北河会师宣告了希特勒法西斯的灭亡，也推动了第二次世界大战的进程。最终，远东的日寇投降，第二次世界大战在血腥中结束。

易北河给我的第一印象是正义和胜利。

在第二次世界大战的废墟上，德国凭借丰厚的工业基础，经济迅速复苏。易北河变成了世界海上贸易的经济中心城市之一，每天在易北河上航行的船舶数以千计。易北河河道的通航条件有序，航标设置清楚。在每一个转向点都有导标引导船舶转向，无疑对夜航船只起到了安全导航的作用。

当“厦”轮的引水员登轮后，他把船舶数据报给了海上交通控制中心（VTS）。VTS 就承担了对外广播“厦”轮在易北河航行的动态信息，广播的间隙为 3 分钟，用的是德语，我能听懂本轮的船名却听不懂其他话语含义。我疑惑地询问引水员：“为什么老是播报我轮船名？”引水员答复：“这是因为你轮是一艘超大型的船舶，还装载了级别很高的危险品，所以为了易北河上其他船舶的安全，VTS 必须这样播报。”

“哦！我明白了。”从易北河引水员上船到汉堡港码头需要航行 6 小时，我在驾驶台听了近百遍德语播报，可见德国 VTS 官员的责任意识很强。

易北河上还有世界上著名的第三大海船运河——基尔运河。这是从大西洋侧的易北河通过基尔运河到波罗的海的捷径，每天都有数十艘船只通过。可惜像我轮这样的超级“模子”是不可能通过基尔运河的，它的通航能力有限，仅仅局限于 2 万吨以下、船长不超过 200 米的船舶通行。我们船舶的吨位为 10 万吨级，船长为 300 多米！所以，做了海员，我唯一的遗憾就是没能驾船通过基尔运河。在易北河的黎明中，我一睹了基尔运河口的大致面貌，想看看运河两岸风光秀丽的美景是不可能实现了。估计今后有钱了，到这里旅游还能实现夙愿。任重而道远，我主观意识上肯定按照以健康为中心、以幸福为基点和以工作出色为亮点的“一个中心两个基本点”赚钱。

在基尔运河口，内河引水员接替了连接海上航道的引水员。“厦”轮继续向汉堡航行。在靠近汉堡的易北河上有一座供旅游者浏览的信号台。信号台每天上班时间都会在游客簇拥下，对每一艘通过的船舶奏响其所在国的国歌和升所在国的国旗，很庄严！

“厦”轮通过时，信号台飘过来雄壮的中华人民共和国国歌。伴随国歌信号台旗杆上冉冉升起了五星红旗。作为船长，看到五星红旗飘扬在异国他乡的信号台旗杆上，心情无比振奋、激昂。远洋船长的心中永远有祖国。“厦”轮凌晨通过信号台。我期待出港时能够看到奏国歌、升国旗的庄严场面。

到达汉堡，一座古老的钟楼竖立在易北河畔。上面的指针一面指在6：15，另一面指在6：25。钟楼附近河道处又上来两个引水员，都是和姚明差不多的个头。这是专门靠泊码头的引水员（英文名叫 Dock Pilot）。

大型船舶的船长最害怕的是汉堡港进码头靠泊，这里水域狭窄，几乎没有回旋余地。就在几乎没有余地的掉头区，码头引水员表现了马戏团演员的真功夫，把在场海员的心都吊在了喉咙口。为了证实我的判断，我在海图上实测了掉头区直径为450米。也就是说我轮前后分配一下仅仅是60米不到的回旋余地！

这不是一艘小船，站在驾驶台到船首的视觉盲区为500米。也就是说驾驶台人员几乎是在看不清前面500米距离内的情况下掉头。如果没有船首大副和尾部二副的密切观察和配合，笨拙的庞大船体在这一掉头环节将导致事故。

现场情况是这样的：船舶进入港池前，两位引水员分头站在驾驶台两翼观察，其中一人指挥。只见主引水员下令：“前进二！右舵二十！”

三副执行车钟令“前进二”后，船速窜了上去。水手操“右舵二十”后，船首向右高速率摆动。我揣了对讲机焦虑地呼叫大副注意船头距离，也不忘提醒船尾的二副估算与码头的宽度。当二副报告船尾与左边的码头突堤还有半个船宽（半个船宽为21米左右）距离时，引水员下令停车、正舵。船舶还是以5节的速度前冲，船舶运动让岸上物标迅速向后倒退。

主机转速刚消失，引水员马上命令后退二，侧推器[①]全速向右，控制船前冲并继续向右转头。同时命前拖轮全速向右顶推，尾拖轮全速左后拉。

此刻，倒车卷起了漩流狠命拉住了船舶，在前后安全距离内稳稳停住。船首从驾驶台望去几乎要与那艘靠在码头上的马士基集装箱船舶相碰了。

汉堡引水员确实是冒险家，面对风险，他们总是胸有成竹，不会慌乱。假如船舶主机有一点毛病，在关键的时候开不出车，那就麻烦大了，会导致与他船直接相撞，或者与后面的码头岬角相碰，海损肯定很严重了。不出事没关系，一出事保证全世界都知道。

好在“厦”轮是新船，开不出车的紧急情况还未出现过。

汉堡的早晨很冷，双手露在外面会冻得手痛脚凉的。然而这个激动人心的靠泊场面却令穿着大衣的我后背渗出微微的汗珠。

船舶成功掉头 180 度，倒着进入港池了。港池两边都靠了大船在装卸作业。引水员开了后退一的速度，我眼前码头吊车都在向后倒去，在拖轮的协助下快速接近泊位，船舶之间的距离大概只有 20 米。靠泊引水员近乎完美的操船技艺，把船准确和稳妥地停在泊位上了。

“船长，我已经完成引航任务，该下船了！”引水员带着日尔曼人的傲慢环视了一下驾驶台，然后在三副引导下走下了舷梯。

只有经历了引水员惊心动魄的操船，才知道德国引水员可以把一艘超大型集装箱船视同玩具一样把玩。玩得绝对漂亮、无懈可击、恰到好处、有惊无险。我佩服他们高超的引航水平，也学到了他们沉着、冷静驾驭风险的能力和心理素质。

作为船长的主要任务是监督码头引水员准确操作，保障船舶绝对安全！这就是船长和引水员的区别！菲利克斯托港上船的海上引水员把一位老人带了上来。

“Good evening，Captain! Nice to meet you again!（早安，船长！很高兴

---

① 侧推器：安装在船舶的船首、船尾的电动螺旋桨。主要提供船舶在低于 5 节航速横向推力转向，或者靠离码头泊位时，以横向推力协助船舶旋转的动力设备，可以在港内实现无拖轮协助、自主靠泊码头的目的。

再一次见到您！）”

“Mr George，nice to meet you,too!（乔治先生，我也很高兴见到您。）”

年轻的海上引水员把他的父亲叫上了驾驶台。父子俩在“厦”轮上碰头了。我遵守承诺与父子俩合影留念。

年轻引水员对我说：“我该下船回家了，下一段航程就由我的父亲陪伴你了。船长，祝你一帆风顺。”

我与他握手道别：“谢谢您的配合，希望下次到欧洲再见您。”

缆桩[①]俱乐部

靠泊后，太阳缓缓升起，气温依然接近零下，集装箱堆场一派热火朝天的气象，我们进来卸下多少箱子，船上又运送同样数量的集装箱上去。

整个装卸过程有条有序，我的一名大副在整体照料装卸，值班驾驶员个个认真负责，水手长和木匠更是冲锋在前张罗着监视集装箱绑扎，看梯口的水手裹着棉袄，双脚跳动着驱寒，始终不离岗位一步，给我省去了不少烦恼。

转眼，一天很快过去。

冬天汉堡天黑得早，西边的天又抹上了暮色，晚餐后，海员又开始蠢蠢欲动了。

他们纷纷相约前往俱乐部去。俱乐部可以派车送海员到隧道口，然后海员过隧道到汉堡市中心去游玩。在海员俱乐部，他们不顾一切疯狂煲电话粥。“厦”轮一位海员在英国菲利克斯托的海员俱乐部里买了2张电话卡，就在电话厅里谈了足足2小时电话恋爱。这种毅力和执着只有我们远洋年

① 缆桩：用于船舶靠泊码头带缆的港口码头设施。一般港口以每隔25～30米一个缆桩的排列在泊位上，方便船舶带缆系泊。

轻海员才具有。

可见天涯沦落他乡人，对家、对恋人的感情是那么深厚，这一切除了海员家属、恋人外，局外人根本不能体会其精髓。

在办理手续时，我收到了移民局官员关于汉堡海员俱乐部的一本小册子。这本小册子用13种语言来表达俱乐部的服务宗旨，读罢，一股暖流扑面而来，令我热血沸腾又五味杂陈。我全文摘录如下：

欢迎到“缆桩”俱乐部。

缆桩，是为每一个人而开放的俱乐部，

无论是什么肤色，黑色、白色、黄色或褐色，在这儿他们都被同样对待。

不管从北到南，还是从东到西，每个人都可以找到这个俱乐部。

跟着鸭子走，这是大家熟知谈论的标志。

如果你们迷路了，请别担心，只要打一个电话，我们就到你们面前。

带着微笑和拥抱，这是我们迎候你们的方式。

请到我们这儿来，你们就会看到我们想对你们说什么。

现代化的高速大船带着你们绕着地球远航，却没有时间多多停留。

有汽车来接你们，又会把你们送回。

我们拥有的不仅仅是各种游戏和小卖部，你们可以使用电话。

或想寄家信的话，我们就会高兴地来帮助你们。

听说海员也有烦恼和忧愁，我们愿意倾听你们诉说，也愿意提供一切帮助。

缆桩，是为每个人而开放的俱乐部，无论什么肤色，黑色、白色、黄色和褐色，这儿给你们带来无尽的欢乐。

冠名为“缆桩”的海员俱乐部就在码头附近。晚上，“厦”轮海员在船舷边上，让桥吊指挥工人电话呼叫港区的穿梭交通车，车5分钟后就到了，载海员弟兄们到了移民局门口。移民局官员露出微笑：“Welcome to Hamburg。(欢迎来到汉堡。)”他们把海员递交的登陆证扫描登记后，和蔼可亲地说：“Passed，enjoy yourself tonight in Club，please！（过了，今晚在俱乐部尽情享受吧！）”

我们一行人走进了缆桩俱乐部，挂在俱乐部营业厅内的挂钟正好指向17：45。俱乐部门外的座椅上，皮肤黝黑、壮硕的菲律宾海员们已经买了德国啤酒在悠闲自得地享受靠泊后难得的休闲，享受俱乐部温馨的服务。

走进缆桩海员俱乐部大院，映入眼帘的是一艘放在屋檐下的救生艇和树木茂盛、鲜花盛开的庭院。在俱乐部的主花坛里4根巨大的木桩互相依靠，组成了粗壮的整体，象征“同舟共济、团结就是力量”的主题。在它的顶部，一只鸭子屹立在缆桩顶部。

在远处就可以看到俱乐部的标志，引导海员们到俱乐部休闲。在休闲的场所，还在场地上放了一盘要用手搬动的国际象棋。假如有对手的话，在这里可以和对手博弈一番。这里有标准的篮球场，假如你有兴趣还可以和其他船舶的海员进行一场篮球友谊赛。

如果海员对国际象棋不感兴趣，也可以到图书室内，随便翻阅放满书架的各类图书、杂志。或者花5欧元买一张上网卡，去浏览网页，给亲人、恋人发发电邮。俱乐部提供的电脑不够，海员可以自带电脑上网。再不然，你可以买5欧元的一张电话卡，在俱乐部的数十部电话上和家人、朋友聊上三四个小时。

俱乐部服务台的周围，墙壁上、天花板上都是各国船舶送的救生圈，还有一幅中国轮船在20世纪80年代赠送的中国刺绣画。

通往二楼的楼梯扶手上也挂满了各类船舶使用的属具，还有各种海员动手做的船模。整个俱乐部处处飘出航海浓郁的气氛。楼上一间房子里聚集了世界上主要宗教领袖，耶稣、释迦牟尼和穆罕默德和平共处在一个空间内，仿佛在“开会”。

观音菩萨在香烟袅袅的室内，慈祥地拿了青柳枝条和宝瓶坐在莲花宝座上主持这少有的“联合国”会议。耶稣以自己被绑在十字架上的形象出席会议。而穆罕默德把手放在伊斯兰教的教义《古兰经》上，与在座的各位领袖议论世界事务。

三个不同的宗教领袖聚集在汉堡海员俱乐部内，也说明“鸭子”彰显了海员俱乐部对世界宗教的包容性。

我们国家的港口服务的确需要改进，希望请相关部门人员出国考察一下德国汉堡小小的海员俱乐部是如何对待海员的。海员们殷切希望中国港口有真正意义上的海员俱乐部，也希望港口人员尊重海员下地自由，不要把港口大门作为“牟利”的关卡。

海员的尊严

这一天变得异常阴沉，少有的乌云压顶的沉闷感。

舷窗外逐渐飘起了飞雪，雪从小到大，一会儿就把整个汉堡笼罩在白雪皑皑的景色之中。易北河对面的民居也在鹅毛飞雪中慢慢变白，穿上了一件漂亮的白色滑雪衫。

窗外的大雪一扫心中阴霾，我无比兴奋。于是，我趁三副备车的时候把各处景色拍了下来。

此景记录了德国汉堡港集装箱码头雪花飞舞的奇异变幻雪景，各种颜色的集装箱在雪中争艳，桥吊上的集装箱在空中傲骨斗雪，不停地从船上落下转入堆场，集卡从别处运来集装箱又从码头吊起，汉堡集装箱码头在雪花中更加具有活力了。

起航时间定为 2 月 7 日 12：30，午餐后我来到驾驶台。

引水员披着雪花从舷梯上爬上船舶，在漫天雪舞下“厦”轮将在汉堡港起航了。汉堡纬度比要去的鹿特丹港要高，我们告别德国汉堡后意味着此处为返航回国的起点。汉堡以漫天大雪和美丽雪景欢送“厦”轮回航，让我在寒冷中感到了汉堡的热情。漫天白雪应了中国那句老话：“瑞雪兆丰年”。

我与引水员站在驾驶台侧翼，头顶飞雪指挥庞大的船体徐徐离开靠了近36小时的码头，在冰河中缓慢掉头出泊进入航道了。因为大雪释放了我的情绪，那狭窄的航道我并不感到紧张，感觉开船好像在飞雪中玩耍，像40年前一个男孩在浦东原野雪地上嬉戏。

在异国他乡见到鹅毛大雪，我们兴奋到无以言表。久违了，如此美丽的景致。

我尽心地与引水员合作指挥掉头，引水员操纵船舶的掉头如同飘然而下的飞舞白雪一样流畅，一气呵成。作为船长，我多么希望用相机留下引水员在港池中掉头操纵船舶的场景，但船舶操纵过程中，我无暇分散注意力，只能用眼睛把视野中白茫茫的雪景刻在脑海里。

汉堡易北河航道北边别墅林立。先不说别有洞天的风雪美景，就是在平时，航行该段航道的海员的注意力也会分心百分之五十，谁不想偷偷放眼这边风景独好？

因此我特别留心操舵一水和驾驶员们的注意力。好在此段航道笔直无大障碍，船舶在徐徐航行中可观赏一幅幅流动风景画，那是普通人不能享受的待遇，只有在高大的集装箱船舶驾驶台上才能把易北河风光尽收眼底。

易北河上漫天雪舞，船舶甲板上飘雪纷纷扬扬，岸边别墅上空雪花翩翩而下。易北河上“厦”轮雪中航行，胜似闲庭信步。

易北河滩上，一对情人牵着一条大狗张望“厦”轮。当“厦”轮滑过他们的视线时，他们或许也为绿壳子的“厦”轮披上“银装”而惊叹吧。

顾不得那么多了，趁引水员指挥“厦”轮在平直的航道上航行时，我连忙跑到驾驶台侧翼，抓拍了“风雪易北河”的照片。

船继续航行，南岸出现了一条笔直的飞机跑道，这里是德国飞机制造厂。一架欧共联合设计制造的最新式空中巴士（Airbus A380）停放在厂房的外面，在飞雪中欲展翅飞翔。工厂码头停泊着飞机厂专门运送Airbus的滚装船。

在滚装船船体显赫地标上了“Airbus A380 on board”，骄傲地向我们展示了欧洲空客飞机的先进性，与美国的波音飞机欲争高低。

此时，易北河航道信号台站到了！在飞雪飘扬中，德国汉堡区旗徐徐滑下，中华人民共和国国歌声中，五星红旗迎风招展，飒飒飘扬！

我站在驾驶台侧翼行注目礼，听着中华人民共和国国歌，心底油然升起作为中国公民的骄傲。我热泪盈眶地向信号台上雪中迎送“厦”轮的德国人民挥手致意。在异国他乡听着祖国的国歌，观看五星红旗冉冉升起，不由感慨万千。

信号台向我和全体海员致敬。国歌奏毕传来非常柔和的女播音员的声音：“ Welcome Chinese seafarers to visit the port of Hamburg next time，Bon Voyage！（欢迎中国海员下一次再来汉堡港，祝‘厦’轮航行一帆风顺！）”

德国汉堡区旗再一次升到杆顶。

慢慢的易北河开阔了，浮冰消融，驶经基尔运河，引航站到了。

引水员在一声“Bon Voyage（一帆风顺）”的祝愿声中登上引水艇走了。

我看看地平线下的汉堡港，那里已经万家灯火、灯光灿烂，易北河沿岸的德国公民开始享受夜间生活。

我眺望着在视线中渐渐离去的易北河，心中蹦出了4个字：“再见汉堡！”

“厦”轮发出了隆隆主机声，驶向下一个靠港——鹿特丹港。

▶ 第十五章

风雨鹿特丹

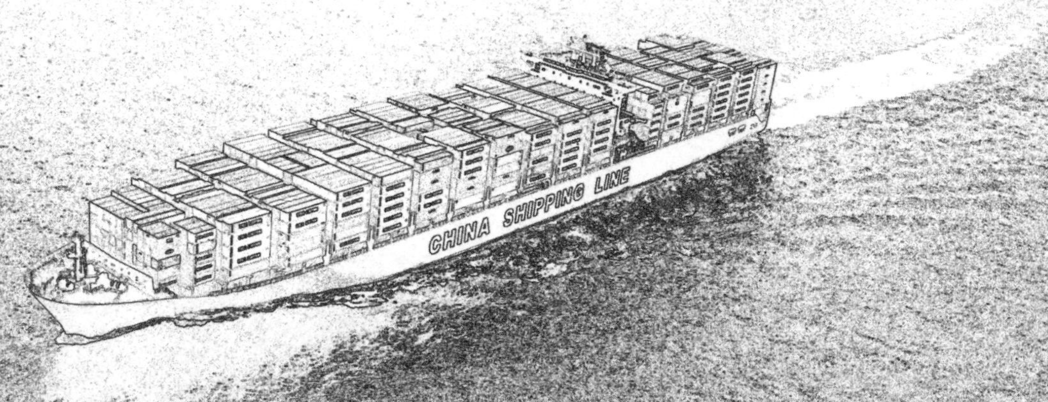

荷兰国家的名字来历

风雪易北河的情景还历历在目，我们就开始向鹿特丹航行了。

夜航，天空中没有云丝，外面的气温还很低。这是冬季欧洲非常少见的天气，头顶上那一弯新月即将呈月圆之势，把驾驶台给照亮了，船很平稳地在分隔航道上航行。

汉堡上来的这位英吉利海峡深海引水员乔治先生面相慈善、引航技艺高超。他在与易北河引水员互相交接海面航道有关情况后就接手操作了，当易北河引水员下船后，老头走到我跟前："Captain，everything OK，you may relax and have a rest. You should get up early tomorrow morning.（船长没事了，您可以休息片刻，明天还要早起。)"

我感谢他的关心，通知机舱继续备车航行，继而处理了一些航行事务，向驾驶员就航行要求做了简单交代后下了驾驶台。

从易北河口引水站到鹿特丹引水站航行时间只有 11 小时。连续五六小时的狭水道航行使我异常困顿。在驾驶台上，我的眼皮总是不自觉地往下垂。我努力支撑眼皮不让它瘫落下来，可还是重重地落下，不得已用冷水泼了一下额头才坚持到现在。

回到房间，出于多年的习惯，我倒头躺在沙发上和衣而睡。随着"海浪轻轻地摇，我头枕着波涛，在睡眠中微笑"的航海环境，不一会儿鼾声和着主机的轰鸣声唱起了夜眠曲。

当接近鹿特丹前 2 小时，我很"自觉"地醒了。驾驶员正拿起电话筒拨我房间的电话，我及时出现在他面前："算了，不要拨了，拨了也听不见。"我对正视我的二副打诨。

此时，海上引水员和鹿特丹引水站联系。我听到高频电话中说 MOL

Paradise（MOL 天堂）轮还没有装卸完毕，占据着我轮泊位，请“厦”轮在引水站 5 号锚地抛锚候泊。

这艘名叫“天堂”号的集装箱船舶走在我们前面，占据了我们的泊位，在天堂般的码头上悠然自得、慢吞吞地装卸，一直到 17：30 才离开码头。我们在外海遥望在海平面以下、河流纵横、郁金香的故乡——荷兰鹿特丹。

老头和我在航海图上研究进入 5 号锚地的行驶航线，我们从现行船位画了一条直直的航线。一量航程大概 23 海里。也就意味着，我们还需 2 小时才能在 5 号锚地寻找适当的锚位抛锚候泊。

当曙光即将出现在海平面上时，12 吨大锚已经在蔚蓝色的海水中“下钩钓鱼”了。当锚链下垂后，我迎着东方的曙光伸了一个懒腰，和德国老头一起下了驾驶台。

荷兰的英文名字是“Netherlands”，而荷兰人却被称为“Dutch”。

英文有句俚语：Let's go Dutch！我查阅英文字典，原来是 AA 制的意思。Dutch 还象征着不畏、不屈、强大，以及公平的意思。这是来自《铁血战士 1》中男主角的名字。他和他的战友在热带丛林与来自外星的铁血战士战斗，双方实力悬殊，而且敌在暗我在明，战友一个一个地英勇死去，最后只剩下他一个。他凭着不屈的精神及智慧，最终找到铁血战士的弱点，并战胜了它。

铁需要经过百炼才能成钢。暴发户一夜就能达成，可是有了金钱并不能成为贵族。暴发户可以穿金戴银、享受豪华别墅，坐着凯迪拉克任由排气管发出刺耳的噪声，在马路上呼啸而过。可是暴发户成不了贵族，他和他的后代只能炫耀富有，却不能炫耀气质！贵族不是一天炼成的，其气质、风度需要时间的雕琢才能成器。据说打造一个贵族家庭需要三代人的努力。

荷兰就是这样一个有贵族风度的国家，一个非常古老的欧洲王国之一。王室和贵族的血统让大部分荷兰人都受到了良好的教育。Gentlemen（绅士）的气质使街上行走的男人彬彬有礼，女子雍容华贵、具有皇家风范，其踏脚提裙都优雅得令人注目。男孩青春年华、豪情奔放，女孩高挑漂亮、举止大方，在牛仔裤衬托下线条美丽至极。

鹿特丹风情

当二副的时候，在鹿特丹城市边上的内港靠泊时，船上来了两位高挑的荷兰美女，她们是当地供应商。她们摆出了所有的商品，再把法国香水当场撒在自己身上，飘溢出的芬芳将一船男人吸引过来。海员弟兄们和两位美女生硬地用英语套起了近乎。美女对每一位海员有问必答，不厌其烦，瀑布似的金发垂下肩胛，听不懂的就低下美丽的脸庞，在一张纸上画画描描。这一场有趣的商品买卖让两位美女应接不暇。

其实她们的东西并不比安特卫普免税店的便宜。可是，现场海员纷纷解囊购买这些商品，海员的踊跃购物让两位荷兰美女笑得合不拢嘴。这是十几年前我和海员兄弟在船上的一次经历，也是我最早遇到的“美女经济”的直接体现。

欧洲荷兰王国科学非常发达，特别是化工业。从锚地向陆地望去只见一排排的白色储油罐在海面上露出半个身子，高大的化工蒸馏塔上升起了白色水蒸气，白色蒸汽飞到天上后，形成了人造白云，那些低矮的房子都被防波堤挡住了，只露出一个屋顶。

由于地势低，荷兰人为使自己的国家免受海水威胁，在马斯河（Maas）的河口上建立了一座拦河大坝，修筑了沿河的河堤，阻止汹涌的海潮侵入陆地。荷兰的河流很多，沿河流域都是乡村庄稼。丰富的淡水资源滋润着整个荷兰，如同我国的江南水乡一样，这里的姑娘和小伙长得特别漂亮和帅气。

最常见的是庄稼里地的各色郁金香，令外乡人看得如醉如痴。从田野中飘来的郁金花香在整条船上弥漫。过去，还没有超级集装箱船舶时，一般船舶都靠在河里面、靠近市中心的码头。

从引水站到码头需要四五个小时。在马斯河里白天航行的话，可以观赏河流中央的美丽风光，享有特殊“游客”的待遇，还可以欣赏荷兰各色各样的风车小屋。四瓣风叶在微风中悠悠旋转，如果吹的是疾风的话，风叶也哗哗疾转，荷兰人很早就利用了风能这种清洁能源。

荷兰的驳船①

天渐渐地变了，海面吹起了蒲氏 7 级大风，白色浪花漫天飞舞，来自北美的一个超深度低压气流开始肆虐欧洲北海了。“厦”轮的锚链被顶风拉直了，5 号锚地中的一些船舶都备车了，随时准备起锚抗击大风。

15∶05 开始绞锚进港了。风浪很大，我皱起了眉头。荷兰风车欢快地旋转着，似乎还觉得风力不够大。船舶摇摆起来，还好水浅，大风对我们大型集装箱船舶不可能造成损害，但我仍然使劲压舵才能克服巨大风压。

一片乌云飘来了，船首前部出现了一片水雾，夕阳下一道彩虹架在航道上。彩虹下马斯河口首先迎接我们进港，在码头上享受了大半天时间的那艘 MOL Paradise 轮和“厦”轮在港池航道的湾口附近擦肩而过。

港池太窄了，航道仅仅 200 米宽，还有靠泊的船舶，拖轮带好后我才松了一口气。

我们正要进入港池时，突然一条荷兰机动驳船掠过“厦”轮船头，惊得我连忙要求引水员停止进车。引水员见状连忙说“It doesn't matter.（没有关系）”，他们很快很灵活的。之后我询问大副穿越距离多少。大副说大概 50 米吧。你说我能不惊出汗来？

荷兰驳船船体狭长，船长超过 100 米，宽 10 米左右。驳船和中国的

① 驳船：专门在港内、江河湖泊中执行载运货物的铁壳机动船或无动力、需要拖轮拖带航行的小船。

个体船户一样，都是夫妻船。因此作为生产和生活的载体，驳船布置得很有欧洲人的特色，舱室非常温馨。在驾驶台下面的舱室里分隔为生活区域和卧室区域。生活区和卧室都是落地玻璃窗，在窗架上摆放了各种盆栽花草，还有时尚的花瓶插花。日光灯和外面的亮光把整个生活区舱室照得透亮。卧室双人床是夫妻在工作之余享受二人世界的地方。船舱内家具、卫生设备齐全，一尘不染。如果船上还有雇工的话，船尾还有一间比较简陋的居住舱室。在驾驶台后面的舱室顶部甲板上还停放一辆小汽车，这是他们下地的交通工具。

我参观过"厦"轮边上的驳船，荷兰驳船的那种环境在中国个体户船东的驳船上是见不到的。驳船用途很广，可以装散货、杂货和集装箱，宽度可以容纳三四个集装箱。船体大部分时间可能都在淡水内河中航行，每一艘驳船甲板都光洁如新。

在北欧的荷兰、比利时及德国，他们的内陆大河都是相连接又都是欧共体范围内，所以，这些驳船从运输意义上来说也是国际船舶。而开放的国境线让他们几乎没有国家的概念，驾着自己的驳船周游列国又贸易又旅游，可不羡煞我也。

驳船马力十足，在荷兰马斯河里足以克服湍急的河流，逆流而上。

驾驶台顶上雷达天线旋转，驾驶台内 GPS 导航。驳船干舷很低，很有规则地航行。

我拿起望远镜看到了驳船上生活舱内男女主人温馨地依偎在一起观看电视节目。这不正是我们中国海员一直追求的生活体验吗？

自动化集装箱码头

船舶顺利地靠上了 ECT Delta DDW 码头（易克特 · 德尔塔集装箱码头）。

天色渐黑了，风很大，我交代驾驶员和当班的一水时刻注意前后缆子的情况，特别是在潮汐发生变化时。

我瞥了一眼船舷下的码头，只见码头上灯火通明，一辆辆没有驾驶室的集装箱卡车、搬运车在码头很有规律地行走，前面如果有车挡道马上就停了，这是世界上首个自动化集装箱码头！这些行驶的集装箱卡车都是无人驾驶的。集装箱卡车到了桥吊旁边自觉地保持和前车的安全距离停了下来。等到前车一走，马上又开到了桥吊下面。桥吊一下就把集装箱对准了四角吊到了船上，有条不紊跟人一样准确无误。

远处堆场上的搬运行车吊也无人操作，行车吊很准确地把集装箱装到集卡上，运到船边。

现代化同样会带来一些社会问题。无人操作装卸的码头，只需白领阶层在主控室内按照预先设定的装卸程序操作，导致大量的装卸工人失业了。

无人操作的现代化集装箱码头有时也会出现混乱。某次遥控现场的计算机电脑主机出现了局部故障，造成整个码头全线“罢工”，码头计算机工程师花了大约 2 小时才和计算机“谈判”成功，那些没有思维的搬运车、吊机才开始运作起来。让资本家和雇佣的工程师们感到，对于无思维的搬运车、吊机也要像对待码头工人一样小心伺候。

在低压气流的作用下，荷兰港下起了冰冷的冬雨。整个晚上，我都在舱室里面，风声、雨声和装卸集装箱的碰撞声，声声入耳。我把对讲机放到床边，不时从床上爬起来看看窗外的大雨，听驾驶员在值班时有什么对话情况，在迷糊睡意中担忧船舶系泊安全。

船舶在装卸过程中，需要值班驾驶员和水手经常巡视船首和船位，掌握缆绳的系泊状况。发现船舶缆绳松了，就得启动绞缆机绞紧；如果缆绳紧了，需要松弛缆绳。松和紧的状态都会让船舶发生漂移泊位的危险状况。

鹿特丹 DDW 码头就在马斯河防波堤不远处，拐一个弯就到港池航道了，从船桥上可以看到北海汹涌的大浪拍击防波堤。这里的冬季如果有低压过境的话，肯定会把荷兰风车刮得飞转，也会把靠泊在码头上的船舶狠命地推开泊位，或者船头船尾豁开。尤其是船舶面临吹开风更是险象丛生，令海员防不胜防。

就在这个泊位，公司曾经有艘船出现被风刮断了前后缆子，船自动离开了泊位的危险情况，船长马上组织海员抢救，并通知港方派拖轮协助抢险。最后，还是无法避免船头漂出泊位，船尾撞击码头，造成了自动化装卸的码头桥吊损坏，公司损失惨重。

我听到风声、雨声后在舱室内坐立不安，睡意完全没有了，我不敢大意！

代理打来电话说开航时间推迟到了 12：00，一水老初和木匠正在梯口闲聊自动化码头时，防波堤外一阵乌云飘来。

老初："木匠你看北边一团乌云刮过来了，一会儿肯定风雨将至。"

很快这团乌云移到了集装箱码头的上空。先是一阵阵风，瞬间达到了蒲氏 8 级偏北风。而我轮正好处于风口位置,6 层高的集装箱如同一堵高墙，把北风挡在了外面，而堆在船上的集装箱临时成了帆船的帆篷了，船体被风吹离了码头，宽度有七八米，前后缆子被风吹得梆梆响。

如果不及时采取措施，前后缆子受不住风力的话就会崩断了。

老初和木匠见状，连忙呼叫甲板上的二副，同时奔到了后面的绞缆机旁待命。二副感到事态严重，马上对讲机呼叫大副，同时打电话通知我。

我正在起草给安特卫普万德拉尔河口引水站的电邮，要求安特卫普引水站提前 6 小时安排引水员。我听到二副在对讲机里着急地呼叫，马上扔下手里的活，回应道："二副，你到后面去！我马上广播通知全体海员前后紧急分开，把船绞进来。"

"全体海员注意，全体海员注意！我们的船舶已经被大风吹离了码头，请大家各就各位，到前、后听我的命令绞船。轮机部听到广播后马上启动所有副机，为侧推器供电，协助绞缆。三副到驾驶台马上准备。"我拨了 01 电话号码全船广播，发出了第一道应急命令。

我搁下电话后直奔驾驶台右侧翼。好家伙，外面真是风雨交加啊！

我不顾一切站在侧翼对着对讲机发出命令："大副，前面人员到齐后马上开始绞缆，保持受力不要再让船偏出去。"

大副："报告船长，前面人员已经到齐，马上绞缆，保持缆子吃力！"

"二副，人员到齐后开始绞紧尾缆，受力就OK了！不要放松缆子！"我命令二副。

"船长，侧推器备妥了。"在驾驶台备车的三副向我汇报。

"好的！"我迅速开始操作侧推器以协助前后绞缆。

船一会儿前面漂出去，一会儿后面豁出去。

"三副，机舱主机备妥后告诉我！我开启高频电话港方频道联系拖轮！"看着船舶面临的形势我下达了第二个命令。

因为原定12：00开航，该死的代理在11：00就把对外联系的手机拿走了。现在我不得已只能通过高频向外求助。

我见到后面名为"China Sea"（"中国海"号）的船上水手们也正在酣战突然遭遇的大风，船头偏离码头的空隙比我船还要大。

"报告船长！主机已经备妥，随时听命使用！"三副在驾驶台向我大声呼叫。

我悬在喉咙口的心渐渐下去了，船舶暂时被控制住。

我一会儿开启侧推器，把船首推进泊位；一会儿反向开启侧推器，让船尾收紧缆绳。重复数次后，船渐渐收拢到了泊位。风依然刮得船舶缆绳砰砰响。

我不敢懈怠，继续维持动力控制船位。此刻，我才见到港口所有的拖轮浩浩荡荡地驶向上风侧泊位的船舶。一艘拖轮靠在"厦"轮的外挡，听从我的命令拖或拉"厦"轮。

20分钟后，风雨渐小，前后的缆子在海员们合力操作下全部绞紧，船也稳妥地贴上了码头边沿。此时我感动于我轮海员高度的纪律性和服从性，在关键时刻，短时间内各就各位，听命于船长，挽救船舶于危难之中，我由衷地感谢全体海员弟兄。

装箱还剩下20个，开船的时间到了。我仍然站在驾驶台密切关注风向，随时用侧推器准备调整前后盖档。当我安静下来后，突然觉得有什么事还未做："误大事了，安特卫普引水站的申请报告还没有发出去！"

我连忙奔到驾驶台电脑前，电脑连线后同时接到了安特卫普代理两份措辞非常紧迫的电邮，警告我若再次迟到，耽搁船期责任自负。我擦了一下额头上的汗渍，慌忙中发送了邮件，通知已经晚了 2 小时。

引水员上船了，当船舶解掉最后一根缆子时，又比原定的开航时间晚了 45 分钟！

我带着忐忑不安的心情从鹿特丹开航，默默期待着安特卫普引水站老外引水员不要计较我的失误，能够在万德拉尔引水站及时登轮进港。

夜幕再一次降临，海上引水员老头及时上了驾驶台，开始执行 72 海里的去往安特卫普的北海航行。天变好了，繁星出来了，月亮从东方升起。

▶ 第十六章

安特卫普港

升国旗的知识

因为在鹿特丹抗击把我轮吹开码头的大风，我耽误了发给安特卫普万德拉尔引水站的预计抵港报。我担心引水站由此抓住我的把柄，不派引水员引领“厦”轮进港，耽误靠泊安特卫普港的船期。

鹿特丹开航到了 Maas 马斯引水站。引水站是艘引水船，抛锚在出口1号浮筒旁边。

“厦”轮仗着船大水浅，面对风浪“我自岿然不动”。相比之下，引水船很小，她如同被放置在直桶式洗衣机里，任汹涌的海浪扑打。一会儿船首翘到了天上，船底都露出水面；一会儿船尾屁股羞愧地蹶到天上，不断春光乍现，螺旋桨腾空而起。好在船舶没有航行，螺旋桨停转，要不然主机飞车的轰鸣足够让引水船的轮机长惊出一身汗来。

在大风浪中 Rolling（滚动）的日子是难熬的。而恰恰此时引水员还要下船，此高难度动作，大船释放救生艇是绝对不敢的。可是引水船上水手技能熟练，火候掌握得很好，当船舶向外摇晃的一瞬间，小艇正好借助侧力平稳地降到了海里。

随后，引水艇启动发动机，在马达轰鸣中破浪疾驶到了大船旁边。我事先做了一个超过 90 度的下风舷，以“厦”轮高大的身躯才把上风舷来势汹汹的风浪阻挡了。鹿特丹引水员抓住稍纵即逝的机会，快速跳上引水艇，在引水艇水手的协助下落艇。在可怕的风浪中，引水员向我招手表示谢意。他们毫不畏惧地在风浪中驶向母船，我们渐渐远离了荷兰鹿特丹。

“厦”轮进入安特卫普斯凯尔特河时正好是白天，我兴致勃勃地拿出相机，留下了斯凯尔特河沿岸美景，以弥补过去脑海中记忆的遗憾。

其实，通往安特卫普港不是在比利时国土的河道上航行，而是在被称为风车或者郁金香王国的荷兰河道上航行。因为荷兰的土地把持了斯凯尔特河进口和大部分的河道，一直到安特卫普港外面才有一段与荷兰共有的河道，然后才慢慢过渡到比利时。

荷兰和比利时存在同一祖先的渊源和血肉相连的悠久的邻国友好关系。这条河水变成了两国交流的纽带，双方和平相处，共同在斯凯尔特河上繁衍传统的友谊，构筑欧盟国家的繁荣，斯凯尔特河被比利时人称为从北海慢慢步入安特卫普的门槛。

斯凯尔特河的 Vlisinge（威灵辛格）南水道是荷兰的一段河道，这是一段以北岸的荷兰城市命名的水道。斯凯尔特河下游三分之二的流域属于荷兰，上游三分之一的流域属于比利时。因此，两国的引水公会共同经营斯凯尔特河的引航任务。有时候荷兰引水员会把船舶引到威灵辛格南引水站，再换成比利时引水员到安特卫普港。所以在荷兰和比利时能够让外国引水员行使国家主权象征的引航任务，这在世界上也是少有的，可能也是绝无仅有的。

在欧共体内，除了国家的概念外，几乎没有国境线的概念。人们可以持有欧共体国家的有效证件“周游列国”。历史上它们同根同源，是在一个国王统治下分裂出来的诸侯国家，随着历史演变成为目前的两个国家，友善而平等地共同享受着上帝赐予的河道。

随着历史演变成为目前的两个国家，友善而平等地共同享受着上帝赐予的河道，因此，只要国与国之间相互信任、沟通、和平共处，即可共同开发利用现有资源。

那么船舶在斯凯尔特河中航行时升哪国国旗呢？依据惯例，在哪个国土上升哪个国家的旗子。所以，当我们白天进港时，在荷兰地界的斯凯尔特河航行时先把荷兰国旗升起来，然后到比利时地界的斯凯尔特河时再换成比利时国旗。

但此时正是船长忙于唤人准备前后分开，为前来的拖轮带缆的关键时刻，有时会把换旗的事忘了，就这样荷兰的国旗一直飘扬在比利时国家码头上空。

这种状况在别的国家兴许会引起一场外交上的摩擦。而此时只要比利时的码头工人善意提醒船上水手更换成比利时国旗就完事了。不像其他国家官员见到海员升错国旗的疏忽就精神百倍，可以借此事件大敲竹杠。这些官员就利用了国家的尊严而谋取私利，玷污了他们的国旗。有时还会碰到其他问题，当比利时引水员在船上时，他说："你的目的港是比利时安特卫普港，在整个斯凯尔特河航程上都可以挂比利时国旗。"

孰是孰非都有道理，这下难倒船长了，究竟挂谁的国旗？直到现在我还是倾向在谁的土地上挂谁的国旗！到了比利时国界线时，不要忘了把荷兰国旗替换为比利时国旗。

严格来讲，依照国际法规这样做还是有问题。船上必须安排两个旗手同时作业。当在荷兰和比利时国境线交界处时，降旗和升旗必须同时进行。当荷兰国旗降到底后，比利时国旗就应该在另一挂旗绳上开始升起了，不允许出现无国旗的时间空白地带。

但是船在过国境线时，往往正值安特卫普港繁忙的时候，很多船舶无暇顾及升降两国国旗。一般两国港口工作人员不会那么苛刻地要求的。

"鹿特丹开航晚了 45 分钟，我发出的预计到达万德拉尔引水站时间是 19：00，可能有点延误了。"我担心安特卫普引水员可能不上船引领。

因为大风浪，我一直没有离开驾驶台，指挥航行已有 5 个多小时了，我真的累了。风浪还是扑面而来，航船都有规律地在分隔带里各行其道，海上航行状况良好，海上引水员德国老头一定让我下去休息："船长休息吧，再过 3 小时就到安特卫普万德拉尔引水站了，我估计可以在 19：30 到，我在进入分隔带后可以和安特卫普万德拉尔引水站联系。"

我和衣躺在沙发上实在无法入眠，还是早早地出现在海上引水员面前："怎么样，和引水站沟通了没有？"

"还没有，我联系看看吧！"海上引水员拿起高频电话开始呼叫安特卫普万德拉尔引水站。还真是心有灵犀，引水站迅速应答："请报抵达引水站时间，引水员将在你轮抵达时上船引航！"

此时，我悬了一下午的心终于落下来了，安特卫普引水站并没有因为我晚发通知（港口当局规定提前6小时通知）而惩罚我。

我双手合十："谢天谢地！"

船速还是无法在19：00按时抵达引水站，推迟到了19：45。可不论如何，我们没有耽误进港，看着前面的引水船上白下红的标志，心情一时难以平复，激动得难以言表。

驾驶台轻松一刻

终于到了万德拉尔引水站。我见到在风浪中左右摇摆的引水小艇正顽强地向我轮驶来，引水员到船，我才从烦躁不安中彻底解脱。

我走上前去对着引水员说了声"谢谢"。那引水员感到很纳闷，疑惑地看着我，似乎在询问我："我刚上船工作，船长你谢我什么？"

我意识到自己言语失误后，立即自我解嘲："Of course，I must thank you to take me into the Scheldt river tonight.（当然，我今天晚上必须谢谢您把我引进了斯凯尔特河。）"我无法在引水员面前表明自己的心迹。

引水员听完很客气地回答："With pleasure，you are welcome to Antwerp.（很高兴你来到安特卫普。）"

德国老头和引水员就船舶目前状态简单地交接后离开了驾驶台，前去休息室。安特卫普引水员开始执行引航操作。这位年轻的引水员很健谈，与我聊起了中国改革开放和目前中国的经济发展形势。他说站在Great Ocean Shipping的船上就感受到了这种气息，被当前中国的发展所折服。他继续说："以前我只能看到COSCO的船舶，现在你们绿色的船体几乎每天都看见，我为你作为'厦'轮的船长感到骄傲，也为我能够引领你们进港感到荣幸。今晚船长你得陪我2小时了，安特卫普就这样迎接你进港，真有点对不起了。"

“没有关系，谢谢您的夸奖，我们航企的确正在加快发展，不久将有更大的集装箱船舶投入这条航线，我希望中国的船舶能够给您留下良好的印象。”

此时，前方海域清晰，没有交互的船舶来往。这位引水员乘机与我在驾驶台聊起天来。“你知道吗？我们引水站设在这个叫‘万德拉尔’的地方，比利时语言中‘万德拉尔’就是‘走’的意思，安特卫普港是从这里慢慢走进来的。同时，也表明比利时面临着的北海是从‘万德拉尔’这个大陆架结构的地方一点点变浅，形成了河道，因此‘万德拉尔’也是比利时走向世界的地方，‘万德拉尔’是比利时王国历史发展的见证。”

“Wonderful（太美妙了），引水员先生，我为您的祖国感到骄傲，我也希望‘厦’轮能慢慢从‘万德拉尔’航道进入你们这个伟大的国度，把中国人民的友谊带给您，带给您的国家，带给您的朋友，共同‘万德拉尔’（走向）繁荣。”

我一番恭维的话语令引水员更觉兴奋。夜深了，引水员的情绪却分外活跃，操船的敏感度也大大提高了。我的师傅曾经告诉我，在驾驶台不能保持肃静，特别是在黑暗环境中，要有外来的应激环境来提高驾驶员的灵敏度。这样能及时发现前方海面形势，做出最快反应。从心理角度分析：一般人在黑夜的环境下，情绪会感到沉闷和消极。由此，他的反应相对来讲比白天迟钝。如果没有来自外界的刺激人就会犯困，对外界的变化敏感度会下降。我见到一篇报道提及为什么高速公路都是曲折圆弧形的，道理就在这里：“高速公路设计为曲折圆弧形是为了让人大脑始终处于紧张和兴奋状态，以防驾驶员疲劳驾驶，减少交通事故的发生概率。”

所以，这种心理分析确实具有一定的科学性。船长适当地在航行中调节气氛，保持清晰的灵敏度以配合引水员的操作，一定程度上能够保证航行安全。

此时，引水员已经帮我航行了 3 小时，从万德拉尔引水站航行到 Vlisinge 南水道还需要 2 小时。

引水员走到我跟前：“船长，我还有 20 分钟就要下船了，请你准备好右舷引水梯，一会儿河道引水员会在 Vlisinge 南河道中接替我。船长先生，你是中国北方人吗？咱俩一般高，我很少见到你这样身高的中国人。"

"我是南方人，我的家乡在上海，这是我们船舶的母港。您知道上海吧，一个很美丽的城市。我的身高是上帝赐予的，我感谢上帝。现在中国人的身高都在变化，我只不过走在前列而已，我们的海员也有高大的。"

引水员感到很高兴："我知道中国上海，在图片上太漂亮了。"

"希望您能够到上海来旅游，看看中国。"

"我很想去中国，当我攒够钱，我一定会去中国看长城的。"

"那是北京，上海没有长城，就像安特卫普一样是一个河港。"

"船长，我们这里的香烟很贵，您船上是否有香烟，没有被关封吧。我想购买你船上的香烟，中国烟也可以。"

"OK，没有问题，这钱我就不收了，作为礼品送给你。"

一般来说，欧洲引水员，包括欧洲港口官员都不要礼品，更不会张口向船长索要香烟。我满足了他的请求，送给他一条三五牌香烟。

他从兜里拿出 10 欧元给我。我连忙推辞了。

引水员："哦，那我不要一条烟，给我一包就行了。"

前面一艘引水艇驶过来了。引水员在驾驶台坚持到最后一刻，直到另一名引水员上船，向其交代了船舶情况后，转过身热情地和我握手："谢谢，再见！"

我站在船桥的侧翼目送他安全离船，随后回到驾驶台对着刚上船的引水员说："OK, Pilot off！（好了，引水员下船了！）我们可以开车前进了。"

"Full ahead!（全速前进！）"引水员马上喊出了超级口令，刚上船就迫不及待驶往码头了。

引水员自上船起，嘴里的雪茄从来没有断过，尤其在前方出现复杂局面时。黑暗中，驾驶台总有一颗不知名的小行星与天上的繁星共享黑夜。像流星或亮或暗，似恒星岿然不动。他在夜幕下凭借雪茄的力量坚持到了最后，而我在密封的驾驶台里吃不消了，只能站在侧门的缝隙中贪婪地吸吮河道上空飘过来的新鲜空气。我的目光被门外的景色吸引，从驾驶台看两岸万家灯火，这是一片化工厂，高高的蒸馏塔全被灯火笼罩了，塔上压力释放阀在高压蒸汽下发出了尖锐的啸声，白白的蒸汽在灯光下冲天而上，化成一团轻雾升到了天空，飘向远方。

船首又一次大幅度转向了，那片灯光被留在了船尾，前面出现了昏暗的沼泽地。远处只有散落的几点灯光，我猜想大概是渔家灯火了。可惜在晚上我的数码照相机不灵敏，遗憾没有留下一张沿岸的景色。

引水员叼着雪茄走到我的跟前："船长，还有 20 分钟，拖轮就要到了，请水手们前后带拖缆，准备靠泊了。"

我命值班驾驶员通知甲板部人员准备靠泊安特卫普码头！

引水员把控着船速，对准码头直冲过去，他意图让船向左掉头，巨大的船体在前、后拖轮的协助下开始吃力地扭转身躯原地掉头。

我站在引水员的后面，呛人的烟味扑鼻而来，即使我换了位置，这烟仍是形影不离。这天开始，不抽烟的我对雪茄有了不共戴天的深仇大恨，对引水员满脸怒气。可是，我不能在关键时刻分散他靠泊的注意力，只能忍受。引水员花了 30 分钟终于将船舶安全就位了，此刻嘴里依然叼着着雪茄在驾驶台里抽。

我走过去："引水员先生你的引水技艺不错，可是今天我被你的雪茄熏得受不了，你这个坏习惯不改的话，哪天再上我的船舶我肯定把你赶下去！"

引水员耸了耸肩说："对不起，我知道这是坏习惯，可是我控制不了自己，再说这是征得您同意的。"

我顿时哑口无言。算了，还是叫他早点离开吧，让雪茄烟"滚出"驾驶台。我把签好的单子递给他，叫三副把他送下了船。那引水员对我笑笑："下次我再来帮你引出去。"

我以微笑回敬，目送他渐渐消失在夜幕中。

代理在引水员刚上船时就来电说今晚不来了："明天我给你带来船长备用金 2.5 万美金。"接着，他发来一张已经被移民局审核通过的海员名单的传真。

靠泊完成，我下了驾驶台，大厨师傅端来夜宵，我看着冒热气的夜宵眼睛都湿润了，我有这么好、这么多的海员关心着，心灵得到了莫大的安慰，也想多为海员办一些实事，更有效地贯彻好我倡导的船舶安全、和谐、健康和高效的管理宗旨。让海员都不忘“厦”轮这个海员自己的家庭，让微笑绽放在每一名海员脸上。

紧接着，海关官员上船简单地办理了进口手续，随后离开了船舶。

如此首航仪式

安特卫普代理电邮告诉我们，本轮自出厂后，从来没有到过安特卫普。所以，为欢迎本轮首次抵达，安特卫普港务局将安排一个简单的仪式，这在航海习俗上称为 Maiden Voyage。

Maiden Voyage 中文的确切翻译就是处女航，表示船舶出厂后第一次投入营运。虽然“厦”轮已出海 8 个月，但港口对第一次来的新船都给予处女航的待遇。在此，我将“处女航”这个词文雅地翻译为“首航”！14：00，中方代理带来了一帮叽叽喳喳的女孩子。

据说这些女孩子是在这里招募的员工，她们刚进入公司参与航运，从没有上过如此令人惊奇的、巨大的集装箱船舶（ My god！ Wonderful and huge ship. ）。

原来，安特卫普港务局把首航仪式简化为交给本公司代理代办了。代理部的经理双手捧着一块精心包装好的牌子交给了船长，中方经理提醒船长立即拆开以示尊重赠送人的好意。我面带笑容，小心翼翼地一层层撕开，唯恐伤了礼物。现场异常安静，大家都想知道这港务局献的是什么“疆图宝物”。当“宝物”呈现出来时，小小的船舶接待室里掌声四起，这声音来自女孩子们粉嫩纤细的小手，同时伴随着女孩子们发出的欢呼声。

这是一块用不锈钢精制的标牌，上面写着：

“The Antwerp Port Authority Welcomes Xia on Her Maiden trip to the Port of Antwerp, May Fortuna Sail with You! ”

【安特卫普港口当局欢迎“厦”轮首航（处女航）安特卫普港，愿命运女神陪伴你航行！】

女孩们令船上的气氛瞬间变得热烈。她们从没有过像今天这样和船长面对面近距离交谈的经历。

她们的这些举动，和在某个文艺场所见到明星时差不多。

船长在人们心目中就是不出名的明星，明星只不过是暴露在闪光灯下的艺人，而我们船长是用勇敢和奉献精神锻造的精神雕像，是一尊顶天立地的铜像。

船长是人类无上光荣的职业，被世人尊重。在任何场合只要你亮出自己的船长身份，肯定会得到现场所有人的追捧。当她们知道船上还有一位船长时，更兴奋了:“两个船长，这艘船要两个船长开？”

“不是的，他是我带的实习船长，他在船上另有任务，要熟悉这样的船型，然后回去接另一艘船，首航也会到安特卫普，希望你们也到他的船上来噢！”我给她们解释。

女孩们纷纷与我和实习船长合影，把最美丽的笑容留在了照片上。

但是，上船的这些美女个个都是“烟枪手”，她们熟练地跷起兰花指夹着一支烟，不时塞进嘴里猛吸一口，优雅地呼出漂亮的烟圈，残余的烟雾缓缓从鼻腔流泻出去。

不一会儿接待室充满了烟味和脂粉味。室内的男人反而没有一个吸烟的，包括我自己。

中方经理解释：“她们平常在办公室很注意的。一般工作时间不抽烟，除非在 Cafe Time（咖啡时间）或者午餐间隙，今天她们显然太兴奋了也就忘乎所以，在你们两个船长面前撒娇了。”

“哈哈，船长喜欢她们在船上撒娇，因为船舶本来就是女性！”

“Captain，why you said that the vessel's gender is female?（船长，你为

什么说船舶是女性？）”一位来访的姑娘询问我船舶被称为女性的来历。

“Because that there is always a great deal of bustle about her，there is usually a gang of men around her.She has waists and stays.She takes of paint to keep her looking good. She shows her topsides，hides her bottom，and when coming into port always heads for the buoys（boy 的谐音）.”

我对她们说“船舶”的性别是女性的理由，这段英文的意思就是：“她招蜂引蝶，周围不乏卖命的男士；她体态匀称，常年紧衣裹身；她涂脂抹粉，妆容优雅；她炫耀着起伏的上半身，却把性感的臀部隐藏起来，让男人想入非非；她驶入港湾时，总是颔首向迎接她的男孩暗送秋波。”

“It is too romatic，so poetic!（太罗曼蒂克，太富有诗意了！）”女孩们兴奋地回答。我哈哈大笑，原来在欧洲航海大国中也有很多人不知道船舶是女性。想到此，我也为中国人民不知道船舶是女性找到了理由：“全世界人民都把海员遗忘在太平洋、印度洋和大西洋之中了。”我流露出被人轻易察觉不出的苦笑。在意犹未尽的欢乐中，她们参观了明亮宽大的船长室。在厅内地毯上，她们情不自禁地旋转起了探戈的舞步、伦巴的舞姿：“船长！你的房间可以做舞场了！”

“实习船长，与姑娘们来一段华尔兹舞？”我没有音乐和跳舞的基因，就叫实习船长陪伴姑娘们在房间内跳起了优雅的华尔兹舞。

她们尽兴后，又来到了驾驶台，看见前方却看不见船首，惊讶地询问我：“船长，哪边是船头，哪边是船尾？”

她们对庞大的船舶首尾迷失方向了。我向船头方向一指：“Over there！（就在那里！）”

“Where？（哪里？）”

“There！（那里！）”

我为姑娘们指点迷津了。

“怎么开这条大船？”

我开始耐心地说教。

姑娘们对简单的航海理论听得似懂非懂，看上去还算满意船长用英文的解释。

她们才知道驾驭船舶需要很多知识的。

她们非常自傲能够加入公司，成为同船长一个公司的员工："船长，我们都是公司的同事，希望你经常来安特卫普！"她们围着我，要求参观机舱，看看船舶是被什么机器推动的。

我让船舶轮机长和大管轮带她们去了机舱集控室，在集控室内，三管轮给美女们详细解释机舱各个设备的功能。

美女们被他的语言打动了，都专心致志地听着，寸步不离地围绕着他，不时流露出崇拜的眼神，英文流畅的三管轮把中国海员的风采充分展现在异国的美女面前，相信美女们会对今天的所见所闻印象深刻。

我被她们的求知欲感动了。我不仅看到她们的朝气蓬勃，也看到了我们公司的未来。我们的公司也一定像这群女孩一样充满朝气，永远引人注目，一定会成为世界一流的航运公司！

游览安特卫普城市

经过一个多月的海上航行，我走下舷梯的脚步都是摇摇晃晃的，脚下好像踩了棉花絮。我竭力搜寻对安特卫普的遥远记忆，在梦中我无法再勾勒出安特卫普城市的轮廓了。

现在每个航次都停靠比利时。可是，我最希望游览历史悠久的古城——安特卫普。

首航仪式结束，中方经理特地安排我与另一名船长、政委去往他们的驻地安特卫普办公室参观，然后带着我们到市中心看看。

这是好机会，我们非常感谢经理的周到安排。三人稍做准备后，登上了中方经理的汽车一路扬尘而去。

我对安特卫普的了解很少，这座城市令我充满了期待，我想通过这次游览好好猎奇安特卫普城市。

“假如平时道路通畅的话，从安特卫普办公室到船舶靠泊的码头大概30分钟。”中方经理边开车，边为我们介绍一路的风光。

汽车穿过斯凯尔特河的一条隧道，上了开往安特卫普的高速公路，40分钟左右就到了安特卫普市区。

“安特卫普有很多遗留的古迹！”他带我们来到安特卫普断手广场。

断手广场实际上竖立了一座青铜雕像，后面悬挂了各色彩旗的建筑是旧的市政大厦。

断手的人物是比利时古代的一位民族英雄，他在与敌人的战斗中被砍断左手仍战斗不息，表明了比利时人民顽强抗击外来侵略的革命精神。后来为了纪念战争中的英雄，安特卫普市中心的政府大厦前竖立了一尊雕像，让比利时人民心中永远有他们的存在。

这里都是络绎不绝、来自世界各地的旅游者，其中不乏中国人，还有一个台湾旅行团。

广场的四周都是敞开式的啤酒屋，很多当地游人在五彩缤纷的阳伞下喝着啤酒消遣。更多的旅游者在聆听导游娓娓道来的断手雕像的故事，纷纷举起相机留影。

市政大厦门口停了一辆古典的马车，两个马夫无事闲聊，等待游客们乘坐，巡警穿着制服在四周巡逻，整个断手广场一派宁静安详的景象。

经理带着我们穿过了一条小巷，眼前豁然开朗，这里就是著名的安特卫普大教堂所在地。远远就能看到高耸入云的大教堂尖塔了。走至跟前，现代商品和古代建筑浑为一体，带有青苔泥的大教堂正门紧闭，虽无法窥视到大教堂里面的情景，但大教堂外围精彩的壁雕足以令我流连忘返了。

我们回到断手广场，在一家啤酒店外的台子上坐定，点了两杯“DUVEL”（督威）牌啤酒和两杯咖啡。我们边品尝美酒和咖啡，边欣赏游人如织的广场美景。经理开始给我们介绍这里的风土人情，我把他的介绍简单总结如下：比利时这个欧洲小国拥有130多个民族，主要的官方语言是荷兰语、德语和比利时语，只要受过教育的人都会用英语交流。

比利时主要生产、加工钻石，有世界上最为便宜的钻石供应商店。断手广场的不远处就有一条琳琅满目的钻石街，街上都是珠宝商店。购买钻石必须对其有深刻了解，识货的人才能买到上好的钻石，其价格落差相当大。

比利时的巧克力也是世界上最好的，其中最有名的巧克力品牌是“吉利莲”，堪称巧克力王国中的至尊。比利时人不太愿意为自家的巧克力大打广告，他们信奉好的东西终会被发现。由此，比利时的巧克力一直处于未被人发现的状态。我尝过比利时巧克力，的确美味，造型也很特别。我在此也为比利时巧克力免费做一个广告，希望到此一游的中国游客不要错过这美妙的滋味。

比利时盛产啤酒，其品种繁多，约有 200 种。据介绍，你每星期品尝一种啤酒，得花上两年多的时间才能品完，最著名的为 DUVEL（督威）啤酒。据说他们很喜欢中国的青岛啤酒。我恍然大悟刚才船上那帮女孩看到驾驶台上的罐装啤酒就喊“青岛啤酒”。可是让女孩们空欢喜一场，船上没有备青岛啤酒。

片刻休憩后，我们走到了靠近河边的一座古堡前面。“前面就是斯凯尔特河！”经理指着奔流不息的河，点点白帆在河中慢慢移动。

古堡的入口处有一座风趣的雕像，雕像的寓言故事是：两个比利时的醉鬼，在一次喝得酩酊大醉之后，手里提了酒瓶像鬼魂一样游荡在安特卫普的街头。突然间他们看见一个巨人站立在眼前，顿时吓得魂不附体，酒也被吓醒了。再定睛一看，原来他们走进了眼前的古堡。这古堡就是当时比利时安特卫普最著名的羁押犯人的监狱。经理邀我们进一家名为“新美食城”的酒店用餐，这是一位马来西亚华人开的酒店，提供的都是中国餐。老板娘与华人们都很熟络，一进门她就直呼顾客的名字或者职务。看来，中国人对中餐还是情有独钟的，也可以看出这家中餐馆在华人中的影响很大。

正好酒店里有一对华人新人在举行婚礼。我们目睹了婚礼全过程。

年轻的亲友们拿起话筒尽情地唱歌，以活跃婚礼气氛。接下来男、女司仪介绍来宾，当司仪介绍新人时，婚礼进行曲响起，大家热烈鼓掌。

身穿西服的新郎挽着自己的爱妻——宴会最美的新娘一起进入宴会大厅，他们在此感谢到场的来宾，感谢父母的养育之恩，同时希望来宾们共享他们婚礼的欢乐。接着婚宴正式开始。整个婚礼过程简单温馨。这对新人的婚宴开始不久我们就走了，我们不想去凑别人的热闹，留下些美好的遐想也是好的。

安特卫普，我终于看到了它风采的一斑，而且这道风景还是以华人为主角。

安特卫普代理是位美女

夜幕降临，灯光渐渐稀疏，月光下的古老建筑将它们的阴影投射到地面上。在代理的带领下，我们回船了。我看了一下手表，已经23：00了，我到甲板部办公室了解装货情况后，通知大副明晚8点开船，并嘱咐大副多体贴海员的身体，休息足了才能安全、精神抖擞地工作。

我回到舱室洗漱完后倒头就睡了。

天蒙蒙亮了，我的睡意还很沉重，当舷窗外的阳光刚透过窗帘时我醒了。想到早上代理会来归还证书，我支撑在床边呆坐了片刻才走进梳洗室，精神焕发地出现在餐厅。

早餐没有多少海员光顾，大家都在补足睡眠，弟兄们都累了。甲板上码头工人正在交接班，作业在早晨6点才开始。

我来到驾驶台，看看有没有信息到船，害怕再次出现信息延误的状况。

驾驶台室外，安特卫普的集装箱码头边上排列着密密麻麻的蒸馏塔管系，在冬天的晨曦下烟囱冒出白色的气体，一根废气排放管伸向空中冒出长长的火舌，在蓝天下熊熊燃烧。

对岸冒着蒸汽的两个巨大的发电厂圆筒表明这个城市正在被它们驱动，电在城市里发光、发热，还变成了电视中的图像，让城市变得五光十色。

发电厂边缘一块湿地扮演着自然净化器的角色，把城市飘来的尘埃吸住，过滤了空气。我开了驾驶台的门窗，一股甜丝丝的空气进入了肺泡，心胸顿时开阔起来，爽气！穿堂风把引水员烟鬼那晚留下的气味全部驱赶出了驾驶台。

代理带着一位实习男孩姗姗来迟，我很热情地招呼这名财神爷，他身上可带了我们全船弟兄一个月的薪水啊！“船长先生您好！这是您借支的美元备用金，清点一下。”

我把一摞钱交给了政委。

“我还得在这里办理即将过期的除鼠证书，请问检疫官什么时候上船？”

“OK，没有问题，我打电话问一下检疫官什么时候上船。”他拿起手机和检疫部门联系。“好了，今天下午 1 点钟左右，你等着吧。船长还有什么事吗？没有的话，我们就走了。你可以随时和我们联系，当然你也可以和你公司联系。哦！对了，下午我就不来了，下午我的一位年轻女同事上船给你办理出口手续，预计开航在晚上 8 点。再见！”

我叫政委送他们下去。我看着窗外甲板，桥吊在此起彼伏地来回运动，进行装卸。

检疫官在代理的安排下 12：00 抵达船舶，顺利办妥更新了除鼠证书。

16：30 左右，我听到值班一水在对讲机里呼叫：“船长，下面来了一个非常漂亮的女郎和一个小伙子，他们说是代理，上船办理出口手续的，我叫驾驶员带上来怎么样？”

“带上来，我在办公室里面恭候他们。不要见到了漂亮的姑娘就忘乎所以了，发保安登轮证给他们！并且要驾驶员陪同到电梯送到我办公室。”

我站在自己房间的门口走廊迎候他们，对面就是办公室。电梯到达的铃声响了，随着开电梯门的响声，姑娘身上的香水味已经弥漫在整个走廊里了。这是一种很敏感的香味，在地板水蜡味浓重的走廊，那香水味特别能引起异性鼻子细胞的活跃，感觉到那位高挑性感的比利时女郎的到来。

那位小伙子就是早晨那个代理带来实习的男孩，我感觉小伙的胭脂气十足，穿了御寒外套直捅到裤脚上，里面衬了高领白色羊毛衫，脸容秀气，高额头，高鼻梁，墨绿色的眼睛发出了绿光，炯炯有神，两道眉毛粗浓，背头梳得光亮，嘴巴如同歌星宽阔，说话奶声奶气。他走在姑娘的前面，比姑娘矮了一截，一时把姑娘的半个脸挡住了。跟在后面的驾驶员见我已经站在了门口，就向他们介绍："这是我们的船长，这是上船的代理。"值班一水转身忙他自己的工作去了。

小伙见到我很高兴："船长，我给你带了我们办公室里最漂亮的女同事，我们来办理今天晚上的出口手续。"

他向我介绍了这位姑娘。只见姑娘一双蓝蓝的眼睛紧紧地盯着我，挺直的鼻子安置在脸上非常恰到好处的位置，长发披肩，红色风雪大衣衬了一条黑色的围巾，嘴上淡淡地抹了亮唇的口红，瘦瘦的脸上笑容荡漾。

我细细一瞥，她无论怎么笑，都楚楚动人。

可是不知道是见到了姑娘眼睛发亮、代理说的名字太长了，还是听觉出了问题，我没有记住这位姑娘五六个发音的名字。

"欢迎漂亮的姑娘到我们船上！"我对冲着我微笑的姑娘开口说了第一句话。我闪身让出了通道，让这位美女进入了办公室。

这个美女经常上船办理手续，大概这条航线上的船长都遇到过，所以很老练地拿出了记录本询问我船舶开航的数据："船长，开航吃水、船舶稳性高度（GM）、燃油、轻柴油、润滑油和预抵下港的时间（ETA）。"

我早有准备，翻开自己的笔记本，将开航数据报给了代理："开航吃水13.2米，平吃水GM 1.25米，ETA[①]苏伊士运河16日3：00。开航潮水有没有问题？"

① ETA：即为英文"Estimated Time of Arrival"的缩写。意思为"预计抵达到港时间"。

我开始恭维她了:“噢！您长得很漂亮，怎么？喝咖啡还是喝饮料？”

她谢谢我的恭维，迅速记下了数据:“哦，没有问题，这吃水可以保证你今天晚上随时开航出口。好的，我需要一听中国产的可乐，你就送我一听作为纪念品好了，咖啡不喝了。船长，除鼠证书办好了吗？”

“办好了！还有，船长借支是否收到这个数据？”

我指了一张需要我签字的单子:“对，没有错，我已经收到了，谢谢代理良好的服务，让我们海员及时拿到了工资。”

“OK，手续全部齐全了，这是离港证。船长！”姑娘业务熟练地结束了她的工作。

代理小伙和姑娘在船上办理完出港手续后，在驾驶员的带领下乘电梯离开了。

夜幕又降临了，甲板上还是乒乒乓乓地装箱，水手长认真检查每一个箱子的扭锁是否锁上，以保证航行中的安全。仔细检查时发现其中一个箱子忘记上锁了。

此时引水员已经在驾驶台准备开始引航，那些桥吊也收起巨臂昂首在天空了。

他们马上将情况汇报给了大副和我。大副立即叫住工头，要求他想办法把扭锁锁上。我对引水员说，对不起，只要 10 分钟时间把扭锁锁上就可以开船了。

“驾驶员给引水员先生喝点什么。”我为了稳定引水员的情绪连忙招呼驾驶员提供服务。

桥吊重新落下了，一位工人站在吊笼里上了箱顶，按照水手长提供的箱位找到了那个扭锁，用长长的铝合金撬杆把扭锁锁上了。

至此，我们圆满完成了欧洲各港的装卸任务，在一声汽笛长啸声中起航，进入了斯凯尔特河道，在黑暗中向万德拉尔引水站驶去。

两岸的景色还是沉湎在夜幕中，两岸的灯光依旧，“厦”轮在引水员的引导下离开了安特卫普。

天空很晴朗，今天晚上又是直升机作业下引水员。在 Vlisinge（威灵辛格）南河道中更换的引水员带了一套上直升机的装备，他在抵达引水站前就开始着装准备了。

到达万德拉尔引水站，船速放慢了。直升机在船舶驾驶台顶部轰鸣，一名机组成员放下绞索到了驾驶台侧翼。引水员麻利地将绞索上吊钩住腰间的皮带，然后右手握拳，大拇指向上，示意了三下，绞索飞快把引水员拉上天了。直升机飞走了。

德国老头接手了引航任务。他将“厦”轮引到英国 Brixham（英国英吉利海峡沿岸港口）港引水站后，才完成整个航次的引航任务。他说他直接赶到法国去，我公司“连”轮将到法国勒阿佛尔港了，他将继续执行引航“连”轮的任务。

现在大型集装箱船舶到了欧洲，都需要海上引水员执行英吉利海峡的引航任务。繁忙地周转，对海上引水员来说绝对是一件开辟财源的好事！

“船长，能否叫 Brixham 港引水站的引水艇带点欧洲的‘面包蟹’上来。这个港口的‘面包蟹’很鲜美。”政委在驾驶台上跟我悄悄地发话。

“好的，我就叫德国老头给联系一下。顺便捎带‘面包蟹’上船。引水员下船后，我们也可以进行会餐了。欧洲一个多星期的连轴转，弟兄们很辛苦，应该犒劳一下了。”

第二天傍晚，Brixham 港引水站到了。引水艇水手在高频电话中跟引水员说了准备“面包蟹”的钱，让德国老头带下去。我听到后立刻叫政委付了蟹钱。

一艘红色小艇直奔“厦”轮过来。德国引水员做好了下船准备。

“船长，与您合作很愉快，下次再见！”

我接过引水员的操纵权，为他做了一个下风舷。这里，挡掉了起伏的风浪。

“左满舵！前进二！”当引水员下船后，我立即加速驶向地中海内的苏伊士运河口。

我接到了箱运部门的指示，要求“厦”轮在 16 日凌晨赶到塞得港，当日过运河。

但是电邮中的措辞让我非常不爽，由此引发了一段不愉快的经历。以下，我将这段经历用文字记录了下来。

与公司管理人员的碰撞

以下是我遇到的真实故事。

某次我驾着某航运公司的船舶航行在太平洋上，这是一条破烂的二手船，船龄已经有二十几年了，属于“老太太”级别的船舶。“老太太”不好伺候，患了“心脏病”，好好地在航行，突然主机长喘一口气就停了。

轮机长费了好大的劲才找出故障原因——需要更换某个关键零部件。他随即建议船长漂泊修理主机然后续航。

洋面没有大风浪，我据实汇报经营人，告诉他可能主机故障，班期受到影响，希望做出相应调整。负责我轮的经营人是刚刚从学校毕业的大学生，对船舶知识了解不多，船上动力如何配置都没有概念。于是对船舶因故障脱班甚为生气，马上给我来了一份电报：“主机坏了，还有副机，为什么不开副机。开副机！继续前进。”

我听后连连摇头：“这帮小青年，不了解船舶动力结构，尽说外行话。”

船上的确有副机，那是用来发电的！至今，大型船舶都是主机推动螺旋桨旋转以提供动力。一般货船都是一个螺旋桨，不像军舰有两个螺旋桨，甚至是四个螺旋桨。

机关人员奉行的企业文化是各司其职，每人分管各自的业务，谁也不愿插手别人的业务。上海俚语“江西人搭破碗，吱咕吱咕（自顾自顾）”描述的便是自顾自的人物。

机关人员在剧烈的岗位竞争中稍不谨慎就惨遭淘汰。有一次，船舶在中国南部航行遇到浓雾和大批渔船，我不得不降低船速以保安全。一位刚从海事院校管理专业毕业的学生作为经营人管理航线业务。应该说他有一定的航海知识，可能知识没有更新，他给了我一个电话指示：“船长为什么不开全速？有雾，船舶不是配备了自动避碰雷达吗？”

我纳闷自动避碰雷达能自动驾驶船舶？避离前方小船？他以为有了避碰雷达就可以在海上肆无忌惮地航行了。唉，一知半解的人太可怕。

一次船舶在太平洋上航行遇到狂风恶浪，顶风航行。船即使开足了主机功率，还是像汽车上坡，只有喘气的能力，却没有前进的动力。船舶只能维持在负荷承受的范围之内航行。

经营人见到我船发出的中午船位报，船速只能维持 14 节，抵达巴拿马运河的预订时间将错过了。他急了，电话中一定要求我在大风浪中开足马力，同时还上告了管理部门。

我没有听他越位的指挥，确保了船舶的安全。

这位经营人是箱运部门的经理，曾做过一年多的沿岸航线船长，身怀花言巧语和拍领导马屁的技巧，年纪轻轻就被公司作为重点培养对象了。在公司当上部门经理后，每当迎面与船长们遇见，他都昂起领导的头对船长们不予理睬。而这些船长都是他昔日的同学和曾经在一艘船舶上工作的朋友。即使对我这样一位具有丰富远洋经验的船长，他也根本不放在眼里。

有一次，临到开航我还没有接到经营人明确指示以怎样的速度驶往目的港，便以经济航速航行。没承想经营人在卫星电话中一顿责备：“为什么不开全速赶班期？你怎么不动脑子，班期紧了还不灵活一点，班期就是效益！现在不管节油了，开！开全速，在指定时间赶到目的港！”但在电邮中他冠冕堂皇地以正常的指示命令，让我执行安全航速前进。

在航海上安全航速实际上是：“只要不出事情，你开全速也是安全航速；你维持船舶航向，哪怕是倒退也是安全航速。”

我究竟开怎样的速度？电话指示没有任何录音证据，我哑然了。有一次，我和公司一艘姐妹船前后相隔半天时间出发去往美西的洛杉矶港。她在前，我在后。当船舶出了北海道的津轻海峡后，在中国黄海生存的江淮气旋正在不断加强，所经过的洋区将产生 10 级以上的大风，影响范围广泛。

为了确保船舶安全，我毅然决然改变航向，避其强盛低气压的锋芒。我仔细分析了太平洋气象后，决定把向东的航线调整为正南航线，直插北纬35°，在大风浪区的边缘航行，改变了原来顶风顶浪横冲直撞的局面。巧借低气压的逆时针方向旋转的偏转特性，在其低气压的尾部顺风顺浪航行。当船舶通过低气压系统尾部之后再转向，形成顺势而行的局面，极大改善了船舶航行条件。一路上我轮主机负荷轻，燃烧良好，以满载23.4节速度的极佳航行条件，顺着风生流的流向劈波斩浪，平稳驶向目的港，似乎让海员弟兄们忘了这是风浪咆哮的冬季太平洋。

可是，经营人根本不知道大洋中深度低压形成大风浪的可怕。当我解释船体不能承受大风浪的冲击后，他不分青红皂白地冲我一顿训斥。

“别人能航行，你怎么就不行了？”

我表示坚决不听他的指挥，并要求气象导航公司根据我的预案航线，继续为我提供气象，确保前方气象条件适合船舶航行。

同一时间段中，公司的另外一艘姐妹船也在同一洋区中航行。该轮船长被这位经营人训斥后，不敢违令在大风浪中横冲直撞，船舶剧烈震动，集装箱纷纷坠落海里，船首 Bosun Store Cabin（水手长工具、索具储存舱）大量进水，带缆设备全部浸水失效，险些在大洋上折舟，造成巨大的损失。我得知姐妹船的信息后，庆幸自己及时改变航向，躲过一劫。

事后，这位经营人却给我发来一份措辞严厉的电邮：“船长，本航次你违反公司调度和气导公司的指令，擅自改变航线，导致你轮多走了95海里，多耗燃油90多吨。请你轮返回上海后，到公司调度室报到！”

我没有立即回复。经营人很不高兴，继续电邮催促我承认违背公司指令，擅自改变航向的错误。

我与轮机长一起查阅《航海日志》和《轮机日志》，仔细校核船舶转向之后的船速、主机负荷、燃油消耗数据，最终得出我规避大风浪操纵准确无误的结论。不但在顺风顺流之下减轻了船舶负荷，而且大幅度减少了燃油消耗，为公司节约了100多吨燃油。有凿凿证据，我利用返程大洋航行的时间，写了一篇《夏冬季美西航线设计及其气象导航》论文发给了他。

其中部分内容摘录如下：

北太平洋理论上分布了数十条航线供航海者参考使用，由于地球的形状近似球面，根据球面三角定律：通过球心在球表面上两点的弧度连线为最短。我忆起高中数学老师在课堂上讲解关于球面三角后陈述的一句经典表述：“……，所以，一位聪明的远洋船长在横跨太平洋时，他一定会选择大圆航线。”可是当笔者当了远洋船长后，并不认为这名船长选择大圆航线为聪明之举，当然老师没有实际航海经验，所以他的考虑是理论上的，没有综合其他因素。

设计航线还应该考虑的因素：

船龄——曾经有人警告：即使是新船，也会因遭到大风浪而发生意想不到的船体裂缝，造成灾难。

吃水——空船受风面积大，车效和舵效都不能正常发挥，满载则上浪厉害，容易损害船体，从安全角度考虑最好半载，但是，目前的大型集装箱船舶都是两个极端，要么满载，要么满载回程空箱。理想的吃水不能实现，因此谨慎选择高纬度航线，特别是冬季西行空载情况下，最好走低纬度恒向线为妥。

还有航速、主机情况（双机还是单机）、货载情况（集装箱船舶的甲板货箱绑扎）等。

我们不妨罗列现在经常使用的基本太平洋美西航线，假定设计从上海到美国长滩不同概念的航线进行比较：（以下数据为船舶电子海图设计显示的距离）

a. 上海出发穿越日本大隅海峡，恒向线沿北纬 35 度航行，直达美国西岸长滩港，距离为 6080 海里！

b. 上海出发走日本和韩国之间的对马海峡，进入日本海，穿越日本津轻海峡后在襟裳岬附近，以限制纬度 45 度北纬大圆航线航行至美国长滩港，距离为 5780 海里！

c. 上海出发走大隅海峡，过日本大岛后以限制纬度 45 度北纬大圆航线航行至美国长滩港，距离为 5837 海里！

d. 长滩港出发大圆航线，由 Unimak Pass（乌尼马克水道）进入白令海，再航至阿图岛西北 15 海里处，然后从津轻海峡入口进入日本海、出对马海峡到上海，距离为 5749 海里！

e. 长滩港出发大圆航线，由 Unimak Pass 进入白令海，从日本大岛转恒向线，经大隅海峡到上海，距离为 5908 海里。

我们可以看出最高大圆航线和 35 度恒向线的距离差值为 6080 — 5780=300 海里。因此，一般在夏季如果船舶还要北上到美国西雅图或加拿大温哥华港口，返回上海宜选择由 Unimak Pass 进入白令海，再航至阿图岛西北 15 海里处，转向从津轻海峡入口进入日本海、出对马海峡到上海的航线，气象条件一般都非常温和，而且航行距离为最短，你可以在 Unimak Pass 附近一睹附近岛屿山顶上的 6 月雪奇景，享受美妙的大自然景观。

如果从长滩出发，可以选择大圆航线限制纬度在 45 度和 50 度之间，那么距离为 5837 海里以下，气象状况一般都比较良好，尽管可能西行会遇到北太平洋东流，基本对航速不会产生较大影响。

以上两条航线属于气导公司一直在夏季力举的推荐航线，请注意在夏季该航线大部分时间在浓雾茫茫的大洋中航行，虽然没有小船横行，穿越大洋的集装箱船舶稀少，但驾驶员必须谨慎航行，并实行雾航措施。

随着接近冬季，如上分析的一样，北太平洋开始了剧烈的天气变化，北亚西伯利亚产生的强冷高压和裹挟着巨大能量的冬季低压往往结伴而行，肆虐北太平洋高纬度地区，曾经夏季的舒适航线，冬季应该考虑大自然的威力了。如果气导公司掌握整个当时天气形势，在周期间隙向东航行于高纬度地区，科学地避开大风浪天气，此航线将为船东和经营人带来经济利益，船长应该考虑尝试。

如果船舶是东行，我们最好选择在 45 度以下纬度航行，在一般运动规律的低压南部成行，基本上为艉部方向的偏顺风，对大型集装箱船舶航行不会造成灾难性的影响，如果低压天气形势与船舶相对位置、移动速度有异，可能船舶会陷入顶风。船长此时必须注意谨慎操作船舶，摆脱大风浪对船舶造成的伤害。

如果船舶冬季西行，笔者认为在天气形势变化 5 ~ 7 天的周期中，除非从温哥华、西雅图出发（但是最好也不要选择高纬度航线），一般不宜选择高纬度航线，应该选择 35 度以下的恒向线航线，如果低压移动位置偏低的话，航线应该再往低纬度设计，甚至可以走夏威夷岛的南部海区避其锋芒，保护船舶，实行安全航行。

低纬度航线距离延长是很客观的，因为固有的大圆航线为最短航线已经深入人心。

我们再分析一下：在大风浪中，船舶不可能维持全速，其船速下降还要看大风浪的强度，甚至在极端情况下，船舶只能维持保向速度。

假如因为高纬度航线受到 9 ~ 10 级大风浪西行，船舶保持 19 节或更低航速航行，以 45 度航线为例，距离 5780 海里，我们可以计算出所需航行时间为 304.2 小时。

而在低纬度 35 度航线以下（假如距离为 6080 海里），那么在风浪影响较小的情况下维持船速 22.5 节，那么需要航行时间为 270.2 小时！比高纬度航线先到目的港。

或者因为风浪影响船速再低一点为 21 节，那么需要航行时间为 289.5 小时，还是比高纬度航线早 14 小时！

再比较船舶在大风浪的状态：船舶为了维持在大风浪中航行，不考虑船体强度的情况下，主机负荷很大，耗油增加，船舶并不一定达到理想船速。如果船长考虑船体强度（必定考虑），那么船舶因速度影响，抵达目的港时间一定延误。

而低纬度情况截然相反，由于大风浪强度相对比较小，甚至在太平洋副高中心可能还是风平浪静，船舶速度不影响，船体也不会受到极端气象条件遭遇冲击，船舶安全状况极大改善，我想一名聪明的船长或聪明的经营人能够理解的。由于比较正常航行，主机负荷不大，燃油消耗正常，相比高纬度航线恰恰相反，它更无什么经济航线之说了。在安全和经济、距离的选择中，必须以安全为主！由此我们应该有这样的共识：“最佳大洋航线，是综合考虑各种气象、洋流、距离、船体强度等因素而设计的、保证船舶安全的最经济的航线！”

当我把 8900 多字的论文发给这位经营人之后，还在附带论文的电邮中告诉他：“你认为我还有必要来你办公室给你解释吗？”

他气得脸都发白了：“你算老几？”他并没有相关航行经验来驳斥我。此后的船舶工作期间，我被他作为重点跟踪对象。所谓“将在外，君命有所不受”！ 无论处境如何，我首要保障船舶的绝对安全，对在船的弟兄们负责。

不久，我的论文发表在航海期刊《航海技术》上。

年底，在全国航海系统评审优秀论文时，我竟然获得了优秀奖，整个公司为之轰动。这无形中也狠狠地抽了经营人一记耳光。

▶ 第十七章

没有战火燃烧的中东地区

根据公司经营部门的临时安排，“厦”轮驶往阿联酋的米纳杰贝勒阿里港。既然要到阿拉伯联合酋长国去，我赶紧“临时抱佛脚”，把一本厚厚的“港口指南”拿出来仔细阅读，以便了解阿联酋进港程序、港口规定以及风土人情。

先从“港口指南”上介绍的阿联酋的米纳杰贝勒阿里港情况说起吧。

似“热锅”的阿联酋

阿拉伯联合酋长国，简称阿联酋。

阿联酋位于阿拉伯半岛东部的波斯湾南岸，与伊朗隔一条霍尔木兹海峡，扼守波斯湾进入印度洋的海上交通要冲。据说这是一个主要由七个酋长国联合起来的王国：阿布扎比、迪拜（Dubai）、沙迦、阿治曼、乌姆盖万、富查伊拉、哈伊马角。国土面积 85470 平方公里，海岸线长 643 公里，阿联酋是中东阿拉伯世界的重要一员，信奉伊斯兰教，主要语言为阿拉伯语，通用英语。

阿联酋在历史上曾经遭到葡萄牙、荷兰、法国等殖民主义的入侵。在 1820 年被英国侵占，此后逐步沦为英国的保护国，1971 年 12 月 2 日宣布成立阿拉伯联合酋长国。阿联酋在 1984 年与我国建交。

阿联酋除了北部有少量的山地外，境内大部分土地是海拔 200 米之下的草原和沙漠。气候炎热干旱，年平均降雨量为 100 毫米。

到了阿里港后我听说 2004 年夏季下了一场瓢泼大雨，把整个迪拜和阿里港都泡在了大水里，为此阿联酋人站在街头齐膝的雨水里狂欢，感谢穆罕默德先祖普洒甘露。也因为这一反常的天气，暴露了迪拜城市的排水系统不足，致使“大雨冲了龙王庙”，城市遭受了“难得”的水灾，损失惨重。

阿联酋石油和天然气储存丰富，大部分分布在阿布扎比，其次是迪拜和沙迦地区，是一个靠丰富的石油资源发展起来的阿拉伯国家。尽管大部分土地被荒芜的沙漠覆盖，但大多数阿联酋的公民都富得流油，只要和阿拉伯人稍有商贸交往，都可以揩一层浓浓的油，获得巨额商业利润。

阿联酋王国中的本地居民大约 186 万人，占总人口的 10%左右，印度人占了 80%之多，在阿联酋的华人有数十万人。

阿联酋人控制着这个国家的政治命脉，本地居民在这里享受着最好的福利。如果阿联酋的女子嫁给了外国人，那么她将无法享受本国的一切福利，因此，她们不太可能轻易将爱情交与外国人。阿联酋本国人的地位是优越的，他们也一直自觉保持着非常正统、纯净的血统。

我并不了解带有神奇色彩的当代王国，我仅知道这里和伊拉克、伊朗以及那里的一切阿拉伯国家一样，都是穆斯林国家，均信奉伊斯兰教。我到过许多穆斯林国家，那里的男人都身穿白色的阿拉伯长袍，女人身着黑色长袍，纱巾遮面，露出一双黑色、明亮的大眼睛。

其实在我首次接到航次命令后有些不安，我的印象中，中东是一个充满硝烟的战场。

临出发前，妻子跟我再三交代，不要轻易去往中东，那里战火纷飞、恐怖活动猖獗，嘱咐我去了也不要轻易下地。宁愿待在船上，以保安全。我答应了妻子，请她放宽心。

接到公司调度中心的电邮后，“厦”轮马上改变航向，向阿联酋米纳杰贝勒阿里港驶去。

正值印度洋西南季风盛行期，日落西山时，我到达了阿联酋米纳杰贝勒阿里港，比预计的时间晚。我在茫茫夜色中迎接了引水员，他似乎也是印度人，他在了解了船舶规范以及操纵数据后全神贯注地开始了他的工作。此航道没有小船，所以进港特别顺利。

阿里港内的泊位和港池很大，类似我轮尺度的船舶可以在拖轮的协助下毫不费力地掉头。此时有一艘船舶还未离泊，引水员将我轮控制在泊位旁边，在驾驶台的侧翼叼起了一支香烟，开始吞云吐雾。在烟雾袅袅下我随着他的脚步走出了驾驶台，准备随时接受他的操作指令，一点也不敢怠慢。

此时一阵燥热扑面而来，夜空下的月亮和星星仿佛也散发着灼热的光芒。我的额头马上沁出了晶亮的汗珠，穿白色制服的背上湿了一大片，汗珠顺着脸颊流了下来。我查看驾驶台侧翼的温度计，天哪！在夜幕下还有38摄氏度！我感觉自己马上就要沸腾了。持续了5分钟后，汗腺孔都是白花花的盐渍了，汗还没有出来就干了。

我和引水员一起把船安全靠上了码头。引水员表现平静，就像一头适应沙漠的骆驼，矿泉水也没有喝一口。而我在短短的半小时中连续喝完了两瓶“农夫山泉”，下了驾驶台还继续张着大口没完没了地汲水解渴。

在进港前一天晚上，政委将船舶上所有违禁碟片、画报、杂志以及所有的酒类全部收起放在了海关关封仓库，严禁海员弟兄在房间里私藏可能对穆斯林不敬的东西。

据说一张被穆斯林认为的“违禁图片”可能罚款500美元。当政委把这些音像制品放好后，我还是到船舶的公共场所检查了一遍。海员餐厅的墙壁上挂了一幅中国江南女子戴了红肚兜的丝绸画，为了避免不必要的麻烦，我们也把这位“江南水乡的姑娘”从墙上请了下来。穆斯林们不吃猪肉，我们也特地把猪肉全部“坚壁”深藏，唯恐冒犯了阿联酋的穆斯林们，连靠港期间的菜谱也全部换成鸡鸭牛肉了。

代理上船后，挑选完所需资料后就走了。

这令我感到惊奇和尴尬，因为我已根据世界各个港口的惯例（特别是像运河引水员、南亚各港，还有中国港口），为当地海关、移民局、港口官员准备好了一份礼品。“It's not necessary here!（在这里没有必要准备礼品！）”他对我说。

我转念一想，这是富得滴油的国家啊，他们看不上“万宝路”香烟的。

我目送提了密码箱的代理迈着轻松的脚步走向电梯口。

夜游迪拜

印度人都在港口做装卸工作，阿联酋本地人都在国家公务员，海关、移民局等部门身居要职，没有女人出现在这些场合中。

船还没有靠好，码头上的桥吊已经呜拉呜拉地鸣叫，印度工人都整装待发。我还没有下驾驶台，这些工人已被高高升起的吊篮送上集装箱顶部。

办完手续回到房间，落地玻璃窗前都是工人们忙碌的身影，集装箱被吊桥运往船下。看看这个卸船速度，我对代理说的“全船的集装箱将在明晚卸完，完货在第 3 天的凌晨，随后开航”这句话深信不疑。这也意味着我们在阿联酋米纳杰贝勒阿里港能待 36 小时！

我在乒乓乒乓的声音中度过了一晚。早晨，空气还是那么燥热，太阳爬出后，温度徒然上涨。到了中午时分，那些在烈日底下作业的印度工人皮肤黝黑发亮。毕竟人不能和酷暑比拼，其中一名工人便中暑了，所谓“站着上船，躺着下船”。

工人被抬下船后不久，西亚公司的总裁来到我们船上，送来几个大西瓜和一些鲜嫩欲滴的新鲜蔬菜。他们为我们带来了炎热中的清凉，我深受感动。

原来西亚公司的总裁原是一名老船长，也是我一直崇拜的偶像。他知道海员需要的是什么。怪不得我对西亚公司总裁有一种似曾相识的感觉。我们开始了一番交流，我惊讶地发现他对我轮情况了如指掌，他把目前阿联酋的揽货情况和船舶班期安排得头头是道，令我由衷佩服。在船上用过午餐之后他们就回去了，并邀我们 16：30 前往他们的驻地迪拜共进晚餐，我爽快地答应了。

下午西亚公司的财务经理准时接上我和政委、轮机长，一路上我被路边崛起的一座座高楼大厦所吸引，原来从阿联酋米纳杰贝勒阿里港到迪拜高速公路上都是沙漠，他们就在高速公路两旁建立了城市，正在建设的高楼让我目不暇接。

整个中东政治局势动荡、战火燃烧，这里还有一方和平的地区，我的确为阿联酋人感到幸运。

从沙漠中崛起的阿联酋城市是一个奇迹，这里已经变成了世界上最著名的会展中心。

促使阿联酋人大兴土木的原因是因为美国“9 · 11”事件后，美国人对中东穆斯林们在石油中赚的大笔金钱投资美国本土不放心，害怕穆斯林会吞噬了美国。阿联酋的穆斯林们把资金投资到了自己的国家，即使是沙漠，他们也愿意在沙漠上拔地而起大量的大厦，这样反倒繁荣了穆斯林世界。

这里天空湛蓝，空气清新，和平之城吸引了世界众多的游客和商务人员。我看到街头并没有禁止女人影像的广告牌。有些地方的图片还挺吸引人，涂了美女的巴士随处可见。

这里有七星级的帆船宾馆，巨大的建筑在璀璨的灯光中隐隐约约地呈现在我的眼前。高速公路上都是名贵汽车，坐在汽车里的都是穿了白色阿拉伯长袍的阿联酋人，他们享受了石油带给他们的幸福和快乐。

高速公路上的汽车开到了 180 公里 / 小时，把我们的汽车甩在了后面。

财务经理将汽车提速至 140 公里 / 小时。我旁敲侧击地提醒他：“我在上海驾车只不过 100 公里 / 小时，这时速有点晕乎了！”然而已经融入了阿联酋世界、被现状感染的财务经理还是稳稳地把定在 140 公里 / 小时的车速，飞速向迪拜驶去。

当天彻底黑下来后，我们到了迪拜市中心。我拿出数码照相机，摄下唯一一张拿得出手的迪拜夜景。

欧洲女人仍然按照自己的习惯在迪拜的街头上招摇过市，特别是印度女人穿了民族服装，半个臂膀露在外面，同遮住脸面的阿联酋“黑色魔女”并行。

我们走进了一家青岛人开的中国餐馆。这里的服务员都是中国人，坐定后财务经理拿出一瓶红方威士忌酒，这又令我感到吃惊，在阿联酋的中国饭店里还有酒？

“餐馆中不允许出售酒水，但这里的穆斯林们还是默许了外国人可以少量喝酒。”

总裁神秘地告诉我：“我们都不太会喝酒。今天是‘厦’轮第一次来阿里港，在一个遥远的国度相聚不太容易，为你们‘厦’轮成功开辟西亚航线，干杯！”

夜已深，我们饱餐了一顿没有猪肉的菜肴。我们带着喝剩的酒（酒不能留在店里）走出了餐馆，外面的气温没有一丝凉意，财务经理执意要将我们送回船舶，这一来一去将花费他 3 个多小时，可是西亚的同事们表示很乐意，他们说：“你们把船都开到了这里，而我们通过大船又揽到了货箱，难道我们不应该做好服务？何况我们还是这里的地主呢。”

财务经理发自肺腑的回答令我们感到分外温暖。

告别财务经理后，再登上甲板时我的 T 恤又开始湿漉漉了，汗水从手臂流到胳肢窝。

面对一望无际的阿里港和耸立的桥吊，我对迪拜和阿里港仍然很陌生。

第二天，天还未亮我们就起航了。港外海面上两个对称的海上游乐场所正在建造，阿联酋真的把巨款扔到了海里。渐渐地，阿联酋阿里港和高耸入云的七星级帆船酒店在地平线上消失了。

我不知何时还会再来这个炎热少雨的国度。

▶ 第十八章

风云印度洋

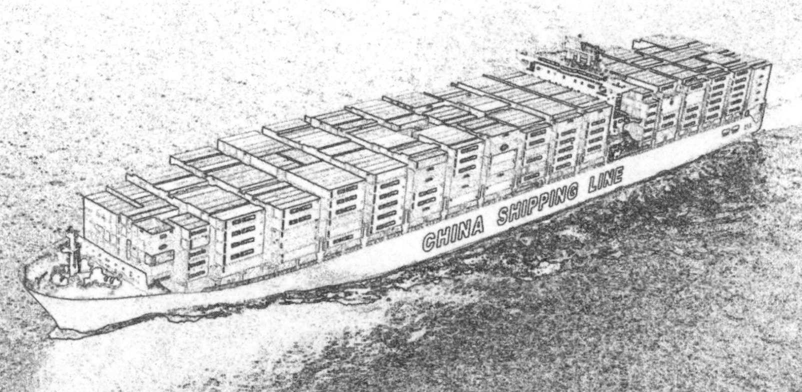

海盗，永远是航海历史上的话题

在印度洋航行期间，我收到了有关海上安全的电邮。这是马来西亚国际反海盗协助 24 小时服务中心［Anti-piracy help-line number (Malaysia) 24Hrs service］面对全世界发出的航海警告：

索马里靠近非洲东部海域处已经发生了 37 起武装海盗袭击船舶的事件。建议没有靠泊索马里港口的船舶远离索马里海域，沿海 200 海里以外航行。

据报 2 月 7 日，地点在新加坡海峡，一艘没有点灯的高速艇从左舷接近一艘正在行驶中的化学品船舶。船长急令改变航向，走 Z 形以躲避高速艇。可是，另外一艘高速艇从后面追了上来，3 名海盗抛绳勾住了船舶企图上船，船长拉响警报，全体海员出动采取了反海盗行动，海盗见船长示警，抢劫登轮行动流产后向附近岛屿逃窜，消失在夜幕中。

据报 2 月 8 日在亚丁湾附近，一艘正在航行的客滚船（装载旅客和汽车的客船）被几艘高速快艇在 400 米左右距离前后夹击，高速快艇上的人员手提武器命令客滚船停车。船长亲自驾驶船舶高速前进，高速快艇见无法追上客滚船转而逃窜。

据报 2 月 13 日 23：00 左右，在马六甲海峡口子、一拓滩附近的海域，几艘没有点灯的小艇，从尾部高速接近一艘正在航行的 4 万吨级的散货船，驾驶员发现情况后马上拉响防海盗警报，船长上驾驶台发出了反击海盗的行动，全体海员对接近的海盗高速艇喷射消防水。小艇见状，知道海员对他们的行动已经察觉，在数十分钟后，他们放弃了登轮行动，向马六甲分隔航道外的群岛内逃窜消失。

因此防海盗协助中心要求航行于这些海域的船舶保持高度警惕，发现情况迅速采取行动或加车远离，并报告防海盗协助中心。

海盗是一个古老的犯罪职业，自有船只在海上航行以来，就有海盗的存在。它可以追溯到公元前1000年，到了16世纪一些国家的沿海居民将之当成了职业，开始疯狂袭击商船。17、18、19世纪海洋更是一片血腥之地，尤其是欧洲的北海，海盗们大规模的袭击行动让众多的商船船队毁灭，甚至一些贵族王公也成了海盗横行的幕后帮凶，他们的国王也参与了海盗行动。中国香港在19世纪被割让给英国也是海盗一般的行径，由此，中国人民为收复失地，进行了长期不懈的斗争，直到1997年才从“海盗”手里夺回来，中国人民就此扬眉吐气。

香港回归那天我正驾船航行在香港海域内，当鲜艳的五星红旗在香港岛上空冉冉升起的那一刻，我骄傲地驾着祖国的船舶进入了香港，那面标有“米”字的英属殖民地的旗帜，永远从船舶的信号旗[①]箱中消失了。国外大量小说记载了海盗们的生活，最近我读了英国小说家史蒂文森写的《金银岛》，讲述的是18世纪中期英国少年吉姆从垂危水手彭斯手中得到传说中的藏宝图，在当地乡绅支援下组织探险队前往金银岛，并与冈恩众人智斗海盗，最终平息了叛变并成功取得宝藏的故事。还有更多的书籍将海盗凶残的本性刻画得淋漓尽致，一些电影镜头中挂了骷髅头旗的船舶也成了海盗船的象征。

许多游乐园、迪斯尼乐园少不了海盗船的游乐项目，孩子们实在太喜欢娘娘腔的“杰克”船长，看着游客们玩得不亦乐乎的样子，他们是否知晓海盗杀人越货的行径?

令人感到担忧的是现在东南亚很多孩子的理想是长大后做海盗。

马六甲海峡的印度尼西亚一侧水位很浅，散布着大大小小的岛屿，落潮时甚至可以蹚水彼此穿越，闻名遐迩的巴比岛坐落其中。

岛上千余居民，大多居住在一座座吊脚楼上，出行则划小舢板，所从

① 信号旗：船舶用于视觉通讯的装备。信号旗的组成：26个英文字母旗、0-9数字旗、代一旗、代二旗、代三旗和一面应答旗，共计40面信号旗，当字母、数字旗组合后可以表示航海上的各种通讯用语。我们可以通过视觉通讯的表册找到各种信号旗组合的含义。另外，船舶要还备有所要到达国家的国旗。

事的职业为外界所不齿——以海盗、卖淫和毒品为生。

孩子们在课间游戏中都争先恐后扮演海盗角色，而不是海军和警察，好莱坞系列片《加勒比海盗》更是街头影碟摊位上的抢手货。很多孩子的理想是长大后去做海盗。

在东南亚许多地区，海盗行为不仅不被视为犯罪，反而被许多渔民膜拜为英雄、成功人士，现实生活的窘迫也吸引着不少渔民投身海盗行业。

与巴比岛仅一水之隔，巴淡岛则是印度尼西亚著名的旅游胜地。如今，最受巴淡岛居民追捧的导游职业，却逐步让位于做海盗。

冷战后，东南亚海域海盗行径再度猖獗。亚洲金融危机，印度尼西亚经济遭受重创，政权更替，货币大幅贬值，贫穷人口增加，不少人死于饥饿与疾病。一些居民不得不重操旧业。

金融危机后，一些收入微薄的海上执法人员开始“捞外快”，他们在查扣外籍船只时索取贿赂，对过往渔船征收保护费，或干脆直接与海盗勾结。

美苏两大国的海军在冷战期间频繁游弋在东南亚海域上，有效抑制了海盗的滋生。但是，两极对抗和大国军备竞赛结束后，囤积的武器装备流出，被海盗组织乘机纳入囊中。

与业余海盗持刀作案相比，苏禄群岛附近的海盗，装备精良、专业化程度高、贪婪凶残，拿不到赎金时会将人质转卖给阿布沙耶夫等恐怖组织，人质价格也会迅速从几百美元上涨到上百万美元。

现在，苏禄群岛海域已被国际海事部门划定为“特定海域”，并提醒船只尽可能绕行。

抗击海盗

这是我早期服务于另一艘集装箱船舶时发生的抗击海盗的故事。

我驾驶着集装箱船舶在返航途中平稳地行进。璀璨的亚丁湾阳光带来了热带的酷暑，习习微风飘拂在亚丁湾口子的印度洋中，海面几乎没有风浪。

我收到一份来自船长朋友的匿名邮件，转告了亚丁湾海盗最近活动的动向："我们已进入亚丁湾，前方的海域可疑，海盗船密布，亚丁湾灿烂的阳光下面笼罩了一片阴云，射出来的光线很刺眼，我会托您的福和祝愿，一定能够顺利冲出亚丁湾！"

根据推算，我轮已经进入红海曼德海峡附近的警戒海区。

按照防海盗程序，我组织了一次全体海员参加的反海盗保安演习，在2分钟之内全体海员已经集合完毕，各就各位了。海员手中持有的有效武器全部是18世纪冷兵器时代的刀枪棍棒，还有坚如磐石的集装箱堆装扭锁（绑扎工具）。

"最先进的武器"也就是船上用于弃船救生时的红色信号弹和红火号，唯一能够和海盗对抗的、有杀伤力的武器就是那把火箭撇缆枪了，因为它可以发射携带撇缆的抛射火箭弹头。倘若真能击中海盗，可能致命。但是弹药有限，只能在迫不得已的情况下使用。

结合其他船舶提供的经验，每当经过亚丁湾索马里海盗活动区时，我和海员们针对海盗都是"赤脚大仙"的特性，在甲板上撒满啤酒瓶玻璃碴儿，有效阻止海盗进攻。

我们还想出了克敌制胜的"法宝"，那就是在海盗进攻路线上埋下隐蔽的"赤膊电线"，把通电开关接到驾驶台。一旦海盗跳上船大举进攻时，马上通上高压、低电流的电，像电警棍一样把他们击昏、击倒但不伤及他们的生命。这样可争取时间呼叫护航军舰，继而生擒海盗，为海员除害。

不知道我天真的想法是否能在海盗登轮时起到有效作用，但防患于未然肯定不会错。

集装箱船无须军舰护航，但必须向中国船东协会报备，以便亚丁湾的联军护航军舰及时掌握我船动态，一旦遭遇海盗劫持就可以马上行动，给予最短时间内的救助。在苏伊士运河港开出后，除了向公司发送有关护航需要的信息报告表外，船上实行了24小时的防海盗甲板巡视值班，驾驶台配备了3名瞭望人员。此刻，我的对讲机已开启，全船完全进入反海盗劫持的戒备状态，开始了第一个不眠之夜，全体海员枕戈待旦。

在世界各国大批现代化海军军舰威慑下，索马里海盗的活动范围有所收敛。但他们如同狐狸一样变得更为狡猾，活动范围悄悄地延伸到了军舰还未触及的、更为广泛的海域。

第二天8:40，我命令三副改变航向，船舶驶向了联军军舰勘画的一条安全缓冲护航带，更加靠近军舰护航船队以保安全通行亚丁湾。

曼德海峡一过，海面出现了异常情况。一艘白色的渔船后面拖了3艘小船，颜色为蓝色，目前正以6节的船速向我轮驶来。渔船在正横前1点钟方向。在望远镜里依稀可辨一船“渔民”手里携带了杆状物体，模糊地数了一下，小艇上大概有6个黑色人影在晃动。

正当驾驶员注视右舷小艇时，左前方又出现一艘高速行驶的白色小艇，上面也坐满了黑肤色的人员。该小艇在6海里左右的地方高速滑过本轮的右舷。

我跑到海图室查阅了海图，此处正是目前国际反海盗组织提醒的、目前索马里海盗延伸活动劫持商船的联军巡视护航的空白海域。小艇的木质结构，让现代化的船舶雷达远距离根本探测不到，好在是白天，驾驶员高度警惕，及时发现了追逐我轮的小艇。

我急忙拉响了防海盗的警报。短短2分钟内，前后防海盗小组已迅速就位。

拖带的渔船释放了后面的小艇，他们正寻找机会张开狰狞的大口，狠狠地追逐我轮。雷达隐隐约约的图像显示它与我轮的正横交会距离只有1.2海里。他们的船速达到了23节，今天碰到对头了！

我让防海盗小组接上消防水龙头，开始用高压水枪保护我轮的船体。一面通过VHF高频电话呼叫正在曼德海峡护航北约联军的军舰。护航军舰收到信息后答应我马上前来协助驱离小艇。

“远水救不了近火！”此刻左右两艘小艇看到我船烟囱里冒出了黑烟，

知道我正在加速远离他们的追逐，小艇更加疯狂地加速了。

不一会儿，小艇就出现在我轮的尾部。小艇上的黑色索马里人举起了AK47步枪，还有的将火箭筒扛在肩上，做出了发射的姿势。

我提醒前面的防盗小组注意隐蔽，避免暴露身体。再令后面的防盗小组迅速在尾部多接一根消防枪，对着两舷喷射，同时千万注意隐蔽身体。

我在驾驶台上看见小艇已出现在船右舷边上了。小艇上的索马里海盗用英语大喊："Captain，stop your engine! Otherwise we'll fire!（停车，否则我们要开火了！）"

见状，我在驾驶台内高喊："左满舵！"

只见，船舶的尾部快速地压向小艇，巨大的螺旋桨喷射的尾流马上将小艇冲击地左右摇晃。小艇上那个扛了火箭筒的家伙措手不及失去平衡，一个踉跄摔在了小艇的横档上。他紧扣在火箭筒扳机上的手指不由自主地扣了下去。

只见火箭头拖着白烟窜上了天空，犹如一颗信号弹一样划开了天空，即便是白天也可以见到火箭头发射方向。还好，火箭头穿过了我们船上的集装箱上空落到了左舷的海里。

"轰"的一声爆炸，把海水激起了一根擎天水柱。

其他小艇见到右舷小艇开火了，都纷纷举起AK47步枪，疯狂地向驾驶台扫射。

"注意隐蔽！正舵！"我见到舵机慢慢地回到了正舵位置后，马上叫了"左满舵"的舵令。只见靠近左舷那艘小艇上的海盗防不胜防，被巨大的排出流冲得剧烈摇晃起来，开枪的准头没有了。

联军的军舰从曼德海峡方向高速开了过来。军舰上的联络员呼叫："船长，是否海盗开枪射击了？我们看到火箭头的白烟、听到坠海的爆炸声了。现在海盗攻击的程度如何？"

我告诉联络员："海盗正在追逐我轮，我已加速摆脱中。海盗正在开枪射击，船上人员注意安全。前后人员正在隐蔽处喷射高压水阻止海盗接近。"

军舰指挥员接过高频电话："船长，注意海盗小艇的射击！我们将在半小时内赶到你轮的位置。为了安全起见，请不要改变航向。"

我一刻也不敢懈怠，命令正舵后以 24 节的全速摆脱海盗小艇的追击。始终将船尾对着海盗小艇，保护驾驶台不受枪弹打击。

后面的防盗小组人员报告："小艇停止了射击！但还是正对船尾开过来，好像越来越远。"

我稍稍松了一口气，拿起电话："护航军舰，海盗船已经停止射击，全船人员安全！"

"我们在你轮的左后方，大约 6 海里的地方，已经看到你了，请你继续保持航行。"

我拿起瞭望远镜，看见护航军舰正从后方赶来，军舰上的直升机已经起飞，快速飞向小艇的头顶。直升机下的小艇被螺旋桨的气流吹得摇摆不停。

小艇看见军舰和直升机过来了，纷纷将小艇上的武器拼命往海里扔。直升机的驾驶员命令他们举手投降。小艇上的海盗被随后赶到的军舰围堵，海盗劫持我轮的行动彻底失败了。

"感谢护航军舰为我们解围，谢谢联军的协助！"我在高频电话中不住地感激。

我不由感慨，亚丁湾如果有来自祖国的军舰作为远洋船舶的后盾那该多好啊！

两年之后，中国的一艘重大件船"振华 4 号"在亚丁湾被海盗正面袭击。海盗登上轮船的紧急时刻，英勇顽强的中国海员在联军的军舰和直升机的协助下，顺利赶走了海盗，取得了反海盗劫持船舶的胜利。

事后，我在海员大会上表彰了海员们在反劫持船舶中的英勇表现，并不乏轻松地表达："可惜，弟兄们撒在甲板上的啤酒瓶碎渣和高压电没有派上用场。但愿这样的准备白忙！"

当我再一次驾驶比"厦"轮还大的"美"轮通过亚丁湾时，祖国的军舰终于出现在亚丁湾前线上空。我们远洋船长的后背脊梁骨更加挺直了。

每当通过亚丁湾看到祖国的军舰时，我都会拿起高频电话向他们致敬！

遭遇海盗

我轮平安通过了苏克拉岛，来到了广阔的印度洋。印度洋风和日丽，我们经过了马尔代夫群岛，南亚半岛的印度、斯里兰卡沿岸海域。面对海图，我的思绪又漂移到了几年前在此地附近的一次遭遇。

那时，世界历史大钟刚刚拨至21世纪，我在挪威的散货船上担任船长。船东和租船人签订了一个租船合同，在连续3个月的时间内为印度进行北煤南运。我们从印度恒河下游的加尔各答港口装煤，运往印度的一个名叫Chennai（金奈港）的南方港口卸煤，先前的港名叫Madras（马得拉斯港）。印度北方的港口民风还比较朴实，一般没有什么重大的海盗劫持事件。而在印度南方就不一样了，某次因为泊位紧张我轮暂时在马得拉斯港外锚地候泊。因为之前航海警告播发了该港锚地发生的海盗上船偷窃事件，我吩咐驾驶员在锚泊时特别注意附近小船的运动态势，并往甲板上增派了多名海员值班巡逻。

天渐渐地黑了，附近海面几艘小渔船逐渐靠近我轮。天黑透了，这些小渔船几乎都贴在了我轮尾部。值班海员和驾驶台三副警告这些小渔船不要接近。

可是他们根本不听，站在船尾拿出各种鱼类向海员兜售，一般外派船有私下向渔船购买海鲜以补充伙食的习惯。所以，厨房的大厨开始与他们讨价还价欲购买一些鱼。正巡逻的海员也把注意力集中到了这些小渔船上，船首就忽略看管了。

几艘不点灯的小艇从其他地方驶了过来，隐藏在了高大的船首底下。两个黑影从锚链上攀爬上来踩在锚链孔的突出球上，再从身上拿出了抛钩扣住了船舷，身体灵巧得如同猴子，一个翻身就跳到了船上。

他们在前方暗处开始搜寻所要的东西了，仓库门已经全部上锁了，因怕出声他们不敢打砸，放弃了撬窃仓库的企图。转身见到艏楼甲板上一堆缆子，遂用匕首割断绳索把缆头往舷外松了下去。

说时迟，那时快，巡逻海员突然发现前面有动静，急忙按响了附近的警报。我连忙上驾驶台一看，小艇正在拖拉缆绳，缆绳在受力的情况下自动下滑。

我连续拉响前桅的汽笛，震得这些家伙慌不择路，还手擎匕首凶狠地与前来协助的海员对峙。海员们见状连忙用啤酒瓶往甲板上猛砸，玻璃碎了一地，赤脚的海盗不敢走近，转而跳入海里仓皇逃窜了。

水手长赶紧上去把还在滑动的缆绳往船舶缆桩上迅速环绕了两圈，小艇突然被拉住了。

小艇身轻，差点被掀翻。缆头也从小艇上滑落至水面，缆子被保住了。小艇见状连忙捞起跳海的两个家伙后向黑漆漆的深海处逃窜了。

此为第一起海盗偷窃事件，这是一群没有枪支火器武装的本地盗窃团伙，因此对我们没有构成威胁，只要全体海员出动，利用好甲板上已经准备的啤酒瓶就可以击退这些乌合之众了。既然在海上偷盗，那么其偷盗行为就是海盗行径了。

“船长！我们要不要向印度港方警察报警？”大副问我。

“不能报警，报警会引来更多麻烦事。警察是当官强盗，比海盗们好不到哪里去！这些警察上船来，首先会向船长索要烟、酒、饮料以便协助破案。再则破案需要经费，不管最后案子有没有破，这笔费用最后只能由我们海员兄弟来出。还有这些海盗得罪不起，你要让他们断了生意，还不得跟你胡来？我们没有这番精力对付他们。”

大副听后不语。

我的思绪回到了现实中。天气变化了，雷达上发现一团团光点，随着光点的推进，天空布满乌云，一会儿电闪雷鸣，下起了瓢泼大雨，连续的阵雨把整个船舶冲洗得干干净净。

马六甲往事

阳光毫不吝啬地照射在船舶甲板上，气温又开始飙升了。我们终于见到了标志着进入马六甲海峡的岛屿，我们简称它为韦岛 (Pulau We)。它耸立在印度尼西亚的苏门答腊岛的西端。这里洋流湍急，暗流汹涌。船速在这里逆流而上，被降了足有 3 节船速。晚上闪电把整个甲板和船壳照得瞬间雪亮，乌云飘来时伴随一阵疾风，把桅杆吹得呜呜直响，在风高月夜的夜晚，我轮驶入了马六甲海峡。

马六甲海峡是通往太平洋进入中国南海的一条海上运输要道，靠近赤道的印度洋，其特殊的地理位置，沟通了两大洋的海上运输命脉。主要贸易航线从东向西有：马来西亚印度洋各个港口、缅甸的港口、孟加拉湾的港口、印度东岸的各大港口、斯里兰卡港口、印度西岸港口。阿拉伯海的沿海国家、通往霍尔木兹海峡去往波斯湾中东地区的石油运输航线等，是中国、日本、韩国等国借道苏伊士运河去往欧洲的航线，是世界上最为繁忙的海峡之一。

整段马六甲海峡分为两段，韦岛到菲利普水道的那一段称为马六甲海峡，从菲利普水道到南中国海入口的霍斯堡灯塔 (Horsburgh Light House) 称为新加坡海峡。

整段航程大约656海里，像我们这样的船舶航行需要30小时才能通过。在雨季，这里每天阴雨连绵，在此处航行需分外谨慎，当一大片云雨飘来时，前方雾蒙蒙一片，航线前方的物标全部隐入了雨中。连雷达的屏幕上都显示一片棉花般的亮点，辨别不出前方是船舶还是岛屿，或是用木头制成的小渔船回波。整个航行过程中，船长都站在驾驶台亲自指挥或监视着驾驶员的操作。

一拓滩是一块不容易识别的暗礁，曾经被航海者称为险恶之地。过去很多船舶在这里触礁沉没，后来人们在一拓滩造了一座灯塔，以提示航海者此处有暗礁。我见到一拓滩后，思绪又回到了几年前的那次航行。

当时天色已暗，我轮正在一拓滩附近航行，海峡里的木质小渔船把分隔航道都占据了，我只好让船舶不断变向来躲避渔船。我们驾驶台的全体瞭望人员把注意力都集中在了前方的小船上。在雷达上突然显示了四五条运动的亮点向我轮驶过来，由于我轮最大船速只有13节，加上顶流才11.5节，很慢。

我轮早有防备。船尾为了防止海盗突袭登轮派守了一位海员值班，两根高压消防皮龙在尾部两舷不断抛射出12米以上的水柱对付海盗。

雷达上高速移动的物体突然分成了两股，一股消失在渔船群中无法分辨了。后面两艘一直和我轮保持着一定的距离。我们注意力一直在后面的两个回波亮点上，保持高度警惕。

此时后面两艘小艇突然移动了，他们忽左忽右，飘忽不定。前方两个亮点突然接近我轮左右两舷。我感觉到不好，我们上当了。原来他们使用了“调虎离山计”，后面两艘小船一定程度上调动了我们的注意力，前面两艘小船伺机“埋伏”在此。我轮从中间穿越时绊上了绳索。两艘小船见状收紧绳索，与船舶同速靠拢船舶两舷。

我连忙向全船发出了警报，同时拉响了汽笛，打开了整个甲板照明灯，驾驶台的两盏大功率舷灯直射小船，全体海员迅速分成两个分队站在小船靠拢的甲板上。海员们把消防水龙射向小船。小船上的海盗见我轮戒备“森严”，立即放弃了抛钩上船，向航道外逃窜了。

我的心脏也从剧烈跳动中平静下来。

巴生港到了。我再次将思绪拉了回来。

白天当我再次驶过一拓滩灯塔时，众多的小船在航道附近荡悠，你能辨别隐藏其中的海盗吗？远离和规避马六甲海峡小船才是硬道理。

巴生靠泊时间很短，“厦”轮下午靠泊，半夜我轮又再次起航了。

我们现在向祖国港口航行了。我向公司调度部门发出了防海盗戒备电文，提供了“保安情况正常”的信息！

马六甲海峡内的各类船舶

马六甲海峡每年船舶的通行量达 5 万艘次，平均每天约 140 艘大型船舶通过马六甲海峡，其中中国的船舶占据了通航密度的近 60%，80%的石油是通过这条海峡运送到中国的。

这个庞大的数字我没有认真考证过，每当我驾驶船舶在马六甲海峡中航行时，来往船舶穿梭不断。马六甲海峡成了世界船舶展览地、博览会一点不假。

我目睹了如下的船舶种类。

集装箱：满载大量集装箱的船舶是海峡航行的主力船型。在这里你可以发现超过 5000 箱位以上的集装箱船舶，可以见到载运超 1 万标准集装箱的超大集装箱船。这些船舶像一座岛屿一样，在马六甲海峡中移动。

我驾驶的是 5600 箱位的集装箱船舶，属于大型集装箱船舶的行列。集装箱船成了马六甲海峡的一道风景线。几百箱位的集装箱船舶已属于毛毛小船，尽管小，但是她们是主力船队的补充，起到了大船不能进去的港口转驳功能。所以，小型集装箱船舶是支线港口的运输主力军。

油船：超级油轮满载从波斯湾装载的原油，通过马六甲海峡不断地运往日本、韩国和中国。随着中国的发展，中国已成为世界上第二大进口国了。

这些超级油轮巨无霸在马六甲海峡航行中步履蹒跚，优哉游哉地以大于 18 米的吃水穿越这条必经的海峡。超级油轮船长超过 300 米，宽度超过 60 米，装载量在 30 万吨左右。

每天，至少有数十艘超级油轮通过马六甲海峡，你可以想象当代能源开采的惊人数量了。石油作为每个国家的能源和战略物资变得越来越珍贵。

说不定在未来由于石油的过量消耗，世界将走向衰弱，走向争夺，最后引发不可预料的政治危机，或许就是战争。

滚装船：伴随着汽车工业的发展，一些汽车生产国为了把产品推向世界各国，专门建造了装运汽车的船舶，这些船舶形状特殊，据了解目前最大的汽车滚装船可以装载奔驰汽车 6000 辆，一船汽车的价值可想而知了。航行在马六甲海峡中的滚装船价值非凡。因此滚装船海员防止海盗袭击的责任更为重大。海盗们常常窥视着价格不菲的货物而伺机劫持滚装船，可是因为滚装船干舷高大、船速快，一般海盗很难得逞。

邮船：世界上最大、最为豪华的邮船就属英国的“伊丽莎白女王二世”邮轮了，这艘豪华邮轮船长超过 300 米，航速达到 32 节，她是英国女王的骄傲，如同鹤立鸡群般的态势，让所有豪华邮轮感到汗颜，现在世界上没有一艘邮轮可以和她媲美。我期待着有一天能够登上这艘游轮饱览一番。作为远洋船长的我对各种类型的船舶都有兴趣。

电缆铺设作业船：这些船舶负责往大洋或者沿岸地区铺设通信海底电缆作业，船肚子里放满了电缆，船首前部装载有巨大的放置电缆的滚轮，如同游乐园中的摩天轮。这些电缆铺设船将为世界各洲建立陆地通信系统。据说一根电缆的直径为 20cm，可以同时接通两三万门电话的光纤电缆。

科学考察船：他们是执行科学考察任务的船舶，样子像客船，科学家们可以随船出征，考察世界各大洋的地理、地质、矿产和海底石油。我国目前有一艘名叫“大洋号”的科学考察船在做环球考察，据说已经穿越了太平洋、大西洋、地中海，穿越苏伊士运河后进入红海，随后在印度洋考察。

科学测量船：我国成功发射了宇宙飞船“神舟六号”。在发射后需要监测飞船姿态和飞行情况，而这些数据需要在世界不同的地区和大洋上才能够做到。所以中国的科学测量船在发射“神舟六号”前已经布控在了太平洋、印度洋和大西洋上，一站接一站地传输“神舟六号”的飞天信息。我国的这些科学考察船都是以“远望”命名的，长期执行卫星跟踪和测量的有“远望 1 号、2 号、3 号”，这些船舶在“神舟六号”飞行期间提供了地区安全保障，并将所有采集的遥控资料和信息传送到北京航天中心，帮助中心让飞船安全遨游太空。

液化气船：液化气船舶是现代造船工业最为尖端的船舶，她拥有四五个液化气罐，装载被冷冻、压缩的石油气或者天然气。她的几个球罐内部是由承受高压的金属制成，其焊接工艺代表了现代钢材焊接的国际最高水平。如同现在非常普通的家用石油气罐运输一样，是属于高度危险的运输。一艘这样的船舶装载的液化气数量，据说可以供一个百万人的中等城市使用一个月。由于高度的科学集成，液化气船舶的造船周期一般需要 3 年。她的造价比一艘 5600 箱位的大型集装箱船舶贵四五倍。

据说浦东造船厂已经开始建造这样的液化气船了。同类型的液化气船舶有经过压缩的阿摩尼亚气化船、各种化学品液体船舶。在马六甲海峡里我们可以目睹这些船舶的尊容。

马六甲海峡中还游弋了诸如短途运送旅客的气垫船，来往于新加坡和印度尼西亚的渡轮、驳船、拖轮等。还有为了躲避或者钻法律空子的海上豪华赌船，这些由邮轮或者客轮改装而成的专供赌徒们豪赌的船舶，处在监管真空，亟待整治和规范。

当我们的船舶在菲利普斯水道航行时，前方出现了一艘非常奇怪的船舶，她既不像滚装船又与邮船相去甚远。透过望远镜可以发现甲板上层都是格栅，船舷两旁还有如同楼房一样盘旋向上的梯子。

我问驾驶员和水手：“这是什么船舶？她装载什么样的货物？”

驾驶台一班人马很长时间回答不上来，这艘船舶朝我轮方向驶来时，我对他们说：“这是专门装载牛、羊、马、猪、骆驼等活家畜的特种船舶，这些梯子就是牲畜上船用的舷梯！因为装载活牲畜，这种船舶还有专门放置饲料的大舱，还有屠宰车间，俨然一座移动的肉类加工厂。”海员们听得很认真。

船舶经印度洋进入马六甲海峡、新加坡海峡的分隔航道，水道浅滩众多，交通特别繁忙。每天经过菲利普斯水道的船只数以百艘。菲利普斯水道是马六甲海峡中处于马来西亚、印度尼西亚和新加坡三国交界处的一块海域，三国执法的空白区。三国两岸近在咫尺，城市的灯光映射在菲利普斯水道上。海盗们隐藏在小岛茂密的树林中，伺机对过往船只采取抢劫行动。可是，这里发生海盗袭击事件时，船长往往得不到及时援助，等到海盗劫持过后才姗姗来迟。官方并没有对付海盗的有力手段，致使海盗活动特别猖狂。

航海强、国家强

我记得在 20 世纪 80 年代后期，我在一艘“河”字号的船舶上当大副，我们从新加坡集装箱码头起航，时值凌晨 4 点到达菲利普斯水道。我刚准备上驾驶台值班，突然发现船舶走廊上有潮湿的脚印，一直延续到船长和政委的生活区走廊。我感到有些奇怪，海员不可能湿着脚在生活区走廊中行走。我急忙跑到驾驶台询问二副：“船长在什么地方？”

二副说：“船长有事回了房间，说马上就来，大概进去半小时了。”

我感觉有点不太正常，连忙打电话到船长房间，无法接听。

“二副，船长说过干什么去了吗？怎么电话拨号音也没有。不好，我轮出事了。”

我连忙把刚才发现的情况向二副描述了一遍，并怀疑船上出现了海盗……我拿起对讲机告知正在甲板巡逻的政委，政委闻讯做好了防护的准备，手里拿了一支带有高压电击的警棍。两个皮肤黝黑的马来人突然从生活区窜出，手里拿了一些看不清的东西。

政委对着他们大喝一声：“什么人！”

那帮家伙见行踪暴露，不敢正面攻击，边挥舞长刀、匕首，边互相掩护着向船尾撤退，我们的海员虽害怕，但也表现出了前所未有的勇敢，抖擞着精神将海盗步步紧逼。

政委用对讲机和我保持着联系，我连忙叫二副值守驾驶台关注航行安全，转身疾跑到了船长房间，房间的门半掩着。

我不敢贸然冲进去，怕屋内还有其他人，遂弓着背侧身对着门缝轻轻呼叫船长："船长，你在哪里，请回答。"

没有声音回答，房间里传来滚动的声音。我从门缝一看，船长被绑在一个靠背椅子上，正在挣扎，嘴里塞了一团毛巾。见屋内没有其他动静，我壮着胆子手拿一根木棍踢开房门冲了进去。

船长见到我，连忙示意我过去。我取出了船长嘴里的毛巾，解开海盗绑在船长身上的电话线，扶其到沙发坐下，船长脸色苍白，好长时间才缓过神来：

"我回房间取东西时，突然闯进来 4 名海盗，像新加坡集装箱码头装卸工人，他们拿出匕首逼迫我拿出保险箱钥匙。"

我对他们说："我们是中国船，船长身边没有现金，只有三四百美元在保险柜里。"

船长气喘吁吁继续说："他们马上抢走了所剩的美元和我刚在新加坡商店购买的首饰，后扯断电话线把我绑住，往我嘴里塞了毛巾，随后悄悄退了出去。"

"他们还用英语威胁我：15 分钟后你可叫人帮你松绑，早了，你就没命了。想不到你就冲进来了，估计海盗现在还在船上，请告诉政委不要伤害他们，否则他们记住船名后下一次还会来报复。"

我连忙用对讲机和政委联系："政委你现在情况怎样，海盗还在船上吗？"

政委说："现在已经被我们逼到船尾后面了，他们无法逃脱。"

我回头用对讲机呼叫驾驶台二副："二副主机减速，以维持航向的最低速度前进。"说毕我和船长迅速跑上了驾驶台进行指挥。

海盗们见船速很快，考虑到下海安全，他们准备拼死一搏了。此时船舶在飞利浦水道中央，前方海面开阔。下面是一个急转弯航向，向右就是浅滩。

一艘小船尾随在我们船舶后部正在接应船上的 4 名海盗。

“政委！不要和海盗发生冲突，我轮已经开始减速了，以逼他们下船为上策！”我传达了船长的指示。

政委马上回答：“同意船长意见，现在我们看护着海盗，海盗已经准备跳海了。”

那些海盗发现船舶渐渐慢了下来，知道海员不会伤害他们，手持匕首没有了咄咄逼人的态势。当小船接近尾部时，4 名海盗相继跃下了船舶。

天亮了，小船接上这些海盗，扬长而去。

经查点，船长个人损失了一些首饰和美金，船舶其他东西都没有被劫。除了船长被绑外没有一名海员受伤，谢天谢地，真是不幸中的万幸。

在那个年代，中国的远洋船舶烟囱标志都是两边 3 条水纹黄线，中间一颗红色五角星。在中国人的概念中，马六甲海峡的海盗们对中国船不感兴趣，因为中国海员没有钱，船上也没有硬通货。

在过马六甲海峡时，唯有中国船把烟囱标志照明灯都开得雪亮，海盗一看便知这是中国船，没有油水而不上来抢劫了。不想海盗还是对中国船下手了，那个烟囱标志也宣布失去了作用。随着中国经济的发展，这些海盗将抢劫的目标瞄准了中国船。甚至新加坡的一些码头工人在刺探了装货情报后，也开始有组织地袭击中国船了。

从此我们从新加坡集装箱码头开航前就开始搜索全船了，以防海盗们里应外合突袭船舶。

联合国海事组织在一份文件中强调：

“由于海员缺乏军事训练以及商船没有配备武器弹药，建议海员遇到海盗袭击时，最好事先阻止海盗登轮，并全体海员出动示警。最好的办法还是和海盗谈判妥协，在没有取得岸基支持前不要和海盗发生剧烈争斗。”

因此防备海盗最有效的方式是：加强保安警惕性，在通过一些敏感海区时，全体海员必须高度警觉，做好一切抗击海盗登轮的准备，利用消防水枪和木棍等喝退海盗，让袭击者知道本轮海员已经做好了对抗他们的准备。

最近几年由于东南亚遭受经济危机，美国“9 · 11”恐怖事件后，随着美国入侵阿富汗、伊拉克，这个世界商船最繁忙的通衢海峡变成了世界恐怖组织袭击的目标。一些恐怖组织一直扬言在此袭击从波斯湾满载石油能源的巨型油轮，使得马六甲海峡上空阴云密布。

随着海盗袭击商船的事件逐渐增多，各国开始商讨对付海盗袭击的办法。三国增加了海上军警巡逻的频次，并在马来西亚吉隆坡成立了防海盗协助中心，24 小时专门收集海盗情报并发送航行警告，让海员做好防范准备。

可是以三国的装备和力量去抗衡世界性的恐怖活动有点力不从心了。

世界头号霸主美国开始插手马六甲海峡的事务了，美国东盟请求派军舰编队参与马六甲海峡防海盗巡逻。而美国更深层次的战略意义就是扼守马六甲，控制中国等远东国家的石油运输和向印度洋、向地中海，乃至欧洲的各种货物的运输，把海上运输的生命线掌握在美国人的手中。

那些非法的海盗没有赶走，又来了明火执仗、冠冕堂皇，表面维护海峡安全、实际想控制马六甲海峡的当官强盗。多次经过马六甲海峡时，我发现那些挂了美国国旗的军舰在马六甲海峡中游弋。

还有一次我见到了一个航空母舰编队，浩浩荡荡从太平洋通过马六甲海峡，进入印度洋。这里顿时变得暗流汹涌。

过了菲利普斯水道就是新加坡海峡，我们即将通过新加坡海峡。远处新加坡的高楼大厦有点模糊，下午的一场大雨让这个东南亚弹丸之地都浸在了雨幕之中。

“厦”轮驾驶台上被远处的霍斯堡灯塔照亮了。我叫驾助起草了一份电邮：“‘厦’轮于 2 月 26 日 15: 30 安全通过了马六甲海峡霍斯堡灯塔，保安情况正常。”

西方 17 世纪的政治家就说过：航海强，国家强；航海弱，国家弱！我多么希望中国军舰能够在中国的南海，乃至国际航海通道马六甲海峡中与列强的军舰抗衡，维护中国的海洋权益，保护我们中国商船的海上安全运输。

我们终于回到了远东，再过 2 天，我就可以站在中国广州的南港土地上了。

▶ 第十九章

我回到了祖国的怀抱

在中建岛与亲人通话

从上海洋港出发到欧洲，再回到上海，航线需要56天！“厦”轮从欧洲返航，海员离祖国、离家乡的距离越来越近了。海员们很长时间未联系家属了，思乡之情陡升。

报章上描写的索马里和马六甲海盗频繁劫持船舶事件，让家属忧心忡忡，他们希望尽早得到海员们平安的信息。

中国南海——这是一块被美帝搅局的海洋。在美帝的怂恿下，区域中的某些国家依仗美帝这一强大后台，妄图抢占我国的西沙、中沙和南沙群岛。

这片海域中，他国的军舰耀武扬威地在“厦”轮边上游弋。最霸道的就数美帝军舰，仗着自由航行权在中国领海中推崇强盗逻辑，不间断地叫喊“厦”轮：“Keep 10 miles distance away!（与军舰保持10英里的距离航行！）”。在当时（2006年）海上国防力量不强大的情况下，中国海军还没有走向深蓝，到中国南海伸张领土权益，我们只能吞下这口恶气。希望祖国在不远的将来能够派出强大的军舰、航空母舰将美帝及其帮凶统统赶出我们的领地！

从新加坡海峡过来可以选择两条去往国内的航线。为了海员能与家人通上电话，互相倾吐思念之情，我选择了靠近中建岛的航线。

中建岛位于三沙市西沙群岛最南端，是因1946年我国政府派遣到这里的军舰“中建”号而得名的。中建岛是在礁盘上发育的沙岛，四周有较高沙堤，中部洼地，西沙中建岛不甚明显，且常积水，水深0.5米。全岛海拔不高，平均只有2米，略呈圆形，长1200米，宽1000米。沙岛在低潮时高出海面3米，在高潮时高出海面1米；面积低潮时达1.5平方公里，高潮时只有 0.85 平方公里。沙堤受东北季风影响以东北部为高。

台风过境时，高潮可以淹没岛屿的大部分，故地形变化较大，显示由沙洲向沙岛过渡的特征。为了主张中国南海的领土，中建岛渐渐改变了海拔高度，成为适宜居住的小岛。

中国移动公司专门为中建岛上居民和守岛军人建立了移动信号基站。

为了得到有效、更长的信号延续时间，我再一次命令大副略微改变航向，以离开中建岛 5 公里正横安全距离通过。

夜幕即将降临，我们从雷达远距离扫描探测中发现了中建岛。我连忙开启手机，忽闪了几下信号后出现了满格信号。如此名贵的信号出现，让驾驶台上的人员首先兴奋起来："船长，手机有信号了！"

我唯恐信号丢失，捧着手机拨通了全船电话广播系统："海员们，好消息！中建岛到了，手机有信号了，大家可以向家人报平安了！祝大家好运。我们终于平安回家了，'厦'轮船长向海嫂，向你们父母亲问好，祝愿他们身体健康！"

中建岛实在太小了。根据本轮的船速，手机信号持续通话的时间只有 45 分钟左右。

通话时间十分宝贵，海员们听到我的广播后立即跑出了舱室，寻找手机信号最强处，开始与家人甜蜜地窃窃私语了。我在驾驶台上看到生活区各层甲板上都是手机屏幕的灯光，如同繁星一样。

按公司安全规章制度规定，为保证安全航行，驾驶员在值班瞭望期间禁止使用私人通信工具，不准做与瞭望无关的个人事情。我理解他们此刻的需求："好了，现在前方没有船只航行，我来执行瞭望值班，保证航行安全，你们速速给家人报平安吧！"蜜月途中就被派上船的驾驶助理（驾助）此时怀着激动的心情与新婚妻子诉说衷肠。

大副打完电话后马上接替我值班瞭望，我也得以和家人通了 8 分钟电话。

45 分钟很快过去，我看见弟兄们的脸上绽放出兴奋的笑容。作为船长的我感觉心情特别舒畅，我欣慰他们获得了情感上的慰藉，可以说，世人都无法体会海员的情感世界。

我站在驾驶台上瞭望发亮的远方，静静地等待日出，迎接绚丽多彩的晨航。我情不自禁、满怀激情地朗诵了我写的一段《晨曦颂》的散文。

我站在驾驶台上，瞭望发亮的远方，静静地等待日出的辉煌，迎接绚丽多彩的晨航。

启明星召唤曙光，撕开海洋朦胧面貌，金光显现水线之上，正在冲破黎明前的黑暗。

东方既白，水影返照，灿烂阳光替代了星光。红日从海面中爬起，航船披挂了清晨霞光。

万顷碧波沐浴了光照，平静的海面闪烁清晨的炫光，晶莹透亮正在拨开那团乌云。

旭日勇敢地挺起了胸膛，不畏乌云欲盖弥彰，用火红燃烧了云裳，乌云才露红晕愧色。

太阳生机勃勃云霞放，这里的黎明静悄悄，波纹涟涟引我尽折腰，拾起洒落的海洋日光。

我站在驾驶台上，霞光让我精神振奋激昂，迎着初升太阳，为海洋梦想鸣笛歌唱！

桂山岛的故事

“厦”轮从马来西亚巴生港开航到新加坡海峡口子的霍斯堡灯台，驶入了中国南海。我们在夜色下徐徐驶向美丽的集装箱码头——南港。

离开祖国已经两个月了，海员们归心似箭。我接到了公司南港营业部船代热情洋溢的电邮。其中一份电邮是我非常熟悉的外勤人员发来的。他曾经有四年远洋船大副经历，已获得船长证书，因多种原因离开了船舶，后来到公司集装箱运输广州公司做了现场代理。

他知道做海员的艰辛和需求，每次靠港后，他处处为海员提供尽可能的方便，这和其他港口从未做过海员的代理风格截然不同。

船长：你好！你轮外贸进口南港，下航次继续外贸航线。

进口时，需办理“联检”；出口需办理海关报检报验、港口监督出口签证以及卫生检疫“备案”。进口时卫生检疫人员上船查检，边防也可能上船查验，其他部门人员一般不登轮。需办理入境章的海员均要进行人照对证。

卫检步骤：

船到码头，根据港口检疫规定必须显示“检疫信号”①。卫生检疫人员将先查看船舶是否正确悬挂检疫信号旗、号型和号灯，再上船查验“接种黄皮书”和“海员健康证”，然后到船舶厨房、伙食库检查。检疫合格后，卫生检疫人员向船长发“检验检疫证”，后离船。

为了本次的进口联检，请船长准备以下单证……谢谢合作！

他的电邮详细尽致，进口注意事项一项不落，为船长提供了极具参考价值的“进港指南”，为船长可能的疏忽谨慎提醒，以免除执法机关刻意执法而遭不测。

当船舶接近万山群岛之一——桂山岛时，他向我们详细告知进港计划，免除了引航站那种“叫天天不应、叫地地不灵”的麻烦。让船长及时控制船速，在复杂的港口锚地、在错乱无序的海面上保持警惕，以免航行出现安全问题。

我在那天按照计划抵达桂山岛附近海域后已是春夜的9点。农历十六的月亮从东方冉冉升起。望见祖国天空泻下的明月光，我从容把定航向，向桂山岛引水站驶去。

海上交通指挥划定的报告线到了，我兴奋地拿起高频电话向海上交通

① 检疫信号：在白天在驾驶台的旗绳上悬挂信号旗，即黄色的“Q”字母旗，以显示本船没有染疫，请发给进口检疫证。在晚上按国际视觉信号规定为“三盏垂直红灯”，以显示本船没有染疫，请发给进口检疫证。

指挥中心报告动态。我热忱渴望指挥中心能够给予我们远航归来的游子一句问候。驾驶台的驾驶员们心里也持这样的想法，几乎都屏着气、竖起耳听代表祖国的声音！

我动情地向交通指挥中心的值班人员报告了船舶动态。令人失望的是，这位指挥人员的应答不温不火："知道了，请到下一个报告点再报。"

可是，海员们对祖国的感情未变。我在驾驶台对大家说南港就是祖国，我们归国的心情值班员是不能理解的。我体谅与我们通话的值班员，工作忙碌的他们也会感到孤独和烦躁。

我努力调整海员的情绪，他们在驾驶台依然谈笑风生。我谨慎地把庞大的船拿捏得服服帖帖，像一个听话的小孩，被我牵着手在月色中的大道上散步，在林荫下进行人与人心灵的交流。航海习俗说当你爱护自己的船舶时，船舶就会有灵性，她就会乖乖地听船长的话。

引水站无法叫通。我连忙叫醒南港代理，电话那边传来温馨的问候："您好，我是代理！"

当我把情况叙述完后，他马上行动，多方联系，随后把结果告知于我："船长，计划发生变化，请你在桂山锚地临时抛锚，明天上午 10 点上引水员进港。"

我把船驶入桂山锚地，当大锚激起海水的涟漪，打破了海面的平静时，月亮在天上俯视远航归来的水手们。此刻，桂山岛一派灯火辉煌的景色。

西伯利亚过来的冷高压从北到南横扫了整个中国渤海、黄海、东海和东南沿海地区，把春天的温暖扫得一干二净。连在广东的万山群岛也被冷空气裹挟，刮起了偏北大风，海员们纷纷添加衣服抗击寒冷。

大型集装箱船舶在浅海的风浪面前岿然不动，在风浪中胜似闲庭信步。

我在桂山岛锚地抛锚后，拿望远镜望向桂山岛。

桂山岛的岛名很有来历，本来这里的旧名为垃圾尾。解放战争中，中国人民解放军刚组建的人民海军与驻岛的溃军进行了一场浴血战斗，双方都付出了不小的代价。人民海军利用从国民党溃军中缴获的几艘战斗小艇，以及征用的部分渔船，组成了浩荡的攻岛军事力量。

惨烈的战斗在垃圾尾沙滩上进行，没有遮蔽的沙滩留下了数百名战士的鲜血和生命，国民党士兵更是全军覆没，终于在中华人民共和国成立之后的第二年拿下了广州出海口的重要关卡——垃圾尾岛，扫除了东南沿海溃军准备反攻的桥头堡，使得国民党在大陆沿海的岛屿全部失守。

在攻占岛屿的战斗中，中国人民解放军战士以生命和鲜血赢得了胜利。为了纪念牺牲的将士，在垃圾尾岛上建立了一座烈士陵园，从此这个岛屿改名为桂山岛——一个非常富有诗意的名字。岛上还有当年保卫桂山岛驻军，几十年来人民解放军忠实地保卫海岛安全。

听常年在此执行引航任务的引水员说，如今桂山岛建设得如同世外桃源，是东南沿海的旅游胜地，在这里可以享受到美丽的海景，享受到灿烂的阳光以及金色的沙滩。

这里还在开发，在岛屿西部，大功率的推土机、采石机在轰鸣，生产优质的石材供给香港和内地，建造广厦千万间。可岛屿从此变得矮小、光秃了。

在桂山岛的北面是香港水域，所以桂山岛是当时香港回归前，内地社会主义和香港资本主义交锋的前沿阵地和桥头堡。

引水员们沉醉在桂山岛的美丽风景中，人民解放军战士则手持钢枪，守卫着祖国的领土安全。这里的军队也成了岛上一道亮丽的风景线。

第二天，我轮计划在 10：30 进港。据闻桂山岛办公室“徒有虚名”，没有引水员在此办公，仅雇了一名清洁工。从此以后，我抵达桂山锚地后再也不叫引水站了，而是呼叫桂山岛交通指挥中心，告知船舶已到达或者报告抛锚时间、位置。

今天我准时在桂山岛锚地起锚，原地等待引水员上船。

引水船主动呼叫我轮：“由于风浪较大，引水船将先接出港的引水员，你轮上引水员的时间改在 11：30。”

比原计划拖了一小时。我很幸运留了余地，在广阔的桂山锚地水域锻炼操船技艺等待引水员的召唤。突然，引水船来电：“船长，因为引水员没有接完，可能你轮进港计划有变，如果 12 点我们无法赶到你船边的话你轮将在晚上 10 点上引水员进港了。”

此时我已经进入引水员登轮地点。我注视着事态的发展，注视着锚地里对引水船而言的滔滔巨浪。我刚准备下达就地抛锚指令，想不到引水船在风浪中顽强地赶过来了，一个个涌起来的浪头把引水船全部浸沉在水里，然后再慢慢地从浪里面蹿出船身。引水船在风浪中传来了激动人心的消息，让我轮先上引水员。我高兴得连忙把刚下水的锚拔起来。

可姐妹船船长急了，他急吼吼地起锚，奋不顾身地直冲我船头航道驶来，想抢在我前面上引水员。我连忙把船速降了下来，把舵回到了零位。考虑到船舶安全，我呼叫姐妹船：“你先上引水员吧，我在你后面上引水员。”还好，我跟在他后面也及时上了引水员，但比原来上船时间足足拖后了一小时。这一小时等待时间如同一年的光阴，我是在焦虑船舶安全的情况下，紧张地操纵船舶的。

我总算安全地驶进了航道，一颗不安的心放下了。引水员在珠江水道内熟练操作船舶，左躲右闪地驶过一个又一个灯浮。

香港大屿山上的国际机场隐隐在目，飞机一架接一架地从我轮头顶呼啸而过，随后徐徐着陆滑行后进入了登机走道，我离南港还有一小时的路程。

前方已经是进入南港的灯浮了，引水员吩咐徒弟注意左边，自己在右边注视与我轮近距离擦肩而过的灯浮。船舶终于平稳地停在了南港 4 泊。

我回到了祖国，缆绳把船舶和祖国的缆桩系在了一起。现在是南港的码头边上，珠江内的江水轻轻地擦拭着曾经受了大洋、大海滔天巨浪冲击的船体，仿佛正在安抚远航归来的海员游子。可是我与弟兄们不能在第一时间奔向舷梯，踏上祖国坚实的土地，还需等待这里的进港手续全部办完。

代理耐心与我们解释：“船长对不起了，明天早晨 8：30，各部门公务员上班后入关、入境手续才能办理。请您把手续需要的单证收集好后早点休息吧。”

代理带来寒潮中的温暖，把我本来对国家公务员守时、刻板、没有商量余地的手续造成的烦躁和不安给驱散了。海员只需要这点感情的黏合剂就足够了。

终于在第二天上午 9 点，主管机关的一帮办理联检手续的公务员姗姗来迟出现在舷梯口。根据航海惯例，只有引水员能够在船舶进入国境线或者港口的第一时间内享有特权登轮。检疫公务员是国家控制疾病传入我国境内的忠实卫士，检疫公务员必须先上船检疫，完成检疫后，其他公务员才能上船。在实际操作中可能为了方便起见，中国海上门户的联合入境检查都是在海事部门的牵头下，一起拥到船上，集中办理各种手续。

随着现代通信的发展，各国都先后实行了无线电检疫，即在船舶没有入境前将船上的卫生、疾病情况事先报告检疫机关。中国一些港口也实行了无线电检疫，中国籍的船舶每年只要定期办理一张国际船舶《交通工具卫生证书》，就可以进行无线电检疫了。无线电检疫省却了人员再到船舶检疫的麻烦，但是当检疫机关认为必要时，可以随时登轮检查，所以检疫程序渐渐简化了，促进了中国外贸运输的发展。

中国各港的情况不尽相同，南港是一个新港，因此南港检疫公务员还是需要登轮检查，而且一定要求船舶悬挂“Q”旗，他们认准了升“Q”旗的航海习惯，要求船方配合他们工作，否则将予以重罚。检疫公务员上船后认真查阅我轮海员健康档案，之后签发了《船舶入境卫生检疫证》。因这次入境本轮的《交通工具卫生证书》也已过期，检疫公务员费了很长时间办理手续，终于让我拿到了新的《交通工具卫生证书》。

代理小声提醒：“船长，送点小礼品给检疫公务员吧，他们一大早赶到船上办公也不易啊。”

此时，我恍然注意到检疫官员坐在椅子上没有动静，我拍了一下脑袋，连忙叫政委拿出香烟，高兴地送走了客人。

接着是出入境公务员办理入境手续。公务员们仔细检查、核对海员名单上的每一个号码，如有疑问马上要求一旁的政委解答，却不让船长插嘴。老练的政委应对公务员的问题对答如流、毫无差错。最后两名公务员说了一些今后入境需要注意的问题。

政委明白“注意”的含义，拿出两条香烟。他们伸手笑纳后才起身告辞，满意地结束了全部的入境检查。

此时，我推开走廊的水密门，一缕祖国的阳光照进了走廊。我跨过门槛，呼吸着南港含有珠江水汽的清新空气，很多海员弟兄也都在门外等待通关消息。我拿起办公室的电话，按下“0”键，全船广播的喇叭声响起：“弟兄们，入境手续已经办理完毕，没有值班任务和工作的海员向部门长请假之后可以下地了。”

弟兄们纷纷拥向舷梯。

“大厨，你今天下船一定要多购买一些绿色蔬菜！”我对正要走下舷梯的大厨和政委大声嘱咐。

船上的伙食都是两个月前从上海带出去的。大部分海员因长期缺乏维生素患了口腔溃疡。大家急切地希望大厨和政委马上下地把菜市场的蔬菜全部运上船来，美美地享受一顿蔬菜宴。

这天下午，代理打来了电话：“船长，你们辛苦了，我们代理行没有什么可以给予你们的。我们想表达对海员弟兄的关爱、感恩航运业的无私奉献。天气很冷，气温很低，一点水果代表了代理行全体员工对你们辛苦劳作的慰问，希望你们感受到我们暖暖的心意！”

傍晚，南港营业部船代科经理亲自将新鲜水果送到了船上。

“船长，您好！在南港遇到什么困难，请来找我们。如果海员弟兄们给家里发电邮，可以到代理行来，我们提供上网的方便。总之，有什么事情就来找我们！”

我紧紧握住谭先生的手，喉咙有点哽咽地说：“谢谢您！我们终于到家了，谢谢您对海员的理解和关怀！”

船代科的员工是公司集装箱运输公司为海员服务的典范，船代科是我们海员温暖的家！

南港开港典礼

这是我的亲历：南港是 2004 年 9 月 28 日正式投入生产的，属于广州集装箱专用码头，广州的领导们以广州终于有了入海口深水集装箱码头而自豪。从此在珠江三角洲形成了四雄称霸的局面。

南港扼守珠江入海口，它的斜对面就是百年之前，林则徐等老前辈焚烧帝国主义鸦片的虎门炮台。隐隐可见的虎门炮台依旧耸立在珠江边上，炮台让中国人民记住了百年前的烽火和中华民族抗击列强不屈不挠的精神和气概。这里已成为旅游景点，常年游人如织。一座雄伟的虎门大桥把整个广东联系在一起，而古老炮台在大桥下面无声地诉说着历史变迁。

北岸的东莞和南岸的番禺的加工业给珠江三角洲带来了财富。赤港集装箱码头属于国营性质的码头，主要出口深圳加工企业的货物，为深圳经济发展注入了强大的动力。

盐田码头是“和黄港口控股公司”投资的码头。它是深圳出口货物的又一流通口岸。盐港以优越的地理位置、优惠的仓储和装卸价格吸引了大型集装箱船舶。

说起广州南港我有那么一段经历。在 2004 年 9 月中旬，我驾驶“扬”轮参加了南港的开港仪式。正在北方港口装卸完成向南方港口航行时，我接到了公司调度中心的电邮：南港开港在即，为了做好中海首航南港的各项工作，根据上级领导指示和要求：参加首航庆典的船舶在 9 月 28 日挂满旗；船舷从 01BAY 至驾驶台装挂横幅标语（长 150 米、宽 1 米，由公司准备，船舶和营业部协助），请船上准备绳索；搞好船舶的环境卫生；准备好接待领导和嘉宾的接待室（鲜花篮、水果、饮料等由公司准备）；海员统一着装；船上从舷梯口至进入住宅走廊门口铺红地毯（由公司购买提供，届时协助)。

谢谢！广州南港代理。

我按照代理的要求一一落实。船舶按时靠泊了南港码头，海员弟兄们把船舶搞得干干净净，船壳簇新，全船挂满旗。

这个挂满旗是船舶在重大庆典活动、重大节日的传统习惯。根据过去的习惯，全船所有的信号旗、数字旗将被系成一串，从船头的前桅起拉到驾驶台顶部，再从驾驶台顶部拉到最后一根后大桅，在驾驶台还从主桅顶部拉向左右舷侧翼。

信号旗有方形、燕尾形、三角形，五颜六色，在微风吹拂下，猎猎飘扬，节日的气氛马上浓烈起来。可是目前船体长度超过 250 米，将全船的信号旗全部串起来也不足 120 米，因此大型船舶挂不了满旗。现在都是把驾驶台区域的左右舷、前后挂满，全船就算满旗了。

随着历史和航海技术的进步，现在信号旗在船上的作用越来越小了，驾驶员在驾驶台挥舞信号旗作为沟通手段的时代已成为过去。如今信号旗在现代船舶上依然有它的地位，每一艘现代化的船舶都备有全套眼花缭乱的信号旗，否则，是不适航的。

现在用得最多的是一面“B”旗——红色的燕尾旗，显示船舶上装载了危险品。一面“Q”旗，作为船舶进港要求检疫时悬挂的信号旗。还有一面几乎每一个港口都需要使用的、引水员在船引航的“H”旗。比较少用的是根据船舶呼号的字母组成的、代表船舶的船名旗。不同的信号旗代表了不同的通信含义，如同 26 个字母组合成英文一样，在《国际信号规则(International Code of Signals)》航海工具书里可以查阅到各种信号旗组合的意义。

船舶升旗是十分讲究的，在驾驶台主桅左右共计六挂旗绳，其悬挂编号从左到右为：2、4、6 和 5、3、1。第一挂是最重要的，因此第一挂为所到国家的国旗。而船籍国(船只登记国)的国旗应该悬挂在船尾。升旗时间必须尊重所在国家的法律，如我国应该在日出的那一刻升起、日落那一刻降下。

在海上如果碰到友好国家的军舰或者本国的军舰，船上的水手应在船尾将本国的国旗降下再升起，以表尊敬。军舰的信号兵见状也将本国国旗或者军旗降下，再升起，如此反复3次，就完成了互相致意的程序。

随着现代无线通信的迅猛发展，这些古老的信号旗礼仪已经鲜见了。

那天开港仪式上，我们的船舶大放异彩，因为有了“扬”的绿色，整个南港码头被衬托得更为绚丽。

“扬”轮将在此作为南港始发轮，装上了象征走向世界的南港第一个出口集装箱。

海员家属探船

我们称海员家属为“海嫂”。

她接到丈夫的电话说船已经在桂山锚地了。她带上丈夫最喜欢吃的食品，从广州郊区乘了出租汽车，跨过虎门大桥，几经周折后早早地赶到了还不通公共汽车的南港，为见丈夫一面。

海嫂挎着沉甸甸的包裹等在集装箱码头的大门口，从中午一直等到了太阳即将落山。大门口的保安人员表情麻木地坐在岗亭里，不耐烦地对海嫂说：“去、去，一边去等！要进港区，叫你丈夫在船上开出证明来。不要杵在大门口，你没有看见挡了汽车的道？多么危险！”保安人员说着把边门通道的栏栅徐徐滑下，将海员妻子拒之门外。

海嫂徘徊在路边，望着集装箱卡车进进出出。她隔着码头的铁丝网把一双期待的眼睛望向珠江，巴望船早早地出现，眼里闪烁着对即将到来的短暂幸福的期盼。

丈夫来电了：“亲爱的，再有一小时就靠岸了，你在哪里？在泊位上办完进口手续，我就来接你。”

海嫂鼻子一酸，哽咽地回答:“我在门口等你！”

她心里充满了心酸，很想把大门口的遭遇向丈夫细说。可是，为了丈夫能够安心工作，她将这些委屈都憋在了心里。想到即将要见到丈夫，这些心酸又变成了醇香的米醋，酸溜溜的。

海嫂闪动着泪花对着手机说:“你放心吧，我没事，我等你！”

船靠好了，等到联检公务员们乘车扬长而去后，这位海员来到了我办公室:“船长，请您开一张证明，我爱人在大门口等我去接，没有证明保安不放人进来。”

“没事，欢迎海嫂来探船，这才像个家嘛！”我连忙给海员开好证明，盖上红扑扑的船章，“给你，祝你幸福。”

海员拿着证明兴冲冲地下船，奔向他的妻子。

海嫂与海员四目相对，一颗晶莹的眼泪滚滚而下，将所遭遇的委屈通通浓缩在泪花中。海员默默地把海嫂手中的东西接过来，挽着手走进了港区大门。

“来吧！让我们进去吧。”海员拿出证明给了站在门口的保安员。

保安员接过证明看了一下:“不行，你还得到我们的保卫处去盖章，我们的头同意、签字后，我才能放你们进去！这是港区的规定。”

海员连忙拿出两包香烟递给了保安员。

“香烟归香烟，公事还得公办！签字、盖章后再来找我。”保安员收了香烟后态度有了好转。

见到负责人后，海员小心翼翼地走上前，递上了一支中华牌香烟。

那位负责人接过香烟扔到积满香烟的台子上，接过海员递过来的证明说:“你们海员就多事，让老婆赶到兔子不拉屎的南港来，给我们添了多少麻烦，我们是保安部门，维护港区安全的，不是专门为你们海员办理进出口手续的。有几个月没有跟老婆在一起了？”

海员连忙凑上去:“来一次不容易，请您签字盖章，我老婆还在门外等着。”

“结婚证呢？现在冒充夫妻的人很多，你没有结婚证，我可不敢随便瞎签证明。”

“结婚证？”海员被问蒙了，“我有身份证，我老婆也有身份证。”海员连忙解释。

“不行，身份证有什么用，谁知道你们是夫妻还是情人？冒充夫妻的假夫妻多着呢。出了治安问题你负责还是我负责？何况还要到涉外的远洋船上去。”

海员几乎乞求了：“我们是真的夫妻，你看我们都一把岁数了，孩子都已经上中学了。船长在证明上签字盖章了，还会是假的？我可以向你们保证，我们绝对是正宗的夫妻。”

“你们船长证明有什么用，孩子都长大了，这么大岁数了还像年轻人那样旺盛？急吼吼的，好像没有见过女人。不行，没有结婚证，我不能签字。”他坚持他的“原则”。

“你等等！我打手机给老婆，问问她是否带了结婚证！”海员忙拨通了老婆的手机，“喂！老婆，你带结婚证了吗？”

老婆回答：“带了！在我身边，我找一下，给你送过来。”

他对负责人说：“结婚证在我老婆身上，我去拿。”

“算了，你拿来了，我们也该下班了。把证明拿过来，我给你签字、盖章，下不为例。就像汽车驾驶员一样，你有驾驶执照，但是你开车忘了带驾驶执照，交通警察照样罚你！这是中国的国情。”负责人振振有词，道理如同天理一样，他不耐烦地接过证明。

海员在旁边听着连连称是：“你说得一点不错，今后我注意，谢谢！”

负责人从抽屉里翻出已经很久未用的图章，用嘴在图章上呵呵气，签上了自己的大名。“啪嗒”，随后盖上了图章。

保安员对着走过来的海员：“拿出来吧！”海嫂递上结婚证。

保安员看了以后，头也不抬，瓮声瓮气地说：“走吧！还赖在这里干什么！”

海员夫妻俩灰溜溜地上了码头交通车。交通车到船舷边仅花了 5 分钟，办理手续却花了一个多小时，海员进入码头的道路太曲折了！

他们双双在码头泊位边上下车，一前一后走向舷梯。突然，一辆闪着警灯的小车开了过来，在海员夫妻的身后突然刹住了。车上走出来两位码头治安人员：“过来、过来！你们是干什么的？怎么在码头边上乱窜，危险知道吗？”

海员夫妻被他们突然地大声呼喝，变得有点惊慌失措了，停留在原地。

治安员严肃地把他们叫到车前。

“这是我老婆，她从广州过来，想到我船上去。”海员舌头打结地回答治安公务员。

“有没有边检登轮证明？”治安员开始盘问海员了。

海员拿出保安员盖了章的证明给了治安公务员，递了两支烟过去：“同志，我们是五星红旗船，不需要边防登轮证的，这是我的海员证。”

“把证明递过来！”治安员有点愠火地对海员说。

“今后家属进来，到我们港口公务主管机关办公室盖章，保安部门盖的无效。”公务员有点愤愤不平了，“有没有结婚证明啊？”

海嫂急忙从包里摸出结婚证，海员拿出了两包“三五”烟给他们。

治安员对递过来的结婚证瞄了一眼：“好了，不看了，你们真是夫妻？”

“公务员先生，我们的确是夫妻。对不起！”海员想尽快结束尴尬的滞留，让长途跋涉的妻子好好休息一会儿。

“算了，以后不要拿这样的破烟，你们远洋海员赚了这多的钱，还这样小气。”

说罢，他们钻进汽车，启动了发动机，绝尘而去。

海员搀扶着妻子走上舷梯。她终于来到丈夫身边。进入房间后，妻子伏在丈夫身上委屈地抽泣：“你不要做海员了，他们把我们当成监狱里的犯人审讯了，老公，我们回家种田吧。”

我知道后愤愤不平，真想下去责问这帮披着制服的人。

第二天 20:00，这位海员把家属送下了船。“厦”轮又起航了。巨大的船体在珠江中移动，两个半小时后抵达桂山岛，引水员下船。

下一个港口是香港，值得高兴的是，此段南方航线将不断有手机信号陪伴“厦”轮，海员与外界的联系“万水千山都是情”了。

▶ 第二十章

香港逸事

在讲述香港的时候，我想起了邓丽君的一首歌曲：

夜幕低垂，红灯绿灯，霓虹多耀眼。那钟楼轻轻回响，迎接好夜晚。避风塘多风光，点点渔火叫人陶醉。在那美丽夜晚，那相爱人儿伴成双，他们拍拖，手拉手情话说不完，卿卿我我，情意绵绵，写下一首爱的诗篇。

Hong Kong Hong Kong，和你在一起，Hong Kong Hong Kong，我爱这个美丽晚上，有你在我身旁。

夜幕低垂，红灯绿灯，霓虹多耀眼，那钟楼轻轻回响，迎接好夜晚，避风塘多风光，点点渔火叫人陶醉，在那美丽夜晚，那相爱人儿伴成双。他们拍拖，手拉手情话说不完，卿卿我我，情意绵绵，写下一首爱的诗篇。

Hong Kong Hong Kong，和你在一起，Hong Kong Hong Kong，我爱这个美丽晚上，有你在我身旁。

他们拍拖，手拉手情话说不完，卿卿我我，情意绵绵，写下一首爱的诗篇。

Hong Kong Hong Kong，和你在一起，Hong Kong Hong Kong，我爱这个美丽晚上，有你在我身旁。

听着邓丽君的歌曲，我在船长舱室内望向窗外，船头对着闪烁霓虹灯光的香港，我的眼睛模糊了，泛着晶莹的泪花。这段回忆，将深深地留存在我的记忆里。

香港，购物的天堂

30年前我从海运学院毕业，如愿进入远洋公司。接到调令之后我背上行囊兴冲冲来到了宁国路顶端的市轮渡交通艇码头。我要上的“万吨巨轮”在黄浦江面上若隐若现。

上船报到后，大副安排我与一位水手住在一个房间内。

我大学毕业后就考取了二副白皮证书，但我得从水手做起，累积航海资历后才能更换正式二副证书。船长说等我完成实习后，才能视情况提升为驾助（驾驶员助理，还不能独立执行驾驶员航行值班）。我当时的工资是每月48元，航海津贴拿普通水手津贴的一半，大概每月15元外汇。这可是一笔大收入啊！

20世纪80年代，香港的码头也没有现今这样发达，都是小型杂货码头。

那是香港给我的第一印象。很多船舶都是在维多利亚港内的锚地或者浮筒上系泊装卸货。维多利亚港航行的船只大多是由拖轮拖带的驳船，而驳船上都有一杆冲天的单柄大吊，其动力就是船首的一台柴油机。当大吊工作时，噪声不绝于耳，即使躲在杂货船的舱室内也会被大吊声吵醒。

我居住在繁华的上海近郊，也见过不少世面。船长组织下地，到了香港岛上，我一会儿工夫就转晕了。香港商店里面商品琳琅满目，无须凭票，只要有钱就可以买到便宜的东西。那些漂亮的衣衫、裙子和化妆品很时髦。

有一次，船到香港友联船厂修理。我站在驾驶台上听从船长指令操舵进入香港薄寮水道，只见维多利亚湾高楼林立，船长和政委对当时香港的繁华景象心生感叹。

香港的友联船厂在岛上，去往香港和九龙都要在船厂乘交通艇。当进厂修船事宜全部安排妥当之后，政委开始安排海员分两批到香港岛上踏地气、购物了。

我作为实习生，手里只有 50 港币。我跟着水手长一起下地还是蛮快乐的。我羡慕地看着老海员们在交通艇上沾着唾沫子大把数港币打算买录音机。能够买得起四喇叭录音机，那是全船最值得炫耀的人物了。

我用一半港币买了一台上海制造的红心牌电熨斗。红心牌电熨斗，便宜啊！在内地可要百元钱才能买到！在这里只有一半的价格。

我被香港街道上那些眼花缭乱的美女商品广告所吸引，小摊、小铺上的录音机里播放的都是美妙的音乐，我沉湎于“靡靡之音”一发而不可收，稍不留神，身边的老海员都不知去向了。

接着老海员们带我来到一个依屋檐支起的书摊上翻看杂志。老海员拿了一本书塞进我手里，这是一本叫《龙虎豹》的“黄色”杂志，封面上的女子衣不蔽体。我瞥了一眼顿时面红耳赤，急忙躲开了。老海员哈哈大笑，觉得我这位小阿弟还没见过世面。

过足了书瘾后，我们来到卖流行音乐磁带的商店。老海员们争先恐后地挑选邓丽君的磁带。随后，老海员们又闪进了一家服装店，我目不转睛地看着琳琅满目的衣服。老海员说：“你买一件衣服穿吧。”

我看中了一条标有“Apple”字样的深蓝色牛仔裤：“目前国内也时兴穿牛仔裤了，我很喜欢这类裤子，可是钱不太够。”

老海员一听：“没钱我借给你，到香港机会不多，错过购物天堂，你要后悔的。”

我从口袋里拿出一把港币，数了数还差 10 多块港币：“那好，您就借给我 10 块港币吧，下个月领了航贴就还给您。”我壮着胆走进了服装店，横挑竖拣，终于挑到一条非常合适的牛仔裤。

老板在旁边用半生的香港普通话怂恿：“不错啊！穿在你身上太潇洒了，你看啊！这裤子包得屁股浑圆的啊！线条出来了啊！该凹的地方凹啊！该凸的地方凸啊！你看男人的肌肉都被裤子绷得凸出来了，那条大腿啊，都变成直线了，性感啊，你懂吗？你走出店门，肯定有很多靓女看你啊！靓仔啊！”

我在店老板一通“啊、啊……”的表扬下，耳朵根变软了，仿佛自己的确变成了香港仔。老海员也顺着老板的话：“老板啊！你就再便宜5块啊！他买了一条，我也买一条啊，来的人都买一条，薄利多销啊！我们一行有6个人，怎么样啊？”

老板熟练地拿出计算机，噼里啪啦按了几下键盘后说：“上帝啊！我们是小本买卖啊，我卖给你们亏本啊！”他装出一副不愿意的苦涩表情，“算了吧！这次算我亏！老板啊，以后多来光顾啊！”说罢他将弟兄们的牛仔裤装进包装袋。

老海员们怂恿我穿着牛仔裤回船。我们拿着“血拼”回来的商品走了10公里路才到船舷边。老海员们到了舷梯口说：“你先上去吧！我到船头去看看水尺，马上就回来。”

我拿了买的东西噌噌噌上了舷梯，突然听到一个声音在耳边响起：“等一等，你手里拿了什么东西？”政委正立在舷梯口检查海员购买的物品呢！

我不明所以，乐呵呵地将买的东西递了过去：“政委，我买了几盘磁带。”

“买了什么内容的磁带？”政委脸阴沉下去了，“船上不是有纪律，不准买靡靡之音吗？你看你都买的邓丽君的黄色歌带，还大言不惭地说几盘磁带，你这个大学生有问题。”

他说：“拿过来，这些东西不能带回国内，由船上统一处理。”

我连忙争辩：“这是……”

其他海员看见我被政委缠住了，都像泥鳅一样，滑溜溜地闪过政委背后溜进了房间，把买好的磁带偷偷地藏好了。原来他们让我当了冲头！

“还不肯认错？”政委依然铆牢我，又把视线转移到我的牛仔裤上，“看看你这个大学生，好样不学，到了资本主义社会就被腐蚀了。还像样不像样，穿了流氓一样的牛仔裤。在船上不准穿出来！”

我莫名其妙，一上船就被政委一顿训斥，脸涨得通红：“政委，邓丽君的歌已经在内地都唱开了。我不觉得黄色啊！”

“还不黄色？我没有接到允许购买邓丽君磁带的通知，难道你想犯错误！还有，赶快把牛仔裤脱了！流里流气的样子，还是从海运学院毕业出来的？我看你像是监狱里出来的流氓！”

我听了政委严肃的训斥，马上当着他的面脱下牛仔裤，然后递给政委：“我不穿了，给你吧！”政委伸手想接过牛仔裤，我突然缩了回去，大吼一声，使劲往海里扔去：“让牛仔裤见鬼去吧！我买什么都是错的。扔到海里去，你该满意了吧！”

我嘴角一斜瞪着政委。

那个样子让政委看得有点害怕：“你、你、你不能乱来，我会处分你的。”

我转过头狠狠地说了一句：“处分吧！我就是买了磁带和牛仔裤，我不会打你的！”

政委惊愕地看着我，流露出后悔的神色，感觉言重了。

现在想来，那时也不怪政委，只因当年的内地还没有完全开放啊。

因“思想问题”，我以实习生的身份上船，下船时还是实习生。第二艘船舶碰到了从吴淞商校出来的老船长，才当上了三副。

香港九龙葵涌海边在如火如荼地填海造集装箱码头了，未来香港九龙集装箱枢纽港的雏形基本形成了。尽管我已经当上了三副，但航海津贴还是少得可怜，加上急迫积攒外汇购买大件，故下地还是两罐可乐、一瓶矿泉水外加两个大面包充饥。一晃几年过去，我已经成为船上的大副。家里添置了不少大件：21 英寸的东芝大彩电和大立升冰箱，当年的四喇叭录音机已不当一回事，我已经考虑购买本田 125 摩托车了。

弥敦道附近正在造高架人行道，中环街那儿除了有专供海员的海联免税店，还有几家个体电器行。他们的发家致富与内地海员的慷慨贡献分不开。

那里有一个店铺，老板原是上海人，20 世纪 80 年代来到香港，从卖电动剃须刀、电烫发套件开始，慢慢卖起了彩电、电冰箱。没隔几年，他的脖子上挂起了一根镣链般粗的金项链，手上戴起了粗如手铐的金镯头。

本来很朴实，看到海员到店里很客气，倒一杯水，恭维话不断；后来发家致富了，开始斜眼看海员了，本来一口夹带沪式的普通话，也变成了“莫耶、莫耶，你买就买耶，不买就走耶！”一口洋泾浜香港话。海员再也不愿意进他的店购买商品了。上海人的精明没有学到，倒是把精怪学得淋漓尽致。据说，后来老板生意一落千丈，不得不改行卖其他东西了。

某天“厦”轮到了香港，驻港同学把我拉着去了一趟九龙上海街附近游玩，在一家奢侈酒店共进晚餐。我看着金碧辉煌的酒店大厅，想起了当年招商大厦海边树荫底下的情景。我特地要求他带我到弥敦道走了一圈，当年的上海小老板已经不知去向了。

回归后的香港成了内地人的购物天堂，包括金店在内的商店营业员也不说粤语，而是用一口流利的普通话接待内地人了。

见证香港回归

那是发生在 1997 年的故事。

在我的航海生涯中，我服务过一艘 3000 吨位的小船。这是一艘在海南岛注册、由几个官二代筹资购买的船龄超过 20 年的二手船舶，在海上航行的最大船速也就是 10 节。船上的生活设施也是最低标准，驾驶台除了一个 GPS 导航仪和简单传统的雷达，什么都没有，倒是驾驶台上的神龛香火旺盛。

实际上，这也是国际海事组织或者 PSC 认定的低标准船舶，船舶安全对我和海员来说如履薄冰。我和海员们开始了一段苦难的外派航海生涯，目的港为香港锚地。

驶出长江口后就遭遇了 6 级风浪，船则像潜水艇一样埋没在浪中，甲板上舱盖板是木头的，上面盖了 3 层油布。我担心油布会被风浪撕裂，导致大舱进水；同时也担心甲板上晃晃荡荡的单吊会被大风浪吹下来。关键时刻主机还会突然停车。那几个月的工作令我焦虑不已，我甚至常常抱着被子在驾驶台睡觉。

当时正值 1997 年 6 月 30 日，从这天起，商船进港全部停止了。代理要求我将船舶驶向南丫锚地抛锚候泊，什么时候进港等候进一步通知。如此重大的历史时刻（香港回归典礼），我就在香港外面，在海风中感受这一激动人心的瞬间。这一刻我得到了彻底的放松，在彩色电视上一睹香港特殊的夜晚。

毕竟，当时的香港市民即将回归祖国，对国际上负面的舆论心生犹疑、心情忐忑不安，还不知道香港的未来。他们那兴奋、快乐、担忧和彷徨的复杂心情，在回归日的当晚表现得淋漓尽致。

远处的青山建筑物上悬挂了香港回归的标语，充满了隆重的节日气氛。我在南丫岛外锚地下锚后，根据船舶升旗的规则，要求水手升起了英属香港区旗。这是大不列颠日不落帝国设计的狮子和龙结合的旗子图案，旗子上的狮子似乎还在和巨龙作斗，还想吞噬香港，但气数已尽。

夜幕降临后，我发现香港岛的灯光更明亮，香港维多利亚港更加璀璨了。凌晨时分，香港将华丽转身，回到祖国的怀抱。明天以后，我走在香港的街头不像走在国外的土地上了。

1997 年 7 月 1 日的零点到了，中英两国的升降旗仪式开始。那枚英属香港区旗缓缓降下，最后被英国卫兵折成了布团。我连忙叫值班水手降下在驾驶台顶上的英属香港区旗，然后在船尾升起紫荆旗。

电视里，中华人民共和国国旗和香港特别行政区区旗在雄壮的国歌声中升起。100 年的香港殖民统治结束了。

我走上驾驶台，将水手扔在猴子甲板（驾驶台顶罗经甲板）上的英属香港区旗踩在脚下。然后拿到驾驶台内，加盖船名章，写下日期，收了起来。

此刻，我看见维多利亚港内焰火腾空而起，一场庆祝香港回归的典礼开始了。

早晨6点左右，值班驾驶员叫醒我："船长，英国的那艘皇家邮轮开出来了。"我连忙上了驾驶台，拉响汽笛送别英国殖民者。薄寮水道北邮轮掀起了巨浪，只见英国查尔斯王子站在船头，带着日不落帝国的遗憾，带着不愿离去的心情徐徐离开了。

作为香港回归的见证，当我离开船舶的时候，将这面英属香港区旗带回了家。

香港回归典礼结束后，在维多利亚港内，我发现了全世界绝无仅有的船只奇特挂旗方式，在五星红旗下方挂了一面紫荆旗！

晨曦中的香港

香港回归后，我又去了几次，逛了九龙的街头市井一条街，海员们下地购买商品已无须再到银行兑换港币了。香港狭窄的空间车水马龙，熙熙攘攘依旧。

香港金店顾客盈门，挑选金银首饰的人都是内地同胞。现在香港人说普通话的人多了，那些拗口难懂的粤语，已经如同上海话一样在萎缩了。

那天，一位海员到金店去为亲爱的老婆购买了一款项链，营业员操持着熟练、标准的普通话殷勤地在旁边推荐款式。当他挑选好后拿出了人民币付账，营业员马上在计算机上按当天汇率算出了项链价格。

我不禁想起20年前在香港下地时，将马克、美金兑换成港币之后才能到商店购买大件。

开放旅游后的香港，街头到处都是内地的公民。如今除了街头的警察制服和内地警察制服有点区别，海员出入香港还要提供私人护照，内地民众出示港澳通行证，在中国人的心中再也算不上是出国了。

从广州南沙开出集装箱船都是通过蒲台岛附近的薄寮水道进入香港

的。南港离泊后，我驾驶“厦”轮进入了香港水域。

凌晨的香港岛散发着迷人的光彩，灯光映射了淡蓝的海面，此景如同白昼。

天上的星星含羞地躲到亮光背后，只有月亮和灯光对峙着争夺夜间的黑暗。我羡慕此刻人们能够享受着舒适的夜晚。可责任的意识让我时刻保持着清醒的头脑。香港航道基本上都是大船，偶尔也会有几艘渔船穿越航道。我再三告诫香港引水员宁可慢车以保安全，也不要盲目穿越渔船头。

青州岛一到，香港岛全貌都映入了眼帘，摩天大厦顶上的航空灯闪着红光，与广告霓虹灯互相辉映着。

拖轮已在青州岛边上等候，引水员提醒我可以前后准备了，左舷靠KC12泊位。

南港开航还历历在目，弟兄们在凌晨昏昏欲睡的状态中抵达香港。

我要求大副叫醒全体海员：“告诉弟兄们，还有15分钟，先擦把脸，到灯光下坐坐。等我对讲机广播后再出去。甲板上走得慢一点，注意上下空当，安全帽戴好！”。

引水员很健谈，他一路说笑，呼唤我保持清醒，令我一时睡意全无。

香港九龙的沿海岸线都被集装箱码头包围了。这个远东最大的集装箱码头，数年前痛失了世界集装箱吞吐量第一的地位，被新加坡赶超，现正奋力追赶。可是包围在香港附近的内地诸多集装箱码头让香港感到力不从心，所以内地的人们正在为她输血，令其得以维持繁荣。

我轮经4小时航行终于抵达了香港集装箱码头，在葵涌KC12码头靠妥了，代理睡眼惺忪地登上了船。

代理没停十分钟就走了。我了解今天在香港停留的时间只有8小时！我眯着眼睛，看了一眼香港的景色后，靠沙发躺下。对讲机还开着，我不时关心着装卸的进程。最后开航时间推迟到下午4点，一阵大动静后，由两位香港引水员引航去往深圳的另外一个集装箱港口——赤港。

▶第二十一章

周游南北港口

赤港

第一次去赤港，我正服务于另外一艘集装箱船舶。

最近几年南方港口时有偷渡事件发生，所以海员必须前往出入境主管机关处拍照确认，方能盖章出境。

当时已入夜，代理用车送我们一行四名海员到赤港边防站办理出境手续。在柜台的上方，电子标语不断滚动："全心全意为人民服务！""出入境有困难找出入境主管机关公务员！""只要群众通关方便，宁让我们麻烦千遍！"

代理走到出入境主管机关公务员那里，递上了出境的海员名单。

公务员说："在一边等着吧，我叫你们时再过来。"

"同志，我们船舶过一小时就要开船了，时间来不及了。"代理赔着笑脸恳求公务员。

"那不早点来？"

"按主管机关的规定，开航前两小时来办理，早了不办，所以我们现在才来。"

"好了，把名单拿来。"代理连忙把海员名单递上去了。

"还有呢？"出入境主管机关公务员小声嘀咕了一句。

代理左右扫视了一下，从包里取出用报纸包的一条香烟，偷偷递进公务员手里。公务员把香烟丢进了抽屉里："把人叫过来！看看面孔。"

我和弟兄们连忙走到柜台边上。

"一个个过来，这叫我怎么检查。排好队，怎么没有纪律，没有教养。"公务员以为在训练他们的部下。

"某某某，过来！你叫……"他看了海员证，再抬头看了一下脸，"好了，走吧！下一个。怎么动作这么慢，不是你们就要开船了吗？”

代理连忙过来招呼海员：“快点，走近一点。”

公务员合上了最后一本海员证：“到旁边去坐一会儿，我到里面去盖章。”

十五分钟过去了，公务员把海员证拿出来了：“好了，拿去吧！”

代理连忙接过海员证，一本本仔细检查：“哎！同志，这本出境章还没有盖上。”

公务员轻描淡写地说：“噢，忘了。”说罢重新进里屋盖章。

回去的路上代理说：“幸亏检查了一遍，否则被出入境主管机关公务员发现的话，就捅大娄子了，要经过多少周折才能摆平，说不定海员还要被罚款呢。”这是我第一次到赤港的印象。

“厦”轮在香港葵涌集装箱码头港池开航后，转一个弯就进入了香港水道。“船长，前面是妈湾大桥，请您派一名瞭头到船头备锚，准备紧急时操作。”引水员打断了我的回忆。

“二副，叫木匠到前面瞭头，顺便备好左锚！”

妈湾大桥是专门为香港大屿山机场交通使用的配套设施，由悬索大桥和一座斜拉索桥组成。可任现代大型集装箱船舶能畅通无阻。

妈湾大桥水道是一段很曲折的航道，几乎就是一个90度的直角大转弯。引水员接连下了几个小舵角指令后，船平安通过了大桥。

深圳河口到了，站在驾驶台就能看见蛇口集装箱码头的桥吊。赤湾锚地归香港海事处管辖，因此，任何船舶动态都必须向香港海事处报告。

“船长，我们到了，前面赤港引水员来了。”香港引水员对我说。

“好的，请送一下引水员。把赤港引水员接到驾驶台！”我边操作船舶边命令二副。

赤港引水员在海员弟兄们紧密配合下，驾驶船舶在夜幕中靠上了赤港集装箱码头。此刻驾驶台的船钟正指向21：00。

一夜休息后，早晨8点，我又精神抖擞地站上驾驶台出征了。

船舶在赤港引水员的操纵下离开了码头。出港后，香港引水员又接管了我轮。薄寮水道引水站到了，香港引水员下船。我命令二副向香港海事处报告："本轮通过一号浮出口驶向目的港——盐港。"

我目不转睛地盯着海面，船转入了向北的航向，然后转入大鹏湾……

鲜花初放盐港

香港到深圳的盐港仅仅 4 个多小时航行时间，我无法下驾驶台休息，就在驾驶台后面的椅子上，眼睛半开半闭地休息，舒缓疲惫。

我眼前浮现起不久前靠泊盐港时的故事。

北方一股强冷空气南下，伴随而来的是海面大风浪。"厦"轮进入了深圳大鹏湾后，汹涌的大风浪开始收敛了它的威猛。寒潮给华南大地带来几个小时的低温后，又被南方温湿气流中和了，盐港已经感觉不到寒风飕飕了。

一艘与我们同类型的集装箱船舶驶出盐港，引水员从那条集装箱船舶下到摆渡的拖轮上，向"厦"轮驶来。很快，拖轮依偎在巨大的"厦"轮舷边，引水员顺着引水梯爬上船了。

三副用对讲机向我传话："船长，引水员上船，共计 3 人，有两位女引水员。"

"奇怪了，中国从来没有女引水员！谁会有胆量让小女子上船担任引水员？"我正疑惑着。

"船长，这是真的！我看见两个扎辫子的女孩上来了。"

大副从侧翼探视后告诉我："船长，这两个女孩还长得很高、很漂亮，是美女！"

驾驶台的门还没有开，两个女孩和三副的声音，已经从扶梯走廊中传来。

因为经常来盐港，我与此外的引水员都熟络了。

“怎么带女弟子了？”我见到随他身后飘然而入的两位女孩，询问引水员。

“噢！她们是海事大学航海系学生，引航站准备引进几位女性引水员。”

女孩很有礼貌地对我说：“船长，您好！我们是海事大学学生，在盐田引水站实习，听口音，您是上海人吧？请多多关照。”

“上海人？”我用上海浦东乡下话回答她们，“侬看看，迭是倷学堂里的校友，阿拉船郎厢三副。（你看，这是你们的校友，船上的三副。）”

“哎呀！船上还有阿拉学堂的师兄！”千里之外竟见到了上海老乡，她们在驾驶台兴奋得跳起来，眼眶都有点湿润了。

她俩并排站着，向三副鞠了一个45度的躬：“请师兄多多关照！”三副见状，摆摆手不好意思地笑了。说罢，她们认真研究起墙上的规章制度来……

我注视着她们的背影，陷入了沉思：长久以来，男性都是海上作业的主力军。目前中国的商船上没有女海员工作，科考船上的女海员也是凤毛麟角。尽管上海海事大学等海事高校的航海系招收女生，但是她们毕业后大多被航运公司拒之门外。

两位女孩此刻站在我的身边，在记录本上写写画画，认真地做着靠泊操作记录。我望着她们美丽的脸庞，衷心祝愿她们能坚定地踏出人生第一步。我希望美丽的鲜花能够在航海界茁壮成长，我期待中国能真正出现一位女船长。

东海仙境

“船长，前面要到石牛山了，我们该向香港和深圳交管报告了。”驾驶员提醒我。

我的思维就像电影中的蒙太奇镜头一样，转到了现实：“好的，马上报告。”

代理通知我：“船在 22：00 靠盐港，8：00 离盐港。”

第二天，我还没缓过神来，装卸结束，引水员上船了。这就是集装箱船舶的高速、高效。东南沿海的朝阳把整个东方染得猩红，我带着航海梦向祖国的北方出发了。

我满怀豪情唱了一首早期远洋海员中一直传唱的《远航》之歌。

迎着朝阳乘风破浪，我驾驶着巨轮出海去远航，五星红旗在飘扬，让革命的友谊传遍四方。我们来到远方的海港，亲密的朋友欢聚一堂，巨轮像金桥飞架海上，狂风暴雨不能阻挡。啊……我们的朋友遍天下，相互支援情深似海洋。迎着朝阳乘风破浪，我驾驶着巨轮走遍那五洲三大洋。《国际歌》在心中回响，让革命的友谊传遍四方。

渐渐地，天气发生变化了。

南方海面上空的暖湿气流向北方移动，冰冷的海水和暖湿气流交汇后，在海面形成了大面积的平流雾，海面视线降到了 200 米之内。船舶此时进入雾航操作，备车航行，汽笛每隔两分钟长鸣一次，警告其他船舶不要过于靠近。

这是一项特殊的临界操作，任何失误都将导致严重后果。中国沿海的雾大部分为平流雾，雾区范围广，雾浓，不易飘散，对航船安全航行的影响很大，故在雾航时必须开启雷达、AIS 以及一切可供瞭望的导航仪器，维持船舶能够在危急关头及时把船拉住的“安全航速”航行。

我亲自指挥操作这艘已回到祖国腹地的“厦”轮，在漫漫的白雾中以安全航速驶向目的地——天港。

世界著名的舟山渔场到了，这里的渔船气势磅礴，几乎把整个东海的海面都覆盖了。这里曾经盛产带鱼、黄鱼和鲳鱼以及各种名贵的鱼类。

在 20 世纪 70 年代，渔民们纷纷打造新的机动船，开始大规模围剿大黄鱼、东海带鱼和鲳鱼。一时间，渔业资源在舟山渔场彻底枯竭了。专家们呼吁停止这样豪夺渔业资源的野蛮行为，否则大黄鱼将在此处绝迹。

于是，政府每年强制规定了休渔期，渔业资源才有了休养生息的机会。但休渔期一结束，大量渔船即刻扬帆出征，渔民们恨不能把东海的海水兜完，想把休渔期的损失全部补回来。所以，东海海面上几百艘渔船“围捕一条大黄鱼”的情景经常出现。

渔船多，海上浓雾也大。我谨慎地驾驶船舶通过舟山渔场，小心避让每一片渔区。初春的平流雾连绵了整个中国东海以南的海区。我曾经遭遇过伸手不见五指的浓雾，这就是在航海教科书上讲到的平流雾。

我们在胆战心惊中通过了舟山渔场，进入黄海，平流雾渐渐稀疏了。一天后，远处的大沽口灯台出现在视线中，我们终于抵达了天港。

大厨“小宁波”的愿望

天港是北方大港。

除了爱人即将临产的三副和一位正在热恋中的驾助申请在天港公休离船，其他海员都留恋“厦”轮宽松的环境。船上大厨名叫陈勇，他的厨艺在我轮数获赞誉。他是宁波人氏，一口宁波话加上诙谐的戏语，总能把海员们逗乐。他说话得体，使上船的客人对海员留下了良好的印象。

年纪大的海员称他为“小宁波”，年纪比他轻的叫他为“宁波阿哥”。“小宁波”毕业于越剧戏校，越剧名师范瑞娟是他的启蒙老师，他也是女子越剧引入男性演员的第一批学员。他学的是小生，也唱过花旦，能把越剧《梁山伯与祝英台》唱得委婉动听，感人至深。鲁迅小说改编的《祥林嫂》是他毕业登上舞台的第一场演出，他扮演贺老六，演出海报曾在大舞台剧场外高高悬挂。

可是阴错阳差，他成了海员。他继承父业想做水手、做船长，想站上驾驶台。可是他视力不佳，不得不从服务员做起，慢慢做到了大厨。

他的厨艺也如同越剧唱腔一样一丝不苟，精工细作，开出的菜单如同戏文，搭配绝妙，餐谱一个星期不重复，早餐不是赤豆莲芯粥，就是米仁小米粥，要不就是麦片血糯米粥。他成了“厦”轮上名副其实的养生专家。

他把对海员的关爱凝聚到了餐桌上，海员们也将大厨的关怀和爱护化成了为航海职业奉献的强大动力。

可是在欧洲返航的途中，“小宁波”急得如同热锅上的蚂蚁，没有了方向。原来他的健康证即将过期。

在南港，政委致电公司负责人，汇报“小宁波”要求继续工作的要求，希望公司在国内港口期间尽可能提供便利，让他办理健康证。

公司同意政委的做法，并要求我们做两手准备：健康证办理出来，留船继续工作；办不出来，“小宁波”就在上海下船公休。

为了留在船上继续工作，大厨“小宁波”在天港靠泊期间做了一次例行体检，经历了一番曲折的体检过程之后，终于在天港开航前，他的脸上绽放了得意的笑容，一场纠结留船与否的风波总算“宁波”了。

10：00 代理打电话给我：“船长，11 点开船没有问题吧？”

“没有问题，按计划开船！”我理直气壮地回答了代理。

引水员上来了，船徐徐离开了天港驶向洋港。

重回洋港

去往上海洋港的途中，我接到了公司调度中心的指令：“船长，鉴于国际航运处于萧条低落的形势，你轮在洋港卸下全部货箱后不再装货，剩余的货箱到宁港全部卸空，随后移出宁港，在虾峙门外的锚地抛锚，预计待命 3 个月！请船长根据指令按 4 个月的储备上伙食，在宁波开航前补足淡水。公司在抛锚期间船厂工人上船将保修项目完成，公司将提供方便！”

经过 25 小时的航行，在朦胧的夜色中，我终于回到了原来的始点——洋港。

远远的，西虎啸山、筲箕岛上的灯塔迎接我轮回到了崎岖列岛。引水员从一艘出口船上下来，用拖轮摆渡登上了我轮。我把航向、船速、船舶参数交代引水员后，注视着这个 21 世纪上海政府大手笔挥就的、举世瞩目的洋山港。下面我要给读者们讲一个故事：

“厦”轮水手长张荣生是一位年过 50 的老水手。他每天有条不紊地带领水手们奋战在第一线，对待船舶甲板维修保养一丝不苟。在船舶最为关键的维修现场都能够见到他老当益壮的身影。每到一个港口装卸，他都紧紧地盯着集装箱的绑扎。稍不符合绑扎要求，他就马上呼叫值班驾驶员要求码头工人纠正绑扎。

他说：“一条新船交到我的手里，就像一件新的衣服穿在身上，你不注意保管和随手乱扔，衣服就会起皱纹，就会弄脏。所以船舶需要经常整理、梳妆打扮，保养工作一步也不宜迟，否则需要花 10 倍的努力补回来。我们是走向世界的大公司，船舶的外壳就是我们的面子，面子没有了，我会感到羞愧的。”

因此，他按照操作工艺，在航行途中在甲板上如同麦地中拾麦穗一样仔细寻找锈斑，然后安排海员把锈斑敲掉，再用气泵砂轮把锈斑打磨得锃亮。随后亲自查验工序是否到位，再涂打防锈漆。当打完防锈漆后，整条船狭窄的走道开出了朵朵深红色的漆花。

经过三道防锈漆、两度面漆涂罩后，整个甲板如同打了整齐的衣服补丁一样十分耐看，一看就知道水手长花了心血，是工艺到家的行家里手干的细活。他把船舶如同自己的家一样看待爱护。在热带气温下，他额头上的汗珠散落在甲板上碎成八瓣，晶莹剔透，在阳光下绚丽多彩，工作服上都浸透了汗斑，如同寒夜过后地上的一片白霜。他在船上勤勤恳恳又心情愉快地度过了 180 多天，对工作、生活的船舶产生了深深的、发自内心的依恋。

印度洋过后，他看见右舷艏部油漆被拖轮蹭得都是一块块的锈斑，急得不知如何是好。他叫船长发报给马来西亚巴生代理申请涂打油漆的报告，以便靠妥后马上进行油漆工程。

那天靠好了巴生港，水手长迅速组织人员和工具开始了敲铲和涂打船壳油漆的工序，经过一夜的奋战，船壳重新披上了绿色新装。即将抵达南港前，我接到公司电邮安排他公休。他马上情绪低落到了冰点。他考虑许久走进了我的办公室：“船长，我不想公休，我想和你一起干下去。我在这样的环境下工作一点也不觉得累，何况现在我还需要赚钱。船长是你见到我船上工作还不够好，才把我调下去的吧？不，我的意思是，我可以继续努力把工作做得更好。”

我被感动得连连摇头：“水手长，你做得很不错，我很满意。你踏实、肯干，我感谢你还来不及。我也不太清楚公司这样安排的目的，这样吧，我跟公司联系一下，了解情况后给你答复。”我坦陈了自己的想法。

水手长说：“我不愿离开这个大集体。即使再辛苦、再累，只要睡上一觉，身体就恢复了。请你向公司领导说说情将我留下来。”

那天我打电话询问了公司，公司负责人说：“考虑到水手长的工作是船舶最为辛苦的工种，劳动强度最大。他这么大岁数了，不宜连续工作，还是休息一下为好。船长请你做好他的思想工作，让他安心下船，休息两个月后再继续工作。这是公司对老年海员的特殊关心，请他理解。”我把公司的回复转告给了他。

他表示理解：“船长，既然公司调我下船，公休完了，请您一定唤我回来，我很喜欢这艘船舶。要不，我会感到无比失望。”一条铮铮铁骨的汉子在我面前激动得流下了眼泪。

那天在洋港，水手长在舷梯口与我握手言别。他走下舷梯后，在码头上向我挥了好几次手，随后将两手合成喇叭状高声呼唤：“衣羊船长，再见！”

我回应了他的致意，转身擦了一下自己红红的眼睛回到了房间里。

船舶在半夜时分离开洋山港，下一个港口是4小时航程的宁港。

胆战心惊与妻子相会

“厦”轮开出了洋港集装箱码头，下一个港口是 4 小时航程的宁港。宁港代理说：明天上午 10 点靠泊码头。

我下了驾驶台，接到家人的来电，女儿亲切的声音出现在耳边：“爸爸，我们很想你，你什么时候才能回到上海？我能不能再开汽车和妈妈一起上船看看你？”

过了好长时间，我对女儿说：“爸爸刚刚离开洋港，正向宁港方向航行，明天到宁港。等到了外高桥集装箱码头后，你可以开汽车到港区来。昨天我没有叫你们到洋港来，因为这个洋港是保税区，它只对货物通行保护，洋港造的时候还没有考虑开通海员家属的通道，你进去之后就给海关保税了，出来就要加关税了。”我幽默了一下，语句中也透露了对洋港人性化设施不足的想法。

今天锚地情况良好，在我的指导下，大副指挥船舶进入锚位，船首出现了轰隆隆的声音，12 吨的大锚入水了，船舶在舟山桃花岛附近的锚地安静地锚泊了。

“小宁波”把电话打给了上海远洋供应公司的经理：“经理，船长妻子要来船，请你把嫂子接来，谢谢了。”

我也在电话中给妻子简单交代了来港注意事项。

第二天，引水员准时上船了。经过两个半小时的航行，船靠妥了宁港集装箱泊位。集装箱卡车在港区如同织布机一样穿梭往来。

妻子此时终于出现在舷梯口，两个多月未见，我将妻子迎进船舱，彼此回忆起当年在农村里的恋情。几十年过去了，这些情感变得如同醇酿越来越香，这百里相夫就是感情力量的迭现。

宁港北仑港的灯光映在了船舷边上海水中，波光粼粼。

下半夜一场罕见的迷雾使得装卸停顿了，开航时间被改在了第二天14：00。午餐后，我把妻子送出了港区，她独自乘坐火车回到上海。

汽笛拉响了，船缓缓地离开了北仑港码头驶向出海的虾峙门水道。

▶第二十二章

宁港抛锚

“大副，抛下左锚，一节落水！”在我的命令下，大副指挥木匠打开锚机的刹车，只听轰隆一声巨响，12 吨的大锚溅起巨大的水柱，沉入海底。

抛锚后我召开全体海员大会，传达公司的锚泊休整指令，要求船舶各部门拟一份船舶锚泊维修保养计划，落实锚泊期间的安全责任。

第二天，我与大副、轮机长一起巡视全船各维修保养作业点。我和大副看到甲板部的海员弟兄们正在大桅上敲铲铁锈、涂打防锈油漆。我叮嘱水手长确保水手们系好安全带后方能高空作业。

巡视到机舱内，我们检查了污水处理装置，叮嘱轮机员做好防污染工作，谨慎处理船舶黑水（马桶里、小便器或病房里出来的水）和灰水（洗脸盆和地漏里出来的水），保持污水处理装置正常运转。

几天之后，公司主管人员安排船厂维修工人上船，为“厦”轮上有问题的设备进行维修。我让大副为其安排了舱室，维修工人过上了与海员弟兄同吃、同住的船舶生活。

船在宁港锚地休息时，我坐在电脑前记录下海员弟兄的浪漫爱情故事，引起海员和海嫂们争相阅读。

故事的主角是一位与我同船共事过的大副。

他出生于上海，从小就向往海员传奇般的经历，羡慕那一身笔挺的海员服。正好远洋公司招募海员，他如愿以偿登上远洋船，当上了水手。他努力学习航海技术，3 年后他就获得了三副证书。

他的爱情故事发生在他当三副的时候。

10 年前的一个夏天，他公休下船回家了。在列车车厢内，他与一位女孩面对面相坐。女孩很漂亮，显出几分文雅和恬静。他不禁怦然心动：“这不就是我心仪中的女孩吗？”

列车在欢快的乐曲声中开动了，他坐立不安地拿出一本《中国海员》杂志，装模作样地翻来覆去，眼睛却不安分地睨着女孩。

对面女孩腼腆地对他说：“我能借你的杂志看看吗？”

他马上抓住机会，在杂志上写了一句话并递过去："我们可以交谈吗？"

她甜甜地笑了，点点头。她在杂志上迅速回复了两个字母"OK"，然后看着《中国海员》，对他说："你是海员？"

"对，我是海员，我到过东南亚、欧洲、美洲和非洲。"他开始炫耀他的航海故事，描述海外的旖旎风情。他讲述大洋上海豚、鲸鱼追逐船舶的情景，以及船在热带雨林的巴拿马运河和沙漠中的苏伊士运河航行，让他得以饱览世界各国风光。

女孩惊讶地张开樱桃小嘴："哇，开眼界的海员职业！好浪漫啊！我还从未走出中国呢。"

"我在船上当三副，将来我会成为船长，亲自驾驶祖国的远洋巨轮航行世界各地港口，回来再给你讲更多的航海故事。"他非常自信地对女孩道出了自己的职业目标。

"三副？"女孩不懂船上三副具体是做什么工作的。

"哦，三副就是船上的驾驶员之一。"

"那不就是舵手吗？我记得有一句话叫大海航行靠舵手，你真了不得！"

"不，驾驶员不是舵手，三副是指挥船舶航行的人员，船上的 Able body seafarer（一水）才是舵手！"

女孩点点头，她仍然没有明白他说的船上职务，从他谈吐中了解三副是船上很重要的人员，"你们有海员制服吗？"

"有哇，与《中国海员》封面上的海员图片一模一样的，我是三副，肩章是一条杠；如果我当了二副，肩膀上就是两条杠；再晋升一级就是大副，肩章就是三条杠了。

"那么，船长是四条杠，是吗？"

"对，我正在努力奋斗，在不久的将来，我的肩上就是金光闪闪的四条杠了。"

女孩情不自禁地鼓掌："你真了不起！"

列车飞快向目的地上海开去。车厢内，他与女孩彼此感觉相见恨晚。

女孩说她是北京师范大学的本科生，学的是英语专业，再过一年就大学毕业了。现在她利用暑假去南京的亲戚家小住几日，欲游览南京的名胜古迹，暑假前再回到学校继续她的学业。很快火车到南京，她要下车了。

离开车厢前，他俩依依不舍。他把自己的住家地址写在《中国海员》的扉页上，然后送给她以做留念，姑娘也把自己的地址告诉了他。他们非常礼貌地握手告别。

列车启动向上海奔驰而去，姑娘在火车月台上向他挥手："你等我的来信！"

"女孩是大学生，她会看得上海事大学毕业的中专生吗？她会来信吗？"回到家，他的眼前一直浮现女孩的身影。随着时间的流逝，渐渐地，他把这段火车上与女孩的邂逅淡忘了。

那天他在家里看书，忽听邮差在门口大叫："×××，有你的信！"

他以为是公司人事部门催他上船。当他把信封拿到手里时，信上娟秀的楷体字和一张艺术照片呈现在他的眼前，原来女孩来信了！

他兴奋地跳了起来："我的女神，你真的来信了。"

此后，信成为他俩感情的纽带。女孩渐渐地喜欢上了他。

他觉得他是世上最幸福的人。此后，他将女孩的照片带到船上，放在自己身边，他常常在睡梦中露出甜蜜的微笑。

女孩也时常想念正在大洋中航行的他，希望有朝一日能够与他一起周游世界。

一年后女孩大学毕业，他也下船公休了。女孩特地从外地来上海找他，看见他的父母开口叫了声"爸，妈"，令他十分意外和欣喜。他的妈妈也激动地淌下了泪水。

数天后，女孩带他去了她的家乡。在风景秀丽的山脚下，他们许愿一辈子在一起。

他们在站台上依依不舍地道别。列车向上海驶去，车轮在铁轨上发出铿锵的金属声。

火车带着他驶向远方的家乡，他不时地探出车窗欲寻找女孩。正当他忐忑不安地忆及她离别时的情景，一个令他兴奋的身影从前一节车厢款款走来，这不是他牵挂的女孩吗！

原来，女孩在火车关门的一刹那跳上了火车，她决心追随她心爱的三副。车厢中，两个身影紧紧相拥。

他们在上海有了属于自己的家。漂亮的妻子是上海著名双语学校的英文老师，努力工作的他也在 6 年后当上了大副。

船回上海外高桥码头时，大副的妻儿来到船上探船。我终于见到了大副美丽、贤惠的妻子和他们的儿子。不久，在我的推荐下他成了船长。这条道路他足足花了 10 年时间。晋升后，他特地穿上笔挺的四条杠船长制服，带着美丽的妻子到我家做客。我为他们现有的成就感到欣慰。他们正是郎才女貌、事业有成、幸福圆满的海员家庭。

我接到公司调度部门起锚上线的命令，我讲的大副浪漫故事也终于到掩卷一刻了。

起锚了！我在“一带一路”的“海上丝绸之路”上又开始新的航程。

▶ 附录一：

货船海员组织结构图及职责

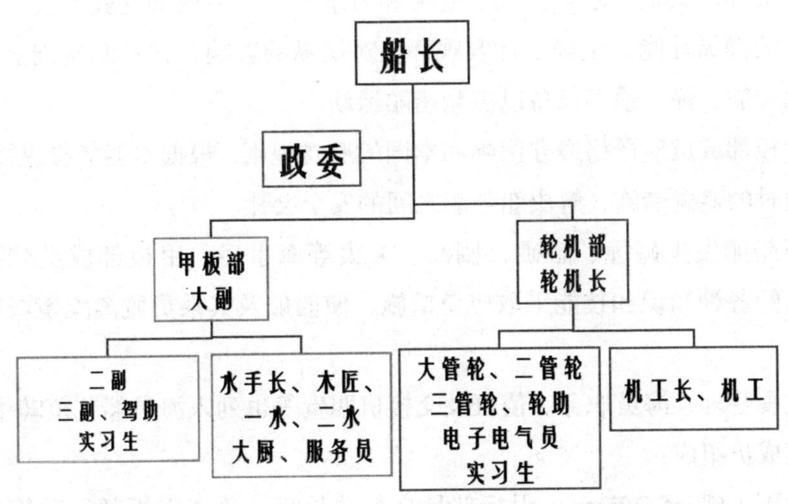

船长（Captain）：船长是全船最高职务人，享有航运企业赋予的最高指挥船舶权力，承担了船舶安全、管理和外交的责任。当船长需要航海专业理论，在航海实践中不断提升操纵船舶的技能，了解远洋业务；船长必须上知天文下知地理，熟知航海气象等知识；尊重和遵守各港口国基本法律、法规。船长肩章上的 4 条杠含义：责任、专业、技能和知识！

政委（Political Commissar）：船舶党务工作者，兼职船舶海员生活、伙食管理的行政工作，是船长行政工作的助手。现在中远海运和部分国有航运企业还有船舶政委编制。

甲板部：甲板部承担船舶驾驶、船舶通信、靠泊、锚泊，货物装卸、保管、运输和维护保养船舶的责任，是船舶的头脑部门。甲板部成员应该具有现代船舶操作工艺知识，简称“船艺”，其内容包括帆缆作业、船体保养以及锚、舵、系缆、救生、消防、堵漏、装卸等设备的操作和保养，是船舶驾驶员、水手必须掌握的基本技能，是船舶安全航行的基本保证。

甲板部承担船体和舱面设备的技术管理，在掌握船体和舱面设备的结构和工作原理的基础上制订各种操作规程和维修保养计划，作为船体和舱面设备正确使用和维护的依据。

甲板部成员负责船舶操纵、避碰和海事处置。甲板部驾驶员应充分掌握船舶的操纵性能，正确估计客观环境对操纵的影响，并在此基础上正确运用车、舵、锚、缆等设备以控制船舶运动。

甲板部成员应严格遵守国际和本国的避碰规则，根据本船的操纵性能，采取适时的避碰措施，解决船与船之间的安全会让。

当船舶发生碰撞、触礁、搁浅、失火等海事后，甲板部成员综合应用船艺的各种知识和技能采取应急措施，使船舶及其乘员脱离险境或减少损失。

伙食管理、海员职务、值班及交接班职责等也列入海员船艺范畴中。

其成员组成：

大副（Chief Officer）：甲板部最高行政长官，负责甲板部行政管理工作，承担船舶驾驶（4：00—8：00；16：00—20：00）航行瞭望值班。船舶货物配载、稳性计算、货物装卸作业、签署装卸作业大副收据、货物保管、编排船舶维修保养计划并组织落实。在船长不能履行职务责任时，大副是船长的替代者。

二副（Second Officer）：甲板部航行官员，在船长指导下负责船舶航线设计，保管航海图书资料，负责维护驾驶台和航行导航仪器，承担船舶通信、驾驶（00：00—4：00；12：00—16：00）航行瞭望值班。在大副不能履行职务责任时，二副是大副的替代者。

三副（Third Officer）：甲板部驾驶初级官员，负责船舶消防、救生设备的维护、保管记录应急物资的有效性，在船长指导监督下承担船舶通信、驾驶（8：00—12：00；20：00—24：00）航行瞭望值班。在二副不能履行职务时，三副是二副的替代者。

驾助（Assistant Officer）：现在大型船舶上，一般行政职务为二副，主要协助各级驾驶员的工作。在大副的安排下可以替代各级驾驶员执行驾驶瞭望值班、船舶通信、货物装卸、船舶稳性计算等。

实习生（Cadet）：刚大学毕业上船实习的驾驶员，承担熟悉船舶甲板部管理、甲板维修保养程序、跟随各级驾驶员熟悉航行瞭望值班和船舶通信规范的责任。在船海龄达到 18 个月后才能提升为三副。

水手长（Bosun）：甲板部水手的领头人，甲板部水手称他为“水头”。水手长是水手船艺全面技术海员。他执行大副制定并经船长批准的甲板维修保养工作，保管甲板部的各种物料，航行中负责货物绑扎的检查等。每天安排和指导甲板工作的水手维修保养工艺，维护甲板带缆设备、消防救生设备。在船舶靠泊、离泊时在船头带领水手进行带缆作业，在装卸作业时调整甲板起货机吊杆并维护机械部分的正常使用。必要时，水手长在驾驶台行使关键航道的操舵责任。

木匠（Carpenter）：负责请领、保管木工工具和物料，负责每天至少两次测量淡水舱、压载水舱并做好记录。负责操纵起锚机及其外部的清洁保养。维护船舶所有的木质材料和水密门窗，并配合水手长做好甲板维修保养。当水手长不能履行职责时，木匠是水手长的替代者。

一等水手（Quartermaster or Able Body Seafarer）：简称“舵工”或“一水”，是甲板部技术海员，具备全面的水手工艺。在大副、水手长的安排下，在航行时参加驾驶台瞭望值班，执行船长、值班驾驶员操舵指令，维持船舶航向。参与甲板部的维修保养、收放舷梯、梯口安全保卫，检查上船人员的责任。一般商船配备 4 名一等水手。

二等水手（Ordinary Sailors）：简称“二水”，在水手长的带领下，执行大副维修保养计划，参与甲板部的各种维修保养甲板机械的工作，船舶甲板除锈、油漆、上高作业和舷外作业。必须具有全面的水手工艺技能。基于现代商船的减员，目前在远洋特种船舶运输船上配备 2 ~ 4 名二水。

大厨（Chief Cook）：大厨在过去船舶组织结构图中，属于船舶的“业务部或者事务部”。由于船舶编制的缩小，业务部取消，大厨和服务员归于甲板部管理。大厨是维持全船餐饮的主要人员，海员称其为“大师傅”。

大厨主要执行船长、政委的航次指令，制订船舶伙食采购计划，配置足够航次消费的伙食食材、调料、各品种粮食。制作食谱、菜单，主持配料、烹饪，制作面食糕点等主副食品。指导膳食服务人员工作。确保全船人员每天三餐的伙食供应，承担船长下达的招待菜肴准备和供应。维持船舶饮食卫生，对船舶伙食的品质进行日常维护，大厨应具备三级厨师以上证书。一般船上配备 1 名大厨。

服务员（Ship's Steward）：在过去船舶组织结构图中，属于船舶的“业务部或者事务部”。由于船舶编制的缩小，业务部取消，大厨和服务员归于甲板部管理。船舶服务员主要维持船舶生活区的公共卫生，高级海员房间的清洁卫生工作。在厨房协助大厨进行配餐、择菜的工作，在就餐前准备饮食餐具，饮食后清洗餐具，收集厨余垃圾并根据防止海洋污染公约的要求妥善处理、保管生活垃圾。承担船舶对外接待任务时的现场服务。落实分管区域卫生工作。当大厨不能履职时，服务员是大厨的替代者。

轮机部：轮机部是船舶动力部门，主要维持船舶航行时的主机运转、船舶设备的电力供应，是船舶的“心脏”部门。轮机部主要航行动力设备为主机，电力设备为副机发电机。还有维持船舶日常运转的分油机、锅炉、空压机、防污染设备等辅助设备。蒸汽机船舶时代时，管理机舱的工程师来自蒸汽机火车的人员。在燃烧锅炉的机舱工作环境下，往往造成人员暴露的面部和衣物有大量煤灰污渍，因此人们称其各级工程师都是“鬼”，联想到蒸汽机首先在双轨的火车上应用，为了称呼文雅一些，就将“鬼”变成了“轨”。久而久之，即便现在是内燃机时代，除了正规名称，机舱工程师们都有了带“轨”的名称。

轮机长（Chief Engineer）：俗称“老轨”，在船长和政委的领导下，轮机长率领轮机部成员对全船机械、动力、电气设备（无线电通信导航除外）的操作和维护负总责。轮机长要熟悉和执行公司安全和环境保护方针，确保全船机电设备、设施处于正常适航状态并防止机舱向海洋泄漏油污液体，以及做好船舶机舱垃圾收集保管工作。

大管轮（Second Engineer）：俗称“二轨”，主要负责船舶主机的维护保养。在现代化船舶无人机舱内，大管轮除了保障主机正常运行，还要承担带领机舱人员按照机舱维修保养计划，确保机舱环境的整洁并具体负责监管维护机舱设备安全运行的责任。是轮机长不能履行职责时的替代者。

二管轮（Third Engineer）：俗称“三轨”，主要负责保障船舶发电机动力设备——船舶辅机安全运行，并对其进行日常维护保养。负责船舶燃油系统的调拨责任，管理燃油加热分离杂质的分油机，确保机舱内燃机设备有足够、高效的燃油质量。是大管轮不能履行职责时的替代者。

三管轮（Fourth Engineer）：俗称“四轨”，是三轨不能履职时的替代者。平时主要负责机舱、甲板的各种管系的维护保养。确保船舶“血脉”通畅并参与机舱整体维修保养工作，是初级轮机员。同时，负责船舶的压载水管系和泵阀正常运作。确保船舶防止海洋污染的具体工作，负责全船对垃圾进行焚烧处理的责任。

船舶电子电气员（Ship Electronic and Electrical Engineering）：由过去的电机员演变而来的职务。随着船舶自动化，船舶设备电子化、智能化，船舶职务中配置了懂得船舶导航设备程序维护的人员。电子电气员负责船舶的电子电气设备的维护保养的责任，他应熟练掌握电气技术、电子技术（包括电力电子、通信电子）、控制技术、计算机控制及其网络技术等先进知识，满足国际海事组织 STCW 国际公约中规定的“电气、电子和控制工程”“维护和修理”和“无线电通信”三项高级海员职能要求，能够胜任现代船舶各项自动装置的维护和修理任务的船舶高级电子电气工程技术人才。

机舱实习生（Engineering Cadet）：大学轮机管理专业毕业，上船后在机舱开始轮机管理实习的初级人员。在大管轮的领导下，熟悉机舱管理，熟悉“四轨”的工作程序和职责要求。是“四轨”的接续者。

机工长（Chief Mechanic or Chief Motor Man）：也叫机匠长、加油长，俗称机头，是船舶轮机部的普通船员，在大管轮的直接领导下，负责组织、安排机工值班以及机、炉、泵舱等处的清洁和日常维护保养工作，收集和保管机舱垃圾。机工长与船舶甲板部的水手长平级。

技工（Motor Men or Oiler）：负责执行船舶轮机部机械设备的维护保养及监控工作，协助当班轮机员的工作。在轮机员的领导下，执行机炉舱和机械设备的检修、保养工作。

▶ 附录二：

船舶舱室、通导和甲板设备的名称

生活区——海员日常休息的舱室、厨房、就餐的区域，包括海员私密的居住舱室、对外接待的会议室、酒吧、健身房、洗衣房。底层还有冷藏肉类库、鱼类库、蔬菜库和干货库。

驾驶台——船舶航行操作指挥的地方，船舶的最高位置的舱室，也可以称为“驾驶舱”。

机舱——安置船舶动力设备的舱室，内有船舶主机、辅机、发电机、空压机、泵阀设备、舵机、燃油管系、日用油舱等。

舵轮——船舶维持航向的方向盘。

舵机——船舶尾部控制舵叶变化舵角的机器，安装在尾部的“舵机间”。

舵角指示器——驾驶台指示舵叶在什么角度的显示器。

车钟——船舶主机转速的控制器，可以显示船舶当时的转速情况下的航速。

GMDSS——全称为 Global Maritime Distress and Safety System，全球海上遇险与安全系统的缩写。该系统主要由卫星通信系统——INMARSAT（海事卫星通信系统）和 COS-PAS/SARSAT（极轨道卫星搜救系统）、地面无线电通信系统（海岸电台）以及海上安全信息播发系统三大部分构成。是船舶的主要对外通信仪器，还具有发送遇险信号的功能。船舶设备有卫星通信电话、中高频收发报机、C 站等。

六分仪——归类于古老的航海导航仪器，与秒表、天文钟结合用来测定天体高度的仪器。

GPS 导航仪——通过美国全球导航卫星网测定船位的仪器。可显示经纬度、输入设计的航线并可以将 GPS 信号源连接到电子海图、组合导航显示器、雷达、AIS 中显示船位。

电罗经——根据陀螺超高速旋转时的稳定性、指向性的原理制造的船舶指示航向、物标方位的仪器。

磁罗经——中国古代的四大发明之一，根据地球地磁引力发明的“指南针”。磁罗经无须电力驱动，是可靠的指向仪器。即便是现代化的船舶，如果没有安装磁罗经设备，该船是不适航的。

电子海图——将纸质海图制作成为计算机显示的电子图像，并输入 GPS 显示瞬间船位；输入 AIS 信号，显示其他船航行动态资料。可以在电子海图上设计航线，作为航海图用可将海图图书资料、各地区的天文潮汐、航海天文历等合并制作在一个电子海图系统内（APP）成为电子文档供驾驶员随时查阅。

计程仪——测定单位时间内船舶航行速度和海里的仪器，可分为对水移动速度和对地速度。

测深仪——船舶在航行或者停泊时测定船底到海底深度的仪器，是利用多普勒声波传输的原理测定海底深度的。

甲板——船舶通长的甲板称为主甲板，其他各层的甲板都有标号，如一层甲板、二层甲板……

甲板设备——船舶前后绞缆机、船首锚机、船尾锚机、货舱起货设备、克林吊等。

船舶克林吊——安装在货舱间隔中的起货机，装卸负荷为 25 吨至 30 吨。因样子像鹤，所以英文称为“Crane”，音译中文为“克林吊”。

船舶伙食吊——专门用于起吊伙食和小型物品的克林吊，一般安装在生活区后部。有的船舶是可以左右伸缩的行车吊，减少了占据甲板空间位置。

货舱——船舶装载货物的舱室，一般设有至少 4 ~ 5 个舱室，最多的矿砂船可达 11 个货舱。

压载水舱——船舶调整重心、稳性、吃水和吃水差的舱室。有双层底压载水舱、边压载水舱、首尖舱、尾尖舱等。

淡水舱——船舶装载海员使用的淡水的舱室，分为日用柜、淡水柜。

燃油舱——装载船舶动力燃油的舱室，一般设计在船舶中部左右边舷的间隔舱。

2017 年 12 月初稿完成

2019 年 3 月 25 日修改完毕